pulp
master

Gerald Kersh (1911-1968) wurde in Teddington-on-Thames, London geboren und verstarb mittellos als amerikanischer Staatsbürger in Kingston, New York. Im Alter von 2 Jahren wurde er bereits für Tod erklärt, lebte dann aber noch lang genug, um über 1000 Artikel, 400 Kurzgeschichten und 19 Romane schreiben zu können. Während des zweiten Weltkrieges avancierte er zum Bestsellerautoren und startete eine schillernde Karriere, doch Steuerschulden, Krankheiten und persönliche Probleme im späteren Leben machten ihm dann einen Strich durch die Rechnung.

Gerald Kersh

Nachts in der Stadt

pulp master

pulp master
Band 13

Erschienen im MAAS Verlag, Berlin

Deutsche Erstausgabe
Erste Auflage 2002

Titel der englischen Originalausgabe: Night and the City
First Published By Michael Joseph LTD., 1938

Herausgegeben von Frank Nowatzki
Übersetzt aus dem Englischen von Ango Laina
Lektorat: Angelika Müller
Redaktion: Ute Nowatzki, Ulf Heinrich Heine
Cover: 4000
C.o.U.: Hannes Schütte
Umschlagsgestaltung und Layout: MM-Grafomat
Druck und Verarbeitung: NØRHAVEN, DK-Viborg

Veröffentlicht als
PULP MASTER Paperback 3-929010-80-1

Bibliografische Information Der Deutschen Bibliothek.
Die Deutsche Bibliothek verzeichnet diese Publikation in der Deutschen Nationalbibliografie; detaillierte bibliografische Daten sind im Internet über http://dnb.ddb.de abrufbar.

www.pulpmaster.de

GERALD KERSH: MANN MIT VIELEN GESICHTERN

Ein Vorwort von Paul Duncan

Wir leben. Wir atmen ein paar kurze Jahre lang. Dann sterben wir. Wir werden geboren, um Nahrung für die Würmer zu sein. Das Leben scheint sinnlos, dennoch tun wir alles, was in unserer Macht steht, um uns an diese sterbliche Rolle zu klammern – wir wollen nicht zulassen, dass sie mit einem Achselzucken abgetan wird.

Im Laufe seines Lebens versuchten Mitmenschen immer wieder, Gerald Kersh den Lebenswillen zu rauben, aber er hielt daran fest und wehrte sich mit Humor gegen seine Feinde. Und wenn das nichts half, ignorierte er sie.

Auf jeden erfolgreichen Autor entfallen tausend andere, die darum kämpfen, gedruckt zu werden. Gerald Kersh war einer jener Worteschinder, die die Cafébars in Londons Soho frequentierten und auf geklautem Toilettenpapier schrieben, während der Bierkrug bis zum Morgen nicht ausgetrunken vor ihnen stand. Und als er es geschafft hatte, als er zu einem der höchstbezahlten Wortschmiede Englands avanciert war, verschworen sich schicksalhafte Umstände grausam gegen ihn und warfen ihn zurück in die Gosse.

Gerald Kersh ist Harlan Ellisons Lieblingsschriftsteller und hat begeisterte Leser wie Andrew Vachss, Michael Moorcock, Lawrence Block, Joe R. Landsdale, Bill Pronzini, James Sallis, David J. Schow und viele andere mehr. Dies hier ist ein Versuch zu erklären, warum.

Mein Interesse für Gerald Kersh wurde geweckt, als ich mich durch das Nachschlagewerk *Twentieth Century Crime and Mystery Writers* las, um Informationen über Hardboiled- und Noir-Autoren zu bekommen. Im Eintrag über Kersh wurde erwähnt, dass er als Kind gestorben sei und sich während des Beerdigungsgottesdienstes wie Lazarus aus dem Sarg erhoben habe. Auch sein Stil schien von besonderer Art zu sein. Er stellte sich mir als interessante Persönlichkeit dar, die es wert war, eingehender betrachtet zu werden. Mark McShanes Beitrag in demselben Werk besagte, dass er – McShane – zu schreiben angefangen habe, weil ihm Kershs *Prelude To A Certain Midnight* (in Vorbereitung bei Pulp Master) zu der Erkenntnis verholfen habe, dass Kriminalromane nicht zwingend von Pappmachéfiguren in Schwarzweiß handeln müssen, sondern dass die Charaktere von echten Gefühlen motiviert sein können.

Von Natur aus zynisch und auf Widerspruch aus, beschloss ich, *Prelude To A Certain Midnight* zu lesen. Die Handlung beginnt in der Bacchus Bar, die 25 Jahre lang einer der drei populärsten Treffpunkte Londons war und heutzutage nahezu verwaist ist. Kersh besitzt die Fähigkeit, Bedeutungslosigkeit, Nichtigkeit, moralischen Verfall und Reue auf eine Art und Weise zu evozieren, dass man sofort fasziniert ist. Man wird süchtig nach den Worten. Wie bei gewissen Süßigkeiten muss man nach dem Genuss des ersten Satzes weiterlesen, bis man das Buch durch hat und keine Worte mehr übrig sind. Ich brauchte mehr davon, also machte ich mich auf die Suche nach den anderen Büchern Kershs.

Im Verlaufe der nächsten sechs Jahre stellte ich fest, dass Kersh wesentlich komplexer war, als ich zuerst angenommen hatte. Er war nicht nur der Autor von London-Romanen, die entweder direkt oder indirekt von Kriminellen handeln, sondern schrieb auch über Familienfehden, Soldaten im Krieg und machte sich sogar an altmodische Unterhaltungsliteratur.

Seine Kurzgeschichten, für die er verdienterweise berühmt wurde, umfassten jedes Thema und jedes Genre, obwohl er das Phantastische und die Horrorstory zu bevorzugen schien. Man hat den Eindruck, dass Gerald Kersh sich nach Belieben in das Bewusstsein eines jeden versetzen konnte. Er war ein Mann mit vielen Gesichtern.

Familie

Es gab eine Zeit, da hielt man Autoren für bequem, wenn sie in ihren Werken Menschen und Ereignisse aus ihrem eigenen Leben beschrieben – das ist heute nicht mehr der Fall. Als Leser wie auch als Medienjunkies haben wir uns an das Spiel gewöhnt, nach Übereinstimmungen zwischen den Aspekten eines Buches und dem Leben seines Autors Ausschau zu halten. In einigen Fällen sind Fakten und Fiktion nicht mehr auseinander zu halten. Wir lesen Zeitung und können uns Ereignisse in der wirklichen Welt als Teile eines Romans vorstellen. Wir sehen fern, und die Charaktere einer Soap-Opera werden für uns real. Gerald Kersh war der Ansicht, dass seine Familie von einer Fülle von Charakteren bevölkert war, die ideal in seinen ersten Roman passen würde, und wegen dieser Bequemlichkeit wurde er hart bestraft.

Jews without Jehova (1934) handelt von einem jungen Mann, John Leonoff, der Schriftsteller werden will, aber durch die Notwendigkeit zu überleben und Geld zu verdienen ständig daran gehindert wird. Unglücklicherweise schwebt er mit dem Kopf in den Wolken. Von seinen Eltern – sein Vater ist Schneidermeister – erhält er viel moralische Unterstützung, doch wenn es um finanzielle Ratschläge geht, sind sie eher Pragmatiker. Parallel dazu zeigt Kersh die Familie mütterlicherseits, die Ratners. Zu Beginn des Romans wird der Vater beerdigt und die drei Söhne verschwenden und verprassen ihr Erbe auf jede verrückte Art und Weise, die ihnen und ihren Freunden nur einfällt. Es ist eine Komödie, eine Farce. Die Dialoge der Brüder sind dynamisch und fesselnd. In der Tat übernehmen sie das Buch, und obwohl wir die noblen und manchmal schwerfälligen Leonoffs bewundern, wollen wir wirklich nur wissen, wie es mit den Ratners weitergeht.

Da Kersh das Leben imitiert hatte, um Kunst zu schaffen, nahm das Leben Rache. Drei seiner Onkel und ein Cousin erkannten sich in dem Roman wieder und verklagten ihn und den Verleger Wishart wegen Verleumdung. Sie erklärten, das Buch diffamiere ihre Personen. Und damit nicht genug, wurde Kersh einige Wochen später von einem Wagen angefahren. Der Fahrer war einer seiner Onkel, und der Wagen war von der Entschädigungssumme des Verfahrens wegen Verleumdung gekauft worden. Der Roman *Jews without Jehova* war nur für einen halben Tag im Verkauf, bevor er zurückgezogen wurde; daher ist das Buch eine Rarität und ein begehrtes Sammlerobjekt.

Während des Krieges verfasste Kersh so viele Bücher – alle sechs Monate ein neues –, Artikel, Gedichte, Film- und Radioskripte und Kurzgeschichten, dass er nur zwei

Stunden die Nacht schlief, sofern er überhaupt schlief. Er kollabierte regelmäßig. Der sich seit langem abzeichnende Zusammenbruch kam 1949 und sollte ihn zeitlebens verfolgen.

Kersh wurde von Krankheiten schwer heimgesucht. Er litt an Malaria, Lungenentzündung, Leberinfektionen, Krebs und Gott weiß, was sonst noch – alles Folgen seiner Reisen und zweifellos auch seiner Überarbeitung. Am meisten jedoch litt er unter seiner größten Liebe, seiner zweiten Frau Lee.

Kersh hatte Lee, eine beeindruckende kanadische Zeitungsjournalistin, 1939 kennen gelernt und seine erste Frau für sie verlassen. Als Kersh 1941 den Durchbruch schaffte, zogen sie in immer größere Wohnungen in Londons exklusivem Dolphin Square und bereisten die Welt. Immer häufiger gerieten sie in Streit; Lee sagte, sie langweile sich, und Kersh wurde zunehmend kränker. All das gipfelte im Brand ihres neuen 20.000-Dollar-Hauses in Barbados, das nicht versichert war. Lee bat Kersh um die Trennung. Während der nächsten sechs Jahre brachte Lee ihn um sein Vermögen, häufte Schuldenberge an, die er abtragen musste, schloss Verträge in seinem Namen ab und zog den Nutzen daraus, stahl seine Antiquitäten, seine Bibliothek mit 5.000 Erstausgaben und seine Manuskripte, nahm sich einen Liebhaber nach dem anderen, reichte schließlich die Scheidung ein und gewann den Prozess.

Kersh ging nach Amerika und heiratete Florence ›Flossie‹ Sochis. Er sollte nie wieder in sein Heimatland zurückkehren. Nachdem sie zuerst in New York gewohnt hatten, wurde es für Kersh und seine dritte Frau bald zu teuer und sie zogen nacheinander in verschiedene Wohnungen nördlich von Manhatten nahe Circleville. Mit einem Mal waren sie Teil einer kleinen Gemeinde. Es sollte eine Zeit der Paranoia werden. Sie wurden von Nachbarn denunziert, ein örtlicher Deputy schikanierte sie, Freunde verklagten sie, Kersh wurde zusammengeschlagen und Flossie hatte merkwürdige Autounfälle. Sie entdeckten Leute, die sie verfolgten, erkrankten an Ruhr und stellten fest, dass ihr Brunnen mit Kolibakterien verseucht war. Blutproben zur Untersuchung von Kershs Krebserkrankung verschwanden oder wurden falsch ausgewertet - ein Arzt gab Kersh den Ratschlag, medizinische Gutachten andernorts einzuholen. Eine Reihe dieser Vorfälle fielen mit dem Auftauchen von Kershs zweiter Frau in New York City und in Kershs Wohnort zusammen. Flossie verfasste ein Dokument, in dem sie die Verschwörung beschrieb und schickte es an das Büro des Sheriffs und an das FBI, aber es wurde nie darauf reagiert. Vielleicht gab es gar keine Verschwörung. Vielleicht war alles reiner Zufall.

London

Obwohl Kersh viele Jahre lang in New York und Umgebung lebte und ausgedehnte Weltreisen unternahm und diese Orte in seinen Short Storys wirkungsvoll einsetzte, gab es dennoch nur einen Ort, dem Kersh emotional und instinktiv verbunden war, und das war das Soho im London der dreißiger Jahre.

Nach dem Tod des Vaters im Jahre 1929 war die Familie mittellos, also zogen sie zu Verwandten und versuchten zu überleben, so gut es eben ging. Kersh verließ die Familie, damit er keine Belastung mehr war und um

Geld zu verdienen, um seine Mutter und seine Geschwister zu unterstützen. Auf dem Höhepunkt der Depression durchkämmte Kersh Soho auf der Suche nach Arbeit und nahm jeden x-beliebigen Job an, um zu überleben. Soho war ein pulsierendes Viertel, in das Flüchtlinge aus aller Welt strömten – Franzosen, Russen, Italiener, Malteser et cetera –, die dort ihre Cafés, Konditoreien, Friseursalons und Modegeschäfte gründeten. Es war aber auch die Heimat der Unterwelt.

Fast zehn Jahre lebte Kersh in Unterkünften, wo selbst Ratten Probleme gehabt hätten, sich aufzuhalten, und oft kletterte er über Zäune, um auf den Bänken im Regentspark zu übernachten, oder deckte sich mit Zeitungen zu, um im Freien am Uferdamm zu schlafen.

Als sich ihm dann die Möglichkeit bot, für Zeitungen und Magazine zu schreiben, nahm er sich die Leute, denen er begegnete, zum Thema. Viele dieser Erinnerungen sind in *I Got References* (1939) eingeflossen, einem ungewöhnlichen Buch, einer Mischung aus Fakten und Fiktion. Ein Großteil von Kershs Fiktion liest sich wie Fakten, und wie er selbst sagte, lag das daran, dass es immer einen Kern Wahrheit gab, der ihn zum Schreiben inspirierte.

Einer seiner ersten Jobs war der eines Assistenten der Geschäftsleitung des Ben Jay Cinema Circuit in Enfield Wash. Dieses Kino und die Ereignisse dort, an die sich Kersh erinnerte, bildeten die Grundlage für *Fowlers End* (1957).

Als er arbeitslos war und in Bustos Männerwohnheim lebte – einer berüchtigten Konstruktion aus papierdünnen Wänden, die nur durch den angesammelten Abfall der Bewohner zusammengehalten wurde –, verbrachte

Kersh seine ganze Zeit damit, Geld für Essen und Miete aufzutreiben. Diese Aktivitäten kosteten viel Energie, und als es ihm endlich gelungen war, das Geld aufzutreiben, hatte er kaum noch Kraft, sich auf das Schreiben zu konzentrieren. Vieles davon hat in *Song Of The Flea* (1948) seinen Niederschlag gefunden.

Der Roman spielt kurz vor dem zweiten Weltkrieg und viele Charaktere und Handlungsplätze tauchen darin auf, die schon in Kershs früherem Roman *Night And The City/Nachts in der Stadt* (1938) vorkommen. Im Gegensatz zu den anderen London-Romanen besitzt *Night and the City* eine Klarheit im Aufbau und einen geradlinigen Plot, so dass man das Buch in einem Zug durchliest. Der Protagonist, Harry Fabian, ist ein Mann, der bemüht ist, wie ein Gangster aus Chikago oder ein Produzent aus Hollywood oder ein Songschreiber vom Broadway daherzukommen, jedoch nicht mehr ist als ein Zuhälter und Spieler. Er ist ein Verlierer und jeder weiß das und tatsächlich ist es so, ›dass er niemanden so perfekt zum Narren hält wie sich selbst‹. Die Story zeigt, wie leicht es ist, als Mensch vor allem moralisch zu sinken, und wie schwierig, sich erneut emporzuarbeiten, seine Integrität und Würde wiederzuerlangen. Kersh macht deutlich, dass seine Figuren einen eisernen Willen brauchen, um sich selber nach oben zu katapultieren. Harry ist bereits ganz unten, aber da sind noch andere Männer und Frauen, die am Rand des Abgrunds stehen. Das Buch handelt auch von deren Leben und von dem Phänomen, dass Selbstbetrug eine Entwicklung von anfänglicher Abscheu hin zu Akzeptanz in Gang setzen kann. Kersh nimmt einen äußerst moralischen Standpunkt ein, aber er erkennt die Existenz von Unmoral an und zeigt deren wahres Gesicht.

Der Roman ist ein Klassiker über ein London, das nur wenige Autoren thematisiert haben. London wird beschrieben ›als eine Art Inferno – eine Ansammlung konzentrischer Kreise mit Picadilly Circus als ultimativen Mittelpunkt‹. Und Kersh hatte Erfahrung als Kellner, Rausschmeißer und Profiringkämpfer (3 Kämpfe - 1 Sieg, 1 Unentschieden, 1 Niederlage), um seinem Kaleidoskop der Gesellschaft Authentizität zu verleihen.

Jedoch erst 1966 wird mit *The Angel And The Cuckoo* die Athmosphäre Londons in den 30er Jahren am eindringlichsten heraufbeschworen. Es scheint, als habe Kersh in diesem Roman mit seinen Handlungssträngen, Nebenhandlungen und Charakteren eine reiche Ernte seiner Phantasie eingebracht, um eine Melange, einen starken Mokka, aus allen Ingredienzen zu brauen.

Vor allem ist es die Geschichte vom Leben und Sterben des Soho-Cafés im Titel des Romans und die der Leute, die es bevölkern; die bedeutenden und unbedeutenden, die aufgeblasenen und empörten, die esoterisch versponnenen und alkoholisierten, edlen und erbärmlichen. Steve Zobrany ist der Besitzer des Cafés und sein bester Freund ist der Ganove und Filmmagnat Count Cseh, und dann wäre da noch der örtliche Unterweltboss, der später geadelt wird ... Insgesamt tauchen etwa 80 verschiedene Personen auf.

Selbst in ihren besten Zeiten hätte man nicht so viele Leute in der Bacchus Bar aus *Prelude To A Certain Midnight* unterbringen können. Jetzt ist die heruntergekommene, unpopulär gewordene Bar das Zuhause von Catchy, der Letzten einer Gruppe von Freunden, die sich dort immer trafen. Der Roman erzählt uns, warum die Freunde nicht mehr zusammen sind, und liefert den

Grund für Catchys Alkoholismus. Vor vielen Jahren ist ein Kind ermordet worden und ganz offensichtlich hatte einer der Freunde die Tat begangen. Das Buch ist ein Bilderbogen aller Subgenres des Kriminalromans (Miss-Marple-Roman, Polizeiroman, psychologischer Thriller und Noir) und zeigt, wie untauglich Fiktion ist im Vergleich zum ›wahren Leben‹ dieses Romans. *Night and the City* ist vielleicht bekannter, aber dieses Buch hat einen größeren Einfluss genommen.

1945 verkaufte Kersh die Filmrechte von *Night and the City* und nach mehreren gescheiterten Versuchen wurde der Film in London von Jules Dassin gedreht, der gerade *The Naked City* in New York gemacht hatte.

Krieg

Normalerweise erscheinen keine seriösen Kriegsromane, während das Kriegsgeschehen noch tobt. Die ständig wechselnden Verhältnisse würden nur zu einer verzerrten Darstellung der Ereignisse führen. Die meisten der unter solchen Bedingungen geschriebenen Kriegsromane sind reine Propaganda und die von Kersh bilden da keine Ausnahme. Ursprünglich vom Kriegsministerium in Auftrag gegeben, um die Kooperation unter den Truppen zu fördern, wurde *They Die With Their Boots Clean* (1941) sofort zum Bestseller. Seine Verkaufszahlen wurden nur durch die von der Regierung angeordnete Papierrationierung niedrig gehalten. Bei Kriegsausbruch verpflichtete sich Kersh bei den Coldstream Guards und wurde im August 1940 eingezogen. Die Infanteriegarden sind berühmt für ihre Disziplin, und jedes Regiment hat seine eigenen Methoden, diese zu lehren und aufrechtzuerhalten. Im Falle der Coldstream Guards ist es das Polieren und Putzen jedes einzelnen Gegenstandes, der zum Regiment gehört, um dann dasselbe nochmals zu wiederholen. Kersh fing dieses Gefühl von Stolz und Ehre in seinem Buch ein und traf damit den Nerv der gesamten Nation.

Schließlich quittierte er den Dienst bei den Coldstream Guards, um amerikanischer Colonel zu werden, und nahm an der Befreiung von Paris teil. Der Name Kersh wurde zu einem Begriff, was bedeutete, dass kleine Auflagen schnell vergriffen waren und Leser 3 bis 6 Monate warten mussten, ehe sie den neuesten Kersh in ihren Bibliotheken ausleihen konnten. Bis zu vier seiner Titel standen gleichzeitig auf der Londoner Bestsellerliste und seine Bücher erlebten vier- oder fünfmal im Jahr eine Neuauflage. Hätte es keine Papierverknappung gegeben, so behaupteten seine Verleger, wäre Kersh Millionär geworden.

Neben den Propagandaartikeln, die er in Zeitungen und Magazinen unter fünf Pseudonymen veröffentlichte, brachte er alle sechs Monate ein neues Buch heraus. Die Hälfte davon waren Romane, die andere Hälfte Sammlungen von Kurzgeschichten. Er schätzte, dass er während des Krieges über zwei Millionen Wörter geschrieben hatte, und ich glaube, dass er damit nicht zu hoch gegriffen hatte.

Nach Kriegsende verfasste Kersh keinen einzigen Roman mehr über den Krieg, was seiner Überzeugung Nachdruck verlieh, dass er dem Krieg, wenn schon nicht mit der Waffe, so doch zumindest mit der Schreibmaschine begegnen konnte.

Während alle anderen ›ernste‹ Kriegsromane schrieben, war Kersh mehr an den psychologischen Aspekten des Lebens interessiert, was seinen Niederschlag in Romanen wie *Prelude To A Certain Midnight* und *The Thousand Deaths Of Mr. Small* fand. Indes kehrte er 1946 mit dem autobiographischen *Clean, Bright & Slightly Oiled* kurz zu dem Thema zurück, einer wunderbaren Reihe witziger Anekdoten darüber, wie verbohrt, inkompetent und absolut komisch Leute sein können, wenn sie Uniform tragen. Hier zeigt sich ein weiteres Mal, wie Kersh Widrigkeiten mit Humor begegnet.

Mainstream

Da er seinen Lebensunterhalt mit einem Strom von Kurzgeschichten verdiente, der wie eine nie versiegende Quelle aus ihm zu sprudeln schien, konnte Kersh überwiegend die Romane schreiben, die er wollte. Doch es gab auch Zeiten in seiner Karriere, wo er Mainstream produzierte, Bücher, die nur den Zweck erfüllen sollten, Geld einzubringen. Nach dem Scheitern seiner zweiten Ehe im Jahre 1949 und nach zwei Jahren, in denen er mit dem Tode gerungen hatte, musste Kersh seine Verluste wettmachen und seine Arztkosten bezahlen. In den späten 50ern und frühen 60ern bekam Kersh Schwierigkeiten mit Verlegern. Wegen seiner geäußerten Ansichten machten bösartige Verleumdungen in der gesamten Branche die Runde. So führte einer seiner Artikel im *Esquire* zu einer Anfrage im Kanadischen Parlament und er schrieb nie wieder für das Magazin; nach seinen Kommentaren über Israel während einer Hochzeitsrede wurde er gewaltsam von der Veranstaltung entfernt; sein Playboyartikel, der enthüllte, wie Boxmanager sich mehr auf die Medien konzentrieren als auf den Sport, empörte viele in diesem Geschäft. All das hatte zur Folge, dass Kersh sowohl als Kommunist als auch als Faschist gebrandmarkt wurde und sogar als Antisemit, obwohl er selbst Jude war. Er schrieb Bücher, die nie publiziert und brachte Ideen ein, die nie verwirklicht wurden. Da er einen Weg suchte, publizieren zu können und sich gleichzeitig ein regelmäßiges Einkommen zu sichern, verfiel Kersh auf die Idee eines Serienhelden – seinerzeit bei Schriftstellern eine gängige Vorstellung. Die Figur, die er schuf, war Lily Star Clarke, eine naive Reporterin, deren Liebenswürdigkeit ihr die ungewöhnlichsten Storys beschert. Flossie, seine dritte Frau, hatte ihn zu dieser Figur inspiriert. Ihr war es in den 30ern im Rahmen ihrer ersten Anstellung gelungen, ein Interview mit einem bekannten Gangster zu führen. Nachdem er den ersten Roman mit dieser Figur, *A Long Cool Day In Hell* (1965) geschrieben hatte, war es Kersh nicht möglich, das Buch in Amerika zu verkaufen, und der schwache Absatz in England führte dazu, dass die beiden anderen Bücher, die er geplant hatte, ad acta gelegt wurden. Kersh entschied für sich, dass es besser sei, zu schreiben, was er wirklich schreiben wollte, als sich dem Diktat der Leserschaft zu beugen.

Literatur?

Während seiner Karriere als Verfasser von Kurzgeschichten nahm sich Kersh jedes nur erdenklichen Themas auf Erden und einiger auch fernab des Planeten an. Die Themen, die dabei besonders überraschten, waren jene, die religiöse Motive aus der Bibel behandelten – nicht weil sie auf irgendeine Weise blasphemisch oder kontrovers waren, sondern weil es Kersh gelang, das menschliche Element in der Geschichte zu finden und dieses Element sehr klar herauszuarbeiten. So erstaunt es nicht, dass, als sich seine Ideen zu einem Roman verdichteten, dabei eines seiner besten Bücher herauskam: *The Implacable Hunter* (1961).

Aus der Sicht Diomeds, des römischen Präfekten von Tarsus, der, um das Leben seines Freundes Paulus zu retten, verzweifelt um eine Audienz bei Nero bemüht ist, wird die menschliche Dimension und Motivatio sehr deutlich. Doch ironischerweise veranlasste gerade dieser Aspekt amerikanische Verleger, das Buch abzulehnen, da sie die Missbilligung der unterschiedlichen religiösen Gemeinschaften fürchteten, die lautstark gegen Darstellungen von Heiligen in Büchern zu protestieren pflegten. Das bedeutete, dass Kershs bestes Buch, das in England die hervorragendsten Kritiken seiner Karriere bekam, in den Vereinigten Staaten nie lieferbar war.

Kurzgeschichten

Nach dem Krieg reiste Kersh, auf den Amerika immer einen besonderen Reiz ausgeübt hatte, nach New York und von dort aus machte er eine Tour durch das ganze Land. Er nahm sofort Kontakt mit damals sehr erfolgreichen Magazinen auf und verkaufte viele Kurzgeschichten zu enormen Preisen. Als Autor, der regelmäßig Beiträge für die *Saturday Evening Post,* den *Playboy*, *Esquire* und das *Ellery Queens Mystery Magazine* schrieb, gehörte er zu den wenigen Schriftstellern, die vom Schreiben von Kurzgeschichten leben konnten. Zu seinen Serienfiguren gehörten der Meister-Erzähler Karmesin (entweder der größte Kriminelle oder der schlimmste Lügner der Welt), Vara (der dämonische Schneider von der Columbus Avenue) und Bella Barlay (eine alternde Dame aus dem Varieté).

Dennoch, einmal erschaffen, waren diese Figuren mehr ein Fluch denn ein Segen. War die Figur erst einmal bekannt, musste Kersh immer neue Geschichten für sie ersinnen. Sie garantierten aber auch ein regelmäßiges Einkommen von renommierten Magazinen. Tatsächlich trat die *English Inland Review* an Kersh heran mit der Bitte, keine Romane mehr zu schreiben, sondern sich auf Kurzgeschichten zu konzentrieren, da das profitabler für ihn sei und mithin auch der *Inland Review* mehr Geld einbringen könne!

In den Vereinigten Staaten wurden nur drei Sammlungen mit Kurzgeschichten veröffentlicht. Sie umfassten 40 von 400 Short Storys, die Kersh geschrieben hatte. Das hatte zur Folge, dass die englischen Anthologien – insgesammt 18 – äußerst gefragt und somit auch sehr teuer sind.

Kersh musste sich in den frühen 60ern einer Reihe von Operationen unterziehen; eine Rippe wurde ihm entfernt und er stellte sie stolz auf seinem Kaminsims aus; die Diagnose Kehlkopfkrebs hieß, dass er sich von seinem Kehlkopf trennen und lernen musste, über das Loch in seiner Kehle zu kommunizieren. Während er sich erholte, verwandte Kersh seine wertvolle Energie auf *The Angel And The Cuckoo*, damit der Roman trotz mangelnder Unterstützung und Werbung auf Grund bestimmter Managementprobleme seiner Verleger herauskommen konnte.

Er schrieb weiter drauflos und beendete noch einen weiteren Roman, *Brock*, und dann war er selbst am Ende. Kersh erlag am 5. November 1968 seinem Krebsleiden.

Zwar sind seine Bücher seit seinem Tod vergriffen, aber er ist nicht vergessen. Eine immer stärker werdende kritische Aufmerksamkeit hat sich dank meiner Artikel und der Unterstützung von begeisterten Lesern wie Harlan Ellison, James Sallis, Michael Moorcock, Bill Pronzini und vieler anderer seinem Werk zugewandt. Die Preise für seine Bücher steigen. In Kürze wird eine Biographie erscheinen. Die Verleger sind jetzt daran interessiert, seine Bücher wieder aufzulegen, von denen die Hälfte in den Vereinigten Staaten bisher nie gedruckt wurde.

Kersh ist endlich wieder da.

Erstes Buch

Zwei Arten, an hundert Pfund ranzukommen

I

Bop, bop, bop – der Friseur drückte die Gummiflasche mit dem Puder und eine zarte weiße Schicht bildete sich auf Mr. Harry Fabians Kinn. Während der Stuhl in die aufrechte Position zurückklickte, hatte Fabian das Vergnügen, sich zu betrachten; rosig von der Massage und rasiert wie ein Filmstar zeigte sich sein zweifaches Konterfei in den beiden Spiegeln vor und hinter ihm. Wenn es einen Anblick gab, den Harry Fabian noch mehr genoss als den seines Gesichtes, dann war es der seines Hinterkopfes. Er stieß ein »Ah« als Ausdruck seiner völligen Zufriedenheit aus.

»Nichts geht über eine Massage, um einen wieder zu beleben, Sir«, sagte der Friseur.

»Da haben Sie Recht«, stimmte Fabian zu, um dann, wie einer plötzlichen Eingebung folgend, hinzuzufügen: »Hey, das ist eigentlich keine schlechte Idee für einen Song. Hören Sie mal: Nichts geht über eine Massage, um einen zu beleben«, er sang dies zur Melodie von *Minnie the Moocher.* »Sagte ich, nicht schlecht? Also, das ist toll! Das ist die Art Song, bei der jeder mitsummt. Man spielt ihn zu Varieténummern; Männer sagen es zu ihren Mädchen. Massage ... Sie verstehen ...«

Fabian grinste.

»Es ist sehr gut, Sir.«

»Meine Rede. So kommt man auf Ideen. Sie sehen eine Posaune und sagen sich: Die Musik geht mir im Kopf herum. Und dann singt es die ganze Welt. Sie blicken sich um in einem Laden wie diesem hier und sagen ... nun, Sie sagen: Heiße Tücher, heiße Tücher, sie bereiten mir Kummer, oh, heiße Tücher bereiten mir

Kummer«, Fabian sang nun zur Melodie von *Black Coffee*, »und schon haben Sie's!«

»Wünschte, ich wär clever genug, sowas zu machen«, sagte der Friseur.

»Nun, Sie wissen ja, wie das ist, entweder man hat Talent oder nicht. Das Problem ist nur, dass man hier kein Geld damit machen kann. Meinen Lebensunterhalt kann ich immer verdienen, aber nicht die ganz große Kohle, so wie ich es aus den Staaten gewohnt bin. Hier muß ich verdammt hart ran, um zwanzig Pfund die Woche zu machen. Aber in den Staaten hab ich gewöhnlich ... ha, vierhundert Dollar die Woche gemacht, und zwar ohne mich dabei zu überarbeiten.«

»Womit?«

Entrüstet blickte Fabian zu dem Friseur hoch.

»Was glauben Sie wohl? Songs schreiben. Das ist mein Job. Aber hier ist kein Geld damit zu verdienen.«

»Denken Sie daran zurückzugehen?«

»Oh, ich weiß nicht.«

»Lange dort gewesen, Sir?«

»Zehn Jahre.«

»New York?«

»Ja.«

»Ich hab einen Bruder in Brooklyn. In welchem Stadtteil haben Sie gewohnt, Sir?«

»Hör'n Sie mal, brauchen Sie noch den ganzen Abend? 'n bisschen fixer, bitte. Ich hab 'ne Verabredung.«

»Brillantine, Sir?«

»Nein, Creme. Passen Sie mit der Locke auf. So ist gut, drücken Sie sie mit der Kante des Kamms nach unten ...«

Harry Fabian stand auf, rückte seine Krawatte zurecht und musterte sich von oben bis unten. Er war ein kleiner

Mann, knapp dreißig, mit leichtem Knochenbau und schmalen Schultern. Er hatte einen großen Kopf, der auf einem Nacken saß, nicht dicker als der Unterarm eines kräftigen Mannes, und eine Fülle feinen Haares, das in dem von Johnny Weismüller bevorzugten Stil frisiert war. Sein Gesicht war blass, zu breit zwischen den Ohren und zu schmal am Kinn – ein Gesicht wie ein Keil. Er sah aus wie ein Mann, der fähig war, abgrundtief zu hassen. Seine Augen passten nicht zueinander. Das linke war groß und wässrig, und es flackerte und blinzelte ständig, begleitet von einem Zittern weißblonder Wimpern; das rechte hingegen war kleiner, härter im Ausdruck und stetiger, und es war von einem intensiveren Blau. Mit diesem Auge beobachtete er. Wollte er gefährlich aussehen, schloss er einfach das linke Auge, ließ mit einer Anstrengung, die seine gesamte linke Gesichtshälfte verzerrte, das Lid herunter wie eine Jalousie. Seine Nase hatte die Form eines Spatzenschnabels; das gab ihm zusammen mit seiner kaum sichtbaren Oberlippe und seinem Unterkiefer, der wie die Schneide eines Beils hervortrat, den Anstrich von Unverschämtheit, Boshaftigkeit und gemeiner Berechnung. Es lag etwas Brutales in seiner Art sich zu kleiden, Hass artikulierte sich in dem unbarmherzigen Zugriff seines Kragens, Bosheit steckte in dem gehässigen kleinen Knoten seiner Krawatte, anmaßende Habgier im hautengen Sitz seines Jacketts. Sein ganzer Körper erhob sich im rachsüchtigen Triumph über die Erinnerung an viele verlorene Jahre der Schäbigkeit.

»Bürsten Sie mich ja gut ab«, sagte er, »ich hasse Staub. Was halten Sie von diesem Anzug? Ich sag Ihnen was, Kleidung ist hier verdammt billig. Schau'n Sie sich diesen Anzug an, handgearbeitet und nur neun Pfund. Für so einen Anzug würden Sie in New York hundert Dollar hinblättern müssen. Was schulde ich Ihnen?«

»Massage, Rasieren, Abbürsten: vier Shilling, Sir.«

Harry Fabian knallte zwei Half Crowns hin und es klang, als wären es zwanzig.

Als er gegangen war, sagte einer der Angestellten: »Ich frage mich, warum Yankees so versessen auf Massage sind.«

»Welche Yankees?«, sagte der Friseur. »Er? Er ist kein Amerikaner.«

»Nein? Was hat er gesagt, macht er? Songs schreiben?«

»Ja klar; er schreibt Songs, so wie mein Kater Songs schreibt.«

»Was ist er dann?«

Mit dem Zeigefinger schrieb der Friseur auf die leicht beschlagene Oberfläche eines Spiegels die Buchstaben: L U D E

»Nun, wenn Sie meinen«, rief der Angestellte und zog seinen weißen Kittel aus.

Ding! machte die Uhr um Punkt acht. Rechts und links der Straßen begannen die Läden zu schließen und West Central verwandelte sich in ein flackerndes, strahlendes Geflecht aus Neonröhren. Mit der Kraft eines nicht enden wollenden Feuerwerks entlud sich die Energie Millionen farbiger Lampen der Leuchtreklamen in stetiger Wiederkehr strahlend über die Fassaden des West End. Wie rote Zahnpasta schossen die Züge der U-Bahn aus ihren Tunneln und spien Theaterbesucher aus. Voll besetzte Busse rumpelten zu den Hunderennbahnen. Die Foyers der Kinos wurden schwarz vom Publikum. Gigantischen Staubsaugern gleich verschluckten

Varietétheater die Schlangen der Wartenden. Hinter den Fenstern wurden Lichter angeknipst und Rollos rasselnd heruntergelassen. Gas, Drähte, Wachs und Öl – alles, was brannte, gab Licht. Die Dunkelheit der Aprilnacht wurde stärker. Sie sickerte hinunter zwischen die Straßenlaternen, floss in die Souterrains und verharrte undurchdringlich unter den Vordächern und Torbögen der Seitenstraßen. Die Letzte der Ladentüren schlug zu. Nur die Orte, wo man essen, trinken und sich amüsieren konnte, blieben geöffnet und leuchteten in ihrer grellen und rauchigen Helle. Nacht senkte sich auf die Stadt.

Harry Fabian, der Zeit totzuschlagen hatte, flanierte dort, wo die Menschenmenge am dichtesten war. Er mochte es, gesehen zu werden. Mit dem zuversichtlichen Schritt eines Mannes, der Geld in der Tasche hat, ging er die Straßen entlang. Vor einem Plakat mit der klassischen Darstellung einer nackten Frau und dem Schriftzug ›Bernhards Salzwasserbäder – eine Schönheitskur für den Körper‹ machte er Halt, um es zu betrachten. Er riss ein Streichholz an, um einen kurzen schwarzen Strich über das Plakat zu ziehen, wodurch es auf legale Weise einen unzüchtigen Akzent verliehen bekam, und ging grinsend weiter. »Wenn ein Polizist das gesehen hätte, wie hätte er beweisen wollen, dass es kein Versehen gewesen ist?«, sagte er zu sich selbst. Er spürte, dass er gegen die Kräfte von Recht und Ordnung gepunktet hatte; die Zigarette zwischen seinen Lippen glühte heiß auf, als er herausfordernd einige Züge Rauch inhalierte. Er beschloss, einen Stift mitzubringen, sollte er das nächste Mal an dem Plakat vorbeikommen.

Ecke Rathbone Place nickte ihm eine Prostituierte zu und sagte: »Hallo, Harry.« Fabian antwortete: »Wie läuft's so, Marie?«, wartete aber die Antwort nicht ab.

Als wäre er in Eile, überquerte er die Oxford Street, um seinen Streifzug in einer Spielhalle zu unterbrechen. Am ›Elektrischen Kran‹ verspielte er ein Dutzend Pennys, gewann eine Zahnbürste in einer gelben Zelluloidschachtel, ließ sich aber nicht dazu herab, sie einzustecken; er schlenderte vorbei an einer Batterie klickender und rasselnder Jack Rabbit-, Jig Saw- und Merry-Go-Round-Maschinen, vor denen angespannte, schweigsame Menschen standen und fieberhaft Münzen einwarfen; mit den Ellbogen bahnte er sich seinen Weg durch die Ansammlung der Opiumraucher im hinteren Teil des Ladens und steckte einen Penny in den Schlitz eines Peepshow-Automaten mit der Aufschrift ›Ihre Hochzeitsnacht.‹

»Zum Schießstand eine Etage tiefer! Zum Schießstand eine Etage tiefer!«, brüllte ein Angestellter. Fabian ging hinunter.

Dort brütete ein schläfriges Mädchen über vier ramponierten Winchestergewehren. Fabian warf ihr einen Shilling hin.

»Gib mir mal sieben Schuss meine Schöne, und behalt den Rest. Will nur mal sehen, ob ich noch treffen kann. In den Staaten habe ich auf fünfzig Yards neun von zehn Schießscheiben getroffen, mit einer von diesen kleinen Zweiundzwanzigern, aber in letzter Zeit sind meine Augen schlecht geworden ... «

Sping! ... Sping! machte das Gewehr. Ruckweise kam die Schießscheibe an den Drähten zurück, durchlöchert mit einer kleinen Traube von fünf Einschusslöchern im Mittelring und zwei im äußeren Ring.

»Sehr gut«, sagte das Mädchen anerkennend.

»Lausig«, kommentierte Fabian, »aber ich hab seit sechs Jahren keine Kanone mehr in der Hand gehabt. Und dann bin ich schwerere Kaliber gewöhnt und kann's einfach nicht lassen, niedrig zu zielen. Zur Hölle, wir hätten es ihnen damals, 1927 in Chicago, zeigen können. Haben Sie mal was von Bugs Moran gehört? ... Chicago? Bestimmt. Ich hab den größten Teil meines Lebens da verbracht ... Nein, ich bin ausgestiegen aus dem Job, solange ich noch bei guter Gesundheit war. Vielleicht war das feige, aber was soll's. Hymie Weiss war nicht feige; Dion O'Banion war nicht feige; Louis Alterie war nicht feige, und wo sind sie jetzt? Nun, wer zuletzt lacht ... Wissen Sie, man hat mich früher Der-zuletzt-lacht genannt ... Nein, ich hab den Schnapshandel aufgegeben und bin ins Filmgeschäft. Schauspielern? Verdammt, nein; Produktion. Im Job heißt's nun mal alles oder nichts.«

»Es muss schön sein, beim Film zu arbeiten«, meinte die Angestellte des Schießstandes.

Fabian richtete sofort sein starres, rechtes Auge auf sie, und nachdenklich glitt sein abschätzender Blick von ihrem jungen runden Gesicht hinunter zu den schweren, bereits voll entwickelten Brüsten. Dann antwortete er: »Mir ist sofort aufgefallen, dass Sie fotogen sind. Ihre Schönheit ist anders als die der Garbo oder der Dietrich, doch Sie haben Sexappeal und Persönlichkeit. Und das ist viel wichtiger. Schauen Sie sich Margaret Sullavan an. In letzter Zeit hab ich mich mehr auf den musikalischen Zweig konzentriert, hab aber Kontakte zu den wichtigsten Leuten in der Branche. Ich und Goldwyn«, Fabian kreuzte Zeige- und Mittelfinger der linken Hand und hielt sie hoch, »sind so miteinander. Ich kann Sie ihm jederzeit vorstellen. Lassen Sie 'n paar Fotos machen. Ich schau dann wieder vorbei. Nicht vergessen, ja? Wir seh'n uns.«

Fabian ging hinaus auf die Straße.

Die Angestellte des Schießstandes bemerkte zu einem der Marktschreier des Ladens: »Sagt, er kann mich zum Film bringen! Hält mich wohl für bekloppt oder so und bildet sich ein, ich weiß nicht, was er ist.« Sie schob ihre Zungenspitze zwischen die Lippen und machte ein unflätiges Geräusch.

Der Gewohnheitslügner ist immer davon überzeugt, dass seine Lügen wie Wahrheit klingen. Nicht einmal die tiefste Vertrauensseligkeit kann es mit seiner kindlichen Naivität hinsichtlich der Leichtgläubigkeit seiner Zuhörer aufnehmen; und so kommt es, dass er niemanden so perfekt zum Narren hält wie sich selbst.

Mit unverminderter Selbstüberschätzung schlenderte Fabian weiter. Ecke Charing Cross Road bemerkte er jedoch, dass es bereits neun Uhr war, und beschleunigte seinen Schritt. Er überquerte die High Street, Bloomsbury, und bog in eine jener zahllosen Seitenstraßen ein, die wie feine Kapillargefäße den größeren, verstopften Arterien der alten Städte entspringen. Ein Mann kam auf ihn zu.

»Hallo, Duke«, begrüßte ihn Fabian.

»Oh, hallo«, antwortete Duke. Er war klein und dick und hatte den aschfahlen Teint eines Menschen, der nie das Tageslicht sieht, dazu ein grobschlächtiges Gesicht, das bei einer längst vergessenen Hinterhofkeilerei ziemlich zerbeult worden war; seine dünnen, violetten Lippen waren fest aufeinander gepresst und erinnerten an einen verschorften Kratzer; alles in allem ein nicht sonderlich markanter Typ. Das schwache Licht der Straßenlaternen zeichnete Schatten um seine Augen und er redete ohne die Lippen zu bewegen, die hastige Sprechweise des alten Knastbruders. Die Macht der Gewohnheit zwang ihn, die Zigarette beim Rauchen in der hohlen Hand zu verstecken. Zwar strömte Rauch aus seinen Nasenlöchern, doch das Glimmen der Zigarette war nicht zu sehen.

»Das Leben noch frisch, Duke?«

»Von wegen.«

»Abgebrannt?«

»Völlig.«

»Steck das mal ein«, sagte Fabian und gab ihm zwei Half Crowns.

»Danke. Ich werd's dir nicht vergessen, Harry.«

»Bist du im Klub gewesen?«

»Komm grade von da. Weißt du, was die gemacht haben? Die haben mir Lokalverbot erteilt.«

»Tatsächlich?«, fragte Fabian mitfühlend. »Na mach dir nichts draus. Hast du Figler da gesehen?«

»Nein. Eines Tages nehm ich mir den Schuppen vor. Den ganzen Scheißladen hau ich in Klump.«

»Sei kein Idiot, Duke. Oder willst du Ärger mit dem Mob? Wenn sie dich da nicht wollen, lass sie doch. Kümmer dich nicht drum. Wart mal ab, in ein oder zwei Tagen hab ich vielleicht was für dich.«

»Danke, Harry. Ich werd's dir nicht vergessen.«

Fabian ging zu einer Tür, über der in Leuchtschrift INTERNATIONAL POLITICAL CLUB stand, und trat ein.

Der International Political Club war dezent, in gewisser Weise sogar respektabel. Er hatte die gedämpfte Atmosphäre eines Konferenzraums. Auf einem alten Anrichtetisch nahe der Tür stand die Hülse einer alten 9-Kilogramm-Granate, gefüllt mit Papierchrysanthemen, daneben lag ein Stapel zerlesener Ausgaben des Cornhill Magazine. An den Wänden hingen Portraits von King Edward VII., Queen Victoria und King George V., das Abbild eines Preisbullen, festgehalten als Kupferstich, eine Farblithografie mit der Aufschrift ›Liebe mich, liebe meinen Hund‹ und das Bild eines kleinen Mädchens, das auf den Schultern ihres Vaters sitzt und sagt: ›Ich bin größer als du.‹ Die Regeln des Clubs nahmen einen großen grünen Rahmen ein. Oberhalb des Rahmens befand sich ein Hinweis:

DAS AUSFÜLLEN VON WETTSCHEINEN
IST IN DIESEM CLUB
STRENGSTENS UNTERSAGT!

Unterhalb des Rahmens ein weiterer Hinweis:

MITGLIEDERN IST ES STRIKT VERBOTEN
DAS TELEFON ZUM ZWECKE
DES WETTENS ZU BENUTZEN!

Am Ende des Clubraums befand sich die Bar mit einem Glasbehältnis für Sandwiches, einigen Regalen voller Flaschen und einem Dutzend großer, an Bindfäden baumelnder Salamis. Rundgebunden, luftgetrocknet und schwarz, gezeichnet mit hellen Flecken herausgetretenen Fetts, waren es die Leichen niederträchtiger Dauerwürste, die als Warnung für die übrigen aufgeknüpft worden waren. Direkt darunter hing ein dritter Hinweis:

JEDES MITGLIED, DAS BLASPHEMISCHE
ODER UNGEHÖRIGE REDEN FÜHRT,
WIRD OHNE ANKÜNDIGUNG
AUS DEM CLUB
AUSGESCHLOSSEN!

Es war ein Klub, in den man ohne zu zögern seine Großmutter hätte mitnehmen können.

Das Gesicht der Inhaberin jedoch ließ den seriösen Eindruck ein wenig verblassen. Diese Frau hatte etwas ungemein Beängstigendes an sich. Man stelle sich die Totenmaske Julius Cäsars vor, rougeverschmiert und mit Augen, klein, platt und hell wie frisch halbierte Geschosse vom Kaliber .38 und erdrückt von Brauen, die sich in einem einzigen schwarzen Balken zu vereinen suchten; das Ganze gekrönt von einer Unmenge diabolischer, schwarzer Haare, die ihrem Schädel in einer albtraumhaften Kaskade entsprangen, eine dunkle Fontäne aufgestauter Verderbtheit, die durch den Druck ihres Korsetts nach oben gepresst wurde. Den Mund schminkte sie sich karmesinrot. Durch ihre Angewohnheit, die Lippen zusammenzukneifen, verschmierte sie jedoch den Lippenstift auf die umgebende Haut; das verlieh ihr den Anschein eines soeben gefütterten fleischfressenden Dämons, der vergessen hatte, sich den Mund ab zu wischen. Sie wusste nie viel zu sagen. Man hielt sie für eine Russin. Ihr Name? Kaum zu glauben: Anna Siberia.

»Gin, Anna?«, fragte Fabian.

»Danke.«

»Ich nehme einen Haig. Ah! Da ist ja der Mann, den ich suche. Anna, noch einen Haig für Mr. Figler. Hallo, Figler.«

Man könnte sagen, dass der International Political Club ein Treffpunkt an der fließenden Grenze zwischen dem Morast der kleinen Geschäfte und dem Sumpf der Unterwelt war. Aber zu welcher Seite gehörte Figler? Das war schwer zu sagen. Er war Geschäftsmann; aber das Wort Geschäft ist so vielsagend, dass es fast bedeutungslos ist. Viele Händler werden als Geschäftsleute bezeichnet, bis man sie verhaftet; dann nennt man sie Ganoven. Und viele Geschäftsleute werden als Ganoven bezeichnet, bis sich herausstellt, dass sie nur harte Geschäftsleute sind. Figler gehörte keiner bestimmten Gruppe an. Er stand in dem Ruf eines ehrlichen Geschäftsmannes. Man wusste aber auch, dass er einige merkwürdige Transaktionen hinter sich hatte. Figler gehörte zu jenen, die überall gewesen und mit jedermann bekannt sind, die oberflächliche Kenntnis von allen Geschäftszweigen besitzen, den genauen Marktwert aller nur denkbaren Waren kennen, unfähig sind, Zorn, Erstaunen oder Enttäuschung zu empfinden, und in jeder Gesellschaft deplatziert wirken. So einer war Figler. Seine Aktivitäten waren mannigfaltig und er war der klassische Typ des Agenten oder Mittelsmannes. Er lebte fast ausschließlich von Prozenten, Kommissionen, Spekulationen und Provisionen, Fünfern von Käufern und Fünfern von Verkäufern – er war die Art von Mann, die mit nichts als einem Auge und einer Zunge in die Welt hinausgeht und Geld verdient, ohne auch nur einen Penny zu investieren. Figler konnte einen Markt für das ausfindig machen, was irgendjemand zu verkaufen hatte, oder einen Anbieter von was auch immer jemand zu erwerben wünschte. Sauber oder schmutzig, fair oder faul, er besaß die Souveränität und Kühnheit des geborenen Kaufmanns. Warf man ihn zur Tür hinaus, kam er zum Fenster wieder herein. Ein Nein würde er nie als Antwort gelten lassen. Derjenige, der ihn hätte beleidigen können, musste erst noch geboren werden: Sagte man, er sei ein Bastard, zuckte er lediglich mit den Schultern und meinte: »Kann sein.« Gegen Spott war er gewappnet. Mit diesen Fähigkeiten verdiente er seinen Lebensunterhalt, ganz sicher nicht mit angenehmen Verkaufsgesprächen, gewinnender Persönlichkeit oder einer sympathischen Erscheinung. Bei seinem Anblick drängte sich einem der Eindruck auf, als wäre eine gehörige Portion weicher Materie in einen schmalen Nadelstreifenanzug gegossen worden, die an den Ärmeln und am Kragen wieder herausquoll; ein langer Rumpf, getragen von kurzen O-Beinen, ein krummer Rücken, runde Schultern, ein Kugelbauch sowie ein Gesicht von der Beschaffenheit und Farbe einer überbackenen Käseschnitte. Um Figlers Art zu sprechen zu imitieren, stecke man die Zunge zwischen die Zähne, halte sich die Nase zu und versuche mit einem Mund voller Speichel zu sagen: »Das ist das Ende vom Lied.« Er litt an einer chronischen Sinusitis, einem unergründlichen Nasenkatarrh. Er konnte sich von morgens bis abends die Nase putzen, ohne dass sein Kopf klarer wurde. In einer Elegie von Oliver Goldsmith wundern sich die Dorfbewohner über den Schulmeister, erst recht hätte man sich über Figler gewundert – wie ein so kleiner Kopf so viel schnauben kann. Figler atmete mühsam. Für ihn war es überlebenswichtig, mit einem heftigen Schnauben auszuatmen, um schnell wieder Luft holen zu können, bevor alles zum Stillstand kam. Auf diese Weise rettete er sich davor, an Land zu ertrinken.

»Hallo, Harry«, sagte Figler.

»Ich hab überall in der Gegend nach dir gesucht.«

»Was liegt an?«

»Ich möchte was mit dir besprechen. Ich hab da so eine Idee und denke, es könnte dich interessieren.«

»Was für eine Idee, Harry?«

»Was trinkst du? Kipp das runter, ich geb einen aus.«

»Nein, danke, hab genug. Worum geht's nun, Harry?«

»Pass auf, Figler, ich mach's kurz. Ich hab mir einen Plan zurechtgelegt, wie man Ringkämpfe veranstalten kann.«

»Ringkämpfe? Ist nicht das Schlechteste. Da ist Geld rauszuholen. Jedenfalls als Veranstalter.«

»Logisch als Veranstalter, was sonst! Oder glaubst du, ich bin so bescheuert und fang ganz unten an? Ich hab mir alles ganz genau überlegt. Da sind immer noch jede Menge Mäuse mit zu machen.«

»Kennst du dich aus in dem Geschäft?«

»Ich bin doch kein Blödmann und zieh ein Geschäft auf, von dem ich keinen blassen Schimmer hab, Figler. Es steht dem also nichts im Wege, ein paar Veranstaltungen durchzuziehen und ich möchte, dass du bei mir einsteigst.«

»Warum ich?«

»Ganz einfach: Erstens kann ich dir trauen. Zweitens hast du Köpfchen und drittens kannst du ein bisschen Geld lockermachen.«

»So, kann ich das? Aha ... Wie viel glaubst du, wären nötig?«

»Zweihundert Pfund.«

»Kannst du keine zweihundert auftreiben?«

»Hör zu, Figler, momentan läuft's nicht gut. Ich hatte einen schlechten Monat und 'ne Menge Ausgaben. Ich will offen zu dir sein, ich bin auch selbst schuld. Blöderweise hab ich geglaubt, ich könnte die Pferdchen austricksen, und dabei 'ne Menge in den Sand gesetzt. Dann hab ich im Crystal Stadium auf Yosh vertraut und das hat mich neunzig Eier gekostet. Und somit bin ich blank.«

»Oh, du willst mir also damit sagen, ich soll die ganzen zweihundert berappen?«

»Es ist eine todsichere Sache, Figler. Sie bringt dir tausend Prozent.«

»An diese tausend Prozent glaub ich erst, wenn ich sie hab, Harry.«

»Figler, sei kein Idiot.«

»Vielleicht bin ich ein Idiot, Harry – «

»Hör mir nur eine Sekunde zu. Ich kenne das Geschäft aus dem Effeff. Ich könnte schon morgen loslegen. Schau dir an, was Bielinsky an Geld rausholt. Und da ist noch mehr drin. Das Wichtigste ist, dass man eine anständige Halle kriegt und einen zugkräftigen Namen als Attraktion. Der Rest ist einfach. Mit zwei guten Hallen bin ich in Kontakt, ich kann sie sofort kriegen. Außerdem weiß ich alles über Tickets, und ich hab 'nen Kumpel, der für Bielinksi arbeitet, und der sich für mich um die Publicity kümmert. Ringkämpfer kann ich immer auftreiben. Ich kenn sie alle. Wir brauchen nur 'n Gym und ein paar Matten und können unsere eigenen Leute aufbauen. Verstehst du nicht, was ich meine? Knebel die Bastarde mit Langzeitverträgen! Es gibt Hunderte von denen, die froh wären, es zu machen.«

»Die gibt's immer. Aber wird das Publikum genauso froh sein, gutes Geld hinzublättern, um sie zu sehen?«

»Pass auf, Figler. Ich kenn das Spiel und du nicht. Es ist von vorn bis hinten nur Klamauk. Verrate mir, was weiß das englische Publikum vom Ringen? Sie haben es nie gesehen und wollen es auch nicht. Es ist ihnen zu lahm. Sie haben keine Ahnung davon, der einzige richtige Ringer, von dem sie jemals gehört haben, ist Hackenschmidt. Sie haben keinen Draht zum sportlichen Ringen, es bedeutet ihnen nichts. Sie werden keinen Eintritt zahlen, um Griechisch-römisch oder Judo oder Catch-as-catch-can zu sehen; was sie sehen wollen ist Blut und brutale Action. Und eins sag ich dir, du kannst jeden lausigen Kohlentrimmer trainieren, das zu bringen. Ich sag dir mal ’n Beispiel. Im Roman Club war neulich ein Typ namens Cropman. Ein klasse Ringkämpfer. Europäischer Stil. Er muss die Griffe zwanzig Jahre lang geübt haben. Und was ist passiert? Das Publikum hat ihn ausgepfiffen. ›Gebt ihm ein paar Kissen und lasst ihn schlafen gehen!‹ Das haben sie gesagt und ihn ausgelacht. Aber in derselben Veranstaltung trat ein Typ an, Black Strangler genannt, und ihm haben sie wie verrückt zugejubelt. Und weißt du was Figler, über diesen Black Strangler kann ich dir alles erzählen. Es ist noch keine drei Monate her, da war er ein Nigger-Heizer auf einem jamaikanischen Bananendampfer. Ringen? Ringen am Arsch! Er kennt genau zwei Dinge, Hammergriff und Ellbogenstoß. Die übrige Zeit spuckt er, schreit, beißt, tritt, spielt verrückt und das Publikum steht drauf. Sie lieben es. Frauen laufen meilenweit, um ihn zu sehen. Sie nehmen die Plätze vorne am Ring und sie hopsen rum, als hätten sie glühende Kohlen unter ihren Hintern. Bielinsky hat ihn eines Tages aus dem Black Man Café geholt und noch am selben Abend in die Arena geschmissen. Er musste sich ein Suspensorium und ein Paar Shorts leihen und kämpfte barfuß. Und jetzt? Der Black Strangler, verdammt, Figler, du kannst mir nicht erzählen, wie man Ringkämpfer aufbaut. Ich und – «

»Hör mal, Harry, und reg dich nicht auf. Ich hab keine zweihundert Pfund zu verschenken. Du weißt genau, dass ich immer für alles offen bin. Aber ich bin kein Finanzier.«

»Ist mir klar, Figler. Ich weiß aber auch, dass du Geschäftsmann bist, und ich brauche deine Hilfe.«

»Wenn ich ehrlich sein soll, hab ich schon mit dem Gedanken gespielt, Ringkampfpromotion zu machen. Für andere mach ich kein Geld locker, aber wenn du hundert Mäuse auftreiben kannst, bin ich mit den zweiten hundert dabei. Und wenn ich einsteige, haben wir ein gemeinsames Konto, und zwar fifty-fifty.«

»Versprochen?«

»Ich mach keine definitiven Versprechungen. Sieh mal, Harry, ich habe 'ne eiserne Regel: keine Geschäftsabschlüsse mit Leuten, die nichts zu verlieren haben. Besorg dir hundert Pfund, zeig sie mir und ich steig ein.«

»Hab ich dein Wort drauf?«

»Sicher.«

»Ich denke, ich kann die hundert Pfund auftreiben«, sagte Fabian.

»Du musst sie aber innerhalb einer Woche haben. Wenn du das Geld bis dahin nicht zusammenhast, kannst du nicht mehr mit mir rechnen.«

»Ach, Figler, hab Erbarmen!«

»Eine Woche. Ich hab keine Lust, mich hinhalten zu lassen.«

»Mein Gott, Figler, eine Woche?«

»Also, ich muss gehen, Harry. Wir sehen uns morgen oder übermorgen. Viel Glück und bis bald, Harry. Und vergiss nicht, eine Woche.«

Figler verließ den Klub, während Fabian still dasaß und sich auf die Oberlippe biss.

»Eine Woche«, murmelte Fabian, »oh, verdammt, eine Woche.«

II

Ein Mann kam an Fabians Tisch und setzte sich ihm gegenüber.

»Also wenn das nicht Mr. Clark ist!«, rief Fabian aus.

»Guten Abend, Fabian«, sagte Mr. Clark. »Ich glaube, ich muss eine kleine Schuld begleichen.«

»Das eilt nicht.«

»Ich kann es gleich hier machen und die Sache ist erledigt«, sagte Mr. Clark, zog eine Brieftasche hervor und nahm eine Fünfpfundnote heraus. »Es waren fünf, wenn ich mich recht erinnere. Möchten Sie lieber kleine Scheine?«

»Das ist egal«, sagte Fabian. »Geld ist Geld. Waren die Männer in Ordnung?«

»Ja, doch.«

»Mussten Sie Ihnen viel zahlen?«

»So viel wie ich erwartet hatte.«

»Für einen Fünfer machen diese Typen alles, was Sie wollen.«

»Meinen Sie? Jedenfalls kann ich noch mehr Männer wie diese gebrauchen.«

»Nun, Mr. Clark, ich glaube, ich kann noch ein paar finden, aber die sehen ziemlich abgerissen aus.«

»Es ist mir egal, wenn sie kein Hemd am Leibe haben. Hauptsache, sie sind unverheiratet. Um den Rest kümmere ich mich schon.«

»Wer hat den Griechen bekommen? Louise?«

»Nein. Jemand, den Sie nicht kennen.«

»Nun, wer auch immer es ist, sie sollte aufpassen. Ein Ehemann ist ein Ehemann. Aber sagen Sie, Mr. Clark, der andere Typ, dieser Ire – «

»Was soll mit ihm sein?«

»Sie sollten ein Auge auf ihn haben. Er könnte krumme Touren reiten.«

»Zum Beispiel?«

»Oh ... Keine Ahnung. Aber er sieht danach aus, und Sie wollen doch keine krummen Touren.«

»Ich glaube«, sagte Mr. Clark, und wenn ein Kühlschrank eine Stimme hätte, würde er in diesem Ton sprechen, »ich bin in der Lage, damit fertig zu werden. Leute, die mit mir geschäftlich zu tun haben, erledigen ihre Arbeit und erhalten ihren Anteil. Nicht mehr und nicht weniger. Gerade habe ich Ihrem irischen Freund klargemacht, wie töricht es wäre, irgendeine ... krumme Tour zu versuchen. Ich habe für so was keine Zeit. Ich bin Geschäftsmann.«

Mr. Clarks Stimme war gedämpft, mit kultiviertem Unterton; es war eine sehr kühle Stimme. Sie war die akustische Transformation des Gefrierpunktes. Er sprach, als zöge er es vor, nicht gehört zu werden. Kühle Reserviertheit stand ihm auch ins Gesicht geschrieben. Er hatte die diskreten, versiegelten Lippen eines Familienanwalts; sein Mund war ein einbruchsicherer Safe zum Verschließen von Geheimnissen, doppelt verriegelt durch die Muskulatur seiner langen, rechteckigen Kinnpartie. Sein Gesicht war bemerkenswert symmetrisch. Zwischen seinen Augen und auch auf seinem Kinn war ein Spalt; diese Merkmale sahen aus wie die Überbleibsel einer Grundlinie, um die herum sein Kopf mathematisch genau konstruiert worden war. In seinem glatten, olivenfarbenen Gesicht saßen große schwarze Augen, die scharf, leuchtend und scheinbar ohne zu zwinkern unverwandt in den Raum starrten. Man hätte ihn für einen ehemaligen Theologiestudenten halten können, der das Priesterseminar zugunsten einer wissenschaftlichen Tätigkeit verlassen hatte. Etwas Klerikales war an seiner Art sich zu kleiden: das konventionell geschnittene schwarze Jackett, die engen Hosen, der kleine Kragen seines Hemdes und die klobigen Schuhe. Doch genau in der Mitte seiner dunklen Krawatte funkelte ein kleiner, aber äußerst schöner Diamant. Clark strahlte Distanziertheit aus. Wovon lebte er? Seine Geschäftspartner, die es wussten, würden es nie sagen; und die Polizei, die es ebenfalls wusste, hatte keinen Beweis. Es gab Berichte, die ihn mit Menschenhandel und Rauschgift in Verbindung brachten. Gerüchte deuteten auf organisierten Juwelenraub und andere Dinge hin, die die Grenze zum Phantastischen überschritten. In der Nähe der Great Marlborough Street unterhielt er ein Büro. Auf dem Messingschild stand Arthur Mayo Clark, Kommissionär. Seine Regale waren voller Gesetzbücher. In seinem Wartezimmer wurden die unterschiedlichsten Leute gesichtet: abgehärmte Prostituierte aus Paris; unbeholfene Mädchen vom Lande, immer gut aussehend, die ihre großen Vulkanfiberkoffer sorgsam bewachten, mürrische Italiener mit den Händen in den Hosentaschen; Kosmopoliten in amerikanischen Mänteln, mit deutschen Hüten, belgischen Handschuhen, französischen Schuhen und österreichischen Krawatten; ihr Gepäck bestand aus eleganten Rindsledertaschen, die mit einem Patchwork aus Hotelaufklebern bepflastert waren; mitunter auch Herren mittleren Alters, die eine aseptische Aura unzweifelhafter Respektabilität umgab; Chorknaben mit mehr Puder auf den Wangen, als Männer für gewöhnlich aufzutragen pflegen; der eine oder andere

Zypriote mit der halben Ration Stirn und doppelter Menge Kinn; oder rohe Typen, deren abgründige Gesichter Plakate waren, die für siebenundfünfzig Varianten menschlicher Verkommenheit warben. Was sie zu Mr. Clark sagten und was er mit ihnen zu tun hatte, blieb ein Geheimnis. Er verließ sein Büro jeden Abend um sieben und verstohlen krochen Mäuse aus ihren Löchern und schnupperten neugierig an den verstreuten Zigarettenkippen und Zigarrenstumpen auf dem Boden des Wartezimmers; die vertrauten Players, die ausländischen Gitanes, Toscani, Cigarette Macedonin, Camels und Lucky Strikes. Dann tauchte Mr. Clark in der Menge auf der Straße unter und erledigte diverse kleinere Geschäfte an einigen merkwürdigen Orten, bevor er nach Hause ging, um zu schlafen.

»Ja, sicher«, sagte Harry Fabian, der in Clarks Gegenwart äußerste Mühe hatte, sein widerspenstiges linkes Auge unter Kontrolle zu halten. »Sicher, sicher, niemand hat ein Interesse an krummen Geschäften. Nur, was diesen irischen Typ angeht: Ich dachte, ich sag's Ihnen besser, das ist alles.«

»Ich weiß«, sagte Mr. Clark und zeigte ein oder zwei blendend weiße Zähne in einem gekünstelten kleinen Lächeln, »und ich bin Ihnen sehr verbunden. Was möchten Sie trinken?«

»Einen kleinen Scotch.«

»Anna, einen großen Haig für Mr. Fabian und ein kleines Bier für mich.«

»Hören Sie, Mr. Clark«, sagte Fabian ernst, »da gibt es ein Geschäft, über das ich mit Ihnen reden möchte. Können Sie mir hundert Pfund leihen? Ich geb Ihnen in acht Wochen einhundertundfünfzig zurück. Ich – «

»Wie? Ihnen einfach so hundert Pfund leihen?«

»Ja, aber ich werde Ihnen einhundertundfünf – «

Mr. Clark schüttelte den Kopf.

»Sie können es nicht?«, fragte Fabian.

»Wahrscheinlich könnte ich es nicht. Bringen Sie mir morgen vierzig ledige Männer und ich gebe Ihnen einen Tag später zwanzig Fünfpfundnoten«, sagte Mr. Clark.

»Vierzig! Verdammt! Wer bin ich denn? Eine Heiratsvermittlung? Also ehrlich, Mr. Clark, ich habe ein brandheißes Geschäft an der Hand.«

»Kann Zoë Ihnen nicht das Geld besorgen?«

Fabian zuckte mit den Schultern.

»Wollen Sie noch einen Drink, Fabian?«

»Nein.«

»Nicht mal einen kleinen?«

»Nein.«

»Um was für ein Geschäft handelt es sich überhaupt?«

»Ringkampfveranstaltung. Es ist ein – «

»Oh, ich fürchte, das liegt nun so gar nicht auf meiner Linie. Aber ich wünsche Ihnen viel Erfolg«, sagte Mr. Clark, nickte höflich, trank einen winzigen Schluck Bier und schob das Glas weg. »Halb Elf. Wie in Ihrer Gesellschaft die Zeit verfliegt! Sie entschuldigen mich. Gute Nacht.«

»Geizkragen«, murmelte Fabian. Eine genaue Transkription seiner Gedanken in diesem Moment hätte etwa so ausgesehen: Einhundert Pfund. Oh, verdammt, verdammt, verdammt! Einhundert Pfund. Einhundert Pfund. Verrrdammmt! Zoë wird es ranschaffen müssen. Und wenn ich ihr den Hals umdrehen muss. Zoë muss es ranschaffen.

Seine Unterlippe schob sich direkt unter seine Nase.

Mit einer abrupten Bewegung, die seine Haarpracht nach hinten warf, stand er auf und stapfte hinaus aus dem International Political Club.

Fabian ging nun schnurstracks geradeaus wie ein Mann mit einem eindeutigen Ziel. Tap, tap, tap, tap machten seine scharfen kleinen Absätze in der feuchten Nacht, während er die Wegstrecke Richtung Süden zu seiner Wohnung in der Rupert Street zurücklegte.

Fabian besaß Talent zum Spionieren durch Schlüssellöcher und war ein begabter Lauscher an der Wand. Als er sich seiner Wohnung näherte, trat er leise auf. Lautlos wie eine Katze ging er die Treppe hoch und den Flur entlang, und als er seine Tür erreichte, blieb er stehen und lauschte, drehte den Schlüssel mit unbeschreiblicher Vorsicht herum, schloss die Tür geräuschlos und lauschte wieder. Sobald er sicher war, allein zu sein, ging er in das kleine Wohnzimmer neben dem Schlafzimmer und zog seinen Mantel an, der hinter der Tür hing. Aber als er sich umdrehte, um wieder hinauszugehen, hörte er Schritte auf dem Flur. Fabian war so etwas wie ein Spezialist in Sachen Schritte: Er erkannte das Klackern von Zoës Blockabsätzen über den langsameren und schwereren Schritten ihm unbekannter männlicher Beine. Er schlüpfte ins Wohnzimmer und schloss die Tür, kurz bevor sich Zoës Schlüssel im Schloss drehte. Fabian verharrte im Dunkeln. Wie üblich führte Zoë ihren Besucher direkt ins Schlafzimmer. Fabian hörte, wie sie sagte: »Nur eine Sekunde, ich mache eben mal das Licht an ... Komm rein, mein Lieber.«

Die Wände der Wohnung waren dünn, aber nicht dünn

genug für Fabian, der, von neugieriger Natur, gern einen Blick auf das warf, was um ihn herum vorging. Heimlich hatte er mehrere Löcher in die Schlafzimmerwand gebohrt – durch die dunkleren Teile der Tapete, so dass Zoë nichts davon bemerkte. Durch diese Löcher konnte Fabian beobachten, ohne gesehen zu werden, und konnte Dinge hören, die für keinen Dritten bestimmt waren. Er drückte jetzt sein rechtes Auge an eines der Löcher und bekam einen Überblick über das Schlafzimmer.

Es war ein kleiner Raum, ausgestattet mit einer Tapete mit China-Motiven, einer Beleuchtung in Form einer billigen Einheitslampe, deren gelber Schirm mit einer Fransenkante geziert war, und der Imitation eines chinesischen Teppichs in Blau und Gelb. Es gab ein großes Doppelbett mit stahlblauer Bettdecke, die mit rosafarbenen Rosenknospen gemustert war; einen Kleiderschrank und eine Frisierkommode mit einem Durcheinander aus Bürsten, zerbrochenen Parfumzerstäubern und billigem Schmuck, wie man ihn auf Weihnachtsmärkten bekommt, und einem Kruzifix. Zoë stand in der Nähe der Lampe und nahm ihren Hut ab.

Sie war ein ansehnliches Mädchen mit den beinahe unanständig sinnlichen Proportionen einer Frauengestalt in einem indischen Holzschnitt, eines jener Mädchen, dessen Brüste, bereits mit fünfzehn voll entwickelt, in einer schwülen Atmosphäre der Erotik rasant zur schlaffen Überreife anschwellen wie Tomaten in einem Treibhaus. Jetzt, mit dreiundzwanzig, hatte Zoë fast den Zenit ihrer körperlichen Entwicklung erreicht. Männer, die ihren Namen nicht kannten, nannten sie nicht ›das Mädchen mit dem schwarzen, krausen Haar‹ oder ›das dunkle Mädchen mit dem Muttermal am Kinn‹, sondern ›das

Mädchen mit dem Busen‹. Von seinem Versteck aus sah Fabian ihr direkt in die Augen. Was für eine Frau!, sagte er zu sich selbst. Was könnte sie verdammt noch mal erreichen, wenn sie nicht so sanft wäre! Von vorn betrachtet, im vollen Licht der Lampe, war Zoë außerordentlich schön; doch als sie den Kopf wandte, um mit ihrem Besucher zu reden, zeigte sie ein Profil, das ihren Mangel an Willen offenbarte, die schlaffe, dahinfließende Physiognomie einer Frau, bei der die Ovulation das Denkvermögen aus dem Gleichgewicht gebracht hatte.

Der Besucher hingegen war einer jener Männer, die man unmöglich mit einer wie auch immer gearteten Vorstellung von Sex in Verbindung bringen kann; einer jener zarten, schüchternen Herren, die auf Grund ihrer angeborenen Ehrbarkeit nie die Kraft gehabt zu haben scheinen, ihre Männlichkeit zu genießen. Beim Betreten des Schlafzimmers hatte er seinen Hut abgenommen. Fabian konnte sein Gesicht deutlich sehen – sehr bleich, knochig und betont länglich durch den zurückweichenden Haaransatz. Das noch auf dem Kopf verbliebene Haar war von undefinierbarer Farbe; ebenso die spärlichen Augenbrauen und der gestutzte Schnurrbart.

Während eines zehnminütigen Spaziergangs durch die Stadt kann man fünfhundert ähnliche Gesichter sehen, man sieht sie und vergisst sie wieder. An diesem kleinen Mann jedoch war etwas, was einen gezwungen hätte, zweimal hinzusehen, und das war der Ausdruck tiefsten Unglücks in seinem Gesicht. Er zeigte die dumpfe, düstere Miene geduldig ertragenen Leidens. Die dunklen Ringe unter seinen Augen hätten Hinterlassenschaften von Tränenbächen sein können. Stetes Wasser höhlt den Stein – was erst macht es mit dem Gesicht eines armen kleinen Mannes! Er sieht aus, als hätte er einen Fünfer verloren und einen Penny aufgehoben, so brachte Fabian hinter seinem Guckloch die Erscheinung auf den Punkt.

Wie beiläufig betrachtete Fabian den schlichten grauen Mantel, den Hut mit dem scharfen Knick und den steifen Kragen des Besuchers. Er hatte den Typ Mann in diesem Schlafzimmer schon gesehen, den Typ Mann Ende vierzig aus den Vororten, reserviert, vorsichtig und verschreckt; der Ernährer, der vierhundert Pfund im Jahr verdiente, fünfundzwanzig Jahre verheiratet war und seiner gleichgültigen Ehefrau ziemlich überdrüssig, heimgesucht von einem amourösen Anfall, der so zwanghaft war wie ein selbstmörderischer Impuls und nun in einem verzweifelten Sprung in das Schlafzimmer einer Prostituierten mündete. Fabian verzog verächtlich sein Gesicht. Er wusste genau, was geschehen würde. Der kleine Mann würde sich hinlegen und Zoë in einer zitternden Umarmung umfassen, sich dann all der Schauermärchen erinnern, die er über Schanker und Paralyse gehört hatte, ein Opfer der Impotenz werden und sich entschuldigen, Müdigkeit vorschützen, sein Geld hinlegen und davonlaufen.

Zoë schaltete das Radio an. Die Stimme des Solisten einer Tanzband war zu hören: *Struttin' like a peacock, feelin' like a millionaire ...* Zoë tanzte durch den Raum, warf ihr Kleid ab und zeigte sich in einem Hemdhöschen aus schwarzer Spitze. Fabian nickte anerkennend. Doch der Besucher saß nur auf der Bettkante und machte keine Anstalten, seinen Mantel auszuziehen.

»Weißt du«, sagte Zoë, »ich mag dich. Du hast ein nettes Gesicht. Möchtest du tanzen?«

»Nein, danke«, sagte der Besucher. »Ich ... wissen Sie, ich bin nicht mitgekommen wegen ... wegen irgendetwas dergleichen. Ich wollte nicht ... nicht ... irgendetwas machen. Ich war einfach nur einsam. Ich hoffe, Sie sind jetzt nicht beleidigt. Sie ... Sie gefielen mir, und ich ... ich hab mir gedacht, dass es Ihnen vielleicht nichts ausmacht ... mir eine halbe Stunde oder so Gesellschaft zu leisten, einfach nur mit mir zusammenzusitzen.«

»Also einer von diesen Spinnern!«, murmelte Fabian.

»Aber warum denn, du armer Mann!«, sagte Zoë mit spontanem Mitgefühl. »Als wenn mir das was ausmachen würde. Es tut mir Leid, dass du so einsam bist, mein Lieber. Möchtest du, dass ich mich hinsetze und wir uns unterhalten? Soll ich das Radio ausschalten?«

»Wenn Sie nichts dagegen hätten?«

Knack machte der Schalter. Der Sänger verstummte.

»Du siehst ja völlig kaputt aus«, sagte Zoë. »Was hast du nur angestellt?«

»Nichts, nur nicht geschlafen.«

»Warum nicht?«

»Ich weiß es nicht.«

»Du wirst dich noch umbringen, wenn du nicht Obacht gibst. Man braucht doch Schlaf. Pass auf, ich mach dir einen Vorschlag. Du legst dich aufs Bett und ruhst dich eine halbe Stunde oder so aus und ich lege mich zu dir und wir reden. Ja?«

»Das ist sehr nett von Ihnen, aber ich möchte doch lieber sitzen bleiben, danke.«

»Was hältst du davon, wenn ich dir eine Tasse Tee mache?«

»Nein, danke. Aber es ist nett gemeint. Ich bin Ihnen sehr verbunden.«

Zoë fiel für den Moment nichts mehr ein und es gab eine peinliche Stille, bis der kleine Mann sagte: »Sind Sie schon lange hier?«

»Zwei Jahre.«

»Läuft es ... gut?«

»Nicht schlecht.«

Der Besucher zeigte auf eine Fotografie von Fabian, die auf dem Kaminsims stand und fragte: »Wer ist das?«

»Oh, das ist ein Freund von mir. Er komponiert.«

»Wirklich? ... Äh, sind Sie schon lange in diesem Geschäft?«

»Seit ich neunzehn bin, etwa vier Jahre.«

»Gefällt es Ihnen?«

»Oh, ich weiß nicht so recht. Eigentlich ist es gar nicht schlecht. Ich hab dich in letzter Zeit öfter hier in der Gegend gesehen und hab mich gefragt, wer du wohl bist«, sagte Zoë. »Einer meiner Freunde dachte, du wärst ein Detective, aber ich hab gewusst, dass das nicht stimmt. Ich hab mir gedacht, ist schon komisch, dass ein Mann wie du die ganze Nacht in diesen miesen Läden rumhängt. Verrat mir, wieso. Bist du unglücklich zu Hause, ist es das?«

»Nicht ganz. Es ist nur die Einsamkeit. Ist eine merkwürdige Geschichte.«

»Na dann erzähl sie mir.«

»Das möchte ich gern, aber ...«

»Also wenn es ein Geheimnis ist, dann erzähl's mir nicht. Leg dich einfach hin und ruh dich aus. Mein Gott, du siehst wirklich aus, als wenn du's nötig hättest.«

»Sie sind wirklich sehr lieb. Ich merke, dass ich Vertrauen zu Ihnen haben kann.«

»Natürlich kannst du das. Von mir erfährt keiner auch nur ein Sterbenswörtchen.«

»Also, es ist so. Ich bin verheiratet.«

»Aber deine Frau versteht dich nicht.«

»Nein, nichts dergleichen. Ich bin seit über zwanzig Jahren verheiratet, ganz glücklich sogar. Aber vor einiger Zeit ist meine Frau krank geworden.«

»Was hat sie?«

»Krebs.«

»Nicht mal meinem schlimmsten Feind würd ich Krebs wünschen«, sagte Zoë.

»Nun, Sie müssen wissen, ich bin Bakteriologe.«

»Hm?«

»Ich habe in einer Hefefabrik gearbeitet, verstehen Sie, in der Nachtschicht, habe mich um die Fermentierung gekümmert und all diese Sachen.«

»Das muss interessant gewesen sein.«

»Ja. Aber kurz nachdem meine Frau krank geworden ist, hat meine Firma mit einer anderen fusioniert und ich habe meinen Job verloren. In meinem Alter in meiner Branche einen neuen Job zu finden, ist nicht leicht.«

Himmel Herrgott! Will die kleine Ratte etwa sagen, dass sie kein Geld hat?, fragte sich Fabian.

»Und was haben Sie nun gemacht?«, fragte Zoë.

»Meine Frau ist in einem Pflegeheim und hat nicht mehr lange zu leben. Sie hat sich schon immer viel Sorgen gemacht, das kleinste Missgeschick konnte sie wochenlang aufregen. Ich wollte ihr die letzten Monate ihres Lebens nicht vergällen und ihr erzählen, dass ich meinen Job verloren habe. Also hab ich so getan, als würde ich jede Nacht zur Arbeit gehen und am Morgen nach Hause kommen. Dann kam ihre Schwester, um mir den Haushalt zu führen, und ich musste weiter den Anschein wahren.«

»Hättest du es der Schwester nicht sagen können?«

»Sie hätte es nicht für sich behalten. Also gehe ich jede Nacht zur Arbeit, komme jeden Morgen nach Hause und jede Woche präpariere ich eine Lohntüte. Ich nehme das von meinen Ersparnissen.«

»Bekommst du von deiner alten Firma keine Pension?«

»Nein, aber sie haben mir ein Jahresgehalt als Abfindung gezahlt. Außerdem habe ich etwas gespart. Wir haben nicht auf großem Fuße gelebt, ganz gut zwar, aber nicht über unsere Verhältnisse. Ein oder zweimal die Woche ins Kino. Vielleicht ein oder zweimal im Jahr, zum Beispiel an unserem Hochzeitstag, haben wir uns Abendgarderobe angezogen und sind in die Stadt, ins Theater, und dann zum Abendessen in ein Restaurant, wo wir bei einer Flasche Wein der Band zugehört haben. Kein Luxus also. Wir sind gut miteinander ausgekommen. Wissen Sie, da ist was Wahres dran, wenn Leute ihren Ehegatten als ihre bessere Hälfte bezeichnen. Wenn zwei Menschen lange Zeit recht glücklich zusammenleben, wachsen sie zusammen. Sie werden eins. Und wenn man sie dann auseinander reißt ...«

»Ach du Armer!«, rief Zoë aus. Ihre Augen füllten sich mit Tränen. Und zwei große Exemplare tropften mit einem zarten Platschen auf ihren nackten rechten Oberschenkel.

»Das Problem ist«, fuhr der kleine Mann fort, »ich muss Zeit totschlagen. Ich habe es nicht gewagt, mich irgendjemandem anzuvertrauen.«

»Hast du denn keine Freunde?«

»Niemanden, mit dem ich wirklich reden kann. Ich war schon immer ein Einzelgänger, also muss ich losziehen und mich unter Fremden aufhalten, alles Menschen, die nachts leben. Ich traue mich nicht, dorthin zu gehen, wo ich auf Nachbarn treffen könnte. So bleiben nur Lokale, in denen Sie mich gesehen haben.«

»Warum nimmst du dir nicht irgendwo ein Zimmer?«

»Ganz einfach, weil ich es nicht ertragen kann, allein zu sein. Das hat mein Leben zerstört. Ich finde keinen Schlaf, ich muss einfach herumwandern ...«

»Könntest du nicht behaupten, du arbeitest tagsüber?«

»Das würde nichts ändern. Ich kann nachts nicht schlafen. Am Tage kann ich mich in meiner Nachbarschaft sehen lassen, das ist kein Problem. Aber Sie können sich nicht vorstellen, wie schrecklich es für mich ist, nachts allein zu sein. Nein, nein; möge sie in Frieden gehen und dann soll mir alles egal sein. Meine arme Frau, Krebs allein ist schon schlimm genug.«

»Die Schwester deiner Frau muss ein richtiges Miststück sein.«

»Sie ist eine sehr bösartige Person. Es ist sehr nett von Ihnen, dass Sie sich das alles anhören. Ich bin Ihnen sehr dankbar, wirklich.«

»Weißt du, ich finde, du bist furchtbar nett«, sagte Zoë. »Hab keine Angst vor mir. Vergiss das alles für einen Moment, leg dich hin und ruh dich aus. Nur eine Viertelstunde. Es wird dir gut tun, du siehst furchtbar aus.«

»Nein, ich kann mich nicht ausruhen.«

»Soll ich rausgehen und dir einen Drink holen?«

»Nein, danke; ich trinke in letzter Zeit sowieso zu viel.« Der kleine Mann tätschelte mit einer dankbaren Geste ihr Bein; dann, als ihm plötzlich bewusst wurde, was er gerade tat, zog er seine Hand abrupt zurück.

Auf der anderen Seite der Wand grinste Fabian von einem Ohr zum anderen.

»Es tut gut, mit Ihnen reden zu können«, sagte der kleine Mann. »Ich fühle mich wie von einer Last befreit. Dabei ist alles ganz harmlos, nicht so, als würde man ein Verbrechen gestehen – aber es kostet mich Überwindung. Ich konnte es einfach niemandem erzählen, den ich kenne. Das klingt vielleicht lächerlich, aber es war mir nicht möglich. Danke. Ich bin Ihnen sehr sehr dankbar. Aber nun sollte ich Sie nicht länger belästigen. Ich werde gleich verschwinden ...«

Mein Gott! Sieht aus, als will der wirklich gleich abhauen, dachte Fabian, als ihm plötzlich eine Idee kam. In der Dunkelheit seines Verstecks ballte er die Fäuste und starrte Zoë durch das Guckloch an. Verschaff dir die Adresse, du dummes Ding, wollte er schreien. Er zitterte vor Erregung.

»Wohin wirst du jetzt gehen?«, fragte Zoë.

»Ich weiß es nicht. Ich denke, ich werde irgendwo eine Tasse Kaffee trinken.« Der kleine Mann langte mit zwei Fingern in seine Brusttasche und zog drei Pfundnoten heraus. »Ich danke Ihnen. Bitte nehmen Sie das. Ich habe eine Menge Ihrer wertvollen Zeit verschwendet.«

»Nein, das ist schon in Ordnung«, sagte Zoë. Sie schob das Geld zurück und einem plötzlichen Impuls folgend, küsste sie ihn auf die Stirn.

Fabian knirschte im Dunkeln mit den Zähnen.

»Nein, ich bestehe darauf«, sagte der kleine Mann. »Ein Geschenk. Keine Bezahlung, sondern ein Geschenk. Kaufen Sie sich einen Hut oder so was. Sie sind ein süßes Mädchen. Ich werde wiederkommen, wenn ich darf, nur, um mich mit Ihnen zu unterhalten. Gott segne Sie. Gute Nacht.«

Verdammt! Fabian trat sich tatsächlich selbst. Was bin

ich doch für ein Idiot! Warum bin ich nicht vor fünf Minuten rausgeschlichen, um ihn abzupassen.

»Wart einen Moment«, sagte Zoë, »lass mich deine Krawatte zurechtrücken. Und du hast eine Menge Fusseln hinten auf deinem Mantel, eine Sekunde, ich bürste sie dir ab.«

Fabian blieb nicht länger, um noch mehr zu hören. Er zog den Riegel zurück, schob sich aus dem Wohnzimmer und öffnete die Wohnungstür, alles ohne ein Geräusch zu machen. Er beherrschte die Technik, Türen lautlos zu schließen. Er stahl sich aus der Wohnung wie ein Schatten und rannte die Treppen hinunter.

»Gott sei Dank!«, sagte Fabian, der nicht ganz ohne religiöse Prinzipien war.

Es regnete. Er stand im Hauseingang, als suche er Schutz.

Das gelbliche Licht der Straßenlaternen hatte etwas Unentschlossenes hinter dem Vorhang aus Regen. Angetrieben von einem wilden Ostwind gingen die schweren Schauer in einem Winkel nieder, als wollten sie ein für allemal das Ungeziefer fortspülen, das über dem fiebrigen Gesicht dieser tristen und endlosen City schwirrte.

Der kleine Mann kam herunter und ging weg.

Fabian schlug den Kragen seines Mantels hoch und folgte ihm.

III

Zu jeder anderen Stunde hätte Fabian sich so sicher und unauffällig an die Sohlen des kleinen Mannes heften können wie dessen eigener Schatten, aber zu dieser Zeit schlossen die Theater und dichte Menschenmengen drängten aus jedem Foyer und blockierten die Bürgersteige. Die Straßen wurden schwarz von Fußgängern, die zu den Vorortbussen eilten, in die U-Bahneingänge strömten, um wie zahllose Tropfen eines Wasserfalls hinunter zu den Zügen zu gelangen. Die City leerte sich. In der Regent Street und in der Shaftesbury Avenue wurden die Verkehrsströme dichter und verlangsamten sich. Vorbei an Alleen vibrierender Kühler, im rotgelben Schein der Verkehrslichter, umgeben vom Dröhnen Tausender von Motoren, trippelten Männer und Frauen von Ampel zu Ampel und über Zebrastreifen. Es war eine Atmosphäre der Panik, die einen an Sodom unter dem Donnerschlag erinnerte. In der Rupert Street lauerte eine Reihe bebender Wagen, Motorhaube an Stoßstange gepresst, auf das Umspringen der Ampel.

Unter dem flackernden Scharlachrot der Neonreklamen wühlten Chryslers ihre Schnauze in Austins, schnüffelten Morris' an den Hinterteilen von Fords, als hätte die feuchte Frühlingsnacht irgendeine albtraumhafte Paarungszeit der Maschinen ausgelöst – die Vision eines Wahnsinnigen von der geschlechtlichen Vereinigung keuchender Eisenmonster in einem brennenden Asphaltdschungel.

Der kleine Mann erreichte die Shaftesbury Avenue und war im Begriff, sie zu überqueren, während Fabian sich hinter ihm durch die Menge boxte. In dem Moment, als Fabian den Rinnstein erreichte, sprang die Ampel auf Grün und mit dem simultanen Aufschrei der Hupen und gepeinigten Bremsen und Reifen glitt ein solider Verkehrsstrom Richtung Piccadilly, während Fabian dastand, an seiner Oberlippe saugte, den Unterkiefer vorstreckte und ein Profil präsentierte, das unter dem diffusen Licht der Ampel wie der Umriss eines zerbrochenen Fensters wirkte. Er hielt Ausschau und sah, dass der kleine Mann die andere Straßenseite erreicht hatte. Für einen kurzen Augenblick flatterte der schlichte graue Mantel am Rande einer Menschenmenge, um sofort in ihr unterzugehen.

Es war, als hätte die City den kleinen Mann verschluckt, so wie ein Flußpferd eine Fliege verschluckt. In der Tat hätte kein normaler Mensch versucht, ihn in dem Gewirr der Straßen zu suchen, in dem er so plötzlich verschwunden war. Aber Harry Fabian, im Slum geboren, in der Gosse aufgewachsen, vertraut mit der irritierenden Topographie der Nachtwelt und mit jedem Rattenloch in West One und West Central, hatte nicht vor, die Jagd aufzugeben. Er war kein gewöhnlicher Mensch, seine Intuition war hoch entwickelt, gespeist durch langsam, aber stetig gewachsene Erfahrung auf dem Gebiet der Konventionen der City. Seine Fähigkeit, Schritte zu erkennen, wurde bereits erwähnt. Eine ähnliche Methode spontaner Schlußfolgerungen befähigte ihn, in einem Gesicht zu lesen, dessen Ausdruck zu deuten und einzuschätzen, wie viel Geld derjenige möglicherweise auszugeben bereit war, oder auf Grund des Aussehens zu entscheiden, welches Restaurant oder Café jemand bevorzugte. Fabian sah London als eine Art Inferno – eine Ansammlung konzentrischer Kreise mit Piccadilly Circus als ultimativen Mittelpunkt. Wie eine Taste aktivierte der Anblick eines Gesichts eine Reihe von Federn in seinem Unterbewusstsein und setzte somit einen komplizierten Mechanismus vergleichender Erinnerung in Gang, der, indem er sich virtuos der Permutation und Kombination Tausender von Beobachtungen bediente, eine sofortige und ziemlich genaue Einschätzung der Fähigkeiten hinter diesem Gesicht und des Umfeldes, zu dem es gehörte, liefern konnte. Ähnliches geschieht in unserem eigenen Bewusstsein, wenn man den lasziven Ausdruck im Gesicht einer Frau oder den lüsternden Blick eines Mannes wahrnimmt. Instinktiv konnte Fabian sagen: »Dieses Mädchen arbeitet in einer Schneiderei« oder »Dieser Mann ist ein Feigling«, obwohl er, wie ein erfahrener Arzt, der einen zweideutigen pathologischen Befund formuliert, nicht hätte erklären können, wie er zu seiner Schlußfolgerung gekommen war. Aber jetzt, als er über den kleinen Mann nachdachte, war sein Kopf leer. Ein geachteter Bürger der Mittelklasse, der unterwegs ist, um am Piccadilly die Zeit totzuschlagen, würde vielleicht zum Corner House gehen. Aber wenn er Orte meiden will, wo jemand von seinen Bekannten ihn sehen könnte, wer kann sagen, wohin es ihn dann verschlägt?

Fabians Intuition hatte ihn im Stich gelassen. Er war gezwungen, auf die Kombinationsgabe des gesunden Menschenverstandes zurückzugreifen. Und das geschah nahezu unbewusst. Er bemerkte lediglich eine gewisse Orientierungslosigkeit, gespickt mit Namen von Clubs und Cafés ...

Er wird einen Kaffee trinken gegangen sein. Er befürchtet, jemanden zu treffen, den er kennt. Er wird die großen Lokale meiden. In den kleinen Lokalen wird er den Eindruck haben, dass alle ihn anstarren. Er wird nicht den Nerv haben, zu Peter the Greek zu gehen oder ins Calabria. Er wird sich zu unsicher fühlen zwischen den Mädchen im Vesuvio oder Primavera. Er wird zu ängstlich sein, um in eines der Kellerlokale zu gehen. Er verkehrt hier noch nicht lange genug, um Mitglied in einem der Clubs zu sein. Er wird nicht ins Volpe's gehen; zu viele Touristen. Er wird nicht das erstbeste Lokal betreten, das er findet; er wird eine Seitenstraße hinuntergehen, aber keine unbeleuchtete. Er wird bei Domenico's reinschauen, aber nicht hineingehen – er gehört zu der Sorte Spießer, die sich nicht sofort entscheiden können. Er wird nicht ins Continental gehen; da lungern die Jungens rum, die gerade vom Hunderennen zurückgekommen sind. Das Glorious Cyprus? Nein. Er würde nervös werden, wenn er dort herumsteht. Er wird schnell über die Straße gehen, und zum East and West gehen –

»Ich hab so eine Ahnung! Er muss ins East and West gegangen sein!«, sagte Harry Fabians bewusster Verstand. Die Idee schien aus dem Nichts gekommen zu sein, eine göttliche Inspiration. Fabian hätte seinen letzten Penny darauf gewettet. Er ging mit flottem Schritt und voller Selbstvertrauen, überquerte die Shaftesbury Avenue und summte *Pal of My Cradle Days,* einen Song, den er ungeheuer mochte, und eilte zum East and West Café.

Als Fabian das Café erreichte, öffnete er die Tür ein wenig, schob sein keilförmiges Gesicht durch den etwa zwanzig Zentimeter breiten Spalt und sah sich um. Der Laden war voll. Nach der frischen Nachtluft schlug ihm die stickige, von menschlichen Ausdünstungen und vom Rauch der Toscanizigarren geschwängerte Atmosphäre des Cafés entgegen wie ein feuchtes Laken. Fabians Brust dehnte sich: Er atmete Heimatluft. Er trat ein und ging von Tisch zu Tisch, wobei er jedes Gesicht mit seinem scharfen rechten Auge musterte. Der vordere Teil des Ladens war voller kreischender Italiener, die sich entweder mit zerknüllten Zeitungen bewarfen oder mit den Fäusten Streichholzschachteln durch die Luft katapultierten, als feierten sie neuerlich die Eroberung Abessiniens. Weiter hinten brüteten zwei massige alte Griechen, grau und unbeweglich wie Steine von Stonehenge, über einer Partie Schach, umringt von einem Dutzend Zuschauern, die vor lauter Aufregung fast in die Luft gingen. In der Ecke, neben dem Elektrischen Kran, stand ein kleiner, fetter Franzose, der, schier aus dem Häuschen vor Freude, mit einer soeben gewonnenen billigen Zigarettenspitze in der Luft herumwedelte und alle Welt zu einer Tasse Kaffee einlud. An dem Tisch neben ihm saß völlig selbstvergessen ein leichenblasser älterer Herr mit entzündeter Nase, der mittels eines Pfeifenreinigers sein linkes Ohr vom Ohrenschmalz befreite. Unweit von ihm, gebeugt über eine Hand voll Champagnerkorken, ereiferte sich eine Gruppe kalkgesichtiger junger Männer mit bereits schwerem Blick in einem endlosen und unverständlichen Streitgespräch, während am selben Tisch ein apart gekleideter Neapolitaner, dunkel und elend wie die Sünde, mit seiner leeren Kaffeetasse braune Ringe auf ein zerknittertes Programmheft für Windhundrennen zauberte.

Doch nirgends eine Spur von jemandem, der dem kleinen Mann auch nur entfernt ähnelte. Fabian biss sich auf die Lippen und verließ das Café. Draußen blieb er stehen, um sich mit einem Mann zu unterhalten, der mit einem Obstkarren am Straßenrand stand.

»Hi, Bert«, sagte Fabian.

Bert war ein untersetzter, kräftig gebauter Mann; blond, mit dem spitzen Kinn und dem kantigen Gesicht Fabians und demselben Gepräge des in den Mietskasernen der Slums Großgewordenen.

Im Gegensatz zu Fabian war er jedoch alles andere als gut gekleidet. Auf seinem Kopf saß eine Mütze mit löchrigem Schirm und anstelle von Schlips und Kragen trug er einen schmuddeligen weißen Schal. Seine vor Schmutz starrende Jacke hatte einen schwarzen Ton angenommen und seine Hosen waren vom Regen durchnässt; unter den zerfransten und mit Wasser voll gesogenen Aufschlägen schaute ein Paar kaputter Lacklederschuhe hervor. Sein Aussehen ließ keinen Zweifel an seiner Armut; doch er trug seine abgewetzte Kluft mit einer seltsam dreisten Sorglosigkeit – der Großspurigkeit des Cockney-Grünhökers, des unerschütterlichen Straßenhändlers, zäher als Leder und widerstandsfähiger als die Mauern der Stadt; drahtig, schlaflos, die Sinne geschärft wie ein Rasiermesser durch ständige Wachsamkeit; ihm fehlte der kriminelle Instinkt, dennoch war er daran gewöhnt, den Polizisten als seinen Erzfeind zu betrachten; humorvoll, leicht reizbar, polternd und schnell mit den Fäusten – der einzige Vertreter Londons, der nie ausstirbt, einen eigentümlichen Jargon spricht und eine alte und charakteristische Tradition aufrechterhält. Er öffnete seinen Mund einen halben Zentimeter, während das übrige Gesicht vollkommen unbeweglich blieb, und sagte mit heiserer Stimme: »Wie geht's, 'arry?«

»Hör mal, Bert, hast du hier gerade 'nen kleinen Kerl im grauen Mantel und mit Bowler gesehen? Macht 'nen elenden Eindruck der alte Bursche und sieht aus wie 'n Lehrer. Gestutzter Schnurrbart. Hast du ihn geseh'n?«

»Frag mich mal was Leichteres, 'arry. London ist voll von solchen Typen. Wenn ich ihn geseh'n hätte, wär er mir nicht augefall'n. Und, wie läuft's sonst?«

»So lala. Was macht das Geschäft?«

»Bin schwer am Schuften ich alter Höker. Letzte Donnerstagnacht haben sie mich auf der verdammten Oxford Street hoppgenommen. Ich karre grad 'ne Scheißfuhre Tomaten nach Nord'n, musste mir nämlich 'n paar Mäuse für die nächste Ladung Obst verdienen, und verdammt, immerhin hab ich Frau und Kinder zu Haus, also ergreif ich die Chance und stell mich 'ne Minute an die Tottenham Court Road Station. Und da kommt doch dieser verdammte Bulle und nimmt mich hopp. Was für'n Leben! Bullen! Dafür bezahlt man die nun, damit sie deinen Blagen die verdammte Butter vom Brot nehmen. Vierzig Pfund oder 'nen Monat Bau. Das hat mich den letzten Penny gekostet.«

»Wenn dir zehn Shilling reichen – «, setzte Fabian an.

»Nee, lass man. Ich komm schon hin.«

»Sei kein Schwachkopf.«

»Nein danke, ich schaff das schon.«

Fabian schloss das linke Auge. »Was ist los?«, fragte er. »Ist mein Geld nicht gut genug? Du musstest dir 'n paar Pfund von Mrs. Lee leihen, um deine Strafe zu bezahlen, oder? Was hast du gegen mein Geld? Pass auf – «

Der Grünhöker stieß seine Hand weg.

»Ich will's nicht, 'arry, wirklich nicht.«

»Unabhängig, was?«

»Ich bin nicht unabhängig. Was macht Zoë?«

»Zoë geht dich 'nen Scheißdreck an«, zischte Fabian durch die Zähne, »also nimmst du's nun oder nicht?«

»Nein.«

»Warum nicht?«

»Also gut, 'arry, wenn du's unbedingt wissen willst: So 'n Geld nehm ich nicht.«

»Wie – so 'n Geld?«

»Geld von Weibern eben.«

»Bist du scharf auf 'ne Abreibung oder was?«

»Du kannst mich nicht vermöbeln, jedenfalls nicht alleine.«

Die beiden Männer starrten einander an, fast berührten sich ihre Gesichter; der Grünhöker spitzte die Lippen, Fabian schob seinen Unterkiefer vor. Für einen Augenblick standen sie so da. Dann konnte Fabian den kalten, starren Blick des anderen nicht länger ertragen, er wich dem Blick aus und murmelte: »Ich kann den Mob auf dich hetzen. Ich kann dich aus dem West End verjagen.«

»Kannst du nicht.«

»Nun gut«, sagte Fabian, »trotzdem bist du ein Idiot. Ich könnt mich totlachen, ich biete dir zehn Shilling an und du willst sie nicht. Du bist pleite, aber du willst sie nicht. Und warum nicht? Weil es dir nicht gefällt, wo das Geld herkommt. Du hast sie nicht mehr alle, du Hohlkopf! Was glaubst du wohl, wie viel Hurengeld du jede Nacht in Soho einnimmst?«

»Ich geb ihnen was dafür. Ich schick sie nicht auf 'n Strich, um es zu kriegen.«

»Für den Rotz beförder ich dich eines Tages ins Krankenhaus!«

»Fahr zur Hölle! Mach 'ne Fliege!«, rief Bert. »Ich kenn

dich. Seit ich dich als Baby auf ’m Arm hatte, kenn ich dich. Dein Gequatsche macht mir keine Angst. Allein wirst du mit mir nicht fertig, und du hast auch nicht die Traute, mir den Mob auf den Hals zu hetzen, weil du weißt, was ich mit dir veranstalte, wenn ich dich treffe. Beförder mich ins Krankenhaus, ich komm wieder raus und mach dich alle! Ich gabel dich allein auf. Ich – «

»Hah! Das ist nun der Dank dafür, dass ich dir ein paar lausige Pfund angeboten hab, weil bei dir Ebbe in der Kasse ist!«

»’arry, wir haben alle ’n paar krumme Dinger gedreht, als wir jung war’n, aber mich soll der Schlag treffen, wenn ich jemals die Ludenmasche abziehe. Gut’ Nacht.« Bert legte seine Hände auf die Deichselarme des Karrens und schob ihn die Straße hinunter, während er mit einer Stimme, die wie eine Ahle auf dem Trommelfell kratzte, seinen Marketender-Spruch hervorkrächzte: »Schöne Früchte! Reif und saftig!«

Ganz plötzlich, als hätte jemand einen Hahn zugedreht, hörte es auf zu regnen. Fabian stand da wie erstarrt, wütend und verwirrt. Er warf einen Blick ins Café Calabria; der kleine Mann war nicht dort. Dann ging er hinüber ins Vesuvio; abgesehen von einem Taxifahrer und zwei gelangweilten Frauen war das Café leer.

Wohin, zum Teufel, kann er bloß gegangen sein?, fragte sich Fabian.

Von oben senkten sich schwere graue Wolken herab. Der einsetzende Sprühregen erfüllte die Luft mit lauwarmem Dunst. Fabian hatte den beklommenen, gereizten Gesichtsausdruck eines Mannes, der sich in einem Labyrinth verlaufen hat; plötzlich wurde ihm bewusst, wie erschreckend komplex die City war. Er hatte eine Möglichkeit bis zu ihrer logischen Konsequenz verfolgt und an ihrem Ende nichts gefunden; jetzt war er bereit, der ersten Spur zu folgen, die sich ihm anbot. Unter solchen Umständen neigt man immer dem wenig Realistischen zu. Fabian wählte den Weg zurück, den er früher am Abend gekommen war, und ging wieder die Charing Cross Road hinunter.

Wie durch Zauberhand waren die Menschenmassen verschwunden und in der Straße verbreitete sich allmählich die triste, leblose Stimmung der frühen Morgenstunden. Zwar floss noch immer der Verkehrsstrom, er wurde aber merklich schwächer. Selbst die italienischen Restaurants schlossen jetzt. Lediglich eine Snackbar und ein Drugstore blieben geöffnet, doch schien die Beleuchtung dieser Läden bereits das erste Stadium der Erschöpfung erreicht zu haben. Fabian überquerte die Denmark Street; er hatte beschlossen, aufs Geratewohl in einem weiten Kreis an der äußeren Peripherie Sohos von Café zu Café zu laufen. Er schaute ins Café Papadoupoulus. Es war niemand da außer dem Wirt, der seinen majestätischen schwarzen Haarschopf kämmte, und zwei dunklen zypriotischen Erdnussverkäufern, die Domino spielten. Klick, Klick machten die Steine im Takt einer uralten Melodie von den Bergen Smyrnas, die aus einem tragbaren Grammophon erklang; ein nicht enden wollendes Thema, gespielt auf einer in hohen Tönen klagenden Flöte, ein musikalisches Gebilde in Moll, das mit dem Zigarettenrauch ein feines Muster zu weben schien, das dieses Lokal und die Leute darin vom Rest der City abschloss.

»Haben Sie einen kleinen Mann mit Bowler gesehen?«

Der Wirt schüttelte den Kopf.

Fabian ging bis zum Ende der Straße und dann zur High Street, Bloomsbury. Der Regen hatte jedermann vertrieben. Es war, als liege die City im Sterben. Kurzzeitig schien der Mond im Kampf mit den Wolken zu obsiegen und schickte ein schwaches, wässriges Licht auf die feuchten Gitterstäbe vor der St. Giles Kirche. Aus dem Keller eines nahe gelegenen Nachtclubs drangen das erstickte Dröhnen einer Wirbeltrommel und der schrille Laut einer Trompete. Fabian blieb vor Nummer 19A stehen.

Einst ein Laden, waren die Fenster nun von oben bis unten schwarz übermalt, und nur der hauchdünne Lichtspalt unter der Tür verriet, dass Leben im Innern war. Der Besuch dieses düsteren, abgeschirmten Ortes war ausschließlich Schwarzen vorbehalten; hier begegnete man den smarten amerikanischen Boogies, mit einem Akzent, tranig und zäh wie Sirup, scharf geschnittenen Gesichtern aus Guayana mit gelben Augen, karottenköpfigen Yorubas, Ashantees, an deren Gesichtern zuerst die Stammesnarben auffielen, plappernde Mischlinge aus Trinidad, schwatzende schokobraune Kubaner und grinsende Jamaika-Luden, fahle konturlose Männer, deren Adern Abflussröhren aus dem Schlachthof hätten sein können, durch die das wässrige Gemisch eines Dutzends verschiedener Arten Blutes floss.

»Habt ihr ’nen kleinen Mann mit Bowler gesehen?«

Einige Schwarze schüttelten die Köpfe.

»Verdammt, ich – «, Fabian hielt inne, starrte durch den Rauch und steuerte schnurstracks auf einen Ecktisch zu. »Strangler!«, schrie er, »du alter Hurensohn!«

Der Strangler war ein Koloss. Man stelle sich den

Herkules von Farnese in Ebenholz vor, bekleidet mit einem schokoladenbraunen Anzug mit gelben Streifen, einem himmelblauen Hemd und einem purpurroten Schlips mit grünlichem Dominomotiv.

Er hatte einen außergewöhnlichen Kopf. Man hätte ihn nachgestalten können, wenn man den Schädel eines Neandertalers kahl rasiert, ihn mit Ofenpolitur eingeschmiert und zum Schluss das Gesicht mit einem Hammer eingeschlagen hätte. Seine Ohren konnten nicht mehr als solche bezeichnet werden – unzählige Schläge und Griffe hatten sie unbeschreiblich deformiert – und seine Nase, ein Dutzend Male gebrochen und nie gerichtet, maß eine Breite von fünf Zentimeter und lag buchstäblich auf einer Ebene mit seinem Gesicht. Darunter lutschte ein breites, rosafarbenes, bemerkenswert blasses und wulstiges Lippenpaar an dem durchweichten, kalten Stummel einer Zigarre.

»Also wenn das nicht der Black Strangler ist!«, rief Fabian aus, »tut verdammt gut, dich wieder zu sehen. Wie geht's dir?«

»Muss.«

»Heute Abend gekämpft?«

»Joh.«

»Gewonnen?«

»Ich hab gesiegt.«

»Wen hast du besiegt?«

»Pete den Finnen.«

»War's 'n harter Kampf?«

»Yeah. Er hat mich zuerst in die Schere genommen, aber ich bin ihm entwischt. Der Typ ist 'n harter Knochen. Ich pack ihn mit dem Polizeigriff, aber er lässt nicht locker. Ich sag zu ihm: ›Gib auf, Pete, oder ich brech dir das Handgelenk‹, er wollte nicht aufgeben, also brach ich ihm das Handgelenk. Er sagt: ›Das zahl ich dir heim‹. Der Ringrichter sagt: ›Gib auf, Pete‹, aber Pete spielt verrückt und will nicht aufgeben, er stößt mich mit dem Becken. Ich sage: ›Pete, gib auf‹. Er kämpft mit einer Hand, denn er ist außer sich. Ich nehm den Arm mit dem gebrochenen Handgelenk in den Ellbogen und sage: ›Gib auf, Pete, oder dein Arm ist hin‹. Er sagt: ›Ich geb nicht auf‹. Ich erhöhe den Druck um ein paar Pfund und höre den Knochen schon knacken. Dieser Pete ist zäh. Es tut ihm so weh, dass seine Nase blutet, obwohl ich seine Nase gar nicht getroffen hab, aber er sagt kein Wort. Also sag ich: ›Gib auf, Pete, um Gottes Willen, gib auf oder ich muss dir den Arm brechen‹. Er darauf: ›Mach doch, du Niggerbastard‹. Also mach ich ihm den Arm kaputt und er ist hinüber. Er hat mich gehasst wie die Pest, dieser Mann. Er wollte, dass ich als Erster zu Boden gehe, aber ich doch nicht ...«

»Wo stand dein Name auf dem Plakat?«

»In der Mitte.«

»Wer stand oben?«

»Legs Mahogany.«

»Du könntest diese Riesenflasche in zwei Minuten auf den Boden nageln.«

»In zwei Sekunden.«

»Hör mal, Strangler«, sagte Fabian, »Bielinsky ist ’n Gauner. Was hast du davon, Kämpfe für Bielinsky zu machen? Weißt du, wie er dich neulich genannt hat? Ich hab’s gehört, er hat dich Nigger genannt. Du bist bescheuert, wenn du noch bei ihm bleibst.«

»Ich hab einen Vertrag.«

»Du hast also einen Vertrag. Was meinst du, Strangler,

was passiert, wenn du den Vertrag brichst? Sag es mir. Meinst du, Bielinsky opfert sein gutes Geld und verklagt dich? Wo du sowieso nichts mehr zu verlieren hast? Was zahlt er dir? Drei Pfund pro Kampf? Zwei Pfund? Hah! Hör zu, Strangler, und behalt's für dich: In ein oder zwei Wochen fang ich mit einer Promotion an. Komm zu mir. Ich zahl dir mehr. Ich zahl dir fünf Pfund pro Kampf und arrangiere fünf Kämpfe pro Woche für dich. Dein Name kommt ganz oben aufs Plakat. Ich mach 'nen Star aus dir. Bei mir kriegst du Publicity. Ich werd dafür sorgen, dass die Ringkämpfer einen fairen Vertrag kriegen. Wirst du zu mir kommen, wenn es so weit ist?«

»Aber ich hab meinen Vertrag mit Bielin – «

»Versteh mich nicht falsch, Strangler, aber würdest du's bitte mir überlassen, darüber nachzudenken? Bielinsky hält dich zum Narren. Er zwingt dich, ein Stück Papier zu unterschreiben, und schon hat er dich in der Mangel. Ich, ich kenn das Gesetz. Das Gesetz ist auf deiner Seite. Was hat es dir eingebracht, für Bielinsky in den Ring zu steigen? Ein taubes Ohr und leere Taschen und nicht mal genug Knete, um dir Jod für deine Platzwunden zu kaufen. Heute Nacht hast du gekämpft und gesiegt. Morgen gehst du vielleicht vor die Hunde. Du hast Pete den Finnen plattgemacht. Gut. Was ist, wenn du eines Tages Pech hast und irgendein Typ macht dich platt? Was ist, wenn du gegen Red Hammerfest antrittst und er deinen Fuß mit einem Zehengriff bricht, so wie er es mit Mad Maguire gemacht hat? Hast du genug Knete gebunkert, um über die Runden zu kommen, während du dich auskurierst? Nein. Also ich und Joe Figler, wir ziehen die Sache im amerikanischen Stil auf und die englischen Jungs bringen es genauso wie Typen vom

Schlage eines Londos'; und keine lausigen zwei Pfund pro Kampf. Ich werd euch fair behandeln und wenn's das Letzte ist, was ich tue. Komm zu mir, ich kümmer mich um alles. Ich arbeite neue Stunts für dich aus und du bekommst von mir einen richtig noblen roten Bademantel aus Satin, mit deinem Namen in Goldlettern und 'nem schwarzen Panther vorne drauf. Junge, verstehst du nicht? The Black Strangler. Die Frauen werden durchdrehen. Nun? Was sagst du dazu?«

»Ich mach mit!«, sagte der Strangler und grinste breit.

»Hand drauf und damit abgemacht. Wir seh'n uns! So long!«

Trottel!, dachte Fabian, als er wieder auf der Straße war.

Eine alte Frau mit einem extravaganten Strohhut auf dem Kopf und bekleidet mit den zerfetzten Resten dreier Mäntel schlich vorbei. Sie schob einen kaputten Puppenwagen, beladen mit einem Sammelsurium aus den Inhalten Hunderter von Mülltonnen, und zog eine Wolke von Verwesung hinter sich her. Bei ihrem Anblick verspürte Fabian den Drang sich zu kratzen. Er knöpfte seinen voluminösen Mantel auf, dessen Schnitt ihn doppelt so breit aussehen ließ, spuckte seine Zigarette aus und ging Richtung New Compton Street, nicht ohne jeden Mann, der vorbeiging, anzusehen und einen Blick in jedes Café zu werfen, das auf seinem Weg lag.

Wenn Sie ihn so hätten sehen können, wäre Ihnen sicherlich ein seltsamer Gedanke gekommen: Hätte sich Harry Fabian mit diesem Eifer, dieser Ausdauer und Energie einer legitimen Beschäftigung gewidmet – sagen wir, dem Verkauf von Wismut oder doppelkohlensaurem Natrium für zwei Shilling –, dann hätte aus ihm leicht eine angesehene Persönlichkeit des modernen Geschäftslebens werden können. Aber so wie die Dinge lagen, spielte er den Part der sinistren Figur in einem düsteren Sittendrama: Eine Kreatur aus der Gosse, die in den nasskalten, nächtlichen Straßen einer Spur hinterherschnüffelt und Jagd auf jemanden macht.

IV

Wie nur sollte Fabian den kleinen Mann finden? Keine Überlegung konnte ihm helfen, keine Intuition ihn leiten. Es blieb ihm nichts anderes übrig, als dem puren Zufall zu vertrauen – die Art von Zufall, bei der man eine Fünfpfundnote auf der Straße findet. Getreu dem Typus des kleinen Kriminellen stahl sich Fabian, den Blick stets auf die Straße gerichtet, durchs Leben, da er genau mit diesem glücklichen Zufall rechnete. Er ging zurück zur New Compton Street. Steinkes Coffeeshop machte gerade dicht. Das Syrische Café war bereits geschlossen. Auf der ganzen New Compton Street zeigte sich nichts Lebendiges, kein Polizist, keine Katze, gar nichts. Er ging nochmals zur Charing Cross Road. Es lag eine unaussprechliche Trostlosigkeit über dieser traurigen Straße mit ihren hohen, schmalen Laternenpfählen und dem vom Regen glitzernden Asphalt, der sich immer wieder in Fabians Streifzüge stahl wie das monotone Thema eines Nocturnes voller Tristesse. Fabian verspürte die beginnende Mattigkeit der frühen Stunden, der toten Stunden, wenn alles unmöglich scheint.

Er spielte mit dem Gedanken, dass es vielleicht das Beste sei, die Hoffnung zu begraben und schlafen zu gehen. Mit dieser Vorstellung im Kopf beschleunigte er seinen Schritt; doch kaum hatte er die Ecke der Manette Street erreicht, kam ein Mann aus der All-Night-Snack-Bar und rief ihm zu: »Hi, Harry!«

»Hi, Mack«, sagte Fabian. »Was gibt's?«

»Zoë hat dich gesucht.«

»So, hat sie? Wann denn?«

»Vor 'ner halben Stunde.«

»Ist sie nach Hause gegangen?«

»Glaub schon. Komm rein und trink einen Kaffee.«

»Ich hab keine Zeit, Mack. Wie steh'n die Aktien?«

»Geht so. Und bei dir?«

»So lala.«

»Zoë hatte heute einen guten Tag ...«

»Yeah? Was weißt du denn darüber?«, fragte Fabian und kniff sein linkes Auge zusammen.

»Schon gut, schon gut! Die kleine Phoebe hat gesehen, wie sie sich heute Abend beim Plaza so 'nen reichen Schwachkopf geangelt hat, irgend'n spanischer Freier, der immer fünf Pfund hinblättert. Und später hab ich geseh'n, wie sie noch einen abgeschleppt hat. Ist das nicht – «

»Wie hat er ausgesehen? So 'n kleiner Spießer mittleren Alters mit grauem Mantel?«

»Ja, genau. Ist er – «

»Aber jetzt hast du ihn nicht gesehen, oder?«

»Komisch, dass du fragst, ich wollt's dir nämlich gerade erzählen. Ich habe ihn noch mal gesehen, in der Honkatonk Bottle Party, wie er ein Bier gekippt hat ...«

»Wann war das?«

»Na gerade eben.«

»Yah? Gute Nacht, Mack«, sagte Fabian und ging so

schnell wie seine Füße ihn trugen. Er hielt ein Taxi an und blaffte: »Honkatonk, Regent Place! Drück auf die Tube!«

Die Honkatonk Bottle Party lag im obersten Stockwerk eines hohen Bürogebäudes. Als Fabian hinauffuhr, fragte er den Fahrstuhlführer: »Sagen Sie, haben Sie in der letzten halben Stunde einen kleinen Mann mit Bowler und grauem Mantel gesehen?«

»Weiß nicht, Sir. Ich löse nur den Kollegen für 'ne Viertelstunde ab. Hab grad erst übernommen, damit er losziehen und was essen kann, Sir.«

»Ihr aus der Arbeiterklasse könnt auch nur eins: essen, essen, essen«, sagte Fabian. »Viel los oben?«

»Nein, Sir, ist sehr ruhig.«

Der Fahrstuhl hielt an. Fabian klingelte an der Tür der Honkatonk Bottle Party. Hinter einem Sprechgitter erschien ein rechteckiges Gesicht – zwei verquollene Augen unter denen Tränensäcke hingen, die an zerknitterte Metallfolie erinnerten, und die obere Hälfte einer breiten Nase. Eine Stimme sagte: »Okay, Harry.« Dann öffnete sich die Tür und Fabian ging hinein.

Unter einer schräg abfallenden Decke, die dunkelblau gestrichen und mit Sternen aus Silberpapier beklebt war, taumelte alles und jeder in schaler Trunkenheit herum. Ein Dutzend Leute in Abendgarderobe saßen lässig an Tischen und tranken sich aus dem letzten Stadium der Trunkenheit hinein in den sinnlosen Rausch halber Nüchternheit kurz vorm Erbrechen. Auf einem kleinen Tanzparkett hüpften einige Paare immer wieder in einem halbherzigen Quickstepp herum, während ein Piano, ein Saxophon und ein Schlagzeug wahrscheinlich zum tausendsten Male den Tiger Rag spielte:

Hold that Tiger
Hold that Tiger
Hold that Tiger
Hold that Tiger
Hold that Tiger
Hold that Tiger
Hold that Tiger
Pom-Pom-Pom-Pom-Pom-Pom-Pom-Pom

»Mein Gott! Werd ich je den letzten Ton hören?«, murmelte der Inhaber.

»Was ist los? Die Nerven?«, fragte Fabian.

»Ich? Ich hab Nerven wie Drahtseile. Es hängt einem nur zum Halse raus, das ist alles. ›Hold that tiger, hold that tiger, hold that tiger‹, ein einziger Quatsch.«

»Was macht das Geschäft?«

»Kann nicht klagen.«

»Hör mal, ich such jemanden. Man hat mir gesteckt, er soll hier gewesen sein. Ein kleiner Bursche, im grauen Mantel und mit Bowler.«

»Ich glaub nicht, dass er hier oben war. Joe Figler hat heute Abend reingeschaut.«

»Weswegen?«

»Oh, du kennst doch Figler. Er wollte mir ein paar Sessel verkaufen. ›Sieh dir deine Sessel an‹, sagt er. ›Sieh dir die Bezüge an, wie schäbig sie aussehen‹, sagt er. Also sage ich: ›Figler‹, sage ich, ›diese Sessel haben den besten Bezug der Welt‹. Darauf Figler: ›Was meinst du damit? Welchen Bezug?‹ also sag ich: ›Den auf der Rückseite‹. Haha! Gut, was?«

»Verdammt clever. Also hat Mack mich angelogen. Du hast den Kerl also nicht gesehen, nach dem ich suche?«

»Wart mal ’n Moment. Sagtest du, ein kleiner Bursche

in einem grauen Mantel. Sieht aus wie ’n Oberlehrer?«

»Ja!«

»Trug er eine kleine Krawattennadel mit einem winzigen Rubin und einem noch winzigeren Diamanten, die so, sagen wir mal, fünfzehn bis siebzehn Pfund wert ist?«

»Genau. Verdammt! Wo ist er hingegangen?«

»Weiß der Geier.«

»Oh, verflucht!«, rief Fabian aus und wandte sich zur Tür.

»Warum, was willst du denn von ihm, Harry?«

»Was ich von ihm will? Sagen wir, er schuldet mir hundert Pfund! Bis bald.«

Fabian biss sich vor Wut auf die Lippen und eilte die Straße hinunter. Vor dem Café Royal gingen noch immer ein paar Frauen auf und ab. Fabian sprach eine von ihnen an: »Hallo, Blanche ... Sag mal, hast du ’nen Freier im mittleren Alter gesehen, klein, mit grauem Mantel und Bowler, der hier gerade vorbeigekommen ist?«

»Keinen, der so aussah. Wie geht’s so?«

»So lala. Und dir?«

»So lala.«

»Also dann, bis bald, Blanche.« Fabian schlug den Weg Richtung Oxford Circus ein, er ging schnell und merkte kaum, wohin ihn seine Füße trugen. Sein Kopf war wie betäubt vor Wut und Enttäuschung. Hastig rauchte er eine Zigarette. Der Rauch hing träge in der frischen, feuchten Luft und löste sich erst allmählich auf. Eine dieser kleinen Rauchschwaden, die seitlich an Fabians Kopf vorbeiwaberten, erregte seine Aufmerksamkeit, überwand einen von Müdigkeit gedämpften Teil seines Verstandes und vermochte so, nicht nur in sein Bewusstsein vorzudringen, sondern ließ ihn auch in schierem

Entsetzen zusammenfahren und den Kopf einziehen. Der Schock rüttelte ihn wach, er sah sich um und ihm wurde klar, dass er in der Old Burlington Street war. Mayfair nach Einbruch der Dunkelheit – das bedeutete Sicherheit und Privatsphäre, umgeben von einer schützenden Hülle der Ruhe. Es war ein Stadtteil, der in Fabian ein eigenartiges Bedürfnis nach Rechtfertigung freisetzte, einen Anfall von Bitterkeit provozierte. Nun gut, pflegte er sich zu sagen, ich bin ein Lude; die hier heiraten Geld. Zoë verkauft sich für einen Fünfer, deren Frauen für eine Million. Die sind nicht besser als ich, nur machen sie mehr Geld dabei ...

Er ging jetzt so schnell er konnte über die Regent Street, durch die Great Marlborough Street, die Wardour Street hoch, wieder zurück, unvermeidlich zurück zur Charing Cross Road. Doch als er am Soho Square war, überfiel ihn wieder die Müdigkeit. Die Glocke einer nahe gelegenen Kirche sandte zwei außergewöhnlich träge, widerhallende Schläge in die Nacht. Dröhnend umkreiste das Echo Fabians Kopf. Eine Übelkeit erregende Niedergeschlagenheit, ein Gefühl von Sinnlosigkeit und vergeudeter Zeit, machte sich in ihm breit, als er völlig verschwitzt dastand, in seinem schweren Mantel, und auf den Widerschein der Straßenlaternen in den Pfützen starrte. »Zwei Uhr«, sagte Fabian zu sich selbst.

Wieder begann es zu regnen.

»Ich geb's auf«, murmelte er und zuckte mit den Schultern. Er hatte eine Niederlage erlitten. Jetzt blieb ihm nur noch eins: ein Bier trinken, etwas essen und dann schlafen gehen. Er ging durch die Charing Cross Road. Im Eingang eines leer stehenden Ladens lag etwas zusammengekauert, was entfernt an einen Menschen erinnerte; aus einem Haufen Lumpen und Zeitungen ragte ein Schuh hervor, der, aufgeplatzt wie eine Schote, eine Reihe abstoßender roter Zehen entblößte.

Das Leben hatte den niedrigsten Stand der Ebbe erreicht.

Fabian ging zur New Compton Street, zu einem der ältesten und dunkelsten Häuser, durchquerte einen Gang, der nur von einer schwachen Glühbirne beleuchtet wurde, und stieg die Treppe zu Bagrag's Cellar hinunter. Als er eintrat, fuhr er so zusammen, dass ihm fast das Herz stehen blieb.

Dort an der Bar saß der kleine Mann und nippte an einem Bier.

Eine Maus zu finden, die in einem Käfig voller Katzen Käse knabbert, wäre für Fabian eher wahrscheinlich gewesen.

Bagrag's Cellar ist ein Schleppnetz, das die Unterströmung des Nachtlebens filtert, gefüllt mit niedrigen Organismen, die dem Tageslicht fremd sind und von der normalen Gesellschaft nicht toleriert werden. Hier versammelt sich der Bodensatz des Lebens; es ist die vorletzte Ruhestätte der endgültig Verdammten. Die Mitglieder setzen sich aus Abhängigen aller erdenklichen Verbrechen und Laster zusammen. Zweifelhafte Gestalten, die weder einem bestimmten Ort noch einer eindeutigen Kategorie zuzuordnen sind, haben sich unter sie gemischt und treiben mit in der Strömung; Geschöpfe, geschaffen aus Verfall und Zwielicht, Neigungen sklavisch verhaftet, die so gemein sind, dass selbst Lehrbücher sie nie erwähnen, Geschöpfe, die in stiller Verwesung ihrem unbekannten Ende entgegengehen. An diesem Ort fällt ein

Strahl rauchigen Lichts auf das Geheimnis dessen, was den niedrigsten Kriminellen erwartet, wenn er ganz alt ist. Der Kellner zum Beispiel ist ein betagter Bandit, siebzig Jahre alt, ausgemergelt und entstellt, mit einem Gesicht, wie es vielleicht Gustave Doré gemalt hätte, um kalte und stumme Bosheit zu symbolisieren. Ein roter Ausschlag bedeckt seine hohlen grauen Wangen. Auf seinem Kopf findet sich kein einziges Haar; anstelle dessen sind merkwürdige rote Linien über seinen kuppelförmigen Schädel gezogen, als hätte jemand Streichhölzer darauf angerissen. Unterhalb unbeweglicher Lider starren blutunterlaufene Augen mit der Trostlosigkeit des letzten eisigen Kreises der Hölle, ohne dass sie etwas zu erkennen scheinen. Er hat keine Lippen, nur eine Art Spalt, der sich nie öffnet. Sein Name ist Mike. Einige behaupten, er sei Bagrags Vater, andere, dass er ihn beherrsche; doch niemand weiß es wirklich.

Was Bagrag betrifft – niemand weiß etwas über ihn. Wer ist er? Was ist er? Er sieht Mike nicht unähnlich, aber das Verbrechen mit seinen Begleitern Gewalt und Laster und seinen Leidenschaften hinterlässt auf vielen Gesichtern ähnliche Spuren. Mehr als jeder andere symbolisiert Bagrag die Welt, in der er sich bewegt, diese Welt des Sich-Zuzwinkerns und der kaum wahrnehmbaren Flüsterworte. Es gibt niemanden, der geheimnisvoller oder doppeldeutiger daherkommt. Er kann nur ausweichend antworten. Er kann einem nicht ins Gesicht sehen. Sein ›Ja‹ bedeutet ›Nein‹. Seine Gesten sind vage und abgründig. Er hasst Gespräche. Getarnt durch schwere Augenbrauen, sind seine Augen nicht die Fenster zu seiner Seele, es sind Türspione, durch die er einen heimlich beobachtet wie eine Schlange im Gras. Ob sein

Name wirklich Bagrag ist? Das Monogramm VCT auf seinem Siegelring widerspricht dem, aber genauso verhält es sich mit dem Namen HUGO, der in Rubinen auf dem Silberring am Finger daneben eingearbeitet ist; und die goldene Plakette an seiner Uhrkette trägt die Inschrift: P. Watts, Devizes Bowling Club, 1901. Die Spitze seines linken Ohres fehlt. Fragt man ihn, wie er sie verloren hat, bekommt man zur Antwort: »Weil ich zu viel zugehört habe.« Vom rechten Augenwinkel hinunter bis zum linken Mundwinkel verläuft eine furchtbare Narbe: Augenbrauen, Narbe und Mund bilden ein verzerrtes Z. Fragt man ihn, wie er dazu gekommen ist, bekommt man zur Antwort: »Weil ich mich nicht um meine eigenen Angelegenheiten gekümmert habe.« Seine Nase wurde in alle vier Himmelsrichtungen gebrochen. Fragt man ihn, wie er sie sich gebrochen hat, bekommt man zur Antwort: »Weil ich sie in Dinge gesteckt habe, die mich nichts angingen.«

Sein Klub war früher einmal ein Kohlenkeller. Über dem Klavier befindet sich noch immer ein Kohlenloch. Seit das Haus vor dreihundert Jahren gebaut wurde, ist nie auch nur ein Strahl Tageslicht bis zu diesem Ort vorgedrungen. Man stelle sich den Klub jetzt um zwei Uhr morgens vor. Dunkel, mit Wänden ohne Fenster und einer einzigen frei hängenden Glühbirne, die einen rötlichen Lichtkreis verbreitet, ähnelt er der Dunkelkammer eines Fotografen. Der Boden ist übersät mit ausgetretenen Zigarettenstummeln und aufgeweichten Bierdeckeln. Der Pianist improvisiert mit der rechten Hand auf dem oberen Teil der Klaviatur des schäbigen Klaviers mit seinen nicht gestimmten Saiten und den Brandflecken ein Tremolo, zu dem die Tänzer sich winden, als würde er ihnen die Fußsohlen kitzeln. Das Geklimper findet kaum seinen Weg durch das Stimmengewirr, Gläserklirren, Stühlerücken und unaufhörliche Scharren rastloser Füße. Die Menge wird von einer Art Fieber erfasst. Eine grotesk fette Frau schwingt sich auf die Tanzfläche und führt einen bizarren Stepptanz auf. Ihr Körper oszilliert wie das Schiffchen eines Webstuhls, ihr Busen jedoch wirbelt, schwingt, wackelt und hüpft, als gehöre er nicht zu ihr, als wäre er etwas Selbstständiges, während ihr Atem in einem schweren, alkoholisierten Keuchen geht. Halberschöpfte Leute winden sich in Krämpfen fiebriger Energie. Planlos erheben sie sich in Gruppen, bewegen sich hin und her und sinken dann wieder zurück wie aufgewühlter Dreck auf den Boden eines Tümpels. In einer abgestandenen Atmosphäre, schwer gesättigt von Alkohol, Schimmel, Nikotin und dem Ammoniakgeruch ungewaschener Frauen, legen Bagrags Gäste die Grundlage für den Kater von morgen, indem sie den Wein des Wahnsinns aus fragwürdigen Gläsern hinuntergießen, vor einem rötlichfeuchten Hintergrund verderbter melancholischer Missstimmung ...

Ich könnte mich ohrfeigen für die Dinge, die ich gesagt habe! singt der Mann am Klavier und macht eine Pause, um sich mit einem herzzerreißenden Gähnen zu entspannen, während seine Finger noch immer auf den Tasten herumklimpern. Jiiaahh! ... Werd mir selbst ein Telegramm schicken, um mir zu sagen, was für ein Narr ich war – Oh, ich hasse mich, weil ich so gemein zu dir war ...

Ein tiefer Atemzug in Bagrags Keller zu diesem Zeitpunkt ist, als inhaliere man eine Mischung aus den

Dämpfen einer Schnapsbrennerei, dem Mief eines Pennerasyls und dem Rauch einer brennenden Tabakfabrik. Wie ein gerötetes Auge blinkt die einsame Glühbirne durch den Rauch. Die Tische sind nass vom verschütteten Bier. Übermüdete Leute zünden sich Zigaretten an und vergessen sie dann wieder. Diese liegen gelassenen Zigaretten lösen sich auf und der verstreute Tabak vermischt sich mit den Pfützen abgestandener Drinks zu einer undefinierbaren gelben Soße. In einer Ecke verzieht eine junge Frau, deren verwüstetes Gesicht Spuren kürzlicher Prügel zeigt, ihren Mund zu einer tränenreichen und blutigen Grimasse und hält zwei ausgeschlagene Schneidezähne hoch. An ihrer Seite, mit einem Gesicht, das aus den verfallenen Überresten eines halben Dutzends verunstalteter Physiognomien zusammengeflickt scheint, und dem Hut eines anderen auf dem Kopf, schreit ein Mann mittleren Alters aus voller Kehle: »Noch ein Wort und ich hau dir ...!«, woraufhin die Frau wie eine Besessene aufschreit, mit einer schrecklich verzerrten Geste ein Bierglas zerschlägt und mit einer Scherbe in Form eines Schädelbohrers das Gesicht des Mannes zu attackieren versucht. Gespannt wartet man auf eine blutige Sintflut, auf einen Katarakt unsäglicher Flüche, auf ein Bombardement furchtbarer Schläge und auf einen Hagel ausgeschlagener Zähne; doch Mike, dessen gealterter Körper mit einer bemerkenswerten Kraft ausgestattet scheint, geht dazwischen und wirft sowohl ihm als auch ihr einen derart unheilvollen Blick zu, dass beide sich wieder ruhig hinsetzen.

Und mittendrin hockt der kleine Mann wie ein schweigsamer Geist der Achtbarkeit, trinkt weizenfarbenes Bier aus einem Seidel, auf dem die Worte ›Engel's Lager‹ stehen. Rechts von ihm sitzt ein rasiermesserschwingender Raufbold von der Rennbahn, links von ihm hat sich eine sechzigjährige Prostituierte, die schon von fünfzehntausend Ausgestoßenen benutzt wurde, auf ihren Hocker gefläzt, ein geschminkter Beutel voller Korruption, der dabei ist zu platzen, während Bagrag hinter der Bar alles heimlich beobachtet und kein Wort sagt.

»Mike«, sagte Fabian, »wer ist dieser kleine Kerl?«

»Weiß nicht.«

»War er schon mal hier?«

»Einmal.«

»Gut. Bring mir 'n Guinness und ein paar hart gekochte Eier.«

Fabian wartete. Es schlug drei Uhr. Der kleine Mann stand auf und knöpfte seinen Mantel zu. Fabian rannte die Treppe hoch. Der Regen fiel jetzt in Strömen, viel stärker als vorher. Bleich, erschöpft und mit dem Gesichtsausdruck eines Mannes, dessen Leben verebbt, schleppte der kleine Mann sich zum Cambridge Circus und rief ein Taxi.

Fabian war knapp einen halben Meter hinter ihm und hörte, wie seine müde Stimme sagte: »Hassans Türkische Bäder.« Dann glitt das Taxi in den Regen hinaus.

»Taxi! Taxi!«, schrie Fabian. Er rannte über den Circus, um in ein Taxi zu springen, das am Palace Theatre vorbeikroch.

»Hassans Türkische Bäder, und geben Sie Gas!«

Er beugte sich vor und atmete heftig vor Aufregung. Im Rückspiegel sah er sein Gesicht im Schein der Lichter der City, der durch das regennasse Fenster fiel. Je länger Fabian sich betrachtete, desto mehr liebte er sich. Liebevoll lächelte er seinem Spiegelbild zu, schloss sein linkes Auge und sagte: »Fabian, der Bluthund.«

Das Taxi hielt unter einem beleuchteten roten Schild mit Stern und Halbmond. Er stieg aus. Der Zähler klingelte, als die Flagge hochsprang.

»Danke, Sir«, sagte der Fahrer. Die Schwingtür machte ein dumpfes Geräusch, als Fabian das türkische Bad betrat. Mit seinem besten amerikanischen Akzent sagte er zu dem Angestellten: »Entschuldigen Sie, ist hier gerade ein Gentleman mittleren Alters im grauen Mantel hereingekommen?«

»Ja, Sir, ist hier reingekommen.«

»Geben Sie mir 'n Ticket«, sagte Fabian. »Ich geh auch rein.«

V

Im türkischen Bad herrschte absolute Stille, eine tropische Atmosphäre von Schläfrigkeit und Hitze. In einem dezent beleuchteten Vorraum mit niedriger Decke bewegte sich ein Angestellter geräuschlos über den dicken Teppich. Fabian war verlegen. Er war das erste Mal an einem derartigen Ort. Der Angestellte zog ihm die Schuhe aus und führte ihn zu einer Kabine mit Vorhang.

»Erklären Sie mir bitte, was ich machen soll«, sagte Fabian.

»Legen Sie einfach Ihre Kleidung ab und gehen Sie durch zu den Schwitzräumen, Sir.«

»Alle meine Sachen?«

»Ja, Sir.«

»Ich bin nur etwas verwirrt, weil es in New York ganz anders läuft. Hier, nehmen Sie das«, sagte Fabian und gab dem Mann einen Shilling. Er zog seine Kleidung aus und hing sie in einen Spind. Er fühlte sich unsicher; dieser Ort war viel zu still und viel zu sauber. Aus einer angrenzenden Kabine kam ein langes, tiefes Schnarchen. Nebenbei bereitete es Fabian Kopfzerbrechen, dass seine Füße schmutzig waren; zwar achtete er peinlichst auf sorgfältige Rasur und Kleidung und einen korrekten Haarschnitt und hatte eine nahezu krankhafte Aversion gegen verschmutzte Kragen, aber er pflegte nicht häufig zu baden. Während er sich seiner Kleidung entledigte, wurde er zunehmend ärgerlicher; er hatte den Eindruck, klein und unbedeutend zu sein. Er zog die Vorhänge zu, bevor er aus seinen zarten blauen Seidenshorts schlüpfte; und danach fühlte er sich so schwach und ungeschützt wie eine Auster außerhalb ihrer Schale. Er legte sich das blaukarierte Lendentuch um die Hüfte und verließ die Kabine, hastete jedoch noch einmal zurück, da er sich wegen seiner schmuddeligen Füße und Knöchel schämte, spuckte auf ein Handtuch und rubbelte sie leidlich sauber. Dann ging er wieder hinaus, zündete sich eine Zigarette an und blieb stehen. In diesem Augenblick wurde in einer anderen Kabine das Licht ausgeknipst und der kleine Mann kam heraus. Ausgezogen war er in der Tat eine bemitleidenswerte Figur. Der Kummer musste an ihm genagt haben wie Hunger. Fabian sah den gebeugten Rücken, an dem die einzelnen Wirbel wie die Perlen einer Kette hervorstanden, Beine wie Stöcke und einen unscheinbaren Hals, der einen müden Kopf stützte, den die Last der Probleme zu schwer gemacht zu haben schienen.

Er ging ins Frigidarium. Fabian folgte ihm.

Hier schliefen zwei alte Männer in großen Liegestühlen und kühlten sich in der lauwarmen Luft ab. Das Lendentuch des einen war zu Boden geglitten; er schnarchte und präsentierte seine unästhetische Nacktheit; seniler Verfall, Völlerei und die Fettleibigkeit des trägen Menschen machten aus ihm ein Neutrum. Zwischen den massigen, lang ausgestreckten Beinen hing ein enormer weißer Bauch, der beim Atmen erzitterte und von dem Ströme von Schweiß rannen. Man hätte meinen können, der Mann schmölze in der Hitze und von ihm bliebe nach einer Weile nicht mehr übrig als eine Pfütze warmen Öls und ein Satz falscher Zähne. Der andere alte Mann war betrunken, stark betrunken. Er war nicht wirklich fettleibig, eher konturlos, eine Art Zylinder aus weichem Fleisch mit außergewöhnlich langen dünnen Gliedern. Das Lendentuch hing um seinen Nacken. Er lag verkehrt herum auf dem Liegestuhl und hatte sich während des Schlafes gedreht, so dass seine Beine über dem Stuhlrücken hingen. Sein Kopf, teilweise bedeckt von dem blaukarierten Lendentuch, lag zwischen seinen Armen, die wiederum schlapp herunterbaumelten. Man hatte das unbestimmte Gefühl, dass dies seine natürliche Haltung sei, dass er im weiteren Verlauf aufstehen und auf den Händen weglaufen, eine Zigarette zwischen den Zehen, und durch den After trunken *Sweet Adeline* singen würde. Der kleine Mann ging zum Trinkbrunnen und füllte einen Becher mit Wasser. Fabian, der sich einbildete, dass das zum Ritual gehörte, tat dasselbe. Dann setzten sich beide.

»Warm«, begann Fabian.

»Ja, ziemlich«, antwortete der kleine Mann.

»Ich bin hier noch nie gewesen. Kommen Sie öfters her?«

»Oh, ziemlich häufig.«

»Um Ihr Gewicht zu halten?«

»Nein.«

»So, so«, meinte Fabian, »das ist also ein türkisches Bad. Interessant.«

Der kleine Mann wandte sich um und sah ihn an.

»Wissen Sie«, sagte er, »ich glaube, ich habe Ihr Gesicht irgendwo schon mal gesehen.«

»Gut möglich«, sagte Fabian leichthin. »Lesen Sie amerikanische Zeitungen?«

»Nein, weshalb?«

»Weil Sie mein Gesicht dort sehen würden. Ich bin Harry Fabian, der Songschreiber. Schon von mir gehört?«

»Oh, äh, ja, ja, ich glaube, das habe ich ... «

»Ich hab ein, zwei populäre Stücke geschrieben. Kennen Sie Hot Towels? Und In the Dead of the Night I'll be Waiting? es geht so: In the Dead of the Night I'll be Waiting for you ...« Fabian sang zu einer Melodie, die ganz ähnlich klang wie *When the Blue of the Night meets the Gold of the Day.*

»Ach wirklich? Ich glaube, ich kenne diese Melodie.«

»Sicher ist sie Ihnen bekannt. Nun, ich hab's geschrieben.«

»Oh. Sie sind Amerikaner?«

»Ah-hm.«

»New York?«

»Und Hollywood«

»Aha. Ich nehme an, Sie haben alle Filmschauspieler kennen gelernt?«

»Verdammt noch mal, Schauspieler?«, rief Fabian aus und kreuzte den ersten und den zweiten Finger seiner rechten Hand. »Ich und die Garbo waren so!«

»Interessant, wirklich.«

Die Hitze tat das ihrige, und so stieg die ungewohnte Situation Fabian zu Kopf. Die Macht seiner eigenen Lügen hatte eine Wirkung wie Wein. Er antwortete: »Zum Teufel, nein. Letzten Endes gehen sie einem auf die Nerven. Sie sind nicht echt. Mir gefällt London am besten. Sind Sie geschäftlich in London?«

»Nein, nicht direkt.«

»Leben Sie außerhalb?«

»Nun ... ja.«

»Ziemlich weit draußen?«

»Nicht sehr.«

»Ich will mich in England niederlassen und bin auf der Suche nach einem kleinen Haus außerhalb der Stadt. Wo leben Sie denn? Vielleicht gibt es dort etwas Entsprechendes?«

»Oh, ich bezweifle, dass Sie da etwas finden würden, was Ihnen zusagt.«

»Verdammt, man kann nie wissen ... «

»Äh – wenn Sie mich entschuldigen wollen. Ich glaube, ich gehe in einen wärmeren Raum.«

»Ich auch«, sagte Fabian. Sie gingen in das Tepidarium. Fabian brach der Schweiß aus. »Verdammt, ist das heiß!«

»Ja, nicht wahr?«

»Es gibt ein paar wirklich tolle Bäder in den Staaten. Sie sollten mal irgendwann dorthin reisen. Das wäre 'ne Abwechslung zu Hampstead. Nein, entschuldigen Sie. Wo sagten Sie, wohnen Sie? Ich hab's nicht mitbe – «

Fabian setzte sich und sprang mit einem Schrei wieder auf: »Mein Gott, diese Sitze sind vielleicht heiß!«

»Nun ... deswegen kommen die Leute her.«

»Es ist gefährlich, zu lange zu bleiben, nicht wahr?«

»Das nehme ich an.«

»Bleiben Sie lange?«

»Nein, nicht so lange. Gewöhnlich gehe ich um sechs.«

Rastlos erhob sich der kleine Mann wieder und ging in den nächsten Raum, in das kleine, schmale Calidarium. Fabian folgte ihm. Das Calidarium weckte die Erinnerung an einen Vorfall, bei dem er als Kind eine Kakerlake in eine Tabakdose gesteckt und diese auf den heißen Ofen gelegt hatte. Die Kakerlake wand sich, zischte und platzte. Fabians Herz hämmerte. Ihm lief der Schweiß über Rücken und Brust und das karierte Tuch klebte an seinen Schenkeln.

»Sie wissen, dass es nicht ratsam ist, zu lange zu bleiben, wenn man es nicht gewohnt ist«, empfahl der kleine Mann.

»Wer, ich? Nicht daran gewöhnt? Na hör'n Sie mal! Einmal bin ich mittags durchs Death Valley marschiert. Ha-ha. Sie nennen das warm? Ha!«, rief Fabian aus, während er halbbenommen auf dem brennend heißen Boden herumhüpfte. »Da, wo ich gewesen bin, haben wir immer unsere Wintermäntel angezogen, wenn es so warm war wie hier.«

Der ausgemergelte Körper des anderen schien aus der intensiven, trockenen Hitze neue Lebenskraft zu schöpfen. Er sah Fabian mit einem leicht maliziösen Lächeln an und sagte: »Gut, dann wollen wir mal in den nächsten Raum gehen. Sie werden da Gelegenheit haben, richtig gut ins Schwitzen zu kommen.« Er ging voran in den letzten Hitzeraum. Dieser kleine Raum war der reinste Terror. Man hörte das kontinuierliche Seufzen unsichtbarer Leitungen, und der Boden war zu heiß, um darauf stehen zu bleiben. Hitze, Dunkelheit und eine unnatürliche Stille schnitten den Ort von der übrigen Welt und dem Leben ab. Fabian hatte den Eindruck, Kilometer unterhalb der Oberfläche begraben zu sein. Er war eingesargt und verloren. Das Quecksilber im Thermometer stand über dem Siedepunkt. In seinem Solarplexus hoppelte der Pulsschlag wie ein Kaninchen.

»Mein Gott!«, war alles, was er sagen konnte.

»Ist es jetzt warm genug?«

Eitelkeit gebiert Heldentum. Fabian antwortete: »Nun, ja, aber ich war schon an wärmeren Orten.«

Fünf Minuten vergingen.

»Ich mag Vororte«, sagte Fabian.

»Ich auch«, antwortete der kleine Mann.

»Das Problem ist nur, als Fremder weiß ich nicht, von wem ich mich bei der Suche nach einem Haus beraten lassen kann.«

»Ich würde es bei einem seriösen Immobilienmakler versuchen.«

»Ja, aber man kann sich nicht auf sie verlassen. In der Beziehung bin ich etwas komisch. Ich weiß, was für Typen darunter sind. Ich vertrau lieber der persönlichen Empfehlung. Haben Sie – «

»Entschuldigen Sie, ich denke, ich gehe jetzt mal ins Dampfbad.«

»Hah? Gern. Ich wollte gerade vorschlagen, ob wir nicht ins Dampfbad gehen sollten. Also los.«

Sie gingen durch die gläserne Schwingtür. In dem mit heißem Dampf erfüllten Raum schmorten mehrere Männer auf marmornen Bänken vor sich hin. Die feuchte Hitze setzte Fabians Lungen zu; er sank auf eine Bank und fing an zu husten.

»Äche ... ächeäche! Wie wollen Sie denn so früh am Morgen nach Hause kommen?«

»Oh ... mit dem Zug oder mit dem Bus.«

»Edgware, Highgate und Morden Line, nehm ich an.«

»Nicht direkt.«

»Brauchen Sie lange?«

»Mitunter zwanzig Minuten, kommt ganz darauf an.«

»Donnerwetter«, sagte Fabian und knirschte mit den Zähnen, »das nenn ich günstig gelegen! Das wäre dann die Gegend von Hendon, nicht?«

»Nein.«

»Ich muss weg aus London. Wie soll ich bei all dem Lärm komponieren?«

»Nun ... ich kann Ihnen da sicherlich nicht weiterhelfen.«

»Werden in Ihrer Gegend neue Häuser gebaut?«

»Heutzutage wird überall gebaut.«

Ein alter Herr, der in seiner Nacktheit einer surrealistischen Vision aus Kürbissen, Knochenmark und Krampfadern ähnelte, drehte den Dampf stärker auf und klatschte sich auf den Bauch. Ein anderer Mann, jung und stark betrunken, stand zitternd unter der kalten Dusche und murmelte etwas darüber, dass er seinen Regenschirm vergessen habe. Die Hitze wurde unerträglich. Fabians Stoizismus brach zusammen.

»Zum Teufel noch mal, ich hau hier ab!«, rief er aus. Er ging zurück ins Frigidarium und setzte sich geschwächt und ermattet hin. Er war angewidert und ekelte sich: Er hatte einfach genug von all dem. Dann knarrte neben ihm ein Stuhl und er sah, wie sich der kleine Mann setzte. Etwas wie Hoffnung keimte wieder auf.

»Ich finde«, sagte er in einer plötzlichen Eingebung, »Sie sehen aus wie ein Mann, den ich mal vor Jahren kannte, ein Bursche namens Edwards, aus Ponders End. Kein Verwandter von Ihnen, nehm ich an? Zum Teufel, das wäre komisch – «

»Nein, kein Verwandter von mir.«

»Meine Güte, Sie könnten sein Zwillingsbruder sein. Darf ich fragen, wie Sie heißen, Sir?«

»Wie? ... Mein Name? Oh ... Smith.«

»Aus Ponders End?«

»Äh - nein.«

»Woher dann?«, fragte Fabian, am Ende seiner Geduld.

»Weiter westlich«, antwortete der kleine Mann.

»Entschuldigen Sie«, sagte Fabian, während er an seiner Oberlippe knabberte und das freudlose Grinsen eines Totenschädels aufsetzte.

Der kleine Mann betätigte die Klingel. Ein Angestellter kam gähnend herbei.

»Sie haben geläutet, Sir?«

»Würden Sie mir bitte eine Kanne Tee und einen Toast mit Butter bringen?«

»Jawohl, Sir.«

Der Angestellte entfernte sich, um kurz darauf mit einem Tablett und der Bestellung zurückzukommen.

»Ich schreibe es auf Ihre Rechnung, Sir. Wie ist bitte Ihre Nummer?«

»Elf.«

»Das ist die Nummer Ihres Spinds, Sir. Wie lautet bitte die Nummer Ihrer Karte?«

»Neunundvierzig.«

»Vielen Danke, Sir.«

Elf! schoss es Fabian durch den Kopf.

Der kleine Mann hatte seinen Tee und den Toast verzehrt.

»Nun, entschuldigen Sie mich bitte«, sagte er, »ich glaube, ich gehe noch eine Weile ins Dampfbad.«

»Und ich«, sagte Fabian, »werde meine Zigaretten holen und noch ein bisschen hier rumsitzen.«

Er wartete. Der kleine Mann verschwand Richtung Dampfbad.

Fabian ging hinaus. Es war niemand zu sehen. Die Kabinen waren dunkel. Bei Nummer elf blieb er stehen und glitt zwischen die Vorhänge. Dort hing ein dunkler Anzug, das schlichte Hemd und der runde steife Kragen. Er tastete das Jackett ab und fuhr mit seiner Hand in die Brusttasche, zog einige lose Papiere hervor und sah sie sich in dem Lichtschein, der hereinfiel, an. Er erkannte die längliche Form eines Umschlages einer Behörde und die Buchstaben O.H.M.S.: eine Anfrage zur Einkommenssteuer. Er steckte ihn unter sein Lendentuch und schlüpfte blitzschnell wieder aus der Kabine, polterte in seine eigene, knipste das Licht an und zündete sich eine Zigarette an.

Der Umschlag war an Arnold Simpson, Esq., ›The Nest‹, The Crescent, Turner's Green, adressiert.

»Von wegen Smith.« Fabian grinste. Er steckte den Brief in seine Manteltasche und ging mit seinen Zigaretten zurück ins Frigidarium. Er war in so guter Stimmung, dass er sogar laut sang: »*Pal of my Cradle Days, I needed you always* ... « , woraufhin von dem Betrunkenen, der inzwischen mit dem Kopf auf dem Boden lag, blubbernd-undeutlich hervorgestoßen wurde: »Oh, Daisy, Daisy, Daisy, Daisy, antworte mir endlich, bitte tu's!«

Der kleine Mann kehrte zurück und klingelte nach dem Masseur.

»Das wär jetzt auch was für mich«, sagte Fabian.

Er legte sich auf eine Marmorbank. Mit einer schnellen Bewegung riss ein Riese im roten Hemd das Lendentuch weg.

»Um Gottes Willen, kitzeln Sie mich nicht«, kreischte Fabian.

Aus der Richtung des kleinen Mannes waren klatschende Geräusche zu hören und eine schwache, höfliche Stimme, die sagte: »Die rechte Schulter, bitte!«

»Ho-ho-hi-hi«, lachte Fabian, als der Masseur seine Rippen knetete. Okey-dokey, Simpson, dieses türkische Bad kostet dich fünfzig Piepen extra, nach allem, was du mich hast durchmachen lassen!, sagte er sich und ließ dabei den kleinen Mann vor seinem geistigen Auge erscheinen.

Der Masseur wickelte ihn in heiße Badelaken. »Besser, Sir?«

Überhitzt, geschwächt, ausgetrocknet und völlig entnervt antwortete Fabian mit einem Grunzen: »Sicher. Nichts geht über eine Massage, um einen zu beleben. Ich hab mal einen Song darüber geschrieben ...«

Der Masseur führte ihn zu der Liege in seiner Kabine und bedeckte ihn mit noch mehr Handtüchern. Fabian gab ihm einen Half Crown.

»Sorgen Sie dafür, dass man mir eine große Tasse starken schwarzen Kaffee bringt, zwei hart gekochte Eier und etwas Toast – und zwar 'n bisschen zackig!«

»Ja, Sir. Und vielen Dank, Sir.«

»Wissen Sie, ich finde keine Zeit zum Schlafen. In den letzten drei Wochen bin ich kaum ins Bett gekommen. Und heute Morgen muss ich noch fünfzehnhundert Pfund von einem Typ einsammeln.«

Fabian lag still. Seine Ohren, die durch jahrelanges Lauschen einen hohen Grad von Trennschärfe erreicht hatten, konzentrierten sich auf die Geräusche aus Kabine elf. Um halb sechs begann der kleine Mann sich anzuziehen.

Jetzt lässt er die Nachbarn zusehen, wie er von der Nachtarbeit nach Hause kommt, die kleine Ratte!, dachte Fabian. Er hörte, wie der kleine Mann hinausging. Fabian ging in den Vorraum und setzte sich auf eine Sitzbank. Er hatte noch eine halbe Stunde totzuschlagen. Wieder betrachtete er den Umschlag, den er aus der Tasche des kleinen Mannes entwendet hatte. Neben der Anfrage zur Einkommenssteuer enthielt er einen weiteren Brief, geschrieben mit Bleistift auf Papier mit dem Briefkopf des Cavell Nursing Home:

Mein lieber Arnie,

ich kann wegen der Schmerzen nicht schlafen, und ich bekomme meine Injektion erst in einer Stunde, deswegen schreibe ich dir diese Zeilen, weil ich mich besser fühle, wenn ich dir etwas mitteile. Ich wünsche mir so sehr, bei dir zu sein. Ich mache mir solche Sorgen um dich. Ich war besorgt, ob du auch daran denkst, deine Winterwollsachen anzuziehen, jetzt, wo das Wetter schon etwas wärmer ist, lieber Arnie, dass du sie wenigstens bis Mitte Mai trägst. Du darfst nicht auch noch krank werden,

Liebling. Arnie, ich bin immer so froh, dich zu sehen, aber versäum meinetwegen nicht so viel Zeit in der Firma, sonst wird man dort noch ärgerlich. Also komm immer am Morgen. Pass auf dich auf, und ich hoffe, dass Martha anständig kocht für dich. Ich kann nicht mehr schreiben, Arnie, ich fühle mich so schlecht.

In Liebe
Agnes

»Hah!«, sagte Fabian. Er marschierte raus, gab jedem, an dem er vorbeikam, sechs Pence und rief ein Taxi. »The Nest, The Crescent, Turner's Green«, sagte er zu dem Taxifahrer.

»Jawohl, Sir.«

Der Regen hatte aufgehört und die Sonne ging auf. Durch das offene Seitenfenster des Taxis wehte der kühle Morgenwind sanft über Harry Fabians erhitztes Gesicht. Dem Gebot der Verkehrsampel gehorchend, hielt das Taxi am Marble Arch in einer ruhigen Straße. Aus der Kehle eines Vogels in der Ferne drangen rein, klar und von verblüffender Süße die Töne eines verzückten Liedes. Die abgerissenen Ausgestoßenen der Gesellschaft auf den Bayswater-Bänken rafften sich auf und schafften ihr Elend fort aus dem gnadenlosen Tageslicht.

VI

Der Vorort lag im Schlaf. In ›The Crescent‹ brannten noch immer die Straßenlaternen. Fabian sah Licht im Vorderzimmer von ›The Nest‹. Offenbar war der kleine Mann gerade nach Hause gekommen. Fabian klopfte an die Tür. Der kleine Mann erschien. Als er Fabian sah, wurde sein Gesicht erst rot, dann weiß; er stolperte zurück, zu schockiert, um nach Luft schnappen zu können.

»Guten Morgen, Mister Smith«, sagte Fabian. »Ich komme wegen der Eier.«

»Eier? Eier? Was meinen Sie damit?«

»Die Eier aus dem Nest«, sagte Fabian, während er an seiner Oberlippe saugte und dem anderen sein spitzes Profil präsentierte, als wollte er ihn damit aufspießen. »Kommen Sie schon, lassen Sie mich rein.«

»Was wollen Sie?«

»Ich möchte mich mit Ihnen unterhalten, und zwar ganz fix, bevor Martha runterkommt. Es ist Ihnen sicherlich nicht recht, wenn Martha irgendwas davon mitbekommt.«

»Sie ... da liegt ein Missverständnis vor. Mein Name ist nicht Smith. Ich habe nicht ... «

»Yeah. Ich weiß, dass Ihr Name nicht Smith ist. Sie heißen Arnold Simpson, und es liegt kein Missverständnis vor.«

Mr. Simpson führte ihn in das Wohnzimmer. Grinsend betrachtete Fabian das Mobiliar, das so typisch war für einen Mann der Mittelschicht, dem Behaglichkeit über alles geht – Couch und Sessel aus braunem Leder, die Anrichte aus Eiche, den Axminsterteppich, die Stehlampe, die Kamingarnitur aus Messing, Nippes und Gemälde. Der kleine Mann setzte sich und zitterte, als hätte er sich eine Unterkühlung geholt.

»Weswegen sind Sie hierher gekommen?«

Fabian antwortete kalt und präzise: »Sie haben sich heute Abend mit meiner Frau eingelassen.«

»Ich? Wann? Wo? Wie? Ich – «

»Etwa um elf Uhr, in der Rupert Street. Man ist Ihnen gefolgt. Man hat Sie beobachtet. Man hat Sie belauscht. Man hat Sie fotografiert.«

»Ich schwöre, ich habe nichts getan.«

»Erzählen Sie das Ihrer Großmutter. Sie haben bei meiner Frau auf dem Bett gesessen, die Pfote auf ihrem Knie. Nur brüderliche Zuneigung, was? Ich nehme an, Sie glauben, die Sache hat sich für Sie erledigt, was? Nun, das hat sie nicht, verstehen Sie.«

»Was wollen Sie? Was werden Sie tun?«

»Was ich tun will? Es Ihrer Frau erzählen. Es Ihren Nachbarn erzählen. Es Ihrer Schwägerin erzählen. Einen Mordskrach werde ich schlagen. Genau das.«

»Aber ich gebe Ihnen mein Ehrenwort, da ist überhaupt nichts gewesen. Nichts! Ich war einsam. Ich wollte mit jemandem reden. Sie – «

»Oh ja. Sicher, sicher. Oh, ja. Sie wollten nur mit jemandem reden. Also haben Sie sich ein Mädchen mit Zoës Figur ausgesucht, sind mit ihr in ihre Wohnung gegangen und haben sie genötigt, sich auszuziehen, einfach nur, um mit ihr zu reden. Natürlich, so war's. Wir kennen das ja.«

»Ich habe sie nicht genötigt, sich auszuziehen.«

»Selbstverständlich nicht. Natürlich haben Sie das nicht getan. Ich weiß das. Ihr Kleid hat sich einfach selbstständig gemacht. Jeder weiß das. Die Kleider von Mädchen machen sich einfach selbstständig. Schließlich ist es allgemein bekannt, weshalb Männer gut aussehende Mädchen mit ins Schlafzimmer nehmen. Nur, um mit ihnen zu reden. Völlig klar. Trotzdem, Freundchen, Sie wissen, was für eine schmutzige Phantasie manche Leute haben. Werden diese Leute es glauben? Und was wird Ihre Frau dazu sagen?«

»Aber das können Sie ihr unmöglich sagen! Es würde sie umbringen!«

»Wissen Sie was?«, sagte Fabian tadelnd. »Ich schäme mich für Sie. Einfach so loszugehen und so zu tun, als gingen Sie zur Arbeit wie ein ehrenwerter Familienvater, um in Wirklichkeit die ganze Zeit in Nachtclubs und Kaschemmen wie Bagrag's rumzuhängen oder in den Schlafzimmern von Frauen – «

»Hören Sie auf!«, rief der kleine Mann. »Um Gottes Willen, hören Sie auf damit! Ich kann das nicht mehr hören. Sehen Sie denn nicht, dass ich ein kranker Mann bin? Sehen Sie das nicht? Merken Sie nicht, dass ich das alles nicht ertragen kann? Können Sie nicht endlich sagen, was Sie von mir wollen und damit aufhören – «

»Hundertfünfzig Eier.«

»Äh Äh?«

»Was meinen Sie mit ›Äh-Äh‹? Sie sollten lieber fragen: ›Wie bitte?‹ Also noch mal: einhundertundfünfzig Pfund.«

»Großer Gott, Sie müssen verrückt sein!«

»Oh, ich muss verrückt sein, tatsächlich? Warum – «, knurrte Fabian mit unerwarteter Schärfe, »du verdammte Laus, du! Hast du eine Ahnung, was passiert, wenn du nicht höflich bist?«

»Wollen ... wollen Sie damit sagen, ich soll Ihnen hundertfünfzig Pfund geben?«

»Ja, und zwar zack-zack.«

»Ich hab nicht so viel.«

»Doch, haben Sie. Ich weiß, dass Sie es haben. Was ist mit Ihren Ersparnissen?«

»Die sind ... sind angelegt. Ich komme da nicht ran.«

»Und der Scheck, den Sie bekommen haben, als man Sie bei Ihrer Firma rausgeschmissen hat? Wovon Ihre Frau übrigens auch nichts weiß.«

»Das ist fast alles aufgebraucht. Meine Frau – «

»Jetzt vergessen Sie mal für einen Moment Ihre Frau, lassen Sie uns lieber Tacheles reden. Es ist doch ganz einfach. Sie brauchen nur einen kleinen Scheck über einhundertfünfzig Pfund auszuschreiben, zur Bank gehen, sobald sie öffnet, den Zaster in Einpfundnoten kassieren, ihn mir geben und Wiederseh'n sagen. Und wenn Sie das nicht machen, bei Gott, dann werde ich im Cavell Nursing Home sein, noch ehe Sie – «

»Woher wissen Sie das?«

»Ah!«, sagte Fabian und öffnete weit seinen Mund.

»Ich werde zur Polizei gehen!«

»Das wird nichts nutzen. Sie haben keinen Beweis. Sie könnten mich verklagen. Aber das würde Ihnen nichts bringen. Es würde nur einen Skandal provozieren – «

»Erpressungsfälle können unter Ausschluss der Öffentlichkeit verhandelt – «

»Sie scheinen nicht zu verstehen«, sagte Fabian geduldig. »Dies ist keine Erpressung. Es steht Ihr Wort gegen meines. Wenn Sie unangenehm werden wollen, werde ich auch unangenehm und erzähle Ihrer Agnes eine Geschichte, dass sie aus dem Bett springt und

Rumba tanzt. Und Martha – was würde Martha wohl tun, die liebe alte Martha!«

Der kleine Mann sank in seinem Sessel zusammen, als hätte sich sein Rückgrat in Wasser verwandelt. Für einen Augenblick herrschte Schweigen. Fabian rauchte und wartete. Schließlich sagte der kleine Mann: »Und wenn ich Ihnen das Geld gebe, welche Garantie hätte ich, dass Sie nicht immer weitermachen würden? Würden Sie eine Vereinbarung unterschreiben?«

»Schauen Sie mir in die Augen«, sagte Fabian und streckte sein grinsendes Gesicht nach vorn, »welche Farbe haben sie?«

»Oh ... «

»Welche Farbe?«

»Blau.«

»Aha. Ich dachte schon, Sie hätten da was Grünes gesehen, mein Name ist Fabian, nicht Muggins. Ich will das Geld jetzt, und zwar in bar. Kleine Scheine. Zahlen Sie und ich schweige wie ein Grab. Zahlen Sie nicht, werde ich Sie fertig machen. Ich halte mein Wort in jedem Fall. Es liegt bei Ihnen. Wie soll's laufen?«

»Hören Sie. Ich schwöre Ihnen, ich habe nicht viel. Ich habe keine einhundertfünfzig Pfund in bar. Ich könnte Ihnen mein Sparbuch zeigen. Alles in allem habe ich um die hundert Pfund in bar. Meine Ausgaben sind hoch. Können Sie das nicht verstehen?«

»Besorgen Sie's.«

»Wie soll ich das machen?«

»Pumpen Sie es sich.«

»Mein Gott!«, schrie der kleine Mann. »Haben Sie gar kein Mitleid? Begreifen Sie denn nicht, in welch verzweifelter Situation ich mich befinde? Um Himmels willen, versetzen Sie sich doch in meine Lage und haben Sie ein wenig ... ein wenig – «

»Also, in Ordnung. Ich hab ein Einsehen. Sie werden über mich lachen, aber ich hab ein Einsehen. Wie viel, sagten Sie, können Sie in bar auftreiben?«

»Höchstens einhundertneun oder einhundertzehn.«

»In Ordnung. Verdient haben Sie's zwar nicht, aber ich will mal Milde walten lassen. Ich nehm die hundertzehn, vorausgesetzt ich krieg sie sofort. Ich verlasse dieses Haus erst, wenn alles klar ist. Ich warte hier mit Ihnen, bis die Banken öffnen, und bekomme ich das Geld dann nicht in Einpfundnoten, nehm ich Sie in die Mangel. Ist das nicht ein Angebot?«

»Aber meine Schwägerin – «

»Das ist schon in Ordnung. Um Ihretwillen habe ich gegen einen kleinen Schwindel nichts einzuwenden. Sagen Sie einfach, ich bin ein Chemiker aus der Firma, wo Sie arbeiten.«

»Aber Sie versprechen – Sie versprechen ganz bestimmt, nie wieder herzukommen?«

»Sie haben das Ehrenwort eines Gentleman«, sagte Fabian.

Müde, aber triumphierend fuhr Fabian um zehn Uhr in einem Taxi zurück zur Rupert Street. Von Zeit zu Zeit tastete er nach dem festen Bündel frischer grüner Banknoten in der Innentasche seiner Weste. Zoë schlief. Leise schlich er ins Zimmer.

Als er sich auszog, wachte sie auf.

»Wo zum Teufel warst du?«

»Türkisches Bad. Sieh mal, wie schön sauber meine Beine sind.«

»Mh!«

»Hör mal, Honey-Baby, ich bin an einer großen Sache dran. Ehe du dich versiehst, kutschierst du in einem Rolls-Royce – «

»Uuuuaaahh!«, gähnte Zoë.

»Komm, reiß dich am Riemen! Wach auf!«, sagte Fabian. »Sag mal, wie viel hast du letzte Nacht gemacht?«

»Harry, mein Lieber, es tut mir Leid«, sagte Zoë, »ich hab nicht viel gemacht.« Es klang überzeugend.

»Nein? Wie viel hast du eingenommen?«

»Nur zwei Pfund.«

»Lügnerin.«

»Bezeichne mich nicht als Lügnerin!«

»Nein. Du sagst die Wahrheit. Natürlich hast du nur zwei Pfund verdient. Aber was ist mit dem alten Freier, der dir drei Pfund für nichts gegeben hat?«

»Was ... was ... Woher weißt du das? Ehrlich, ich glaub, du bist mit dem Teufel im Bunde oder so. Wie du immer alles rausfindest!«

»Ah-ah!«, grunzte Fabian und zog seinen flammendroten Pyjama an. »Also, wie viel?«

Zoë zog unter ihrem Kopfkissen ein Portemonnaie hervor und nahm fünf Pfund heraus.

»Na also! Warum verkaufst du mich für blöd? Hab ich mich dir gegenüber jemals mies verhalten?«, fragte Fabian.

»Ich brauch ein Paar neue Schuhe.«

»Warum hast du das nicht gleich gesagt?«, sagte Fabian, nahm die fünf Pfund und gab ihr zwei zurück. »Hier hast du zwei Pfund.«

»Du bist ein Schatz, Harry!«

»Soll niemand behaupten, ich sei mies«, sagte Fabian. Bevor er seine Pyjamajacke anzog, streckte er die Arme zur Seite und drehte sich mehrmals um die eigene Achse. »Sieh mal. Bin ich nicht sauber? Nun komm schon her, zum Teufel. Es lohnt gar nicht, schlafen zu gehen. Um eins muss ich Figler anrufen.« Er stieg ins Bett. Dann ließ er einen Fuß unter der Decke hervorblitzen, deutete auf ihn und sagte: »Nun schau doch bloß, wie weiß!«

VII

Fabian rief Figler um ein Uhr an.

Figler wechselte seine Adresse mehrmals im Jahr, war aber immer irgendwo in dem Wohnquartier zwischen der Southampton Row und der Gary's Inn Road zu finden – jenem düsteren, trostlosen Dschungel rußgeschwärzter Häuser, die von ständig wechselnden Mietern ohne Habe bewohnt werden, von Leuten, die hastig einziehen und häufig nachts wieder verschwinden; wo der Kaufmann nicht anschreibt und die Miete immer im Voraus bezahlt werden muss. Figler war Junggeselle und bewohnte ein Zimmer im Parterre eines Hauses am Tavistock Place. Warum Tavistock Place? Es hörte sich gut an. Warum im Parterre? Er empfand es als angenehm, nur einen Sprung von der Straße entfernt zu sein.

Als Fabian anrief, hockte er gerade über einem billigen Album, das randvoll war mit geheimnisvollen Zeitungsausschnitten. Er klappte es zu und stellte eine schwere Vase darauf, bevor er zum Telefon ging.

»Hallo?«

»Figler?«

»Ich weiß nicht, ob er da ist. Wer spricht dort?«

»Harry Fabian.«

»Oh, hallo Harry. Was gibt's?«

»Hör mal, Figler, wegen der einhundert Pfund ... «

»Ja?«

»Ich hab sie.«

»Du hast was?«, rief Figler fast etwas bestürzt.

»Ich hab sie. Jetzt können wir loslegen.«

»Oh, sicher, sicher, Harry. Aber pass mal – «

»Wann kann ich dich treffen?«

»Ah ... eigentlich jederzeit. Nur bin ich momentan etwas in Eile. Also besser heute Abend.«

»Heute Abend, und wo? Bei Anna's?«

»Ja.«

»Und – hast du das Geld?«

»Wer, ich? Ich kann dir einen Scheck ausschreiben – «

»Keine Schecks, Figler. Bares.«

»Wie bitte? Traust du mir nicht?«

»Klar, klar doch, ich trau dir. Aber einen Scheck kann jeder ausschreiben. Oder würdest du bei einem Scheck von mir so locker hundert Pfund einsetzen?«

Figler fand darauf keine Antwort, er sagte einfach nur: »Was, du hast Bargeld?«

»Hör dir das an!«, Fabian raschelte mit einer Zeitung vor der Muschel des Telefonhörers. »Einhundert in Scheinen. Hörst du's. Ist das nicht Musik in deinen Ohren? Wenn du Geld auf der Bank hast, kannst du doch jederzeit was abheben, oder?«

»Ha-ha-ha-ha-ha-ha! Ob ich was abheben kann ... Aber egal, du solltest meinem Scheck trauen.«

»Würdest du meinem trauen?«

»Unter Freunden – «

»Bei Geschäften hört die Freundschaft auf. Hast du selbst gesagt, und das ist auch meine Meinung. Ich hab meinen Anteil. Jetzt komm mit deinem rüber und wir legen los. Lass uns zur Abwechslung mal Nägel mit Köpfen machen – wir ziehen ein ganz großes Ding durch. Kein Kleinkram – «

»Brauchst dich gar nicht so aufzuführen, nur weil du einmal im Leben hundert Pfund in der Tasche hast, Harry. Ich bin bereit, einzusteigen und zu teilen, aber wenn du glaubst, du kannst mich herumkommandieren – «

»Jetzt sei nicht albern, Figler.«

»In Ordnung. Treffen wir uns um halb elf bei Anna's.«

»Also um halb elf bei Anna's, okey-dokey.«

»Tschüss.«

»Bis dann.«

Ping! machte der Hörer, als Figler einhängte. Vor Wut kochend ging er zurück in sein Zimmer. Verdammter Kerl! dachte er. Wie zum Teufel hat er es bloß fertig gebracht, in so kurzer Zeit hundert Pfund aufzutreiben? Und woher zum Teufel soll ich bis heute Abend hundert Pfund nehmen? Er zog sein Sparbuch hervor und stellte fest, dass er genau einunddreißig Pfund und neun Pence zur Verfügung hatte. Kriegt einhundert Pfund zusammen! Seit wann ist der denn Geschäftsmann? Die kleine Ratte!

Figler ging im Zimmer auf und ab.

Dann holte er ein dickes, altertümliches Notizbuch mit glänzend schwarzem Einband hervor. Das war Figlers Bibel: Sie enthielt sein Evangelium und die Regeln, nach denen er sein Leben gestaltete. Das Notizbuch war voller Namen und Adressen von Großhändlern, die jede nur erdenkliche Branche abdeckten. Figler hatte diese Liste nach und nach im Verlauf seiner lebenslangen, mühevollen Forschungen im schlangenbevölkerten Hinterland fragwürdiger Gewerbe zusammengestellt. Sie war eine

Art Kabbala des Kaufens und Verkaufens. Trat man an Figler heran mit einem Posten verunreinigten Vogelfutters, ausgeleierter elastischer Strumpfbänder, rostiger Regenschirmspeichen oder abgelaufener Kalender, dann ließ er seinen Finger die Seiten rauf- und runterwandern, rauchte eine Zigarette, schaute auf, hustete, als wollte er gleich ersticken, fasste sich wieder und sagte: »Ah ... ich kann dieses Zeug auf einer Basis von fünfzig Prozent an den Mann bringen ... « Kunden, die mit Filmgesellschaften in Kontakt waren, hatten ihm für sein Notizbuch beträchtliche Summen geboten; doch es war das Einzige, was Figler nie verkaufen würde. Es war mehr als die Sicherung seines Lebensunterhalts – es war sein Leben.

Er setzte sich mit dem Notizbuch hin und rauchte noch eine Zigarette.

In seinen verstopften Bronchien blubberte der Rauch wie in einer Wasserpfeife. »Ah!«, rief Figler aus. Er warf seinen Zigarettenstummel weg und setzte sich den Hut auf, schloss das Buch weg, fuhr sich mit einer Kleiderbürste über die Brust und verließ sein Zimmer.

Zuerst ging Figler in die Mortimer Street, in ein im Parterre gelegenes Büro mit einem Messingschild, auf dem ›Einzelhandelszulieferer LTD., P. Pinkus‹ stand. Er ging hinein. Ein Angestellter trat ihm in den Weg.

»Pinkus?«, fragte Figler.

»Oh, Mr. Pinkus ist schrecklich beschäftigt. Er kann heute niemanden empfangen.«

»Aha. In diesem Fall geh ich lieber gleich rein«, sagte Figler. Mit ruhigem, gedankenverlorenem Gesichtsausdruck blickte er stoisch geradeaus, drängte sich an dem Angestellten vorbei und ging in das eigentliche Büro. Es war ein kleines Zimmer mit Holzfurnier an den Wänden, nicht viel größer als ein gewöhnliches Badezimmer; der Fußboden war knöchelhoch mit Papieren übersät. Aus dem Papierkorb quollen Kataloge; unermesslich viele Rechnungen, Zettel, Quittungen, Lieferscheine, auf alte Heftdrähte gespießt, schmückten die Wände wie Festons und wellten sich in der warmen, feuchten Luft. Auf dem Schreibtisch spie ein elektrisches Heizgerät in Form eines Kupferkessels Wellen drückender Hitze in das Gesicht von Mr. Pinkus. Pinkus selbst war klein und dick, leicht erregbar und hatte eine Zigarette im Mund. Der Rauch stieg in einer geraden blauen Säule nach oben, bis die Hitzewellen seiner habhaft wurden, um ihn dann zu Nichts zu verspinnen.

Er sah hoch, als Figler eintrat.

»Was ist? Was willst du? Was ist los, Joe? Hab viel zu tun, bin beschäftigt. Was ist?«

»Hör mal«, sagte Figler, »wie steht's mit Bugholzstühlen?«

»Bugholzstühle!«, rief Pinkus aus. »Zum Teufel mit Bugholzstühlen! Den ganzen lieben langen Tag höre ich nur Bugholzstühle und immer wieder Bugholzstühle! Ich sitze hier wie auf heißen Kohlen wegen dieser Bugholzstühle, und nun kommt der hier mit Bugholzstühlen an!«

»Schsch! Wieso diese Aufregung. Du kannst sie also nicht kriegen, stimmt's?«

»Natürlich kann ich sie nicht kriegen! Wenn ich von Lipsky kaufen würde, könnte ich 'ne Million davon kriegen. Aber wer kauft Bugholzstühle von Lipsky, diesem Halsabschneider!«

»Du suchst doch die kleinen runden Bugholzstühle mit verschnörkelter Rückenlehne, nicht wahr?«

»Verschnörkelte Rückenlehne! Du kriegst keinen Bugholzstuhl mit verschnörkelter Rückenlehne – «

»Lipsky hat sie alle aufgekauft.«

»Das hat er mir gesagt! Ich hab deswegen schon Gift und Galle gespuckt, und dann sagt er ausgerechnet mir so was.«

»Nun, ich kann welche besorgen.«

»Wie viele?«

»Zwanzig Gros.«

»Zwanzig Gros? Wie teuer?«

»Lipsky will siebzig Shilling fürs Dutzend. Ich unterbiete seinen Preis.«

»Um wie viel?«

»Um elf Shilling pro Dutzend.«

»Komm schon! Du willst neunundfünfzig pro Dutzend?«

»Neunundfünfzig pro Dutzend.«

»Ich kann zwölf Gros gebrauchen.«

»Ja, sicher kannst du das. Aber mehr als drei Gros sind eben nicht drin.«

»Warum solltest du dich so haben? Ich kann dir den gesamten Bestand abnehmen, ohne Spaß – «

»Pass mal gut auf«, sagte Figler geduldig, »und red nicht so 'nen Stuss. Du weißt genauso gut wie ich, dass Lipsky jeden kleinen runden Bugholzstuhl auf dem Markt hat. Stimmt doch, oder?«

»Und?«

»Gib mir 'ne klare Antwort, ja oder nein?«

»Ja, gut, und weiter?«

»Ich habe ein paar Gros. Wenn ich sie zu einem niedrigeren Preis anbiete, dann solltest du bedenken, Pinkus, dass ich neben dir noch zwei, drei andere Freunde habe, denen ich auch einen Gefallen tun möchte.«

»Und?«

»Also wenn du drei Gros zu neunundfünfzig Shilling das Dutzend willst, sag ja, und ich kann noch heute Nachmittag gegen Scheck liefern. Wenn nicht, dann nicht. Also?«

»In Ordnung, ich nehm die drei Gros. Du sagtest fünfundfünfzig das Dutzend?«

»Neunundfünfzig!«

»Ah, komm schon! Sei nicht albern! Du kannst mir doch vier Pence pro Stuhl nachlassen.«

»Pinkus, mach dich nicht lächerlich. Ich steh hier und geh mit dem Preis runter«, Figler schnipste mit den Nägeln von Daumen und Zeigefinger, als töte er eine unsichtbare Laus, »etwa so, und du feilschst! Hör zu, lass uns nicht weiter streiten, ich hab nämlich keine Zeit. Ich kann dir keinen Viertelpenny mehr nachlassen. Schließlich muss ich auch leben oder? Du kennst mich doch, ich bin ehrlich. Ich hab einen Ruf zu verlieren. Drei Gros; neunundfünfzig Shilling das Dutzend. Wenn du jetzt sagst, achtundfünfzig und elf Pence drei Viertelpenny, sag ich Nein! Definitiv nein! Einhundert-undsechs Pfund vier Shilling für drei Gros. Ja oder nein?«

»Einhundertundsechs Pfund.«

»Einhundertundsechs Pfund vier.«

»Vergiss die vier Shilling!«

»Einhundertundsechs Pfund vier!«

»In Ordnung, ich nehm sie.«

»Ich überlass ihm ein Dutzend für neunundfünfzig Shilling statt für siebzig, und er benimmt sich, als täte er mir einen Gefallen! Ich liefere heute Nachmittag in dein Lager und deinen Scheck bekomme ich in dem Moment, wenn die Ware ankommt.«

»Gut. Abgemacht. Du wirst aber eine Woche warten müssen.«

»Hör mal, Pinkus, du kennst mich. Ich gebe keinen Kredit. Ich kann es nicht. Frag dich selbst, wie soll ich hundert Pfund Kredit geben? Bargeld ist Bedingung. Ansonsten kein Geschäft.«

»Nun, ich kann das Zeug gebrauchen. Tatsache ist, ich hab noch 'ne dringende Lieferung abzuwickeln – «

»Ich weiß. An Wilson.«

»Wer hat dir von Wilson erzählt?«

»Egal. Ich weiß es eben. Wann musst du liefern?«

»Sofort, wenn nicht noch früher. Eigentlich hätte ich bereits gestern liefern müssen.«

»Ja, das hab ich gehört. Also gut, ich überlass dir das Zeug, sobald ich deinen Scheck hab.«

»Figler, wir haben jahrelang Geschäfte miteinander gemacht und ich vertrau dir wie meinem eigenen Bruder. Wenn du sagst, das Zeug ist in Ordnung, dann weiß ich, es ist in Ordnung. Wann kann ich es sehen?«

»Um vier Uhr.«

»Ich kann hier nicht weg. Sagen wir um sechs.«

»In Ordnung, um sechs.«

»Ich notiere mir die Summe. Ich geb dir dann gleich den Scheck. Einhundert Pfund ... «

»Einhundertundsechs Pfund vier.«

»Vier! Vier! Einhundertundsechs Pfund!«

» – Vier Shilling.«

»In Ordnung. Bis später.«

Figler ging raus.

Fabian an Figlers Stelle hätte sicherlich ein Taxi genommen; aber Figler, der um Verkehrsstaus und die jeweiligen Geschwindigkeiten wusste, schlenderte zur U-Bahn.

Zwanzig Minuten später schniefte und keuchte er im Büro von Lipsky & Co in Bishopsgate. Lipsky Junior war ein findiger, junger Mann, erfahren im Umgang mit Käufern und ebenso gescheit, was die Gewohnheiten der Handlungsreisenden betraf; ruhig und distanziert, ein Darwin des Restaurantbedarfs, der eine wissenschaftliche Klassifizierung der schwer fassbaren Flora und nicht leicht zu erklärenden Fauna des Gaststättengewerbes hätte vornehmen können.

Figler sagte: »Ich hätte gern einige dieser kleinen runden Bugholzstühle – Nummer Zweiundsiebzig X.«

»Zweiundsiebzig X? Sicher! So viel Sie wollen! Sehr ansprechende Form. Man kann sie sonst nirgendwo kriegen, wie Sie wissen. Für Sie siebzig Shilling das Dutzend.«

»Also es ist so, Mr. Lipsky. Ich besorge diese Stühle für einen Freund, der im Norden ein neues Etablissement aufmacht.«

»Oh, im Norden, tatsächlich? Was für ein Etablissement?«

»Eine Art Vortragsraum oder so etwas Ähnliches.«

»Darf ich fragen, wo?«

Ohne zu zögern, antwortete Figler: »Eine Stadt in der Nähe von Blackburn, ein Ort namens Darwen.«

»Darwen ... Ja?«

»Also, Geschäft ist Geschäft. Ich möchte etwas dabei verdienen, wenn Sie ein paar Shilling pro Dutzend nachlassen würden – «

»Oh, ich fürchte, da lässt sich nichts machen.«

»Aber da lässt sich doch sicher etwas machen! Sie kennen mich. Schließlich sind wir schon seit Jahren miteinander im Geschäft. Sie werden dabei nichts verlieren!

Ich kaufe diese Stühle auf eigenes Risiko. Seien Sie also ein netter Kerl und überlassen Sie sie mir für fünfundsechzig.«

»Gut, ich mache Ihnen einen Vorschlag: Sie können drei Gros für siebenundsechzig und sechs das Dutzend haben.«

»Ich denke, in Anbetracht unserer jahrelangen Geschäftsbeziehungen könnten Sie sich mir gegenüber ein klein wenig großzügiger zeigen.«

»Geschäft ist nun mal Geschäft. Außerhalb des Geschäftes bin ich so großzügig, wie nur irgend geht. Wenn Sie Geldprobleme haben, kommen Sie zu mir und ich werde Ihnen jederzeit mit zehn Pfund aushelfen. Aber Geschäft ist Geschäft.«

»Kommen Sie schon!«, versuchte Figler ihm mit pfeifendem Atem zuzureden. »Sechsundsechzig Shilling. Das sind fünf Shilling und sechs Pence für einen Stuhl.«

»Ja, und Sie bekämen diesen Stuhl nirgendwo für sieben Shilling.«

»Gewähren Sie mir drei Monate Ziel.«

»Das kann ich nicht.«

»Vertrauen Sie mir?«

»Ich vertraue Ihnen. Ich hab bisher nicht gehört, dass Sie irgendjemanden reingelegt haben. Dennoch, Sie sind eine Person, keine Firma, und ich kann es nicht tun. Aber schauen Sie, ich sage Ihnen, was ich für Sie tun kann. Ich komme Ihnen auf halbem Wege entgegen. Zahlen Sie mir die Hälfte und ich nehme einen Scheck für die andere Hälfte, achtundzwanzig Tage vordatiert.«

»Zu sechsundsechzig Shilling.«

»Siebenundsechzig Shilling das Dutzend, keinen Penny weniger und das ist das Ende der Fahnenstange.«

»Hören Sie, lassen Sie noch etwas nach.«

»Nein, ich habe Ihnen bereits das beste Angebot gemacht, und ich würde das keinem anderen machen.«

»Nun gut ... könnte ich die Ware sofort kriegen?«

»Übermorgen.«

»Eigentlich wollte ich sie gleich.«

»Nichts zu machen. Alle Lieferwagen sind auf Tour.«

»Das geht schon klar. Ich hab einen Lieferwagen.«

»Seit wann?«

»Oh, seit kurzem mache ich Geschäfte in größerem Rahmen. Ich habe einen gemietet. Nun denn, machen Sie die Rechnung fertig, und ich gebe Ihnen meinen Scheck.«

»In Ordnung, Mr. Figler. Dann bekomme ich jetzt sechzig Pfund sechs Shilling von Ihnen.«

»Sagen wir sechzig Pfund.«

»Und sechs Shilling.«

Figler schrieb einen Scheck über sechzig Pfund aus und schob ihn über den Schreibtisch. Lipsky nahm ihn sehr ruhig an, dankte Figler und sagte: »In diesem Falle stellen sie Ihren zweiten Scheck über sechzig Pfund zwölf Shilling aus.«

»Sechzig Pfund.«

»Und Zwölf«, sagte Lipsky.

Figler stellte den zweiten Scheck über sechzig Pfund zehn Shilling aus.

Lipsky lachte. »In Ordnung, Sie altes Schlitzohr. Geben Sie mir anstelle der restlichen zwei Shilling eine Zigarre.«

»Mit Vergnügen!«, sagte Figler. Er zog eine große Bolivar hervor, die ihm jemand vor zwei Monaten gegeben hatte und die er für den Fall einer derartig freundlichen Geste in weiser Voraussicht eingesteckt hatte.

Die Männer schüttelten sich die Hand und Figler verabschiedete sich.

Kaum war er auf der Straße, legte Figler große Eile an den Tag. Er befand sich jetzt in einer jener phantastisch anmutenden prekären Situationen, in die sich der Schieber nicht selten manövriert. Er hatte Lipsky einen Scheck über £60 gegeben, obwohl nicht mehr als £30 auf seinem Konto waren. Er wusste, dass man seinen Scheck um drei Uhr einlösen würde. Könnte er nicht eingelöst werden, würde sein Kredit platzen: Er wäre ruiniert. So seltsam es auch scheint, aber Figlers Existenz basierte fast ausschließlich auf seinem Ruf, ein Mann zu sein, dem man unbedingt vertrauen konnte; und dieser Ruf stand nun auf dem Spiel. Er wechselte einen Shilling in Pennys und ging in eine Telefonzelle. Dann rief er die Magniloquencia Cigar Co. an.

»Hallo! Ich möchte mit Mr. Cohen sprechen ... Figler ... Hallo, Cohen? Hören Sie zu. Ich will tausend Stück von Ihren Coronas, und zwar sofort ... Ja ... Nein, ich kann nicht vor Mitte nächsten Monats zahlen ... In Ordnung... Natürlich! Sie kennen mich doch, nicht wahr? ... Vielen Dank, Mr. Cohen ... Ja, ein bisschen besser, danke, nur ein wenig dumpf im Kopf. Geht es Ihnen gut? Und der Familie? ... Gut, gut! Auf Wiederhör'n!«

Schnell wie der Blitz wählte Figlers Finger die nächste Nummer.

»Hallo? Hier spricht Figler! Ist dort Mr. Gold? Hier, hören Sie zu, Gold: Könnten Sie tausend Magniloquencia Coronas gebrauchen? Sie können sie für zweiunddreißig Pfund kriegen, bar versteht sich ... Was? ... Was? ... Sind eingedeckt damit? Was meinen Sie? Äh? ... Seien Sie nicht dumm, natürlich könnten Sie sie verkaufen! ...

Ist das Ihr letztes Wort? Sie haben zehntausend auf Lager? Zehntausend! Oh ... In Ordnung. Wiederhör'n.«

Figler brach der kalte Schweiß aus. Er rief Havana Cigar Distributors an, doch der Inhaber war nicht da. Cheapside Tobacco (1937) Ltd. hatten so viel Magniloquencias, dass sie gar nicht wussten, wohin damit. An dieser Stelle hätte Fabian »Verdammte Scheiße« gesagt, aber Figler fluchte nie. Er änderte seine Taktik und rief Liquid Gold Egg Company an.

»Hallo!«, sagte Figler. »Verbinden Sie mich bitte mit Mr. Shiptzel ... Figler ... Hallo, Shiptzel, hier ist Figler ... Figler, nicht Tiddler! ... Wie geht's? ... Mir geht's prächtig ... Ein wenig dumpf im Kopf. Hören Sie, hab ich noch Kredit für ein paar Dosen Flüssigei? ... Oh, für nicht mehr als vierzig Pfund ... Sicher, Mitte nächsten Monats ist doch in Ordnung, oder? Gut, danke ... Ja, ich hab's mit 'ner Nasenspülung versucht, hat aber nichts genutzt ... Also, auf Wiederhör'n.«

Ohne zu zögern wählte Figler die Nummer von Appleton Bakeries. »Appleton? ... Hier Figler. Hören Sie, was zahlen Sie für Eier? Eier, keine Geier ... Ihr habt, hä? Gut, von mir können Sie Liquid Gold einen dreiviertel Penny das Pfund billiger haben ... Tatsache! Ich habe ein paar von denen aufgetrieben, die Bolzer gelagert hatte, bevor der Preis hochgegangen ist ... Ja, ich kann sofort liefern, wenn Sie wollen, aber ich brauche Bargeld ... Natürlich original Liquid Gold! Sie kennen mich doch, oder? ... Ja ... Ja ... Ja ... Dann also Bargeld bei Lieferung. Sehr gut. Wiederhör'n.«

Figler holte wieder tief Luft. Er rief die Bullet Transport Company an.

»Hallo! Bullet? Figler hier ... Hallo, Isaac! Wie geht's

Betty? ... Oh, ein wenig dumpf im Kopf ... Hör mal, ich brauch einen Lieferwagen – einen Eintonner ... Zwanzig Zentner, eine Tonne, bist du taub oder was? ... Nur für heute ... Halt's Maul, hältst du mich für einen Millionär ... Sagen wir ein Pfund ... Oh, in Ordnung, fünfundzwanzig Shilling. Stell ihn sofort bereit. Ich komm gleich rüber.«

Figler hängte ein und wählte eine andere Nummer.

»Hallo! Cleartype Signs? Hier spricht Figler ... Hallo Yossel! Wie geht's?... Oh, ein wenig dumpf im Kopf ... Pass auf, ich möchte, dass du deinen schnellsten Mann ein Schild drucken lässt, etwa ein Meter fünfzig mal 30 cm ... Normales Papier – ich will es einfach nur an die Seite eines Lieferwagens kleben ... Folgender Schriftzug: FIGLERS KOLONIALWAREN CO. Hast du's? Einfache schwarze Buchstaben auf gelbem Grund. Ich muss es in einer Stunde haben ... Mach keine Witze, ich zahl drei Shilling sechs Pence und keinen Penny mehr. Wiederhör'n.«

Er verließ die Telefonzelle, wischte sich die Stirn und fuhr mit dem Bus zur Bullet Transport Company. Eingezwängt neben dem Fahrer, fuhr er in dem Eintonner zu Cleartype Signs, wo das auffällige Schild – schwarz auf gelbem Grund: FIGLERS KOLONIALWAREN CO – dorthin geklebt wurde, wo alle Welt es sehen konnte, raste dann mit qualmendem Auspuff zu Stepney, wo er die Eier auflud, lieferte sie bei Appleton Bakeries ab und erhielt einen Scheck über fünfunddreißig Pfund zwei Shilling und sechs Pence.

»Lipsky's, Bishopsgate«, sagte Figler zum Fahrer.

Während die Stühle aufgeladen wurden, nahm er ein Taxi zu seiner Bank und ließ Appletons Scheck gutschreiben. Dann rief er Pinkus an.

»Also, Pinkus, ich hab die Stühle im Lieferwagen. Soll ich sie direkt in dein Lager liefern oder wohin? Sag schnell, ich hab's eilig ... In Ordnung, in einer halben Stunde am Lagerhaus – mit dem Scheck. Wiederhör'n.«

Sie trafen sich am Lagerhaus. Pinkus betrachtete die Stühle voller Anerkennung, die er in folgende Worte kleidete: »Nun ... Du hast mich wirklich nicht reingelegt.«

»Ich und dich reinlegen? Du solltest auf die Knie sinken und mir danken!«, sagte Figler.

»Hier ist der Scheck«, sagte Pinkus, »Einhundertundsechs Pfund.«

»Einhundertundsechs Pfund vier!«

»Pah! Was für ein Problem wegen vier lausiger Shilling! Hier, nimm eine Zigarre und Hand drauf!«, rief Pinkus, griff in seine Brusttasche und zog eine billige, halbzerdrückte Romeo y Julieta hervor, die Figler an den Rissen als diejenige erkannte, die er Pinkus vor etwa vier Monaten gegeben hatte.

Figler schleppte sich in eine Teestube, setzte sich schwerfällig hin und notierte etwas in seinem Notizbuch.

Er hatte drei Gros Stühle für £120 gekauft und sie für £106 verkauft. Er hatte eine Ladung Flüssigei für £40 gekauft und sie für £35 wieder verkauft – machte einen Verlust von £19. £19 plus die Kosten für das Mieten des Lieferwagens, für das Schild, die Telefonate, Taxi et cetera – zusammen etwa £21.

Was also hatte Figler so Kluges getan?

Er hatte ganz einfach einen Kredit-Kreislauf in Gang gesetzt. Er besaß einhundert Pfund. Mit diesem Kapital wollte er Ringkampfveranstalter werden. Er schuldete

Lipsky £60 und Liquid Gold £40. Wenn diese Rechnungen fällig wurden, würde er auf Kredit sagen wir mal ein halbes Dutzend Flügel kaufen; mit dem Erlös aus dem Verkauf könnte er die Schulden fristgemäß begleichen. Da seine Kreditwürdigkeit dadurch noch gesicherter und sein Ruf noch weiter gefestigt wäre, könnte er erst recht auf eine Warenlieferung von Lipsky oder Liquid Gold zurückgreifen, mit deren Erlös er die Rechnung der Pianofabrik bezahlen könnte. Inzwischen würde Mr. Gold seinen Vorrat an Magniloquencia Zigarren losgeworden sein, bei deren Herstellern Figler noch immer Kredit hatte; so konnte Figler weitermachen, indem er ständig irgendjemandem irgendetwas schuldete, immer Petrus bestahl, um es Paulus zu geben, immerzu ein Loch aufriss, um ein anderes zu stopfen, und es dabei schaffte, den Kontostand ausgeglichen zu halten und den guten Namen aufzuwerten; und das alles mit Papier und beredten Worten.

Zahllose Händler mit gutem Ruf bringen es so zuwege, ihren Kopf über Wasser zu halten.

»Eine Kanne Tee«, sagte Figler zur Kellnerin, »zwei pochierte Eier auf Toast und ein Milchbrötchen; und falls je ein Mann hart für sein bisschen Futter gearbeitet hat, meine Liebe, dann sitzt dieser Mann vor Ihnen!«

Wie verabredet traf Figler Fabian um halb elf und zeigte ihm den Scheck.

»Du sagtest Bargeld«, sagte Fabian.

»Pass mal auf, junger Mann«, schnaufte Figler, »ich hab langsam von dir die Nase voll. Du kennst nur eins: Bargeld, Bargeld, Bargeld. Ein Geschäftsmann läuft nicht mit den Taschen voller Geld herum! Mein Scheck ist gedeckt. Was soll ich mit Bargeld? Glaubst du, im Geschäftsleben geht's zu wie beim Pferderennen? Ein Geschäftsmann arbeitet auf Kredit. Schließlich basiert der Welten Lauf auf Vertrauen.«

»Okay, okay, okay! ... Hör zu, Figler, ich hab mich mal um die Räumlichkeiten gekümmert und habe in der Regent Street einen klasse Laden entdeckt – «

»Regent Street? Pah! jetzt hör du mir mal zu! Am Bristol Square ist ein Keller zu vermieten, für dreißig Shilling die Woche. Nehmen werden sie fünfundzwanzig. Mit Badezimmer. Was willst du mehr?«

»Dusche?«

»Für sieben Shilling krieg ich 'nen Gummischlauch.«

»Okay. Und dann bin ich heute zu Smith's gegangen und hab 'nen Katalog bekommen. Wir werden Matten brauchen und Geräte und so 'n Zeug ... «

»Smith's! Meine Güte! Ich kann das Zeug zum halben Preis kriegen. Außerdem, wen stören schon gebrauchte Matten mit neuen Bezügen? Warum also neue Matten?«

»Mobiliar – «

»Überlass das mir, ja? Du kümmerst dich um die Ringkämpfer.«

»Ich kann gute Männer für wenig Geld bekommen.«

»Und die Halle?«

»Für den Anfang nehmen wir das Olympia, Marylebone.«

»Mitarbeiter?«

»Ich hab mit einigen Leuten gesprochen. Wir werden keine Schwierigkeiten haben. Was meinst du, wie sollen wir uns nennen?«

Figler zuckte die Achseln; es war nicht von Bedeutung für ihn.

»Fabian und Figler.«

»Pahh!«

»Figler und Fabian.«

»Pahh!«

»Fabian Promotions.«

»Nicht schlecht.«

»Hört sich gut an, nicht? Fabian Promotions. Bei Gott!«, schrie Fabian, von Gefühlen überwältig. »Das hört sich wirklich nicht schlecht an!«

»In Ordnung, lassen wir's bei Fabian Promotions.«

Ein Mädchen ging an ihrem Tisch vorbei.

»Hallihallo, Vi!«, rief Fabian.

»Hallo, Harry«, sagte das Mädchen. Sie war groß, schlank, hatte rotes Haar und trug ein Abendkleid aus schwarzer Spitze. Unter ihrem Rouge konnte man die papiergraue Blässe der Nachtschwärmerin erkennen, die stumpfe Haut von mangelnder Transparenz, die man sich in schwülen Tanzhallen heranzüchtet, wo, in einer Mixtur aus dickem, blauen Rauch und den Ausdünstungen feuchtwarmer menschlicher Körper, der harte, raue Rhythmus des feurigen, aufwühlenden Jazz den Frauen das Blut aus dem Körper zu treiben scheint.

»Hör mal, ich hab 'n neuen Frauenarztwitz.« Sie hatte eine merkwürdig piepsende Stimme und sprach in extrem hoher Tonlage. »Was sagt ein Frauenarzt, wenn er nach einem langen Arbeitstag auf dem Nachhauseweg in den Bus steigt?«

»Na was denn?«, fragte Fabian.

»Endlich wieder Gesichter!«

»Ooh!«, stöhnte Fabian auf. »Und wo arbeitest du momentan?«

»Im Silver Fox.«

»Neue Show?«

»Toller Laden, Harry. Komm mal irgendwann vorbei und besuch mich. He-he-he-he-he!«

»Wer ist der Boss?«, fragte Fabian.

»Phil Nosseross.«

»Gute Band?«

»Wunderbar.«

»Was muss man für 'ne Flasche löhnen?«

»Fünfunddreißig Shilling für eine Flasche Scotch.«

»Nepper«, sagte Fabian. »Trotzdem, ich schau mal vorbei. Gib mir 'ne Karte.«

Vi gab ihm eine Karte: THE SILVER FOX CLUB, LEICESTER MEWS, LEICESTER SQUARE. »Erwähn nur kurz meinen Namen, Harry.«

»Möchtest du da mal vorbeischau'n, Figler?«, fragte Fabian und ließ die Karte spielerisch durch die Finger gleiten.

»Nein danke.«

»Was hältst du von Fabian Promotions, Figler?«

»Hab ich doch schon gesagt. Ist in Ordnung.«

»Aber was ist mit deinem Namen?«

Figler lachte. »Ich? Mein Name? Mach dir um meinen Namen keine Sorgen.«

»Ich werde Karten drucken lassen. Mein Gott! Fabian Promotions! Los Leute, lasst uns was trinken.«

»Grapefruit«, sagte Figler.

»Und du, Vi?«

»Einen Gin-Fizz.«

Anna Siberia nahm die Bestellung auf.

»Mit dem Namen, das geht klar, ja?«, fragte Fabian.

»Du kannst die Lorbeeren ernten, ich will nur Geld sehen«, sagte Figler und trank seinen Grapefruitsaft mit dem seltsamen Gurgeln eines Ertrinkenden. »Also, ich muss gehen. Ich hatte ’nen harten Tag und bin müde. Treffen wir uns hier morgen um zwölf, und dann können wir uns den Laden anschauen gehen.«

»Halb zwölf!«, sagte Vi und sah auf die Uhr. »Ich muss zur Arbeit. Kommst du mit, Harry? Es ist ein wunderschöner Laden.«

»Nein, heute nicht, ich geh ins Bett. Bin auch völlig erledigt. Morgen, Kleines, nicht heute Nacht.«

Es schlug eins. Dann zwei. Fabian schlief wie eine Haselmaus, zusammengerollt in seinem roten Pyjama.

Es schlug drei. »Promotions.« Fabian sprach im Schlaf.

»Ah...«, murmelte Zoë, die über ein vergangenes Leid seufzte, das in dem Keller ihres Unterbewusstseins eingeschlossen war.

Es schlug vier.

Kein Mond am Himmel und die Nacht war bitterkalt. Lichtjahre entfernt funkelte ein winziger blauer Stern.

Es gibt immer das eisige Licht eines fernen Sterns, der uns, die wir nur verlorene und verwirrte Wanderer in der Wildnis der Welt sind, den Weg weist.

ZWISCHENSPIEL

Zwei Männer saßen am Feuer, ein großer Mann und ein kleinerer. Der Kleine, ein Nachtwächter, briet Heringe in einer Pfanne über einem Feuerkübel. Er fragte: »Wie alt bist du?«

»Siebenundzwanzig.«

»Und wie's dein Name?«

»Adam.«

»Und was suchst du für 'ne Arbeit?«

»Jede Arbeit.«

»Aber hast du kein Handwerk erlernt? Du sagst zu jedem, du willst irgendeinen Job, verdammt, so klappt das nie. Klar? Was hast 'n schon alles gemacht?«

»Alles Mögliche.«

»Büroarbeit?«

»Und Kloarbeit.«

»Aber hast du keinen Beruf? Ich meine, wenn mich einer fragt: Was ist dein Beruf?, sage ich: Ich bin gelernter Nachtwächter. Also wenn – «

»Nun, ich bin Bildhauer.«

»Statuen, was?«

»Genau.«

»Aha.«

Nachdenklich wendete der Nachtwächter die Heringe. »So was gibt's hier nicht. Ich kenn 'nen Typ, der ist Konditor, und der kann Marzipanrosen machen. Verdammt, die könntest du im Knopfloch tragen. Aber ...« Am Rand der Pfanne fing das Fett Feuer und flammte auf. Für einen kurzen Augenblick sprang Adams Gesicht aus dem Halbdunkel – grobknochig, bleich vor Müdigkeit, ruhig und ausdruckslos. Fut! – die Flamme erlosch und man sah nur noch sein kantiges Kinn im roten Schein des Feuers.

»Was hältst du von 'nem Brathering?«

»Danke. Hab keinen Hunger. Iss du mal.«

»Ich ess nicht gern allein. Komm schon.«

»Ich krieg jetzt nichts runter, danke.«

»Zu stolz, was?«

»Wer, ich?«

»Also, nimm 'nen Hering. Ich hab genügend davon.«

»Ich krieg keinen Bissen runter.«

Der Nachtwächter klatschte einen Brathering auf eine große Scheibe Brot und legte sie auf Adams Knie.

»Vergiss deinen Stolz. Komm schon.«

»Also ... na gut. Danke.«

Eine Katze strich um sie herum und wimmerte Mitleid erregend.

»Dumme Tiere«, sagte der Nachtwächter und warf ihr ein Stück Fisch hin. »So, du bist also Bildhauer?«

Adam nickte mit vollem Mund.

»Is damit Geld zu machen?«

»Kaum.«

»Und warum machst du damit weiter?«

»Ich kann nicht anders.«

Das Fett in der Pfanne zischte, als der Nachtwächter zwei weitere Heringe hineintat.

Die Katze machte sich nochmals bemerkbar und Adam gab ihr die blanken Gräten seines Herings. Alles andere hatte er aufgegessen, selbst die Haut.

»'nen Schluck Tee?«

»Ja, sehr nett von dir.«

»Schon gut ... Du solltest vielleicht 'n bisschen schlafen. Siehst kaputt aus.«

»Hab tatsächlich nicht viel geschlafen«, gab Adam zu.

»Was sagst'n du zu Mrs. Simpson und dem Herzog von Windsor?«

Adam gähnte. »Wen interessiert schon Mrs. Simpson und der Herzog von Windsor.«

»Nachdem er gesagt hat, dass er auf den Thron verzichtet, hat meine Alte die ganze Nacht geheult. Sie hat ihn am Radio gehört. Seine Stimme soll ganz belegt gewesen sein vor Kummer.«

»Tatsächlich?«

»Ja, er war ganz ergriffen vor Kummer. Wo pennst du denn?«

»Eigentlich nirgends.«

»Schon mal bei der Heilsarmee probiert?«

»Zum Teufel mit der Heilsarmee!« Die Wärme des Feuers machte Adam schläfrig.

»Kannst du dreh'n?« Der Nachtwächter reichte ihm eine Tabakdose. »Papier ist drin.«

»Bist 'n prima Kerl«, sagte Adam, »und ich werd's dir nicht vergessen.«

»Ah«, sagte der Nachtwächter, »eines Tages kann ich vielleicht mal sagen: Adam? Was, der Bildhauer? Den hab ich gekannt. Wir haben mal zusammen gegessen.«

Adam lachte.

»Du wirst dann in deinem dicken Rolls-Royce vorbeifahren und mich gar nicht sehen, wie ich meine Heringe über 'm Feuer brate.«

Adam lächelte, schüttelte bescheiden den Kopf. Die sicherste Methode, einen Mann aufzumuntern, besteht darin, ihm zu prophezeien, dass er seine alten Freunde vergisst, wenn er mal zu Geld gekommen ist.

»Machst du immer solche Sachen?«, fragte Adam.

»Was für Sachen?«

»Essen verschenken und – «

»Ich bin kein großer Esser. Jeder ist eingeladen, von meinen Heringen zu kosten. Ein paar von den Barmädchen, die in der Ecke hier wohnen, bleiben oft auf ihrem Nachhauseweg steh'n, um sich aufzuwärmen. Die armen Luder! ... Ach ja!

»Was?«

»Wenn du 'n Job suchst, da hat 'n neuer Laden aufgemacht, am Leicester Square. Nennt sich Silver Fox. Vielleicht haben die was für dich. Wär doch 'ne Möglichkeit.«

»Danke, ich werd da mal vorbeischauen. Meine Güte, es wird ja schon Tag!«, rief Adam erleichtert aus.

Miau! Die Katze machte wieder auf sich aufmerksam.

»Hier, du alter Gierschnickel!«, sagte der Nachtwächter und ließ die Reste des letzten Herings fallen. »Verfluchte Katzen; die kriegen immer was zu beißen ... «

Der Himmel schimmerte pastellfarben. Der Tag brach an und mit ihm erwachte das alltägliche Leben in den Straßen. In den Seitenstraßen rumpelten Milchwagen mit blechernem Getöse, Fahrradreifen quietschten, unter Tage ratterten die U-Bahnzüge, ein Hahn krähte und Spatzen tschilpten in der Sonne. Sacht, ganz sacht erhob sich das wirre Gemurmel der zunehmend munterer werdenden City. Im zarten Licht des frühen Morgens bot die Stadt einen anderen Anblick. Die elektrische Straßenbeleuchtung schimmerte gelb, selbst die unbändigen Neonreklamen wurden blasser und verloren ihre Dominanz. Mächtig ist das Tageslicht, mächtig und gnadenlos; der Jäger der Nacht, der den Zauber der Dunkelheit bannt.

»Lass eine Katze verhungern und sie lochen dich ein. Lass einen Menschen verhungern und niemand protestiert ... «, sagte der Nachtwächter.

Leute schlichen aus den Nachtclubs hinaus in den frischen, kühlen Morgen. Der Glamour verflüchtigte sich wie Rauch und an seine Stelle traten die Katerstimmung der Trinkerdämmerung, diese scheinbar grenzenlose Melancholie des Berauschten, die Widerwärtigkeit stickiger, verbrauchter Luft und der schale Nachgeschmack von verschwendetem Geld und sinnlos vertaner Zeit.

»Katzen sind nur Katzen«, sagte Adam, »und Menschen sind Menschen.«

Der Tag war angebrochen.

Zweites Buch

Auf wie viel verschiedene Arten kann ein Mann sich verlieren?

VIII

Obwohl im Silver Fox bereits um halb vier Schluss war, kam Vi, die Tanzhostess, erst um neun Uhr nach Hause. Der Nachtwächter war weg. Arbeiter wurden an den Griffen ihrer Pressluftbohrer durchgerüttelt und Vi blieb stehen, um zuzusehen. Ein kleiner, dreckverschmierter Cockney rief: »Verdammt! Wen haben wir denn da! Meine olle Busenfreundin, die Gräfin!«

Vi stolzierte weiter und verschwand im Haus. Bevor sie in ihr Zimmer ging, klopfte sie noch an die Tür ihrer Nachbarin und rief: »Helen!«

»Wer ist da?«

»Ich bin's.«

»Oh, komm rein.«

Nur mit einem alten blauen Morgenrock bekleidet, stand Helen vor dem Spiegel und bürstete ihr dichtes, braunes Haar mit einer harten Bürste. Die kräftigen weißen Beine gespreizt, balancierte sie auf den Fußballen. Das Rascheln der Bürste vermischte sich mit dem elektrostatischen Knistern des vollen Haares. Mit jedem Bürstenstrich abwärts setzte sie die Fersen auf und stieß einen kurzen Schrei aus – Uh! –, dann stellte sie sich wieder auf die Zehenspitzen für den nächsten Bürstenstrich.

»Haaallo!«, rief Vi.

»Uh! ... Uh!«

Zwischen Helens Schenkeln spannte sich der Stoff des Morgenrockes und die Heftigkeit, mit der sie ihr Haar bürstete, ließ das Zimmer buchstäblich vibrieren.

»Verlaust oder was?«, fragte Vi.

Helen entspannte sich und kämmte sich das Haar nach hinten.

»Nein«, sagte sie, »das mache ich jeden Morgen. Es ist gut fürs Haar.« Sie zog die Kordel ihres Morgenrockes fester um die Taille und setzte sich hin. Ihre großen, dunkelbraunen Augen, die tief unter kräftigen, schwarzen Brauen lagen, sahen Vi neugierig an, die sich in einen Stuhl hatte fallen lassen.

»Du hast zu viel Energie«, stellte Vi fest. »Was du brauchst, ist ein Mann.«

Helen zuckte die Achseln. »Und weiter, Vi?«

»Oh, ist ja schon gut!«, rief Vi aus. »In Ordnung! Wie sieht's aus bei dir? Hattest du Glück?«

Helen zeigte auf eine zerfledderte Ausgabe des Daily Telegraph. »Nicht im Geringsten. Mit den Jobs ist es wie verhext. Wenn das noch lange so weitergeht, muss ich mich nach einer Beschäftigung als Köchin oder so umsehen.«

»Nun red keinen Blödsinn«, sagte Vi. »Oh mein Gott, bin ich müde! Grundgütiger Himmel – was für eine Nacht!«

»Gut amüsiert?«

»Und wie! Ich war so blau, ich hab sogar versucht, in der Oxford Street mit 'nem Bullen Rumba zu tanzen. Du lachst? Du hättest dich totgelacht. Noch nie so 'nen netten Kerl getroffen. Ich hab ihm 'n Pfund stibitzt und einen Füllfederhalter. Den Füllfederhalter hab ich dann einem griechischen Jungen geschenkt, der draußen vorm Klub Erdnüsse verkauft hat. Der kann damit mehr anfangen als ich. Wenn ich so drüber nachdenke, könnte ich ihn eigentlich für dich zurückholen, oder nicht? Hast du 'n Aspirin? Ach ja, ich hab einen herrlichen Klein-Audley-Witz gehört. Pass auf, bevor ich ihn vergesse: Sagt Klein-Audley zu ihrer Mutter ... Gott, wie war das jetzt noch mal, was sag... ach, ist auch egal. Der Kerl, von dem ich dir erzählt habe, der wollte mich doch tatsächlich heiraten. Weißt du, was er gesagt hat? Komm mit nach Dublin, sofort, und wir heiraten da, hat er gesagt. Ausgerechnet ich! Kannst du dir vorstellen, dass ich so blöd bin und jemanden heirate? Ich! Hausarbeit machen! Ha Ha! Magst du irischen Whisky? Ich hasse ihn. Richtig schlecht ist mir davon geworden, ich musste in die Garderobe und mich hinsetzen; und dann ist der Boss zu mir gekommen, und was glaubst du, hat er gesagt? Das muss ich dir erzählen, ehe ich's ... Oh, hatte ich letzte Nacht eine Nacht oder hatte ich eine Nacht? Als ich wieder reingegangen bin, hätte ich beinahe mit dem Schirmständer Walzer getanzt. Wirklich! Du lachst? Du wärst vor Lachen gestorben! Was für eine Nacht ... Uuh, bevor ich's vergesse: Ich habe noch nie einen so netten Kerl kennen gelernt. Er war offen und ehrlich, das hat mir besonders an ihm gefallen. Ich kann's nicht ausstehen, wenn ein Kerl sagt: Oh, du bist dies ... Oh, du bist das ... Ich hasse Schmeicheleien. Nun, dieser Typ sagt zu mir, er sagt: Du bist nicht gerade schön, aber du hast Charakter und Persönlichkeit. Ich mag's, wenn ein Typ ehrlich zu mir ist. Der Boss sagt immer: Die kleine Vi ist mein bestes Pferdchen im Stall. Ich will mich ja nicht selber loben, aber ... oh, hör mal, ich muss dir was erzählen: Wir sind in eine Milchbar gegangen und ich hab immer ein Taxi genommen, um auf die andere Straßenseite für kleine Mädchen zu gehen, und jedesmal hab ich dem Fahrer 'nen Shilling gegeben ... Oh mein Gott ... «

Vi fing an zu gähnen, und als sie ihren bleichen, angemalten Mund öffnete, roch es, als entweiche Formalin aus einem offenen Glas mit einem medizinischen Präparat. Dann griff sie mit einem Ausruf der Bestürzung nach ihrer Handtasche: »Hey, wart mal 'ne Minute!« Sie schüttete den Inhalt ihrer Handtasche auf die Bettdecke – Kosmetika, ein Taschentuch mit Lippenstiftflecken, eine Nagelfeile, weiß von Puder, und etwas loses Kleingeld. »Fünf, zehn, elf und sechs Pence. Mein Gott, mehr hab ich nicht? Letzte Nacht hatte ich doch eine Pfundnote und eine Half Crown. Dieser Kerl, der nette, wollte mir nichts geben. Er hat gesagt: ›Mir ist es egal, wie viel ich ausgebe, aber für nichts geb ich mein Geld nicht her!‹ Also sage ich: ›Und was ist mit meiner Zeit? Schließlich hab ich heute Abend fünf Stunden mit dir verbracht.‹ Da sagt er: ›Ich habe sechs Pfund für Drinks und Zigaretten ausgegeben.‹ Daraufhin ich: ›Und was ist mit meiner Miete?‹ Sagt er: ›Hör mal‹, sagt er, ›ich bin nicht wie andere Typen, die sich nur mit einem Mädchen abgeben, um dann zum Zug zu kommen. Ich mag Mädchen nicht nur wegen Sex‹, sagt er. ›Ich mag ein Mädchen wegen ihrer Persönlichkeit und ihres Charakters‹, sagt er, ›also komm mit in mein Hotel und ich geb dir zwei Pfund.‹ Dann hat er die dritte Flasche ausgetrunken und ist eingeschlafen. Ich hatte gesehen, wie er das Wechselgeld in seine Westentasche gesteckt hatte, also hab ich es rausgefischt. Ein Pfund zwei Shilling und sechs Pence. Dann brachte ihn der Türsteher hinaus. Er hatte nur noch neun Pence in der Tasche. Also schoben sie ihn in ein Taxi und sagten: ›Bringen Sie ihn zum Rose Gardens 14, Edgeware‹, und weg war er.«

»Warum, wohnt er dort?«, fragte Helen.

»Nein, das ist ja der Witz! Er wohnt im Paddington Palace Hotel. Du lachst? Du hättest dich totgelacht! Kannst du dir vorstellen, wie er in Edgeware zu sich kommt, ohne einen Pimperling, um das Taxi zu bezahlen?... Aber warum hab ich nur noch elf Shilling und sechs Pence? Ach ja, stimmt, weißt du, was ich gemacht habe? Ich hab für einen Shilling Münzen fallen lassen – zack, boing! kullerten einfach so die Straße hinunter. Und dann wurde mir schlecht. Uuh, was war das gestern nur für eine Nacht ...«

»Möchtest du eine Tasse Tee?«

»Nein ... ich glaube, ich würde gern ins Kino gehen.«

»Sei nicht albern«, sagte Helen, »du gehst jetzt ins Bett.«

»Ja, du hast ja Recht. Aber so bin ich nun mal. Ich wollte dich bitten, mich zu wecken. Machst du das? Weck mich um fünf.«

»In Ordnung. Geh jetzt schlafen.«

»Gute Nacht.« Vi ging hinaus. Dann kam sie wieder zurück und sagte: »Ich meine natürlich guten Morgen!«

»Guten Morgen.«

Vi ging in ihr Zimmer und warf sich völlig angezogen auf das Bett und deckte sich zu. Helen machte einen Spaziergang.

Um fünf Uhr am Nachmittag klopfte sie an Vis Tür.

»Ah, mein Gott, komm rein ...«

Vis Zimmer war eines der kleinsten im Haus, eher ein Wandschrank, kaum groß genug für ein Bett, eine Frisierkommode und einen Stuhl. Es war bräunlich tapeziert – eine fleckige, abscheuliche Tapete mit rosaroten Streifen wie Spuren von Ballonreifen und blassgrünen, breiteren Streifen, die gesprenkelt waren mit Kreisen, Kreuzen und etwas, was aussah wie zerbrochene Fächer. Man kann dergleichen Tapeten für sechs Pence die Rolle in der

Gegend von Somers Town kaufen; aber wer bringt es fertig, so etwas am Reißbrett zu entwerfen? Das wissen die Götter! Die Frisierkommode war übersät mit leeren Konfektschachteln, zerbrochenen Puppen aus Zelluloid, herrenlosen Hausschlüsseln, kaputten Armbanduhren, merkwürdigen Ohrringen, leeren Aspirinfläschchen, offenen Dosen mit eingetrockneter Gesichtscreme, alten Zahnbürsten, verklumpt mit schwarzem Haarfärbemittel und – wie Geschosshülsen auf diesem chaotischen Schlachtfeld der Liebe – verschmierten Messinghülsen verschiedener gebrauchter Lippenstifte. Auf dem Boden, die Sahne angetrocknet, stand eine Tasse Tee – und das bereits seit drei Tagen; ein alter Strumpf, der von einer Schublade herunterbaumelte, hatte seinen Weg in die Tasse gefunden, war nun eingetaucht wie ein Docht in Öl. Über dem Kamingitter hing ein pinkfarbenes Abendkleid, während auf dem Kaminsims – zwischen einer Fotografie von Robert Taylor und einem Farbdruck der Jungfrau Maria – eine offene Flasche Lysol, ein Strauß dahinwelkender Veilchen in einem Milchkännchen und eine Porzellankatze als Glücksbringer standen, unterstützt von sechs langen Aschestangen, den Überbleibseln vor sich hin qualmender Zigaretten. Das Fenster war geschlossen, und in den wenigen Kubikmetern Luft des Zimmers kämpften die Düfte von einem Dutzend billiger Parfums, drei Monate abgestandener Zigarettenrauch, der Geruch gebrauchter Unterwäsche, der eines hastig geschnürten Zeitungsbündels unter dem Bett und vor allem die durchdringende Ausdünstung des Körpers einer müden, ungesunden Frau miteinander. Es war jener merkwürdige, sich langsam verbreitende charakteristische Geruch von Lebensüberdruss und

Laster, der einen großen Anteil an der Abscheu mittelalterlicher Theologen gehabt haben musste, als diese gegen verborgene weibliche Verderbtheit zu Felde zogen.

Helen sah hinunter auf Vi. Was waren Männer doch für blinde Idioten, mit so einer ... Liebe machen zu wollen.

Vi war noch immer angezogen und in ihren Kamelhaarmantel gehüllt. Unter der Bettdecke ragte ein Fuß hervor, der in der festen Umklammerung eines kleinen Satinschuhs steckte. Ihr Kopf auf dem Kissen war eine blutleere Studie in allen erdenklichen Farben der Verruchtheit. Das Kopfkissen war grau, doch Vis Teint war grauer, mit dem grünlich gelben Stich der Eisenmangelanämie. Der bleiche Ton wurde durch das verschmierte Rouge des letzten Abends noch stärker hervorgehoben. Unter dem Lippenstift schimmerten die Lippen blassrosa und die Zähne wirkten gelb im Tageslicht. Die mit einem Augenbrauenstift nachgezogenen Brauen waren dem Laken zum Opfer gefallen und die metallisch grüne Farbe, mit der Vi ihre Augenlider geschminkt hatte, war mit der blauen Mascara auf ihren Wimpern eine unheimliche, giftige Farballianz eingegangen, die Schattierung eines Hämatoms mit silbrigen Einsprengseln. Eine ihrer falschen Wimpern hatte sich gelöst und hing bedrohlich nah an ihrem Hals, während sie blinzelte.

»Oh mein Gott!«, stöhnte sie, »hab ich einen Kater oder hab ich einen Kater?... Hatte ich eine Nacht letzte Nacht oder hatte ich eine Nacht?«

»Du solltest eine Tasse Tee trinken. Komm in mein Zimmer, ich mach dir eine.«

»Das wäre wunderbar ... Oh, ooh, oh, mein Gott!«

Vi warf die Bettdecke zurück und stand auf. »Ich war

zu voll, um mich auszuziehen, als ich heute Morgen nach Haus gekommen bin, und sieh nur, was ich gemacht habe ...« Mit einem Fuß hatte sie ein Loch in das Vorderteil ihres dünnen schwarzen Kleides gerissen.

»Ich werd's für dich nähen, wenn du willst«, sagte Helen.

»Du bist ein Schatz«. Vi kämpfte sich aus ihren Kleidern. »Wie seh ich aus? Werde ich nicht hübsch und schlank?«

Vis Körper – überhitzt von der durchtanzten Nacht in dem stickigen Klub, über Stunden eingehüllt in einen muffigen Kamelhaarmantel und zugedeckt mit ungewaschenem Bettzeug – verströmte einen Geruch von Verfall, vermischt mit Oppopponax, ein Parfum, das angeblich männliches Verlangen stimulieren soll.

Vi war so schlank, dass Rippen und Hüftknochen hervortraten. Weit unterhalb der Salznäpfe ihrer Schlüsselbeine hingen kleine weiße Brüste kraftlos und wie abgestorben an ihrem flachen Brustkorb herunter. Ihre Taille war schlank, doch völlig unvermittelt, wie eine Blase kurz vor dem Zerplatzen, wölbte sich ihr Unterleib, gestützt von langen, wohlgeformten Tänzerinnenbeinen, die, verglichen mit dem Rest des Körpers, fehl am Platze wirkten. Ungeachtet der Gänsehaut, die ihr die plötzliche Kälte bescherte, warf sich Vi in Pose.

»Sieh mal! Lady Godiva!«

Sie streifte ihre Strümpfe ab und bewegte mit einem Seufzer der Erleichterung ihre Zehen.

»Kommst du?«, fragte Helen.

»Eine Minute ... Nun sieh nur, wie Tanzen einem die Füße ruiniert.« Vi stellte fünf gerötete, mit Hühneraugen und Blasen bedeckte Zehen zur Schau.

»Warum trägst du auch keine Schuhe, die dir passen?«

»Das tu ich doch!«

»Das tust du nicht. Du brauchst Größe fünf, trägst aber immer viereinhalb.«

»Ich fühl mich schrecklich«, sagte Vi.

»Dann iss etwas.«

»Oh, sprich bloß nicht vom Essen.«

»Dann vielleicht ein heißes Bad?«

»Darauf hab ich keine Lust!« Vi putzte ihre Zähne mit pinkfarbener Zahnpasta, spuckte Schaumfäden aus, dann warf sie die Bürste weg und polierte sich die Zähne mit ihrem Slip. »Ah, schon besser. Jetzt der Tee, ja?«

»Der Kessel steht schon auf dem Feuer.«

»Oh, Gott ...«, sagte Vi. Sie zog sich einen Morgenmantel an und schlüpfte in ihre Slipper. »Ich muss einkaufen gehen, ich müsste ein Bad nehmen. Ich hab fast eine Woche lang nicht gebadet. Immerhin, ich wasche mich mit Cold Cream, das ist besser für die Haut als Seife ... Oh, ich fühl mich schrecklich. Ich fühl mich lausig. Oh, ich hatte letzte Nacht nicht mal ansatzweise 'ne schöne Zeit. War ich betrunken oder war ich betrunken? Und was war mir schlecht! Ich hab Yettas neue Silberlamé-Bluse vollgereihert ... Irgendwas Schreckliches wird passieren.«

»Was?«

»Weiß nicht.«

»Warum?«

»Irgendjemand hat letzte Nacht *Danny Boy* gesungen, das bringt Unglück ... Sag mal, suchst du einen Job?«

»Ja, weshalb?«

»Wir brauchen ein Mädchen bei uns im Klub.«

»Ich glaub nicht, dass mir so was liegt.«

»Was meinst du damit? Ich bleib doch auch anständig dabei, oder? Ein Mann hat mich letzte Nacht gebeten, mit ihm in ein Hotel zu gehen. Er hat mir zwei Pfund angeboten. Aber ich hab ihm klipp und klar gesagt: Wir sind hier alles ehrenwerte Mädchen, mit solchen Sachen wirst du keinen Erfolg haben. Wir gehen nicht mit jedem Tom, Dick oder Harry! Außerdem hätte ihn das mindestens drei Pfund gekostet. Du musst nur mit ihnen tanzen. Sie bezahlen dich für deine Gesellschaft. Ein Pfund, zehn Shilling – davon kann man leben, oder?«

»Ja, aber – «

»Komm, mach mit, du Schneegans! Wir brauchen noch jemanden, Gertie wurde letzte Nacht an die Luft gesetzt, weil sie sich Freiheiten gegenüber dem Boss rausgenommen hat.«

»Nein. Trotzdem, vielen Dank.«

Sie gingen in Helens Zimmer. Vi nippte dreimal an ihrem Tee, schob dann die Tasse beiseite und sagte: »Das war wunderbar ... Aber ich muss jetzt gehen und ein paar Einkäufe erledigen. Ich brauch einen Büstenhalter und ein Paar Strümpfe. Kommst du mit?«

»Nein, ich möchte nicht.«

»Och, komm schon, komm mit.«

»Nein, ich komm nicht mit. Ich will meine Unterwäsche waschen.«

»Du bist immerzu am Waschen. Du hast eben zu viel Energie. Was du brauchst, ist ein Mann.«

»Hör bloß auf, Vi!«

»Es ist aber so.«

»Wenn es so ist, dann ist das meine Angelegenheit.«

»Also ich geh in ein paar Minuten los. Willst du nicht mitkommen und mir helfen, Strümpfe auszusuchen?«

»Nein, jetzt nicht, Vi. Außerdem war ich schon draußen.«

»Nase voll?«, fragte Vi.

Helen zuckte mit ihren kräftigen Schultern. »Ein bisschen.«

»Was du brauchst, ist ein – «

»Jetzt hör aber auf.«

Vi kicherte, als sie hinausging.

Sie spazierte die Straße entlang, studierte die Geschäftsauslagen und kam dabei mit den seriösen, hart arbeitenden Frauen der Gegend in Berührung, die Brot und Seife einkaufen gingen.

Wenn ich viel Geld hätte, dachte sie, würde ich eine Menge Möbel kaufen, und zwar nicht auf Abzahlung, und ich hätte eine Wohnung ... und fünfzig Abendkleider und fünf normale und einhundert Paar Schuhe, und ich würde meinem Vater regelmäßig zehn Shilling die Woche schicken und Champagner und Whisky trinken und Hühnchen essen, und jeden Nachmittag Sandwiches mit Zunge zum Frühstück ...

Sie blieb stehen, um sich ein Paar Pumps in Orange und Silber anzusehen, die mit sechs Shilling und elf Pence ausgezeichnet waren. Einer Eingebung gehorchend, betrat sie den Laden.

»Ich möchte die orange-silbernen Schuhe im Fenster.«

»Welche Größe, Madam?«

»Hm ... äh, vier.«

»Oh, es tut mir furchtbar Leid, Madam, aber diese Pumps sind die letzten aus dem Sortiment. Wir haben sie nur noch in den Größen drei und fünf.«

»Oh ... Gut, kann ich sie in Größe drei anprobieren?«

»Ja, sicher, aber sie fallen sehr klein aus.«

Vi hatte das Gefühl, als stünde sie kurz vor einem schmerzlichen Verlust: Ohne diese orange-silbernen Pumps wäre das Leben nicht mehr lebenswert; absolut nicht.

»Ich probier sie an.«

Sie zwängte ihre Füße in die Schuhe und machte drei Schritte mit zusammengebissenen Zähnen.

»Vielleicht Größe fünf, Madam?«

»Nein, Größe fünf nehm ich nicht ... Könnten Sie diese hier weiten?«

»Nur ein wenig, Madam. Ich an Ihrer Stelle würde mal Größe fünf anprobieren. Wie gesagt, sie fallen klein aus.«

»Weiten Sie die hier.« Vis Blick heftete sich auf die Verkäuferin; sie befürchtete, die orange-silbernen Pumps aus den Augen zu verlieren. Sie bedeuteten ihr so viel wie ihr eigenes Leben und sie brauchte sie wie nichts sonst auf der Welt.

»Jetzt können Sie vielleicht etwas leichter hineinschlüpfen, Madam.«

»Ooooh!« Vi zog sie an. Dieses Mal konnte sie fünf Schritte mit ihnen machen. »Ja, das ist besser. Sie werden sich noch ein bisschen dehnen, wenn ich sie ein– oder zweimal getragen habe, nicht wahr?«

»Oh ja, Madam.«

»In Ordnung, ich nehme sie.« Das Mädchen legte die Pumps in einen Karton. Vi blinzelte; die Schuhe schienen ihr viel zu schön, um sie in einem Karton zu verpacken. Den Karton fest an die Brust gedrückt, verließ sie den Laden.

Zwei Türen weiter blieb sie am Schaufenster eines Schreibwarengeschäfts stehen, in dem eine Reihe Tintenfässer mit farbiger Tinte ausgestellt waren – rote Tinte, gelbe Tinte, blaue Tinte, orangefarbene Tinte –

Orangefarbene Tinte! Dann könnte ich Briefe passend zu meinen Schuhen schreiben! Sie rannte geradezu in den Laden.

»Was kostet die orangefarbene Tinte?«

»Sechs Pence und neun Pence, Miss.«

»Ich nehme ein Fässchen für sechs Pence.«

Vi verstaute die Tinte in ihrer Tasche. Dann fiel ihr ein, dass sie eigentlich Strümpfe und einen Büstenhalter hatte kaufen wollen. Nun gut, der Büstenhalter konnte warten, aber die Strümpfe waren ein Muss. Grossman's hatte annehmbare Strümpfe für einen Shilling und elf ... Doch neben dem Schreibwarenladen war eine Woolworth-Filiale. Sie ging hinein – nicht, um irgendetwas zu kaufen, sondern um sich umzuschauen. Niemand geht zu Woolworth, um irgendetwas zu kaufen; man besucht Woolworth wie eine Art Museum, nur um zu gucken. Und man kommt heraus mit einem Topf Farbe, einer Metallsäge, einem Kessel, einem Pfund Süßigkeiten, drei Eierbechern, einem Schreibblock, einem Lampenschirm, einer elektrischen Glühbirne, einem Schreibmaschinengummi, einer Tüte Eiscreme, einem Gummiriemen, zwei Taufbechern, einer Schweizer Biskuitroulade, einer Rolle Toilettenpapier und einem Päckchen Blumensamen.

Der Kosmetikstand zog Vi an wie ein Magnet.

SCHWERE VERFÜHRERISCHE DÜFTE verhieß ein Schild. Vi klammerte sich an ein Fläschchen wie ein Verhungernder an einen Laib Brot. »Oh, Miss!« ... Ting! sprach die Registrierkasse. Vi steckte den Flakon in ihre Tasche. Dann murmelte ihr Gewissen: Du verschwendest Geld für Duftwässer, wo du schon ein Dutzend Fläschchen hast! Hol dir die Strümpfe, bevor dein ganzes Geld weg ist! Energisch schob sie ihr Kinn nach vorn. Aber Woolworth ist für Frauen eine Versuchung, ein Teufel, ein Genius der Präsentation, der Zubehör für Damen nahe der Eingangstür bereitlegt; er angelt sie sich, wenn sie hereinkommen, und wollen sie hinausgehen, schlägt er Kapital aus ihren spontanen Wünschen. Vi sah eine Auslage mit künstlichen Blumen.

Das waren Dinge, denen sie nicht widerstehen konnte – Kamelien aus Leinen, Rosen aus duftiger Baumwolle, Samtveilchen – sie alle waren irgendwie Seelenverwandte. Sie kaufte etwas, das einem kleinen Strauß gelber Stiefmütterchen ähnelte. Strümpfe! Strümpfe!, schrie ihr Gewissen. Sie griff nach der Papiertüte mit den künstlichen Blumen. Jetzt würde sie zu Grossman's gehen, sie würde es wirklich und wahrhaftig tun ...

Glassmaragde in vergoldeten Fassungen zwinkerten ihr am Schmuckstand mit satanischen Augen zu. Sie nahm ein Paar Ohrringe in die Hand: vierzig mittelgroße Diamanten saßen in einem schweren Klumpen Platin, komplett mit Clips, täuschend echt, auf einem Pappschild – sechs Pence das Stück.

»Diese, Miss?« »Danke, Madam.« Ting!

Immerhin, dachte Vi, hab ich noch 'ne Crown übrig ...

Sie ging hinaus und überquerte die Straße, fest entschlossen, sich Strümpfe zu kaufen. Doch sie musste einem Bus ausweichen und fand sich vor dem Black Horse wieder. Vor einer Gaststätte. Die Schwingtüren öffneten sich, verschluckten sie und schlossen sich wieder.

»Johnnie Walker«, sagte sie zu der Bardame.

Sie kippte den Drink hinunter und fühlte sich besser.

»Noch mal dasselbe.«

Oh mein Gott, meine Strümpfe!, schoss es ihr durch den Kopf. Aber in ihrem Portemonnaie war nur noch ein Shilling. Aber schließlich gab es ja noch Woolworth. Ein Paar Strümpfe, jeden Strumpf für sechs Pence, nur für diesen einen Abend ... Sie trank ihren zweiten Drink aus und ging zurück zu Woolworth.

Auf ihrem Weg zum Strumpfstand sah sie weder nach rechts noch nach links. Strümpfe, Strümpfe, Strümpfe, Strüm–

Ein gepunktetes Seidentaschentuch fiel ihr ins Auge. Sie zögerte, streckte eine Hand danach aus. Nein, nein!, rief die unterdrückte Stimme der Vernunft. Nun, sie wollte es ja nur mal anfassen. Sie strich darüber, immer und immer wieder, und hielt inne –

»Kann ich Ihnen helfen, Madam?«, fragte eine Verkäuferin.

»Ich nehme das hier«, sagte Vi. Sie hätte sich ohrfeigen können. Dann kam ihr eine Idee, eine Inspiration. Uuuh! Ich kann mir die Zehennägel lackieren und meine Sandaletten anziehen –

Sie ging zurück zum Kosmetikstand. Lack für die Fußnägel ... Dunkelrot ...

Ting! »Danke, Madam.«

Da sie kein Geld mehr hatte, ging sie nach Hause und breitete ihre Pakete auf Helens Bett aus.

»Nun, hast du alles bekommen?«, fragte Helen.

»Oh ja.«

»Was ist in diesem Karton? Schuhe?«

»Wie?« Vi öffnete den Karton, nahm die Schuhe heraus, hielt sie hoch, schnitt eine Grimasse, warf sie weg und sagte: »Oh Gott, sind die scheußlich!«

Um neun Uhr begann Vi sich anzuziehen. Sie tanzte durch Helens Zimmer und brachte sich so in eine übermütige Ausgeh-Stimmung.

»Hör mal, Helen«, sagte sie, »warum kommst du nicht mit?«

»Sei nicht albern.«

»Weshalb willst du hier bleiben und dir selber auf den Wecker gehen?«

»Ich geh mir nicht auf den Wecker.«

»Doch, das tust du. Ich seh doch, wie du dich langweilst. Weißt du, Helen, du solltest dir einen Kerl suchen.«

»Jetzt geht das wieder los!«

»Du solltest es wirklich tun.«

»Mach dich nicht lächerlich. Wozu denn?«

»Du brauchst einen guten – «

»Jetzt fang nicht schon wieder damit an!« Helens Gesicht war knallrot. Sie starrte Vi mit funkelnden Augen an: »Ich weiß! Aber das ist meine Sache! Was erwartest du von mir? Soll ich auf die Straße rennen und mir den Erstbesten, der vorbeikommt, schnappen und abschleppen? Soll ich herumlaufen und schreien: Ein Mann! Ein Mann! Natürlich will ich einen Mann, aber nicht irgendeinen Mann. Ich habe hohe Ansprüche.«

»Ah«, sagte Vi, als spräche jahrelange Erfahrung aus ihr. »Das habe ich auch immer gesagt. Ich war verrückt nach Clive Brook – «

»Ich kann einfach nicht losgehen und irgendeinem Mann um den Hals fallen. Ich muss mich von ihm angezogen fühlen, wenigstens ein bisschen, ehe ich ...«

»Aber welche Chancen hast du, jemanden kennenzulernen, so wie du lebst?«

Helen zuckte die Achseln. »Nicht viele.«

»Warum kommst du dann heute Abend nicht mit?«

»Meine liebe Vi, bildest du dir etwa ein, ich ziehe durch die Nachtclubs auf der Suche nach einem Mann? Sei nicht – «

»Ich meine ja nur, dass du was haben sollst vom Leben.«

»Das nennst du Leben?«

»Nenn es, wie du willst. Ich verdiene damit jedenfalls meinen Lebensunterhalt. Helen, dir ist wohl klar, dass du ein Dussel bist.«

»Einverstanden«, sagte Helen, »aber du bist ein noch größerer Dussel.«

»Ich? Warum?«

»Nun, sieh dir das Leben an, das du führst.«

Vi verzog beleidigt die Mundwinkel.

»Was meinst du damit?«

»Kein Schlaf, kein richtiges Essen, du ruinierst deine Gesundheit, und wofür das alles?«

»Wer ruiniert seine Gesundheit?«

»Du ruinierst deine Gesundheit, und was bringt es dir ein: ein Paar Schuhe für sechs Shilling elf Pence und ein paar künstliche Blumen ... Ha!«

»Ich ruiniere meine Gesundheit nicht!«, rief Vi. »Ich bin stark wie ein Löwe! Und ich verdiene gut: Ich mach ein paar Pfund die Woche – «

»Und sieh dir an, wie du sie verschwendest!« Helen gingen die Nerven durch und sie stampfte mit dem Fuß auf.

»Wen zum Teufel schert es, wenn ich Geld verschwende?«, ereiferte sich Vi, »es ist mein Geld, ich verdiene es mir! Wenigstens hab ich Geld, um es zu verschwenden. Aber was ist mit dir? Du sitzt hier, bläst Trübsal und machst dir Sorgen und ruinierst dein Aussehen. Ich glaub nicht, dass das gesund ist! Und die Unmenge an Fressalien ... du kannst es dir gar nicht leisten, anständig zu essen. Und was den Schlaf betrifft ... ja, nachts wach liegen und grübeln und überlegen, ob du morgen einen Job für fünfunddreißig Pfund die Woche kriegen wirst, und aus dem Bett springen, um morgens als Erstes die Zeitung zu lesen. Und mit der Miete bist du vierzehn Tage im Rückstand. Und wenn ich sage: Komm mit und verdien dir 'n paar Pfund, wirst du mit einem Mal hochnäsig! Wenn ich ein Dussel bin, was bist du dann?«

Helen schwieg. Vi fuhr fort: »Ich meine es doch nur gut mit dir. Man könnte glauben, ich würde dich bitten, auf den Strich zu gehen oder so. Man kann durchaus anständig bleiben in einem Nachtklub. Sieh mich an!«

»Nun ja, wenn man einen klaren Kopf behält, könnte ich mir vorstellen ...«, murmelte Helen.

»Ich schmeiß mein Geld zum Fenster hinaus. In Ordnung. Aber nur, weil ich jederzeit neues verdienen kann.«

»Hm, aber für wie lange?«

»Für wie lange? Das solltest du dich fragen! Du musst heute essen und morgen auch, nicht wahr? Wie lange, glaubst du, kannst du als Stenotypistin weitermachen? Einhundert Jahre? Eintausend Jahre?«

Nur zu wahr, dachte Helen und ein nachdenklicher Ausdruck erschien auf ihrem Gesicht.

»Ich meine es doch nur gut«, sagte Vi. »Ich bin deine Freundin. Du hast ein hübsches Gesicht und eine umwerfende Figur. Du könntest den Kerlen auch ein bisschen was vormachen, oder? Du musst nicht mit ihnen schlafen, nur weil du mit ihnen tanzt, oder?«

Du schon, ich nicht, dachte Helen und sagte: »Nein, ich glaube nicht ...«

»Du bist eine gute Tänzerin.«

»Ziemlich gut.«

»Was hält dich dann davon ab mitzukommen? Nur für einen Abend, um zu sehen, ob's dir gefällt. Nur einen einzigen Abend! Du kannst jederzeit gehen.«

»Aber ... ich hab nichts anzuziehen.«

»Du hast doch diesen tollen Seidenfummel.«

»Das Hellrote, ja.«

»Du siehst hinreißend darin aus, und Rot passt zur Farbe des Ladens.«

»Nein, ich glaube, ich komme nicht mit ... «

»In Ordnung. Sitz hier und blas Trübsal. Heute ist Donnerstag. Kannst du übers Wochenende einen Job kriegen?«

Es klopfte. Die Vermieterin, eine Schottin mit einer Stimme wie ein Dudelsack im scharfen Wind, steckte den Kopf herein. Sie fragte Helen: »Wie sieht's aus?«

Helen brachte das in Verlegenheit; sie wurde rot.

»Möchten Sie mir nicht etwas geben, Miss?«

»Ich-äh ... «

»So kann das nicht weitergehen.«

»Nein, ich weiß, es tut mir schrecklich Leid ... ich denke, dass ich morgen etwas Geld habe.«

»Kann ich mich darauf verlassen?«

»Oh ... ja, ja.«

»Was soll ich machen, wenn meine Mieter die Miete nicht zahlen?«

»Ich werde Ihnen morgen was geben, Mrs. Anguish.«

»Ich will ja nicht hartherzig sein, aber wenn Sie nicht zahl'n können, müssen Sie am Samstag auszieh'n.«

Sie verschwand. Vi, die sich betont im Hintergrund gehalten hatte, schüttelte den Kopf und sagte mit leiser Stimme: »Diese knickrige Schlampe.«

Helen holte tief Luft – es war der tiefe Atemzug eines Tauchers, der im Begriff war, in dunkles Wasser zu springen. »Ich komme mit!«, sagte sie.

Vi war begeistert. Den wahren Trost schöpft das erniedrigte menschliche Wesen aus der Tatsache, dass andere im selben Schlamassel stecken. Je tiefer man sinkt, desto stärker wird das Verlangen nach Vereinheitlichung. Der Trinker sieht es gern, wenn andere betrunken werden; die Prostituierte würde alles dafür geben, wenn alle Frauen auf den Strich gingen. Keine Befriedigung ist so tief und böse wie die jenes Mannes, der sagen kann: »So, jetzt schmoren wir alle in derselben Pfanne!« Mit welch fröhlicher Melancholie, mit welch liebevoller Hingabe an sein Selbstmitleid beobachtet der Mann ohne Arbeit das Ansteigen der Arbeitslosenzahlen! »Hab genau meine Größe, sei nicht größer oder kleiner als ich«, sagt der Zwerg; »Deine Augen sollen verdammt sein!«, flüstert der Blinde; »Genossen!«, schreien die Kommunisten.

»Oh, toll!«, rief Vi aus und tanzte vor Freude. »Du hältst dich an mich. Ich zeig dir, wo's langgeht und bring dir alles bei, was du wissen musst ... «

Egal, was alles den Bach runtergeht, der Wille zur Macht bleibt bestehen, unerschütterlich, aber wenig effizient, ähnlich der Lust eines alten Mannes in den letzten flachen Niederungen seines Lebens.

»Ich werd dir zeigen, was du machen musst!«, sagte Vi. Sie war aufgeregt, jetzt war sie eine Lehrerin, eine Mentorin, jetzt konnte sie Instruktionen erteilen.

»Zeig mal dein Kleid.«

Helen nahm ihr rotes Abendkleid aus dem Kleiderschrank und zog es an. Die helle Seide schmiegte sich an die ausgeprägten Kurven ihres Körpers. Sie drehte sich um und zeigte dabei ihren Rücken; das tiefe Dreieck der milchig weißen Haut schien in dem dämmrigen Zimmer zu glühen.

Ein Gefühl von Eifersucht dämpfte Vis Triumph.

»Mm ... Und wie willst du dein Haar tragen?«

»Oh, ich werd einfach 'ne Menge Brillantine drauf tun und es so lassen, wie es ist.«

»Hm.« Vis Begeisterung hatte nachgelassen.

»Wenn ich mich erst mal geschminkt habe, seh ich besser aus.«

»Hör mal, zieh dir doch auf der einen Seite einen Scheitel.«

»Nein, so mag ich es nicht.«

»Versuch's doch mal. Lass mal sehen.«

Helen zog sich links einen Scheitel. »Was hab ich gesagt! So sieht es nicht gut aus.«

»Oh, mir gefällt's!«, rief Vi aus. »Du musst es einfach so tragen. Oh ja, Helen, lass es so. Es ist wunderbar, einfach umwerfend!« In ihrem Hinterkopf sagte eine Stimme: Jetzt, wo sie dasselbe machen wird wie du und wofür sie sich bisher zu fein gewesen ist, pass auf, dass sie nicht zu attraktiv aussieht oder es genauso gut macht wie du.

Aber Helen frisierte bereits ihr Haar ohne Scheitel.

»Nun, mach, was du willst«, sagte Vi. »Weißt du, ich will doch nur dein Bestes ... Ui, mein Gott! Ich werd dir meinen Rasierer leihen. Unter deinen Armen! Meine Güte, so was hab ich ja noch nie gesehen!«

»Ja, es ist ein bisschen viel.«

»Und auch an den Unterarmen.«

»Oh nein, meine Arme werd ich nicht auch noch rasieren. Das wächst so stopplig nach. Unter den Achseln, ja, aber nicht den Rest.«

»Wie du meinst. Ich wollte dir nur einen guten Rat geben, zu deinem eigenen Besten. Ich hab kein einziges Haar am Körper, weißt du, außer einem oder zwei, natürlich. Willst du noch baden?«

»Nein, ich wasch mich nur. Ich hab heute Morgen erst gebadet. Ich bade jeden Morgen.«

»Hm«, sagte Vi etwas irritiert, »du hättest noch Zeit.«

»Du badest nicht, oder?«

»Natürlich tu ich das! Wofür hältst du mich?«

»Tut mir Leid. Ich dachte, du hättest gesagt, du würdest nicht baden.«

»Wo denkst du hin! Ich bade auch jeden Tag, wenn ich Zeit dazu habe.«

»Aber du bist schon geschminkt.«

»Oh, mein Gott, das stimmt. Na gut, dann bade ich, wenn ich nach Hause komme.«

Helen stellte ein Bügeleisen auf den Gasring und zog das rote Kleid aus. Vi beobachtete sie.

»Ich werde mein Kleid bügeln«, sagte Helen. »Eigentlich hast du Recht, weißt du. Es gibt keinen Grund, sich gehen zu lassen. Solange man einen klaren Kopf behält und aufpasst, was man tut, gibt es keinen Grund, warum man nicht seinen Lebensunterhalt damit verdienen sollte. Auf keinen Fall werde ich irgendwelche Dummheiten mitmachen.«

»Mm, ja ... aber zu prüde wirst du doch wohl auch nicht sein, oder?«

»Nein ... Bist du verärgert?«

»Ich? I wo!«

»Soll ich dir mal was sagen? Ich denke, ich werde diese Veränderung eine Weile genießen, bis ich was Besseres gefunden habe.«

Diese blöde Gans! Glaubt, sie könnte einfach so aufhören, nachdem sie erst mal damit angefangen hat!, kicherte die Stimme in Vis Kopf. Ihr gefiel Helens Einstellung nicht. Sie war so schüchtern, so unsicher; sie kam mit, aber wie ein Lamm zur Schlachtbank! Sie antwortete: »Oh, das ist kein Honiglecken. Du musst verdammt noch mal arbeiten und auch deinen Kopf mächtig anstrengen.«

Bap! machte das Gas und die Flamme stach gegen das Bügeleisen.

»Also, wen werd ich kennen lernen?«, fragte Helen.

Vi hatte ihre gute Laune wieder gefunden. »Ah, das werd ich dir sagen. Vor allem musst du dich vor einer Kuh namens Mary in Acht nehmen. Sie ist Phils Frau, aber wenn du mich fragst, sie sind überhaupt nicht verheiratet.«

»Wer ist Phil?«

»Der Boss. Phil Nosseross ... «

Helen breitete ihr Kleid auf dem Tisch aus.

»Ein komischer Name. Wie ist er denn so?«

IX

Wie Bagrag's war auch der Silver Fox ein Keller; und wie in Bagrags Fall war etwas Geheimnisvolles auch an Phil Nosseross. Bei den meisten Männern, die die Nacht zum Tage machen, ist das so. Die Vergangenheit eines Nachtklubbesitzers ist eine verschlossene Kammer; dennoch schleicht sich der fragwürdige Geruch von etwas hastig Begrabenem durch das Schlüsselloch. Wie ist er zu diesem Geschäft gekommen? Wann hat er damit angefangen? Was hat er vorher gemacht? Sollte es sich um ein alltägliches, ehrliches Gewerbe gehandelt haben, was hat ihn dann veranlasst, auf einer derartig vertraulichen Ebene mit den Nachtvögeln zu verkehren, dass sogar etwas von ihrem Schleim an ihm haften bleibt – der Wunsch, die Tricks zu lernen und die richtigen Kontakte herzustellen? Woher hatte er das Startkapital? Das sind Fragen, die selten beantwortet werden.

Nosseross war eloquent, jedoch nicht mitteilsam. Selbst glühend heiße Eisen hätten keine Erinnerungen aus ihm herausgeholt. Er war nicht wirklich ein Lügner oder ein ausweichender Taktiker; er versteckte sich nicht hinter Fiktionen wie Fabian oder wand sich bei Fragen um den heißen Brei herum wie Figler. Er hielt die Tatbestände seines Lebens im Dunkeln und verwischte ihre Spuren mit witzigen Bemerkungen. Zum Beispiel wurde er oft gefragt, ob er sein ganzes Leben lang im Nachtklubgewerbe gewesen sei. Auf diese Frage hatte er mindestens fünfzig Antworten parat, alle gleichermaßen lächerlich. Manchmal sagte er: »Was, das wussten Sie nicht? Ich war Leutnant der Heilsarmee«; und manchmal: »Nein, ich habe eine Mottenfarm betrieben und

Mottenkugeln verkauft« oder: »Aber behalten Sie's für sich, ich war ein internationaler Spion«, und so weiter. Nosseross hätte alles sein können. Vor allem aber sah er aus wie ein gealterter Jockey. Man konnte ihn sich mit einer Jockeymütze vorstellen, an den Hals eines galoppierenden Pferdes geklammert wie ein Affe. Aber es war genauso leicht, ihn sich mit einer Schiffermütze auf einem Segelschiff vorzustellen oder mit Priesterkragen beim Halten einer Predigt oder mit Spitzhut und Pompoms als Rad schlagender Clown im Zirkus. Er war von gedrungener Statur und hatte ein vertrocknetes Gesicht mit rauer Haut, die aussah, als wäre sie sandgestrahlt worden, und sein kahler Schädel hatte die Farbe des hellen, haltbaren Leders, aus dem die Rücken der Hauptbücher sind. Seine Hände waren klein, behaart und sehnig – hart und mit dem Zugriff einer Rattenfalle; spatelförmige, rastlose Hände, die sich schnell schlossen und langsam öffneten – zupackende Hände; und seine strengen, kleinen Augen glitzerten unter dicken schwarzen Augenbrauen, die sich ständig krümmten wie pelzige Raupen, die in der trockenen Wüste seiner Stirn vor Durst starben. Diese Brauen ermöglichten es ihm, lustige Grimassen zu schneiden und Leute zum Lachen zu bringen. Nosseross hatte Talent, Leute zum Lachen zu bringen; er war leutselig, witzig und von umgänglicher Art, aber immer auf der Hut. Phil Nosseross hereinzulegen war genauso unmöglich wie einen Wiesel zu fangen. Seine humorvolle Art war reine Gewohnheit, so wie die der Handlungsreisenden, deren kumpelhafte Attitüde Teil ihrer Professionalität ist. Er war ein Limerick-Erzähler, ein liebenswürdiger Bursche, der einem jovial in die Rippen stieß und auf den Rücken klopfte, um herauszufinden, wo man seine Brieftasche hatte; gewand was das Jonglieren mit Tricks und geschickt was das Ausschneiden von Hunden und Ballett-Tänzern aus Papierservietten betraf; schnell mit Zahlen wie ein Buchmacher und geradezu hellseherisch in Bezug auf gedeckte oder ungedeckte Schecks, hart wie Stahl und glatt wie eine Waggonladung Aale; ein außergewöhnlich zäher und listiger kleiner Mann, der so aussah, als wäre er mit Dingen davongekommen, für die andere Männer lebenslänglich ins Gefängnis gewandert wären.

Es gab keinen Zweifel, dass ihm das gelungen war.

Über den Silver Fox hatte er mit seiner Frau Mary eingehend diskutiert, einer kleinen Blondine mit Puppengesicht, zwanzig Jahre alt, mit einfältigen blauen Augen, so groß wie Walnüsse.

Sie sagte: »Lass uns die Dekoration in Blau nehmen, Liebling, hübsches Stahlblau, mit goldenen – «

»Mein kleiner Schatz«, sagte Nosseross, »fehlt dir denn jegliche Psychologie? Blau bedeutet Elend: Ich bin blau. Ich fühl mich schlecht, aber Rot bedeutet, dass man sich amüsiert, dass man einen draufmacht: Lass uns ins Rotlichtviertel geh'n. Folglich nehmen wir Rot, verstehst du, mein Lämmchen?«

»Aber dann eine Täfelung mit goldenen Leisten?«

»Nein, meine kleine Püppi. Ich werde diesen Laden ganz anders streichen lassen. Ich denke an ein spiralförmiges Muster. Du weißt, was eine Spirale ist? So was wie eine, na wie eine Spirale eben – die an der Decke beginnt, nicht ganz in der Mitte, und dann läuft sie rundherum, die Wände hinunter bis zum Fußboden, in großen, breiten, dicken Streifen von Hell- bis Dunkelrot. Verstehst du, was ich meine, Schnucki? Der natürliche

Instinkt wird dafür sorgen, dass die Augen der Gäste der Spirale folgen. Nach ein paar Drinks, aber auch durch die Band, werden sie das Gefühl haben, sie befinden sich in einem verdammt großen Kreisel. Und dadurch werden sie immer mehr betrunken. Und je betrunkener sie sind, desto mehr bestellen sie.«

»Hm. Wunderbares helles Licht.«

»Also, Turteltäubchen, wie kommst du bloß auf solche Ideen? Kein helles Licht! Gedämpftes Licht. Die Mädchen werden nicht alle so schön sein wie du. Rotierende Lichter, so ein rotierendes Kronleuchterdings im Zentrum der Spirale. Das hypnotisiert diese Narren! Und ich zieh ihnen bei lebendigem Leibe das Fell über die Ohren!«

»Spiegel?«

»Also, mein Goldstück, die Leute sehen es gern, wenn sich andere wie Idioten benehmen, sich selbst möchten sie dabei aber nicht beobachten. Keine Spiegel außer in den Waschräumen, und dort werden wir rosa Spiegel nehmen, verstehst du?«

»Warum rosa?«

»Sie sollen doch ihre wirkliche Gesichtsfarbe nicht sehen, Liebling. Wenn sie rausgehen, weil ihnen schlecht ist, wollen wir doch, dass sie aussehen, als würden sie sich blendend amüsieren. Verstehst du, Kuschelchen?«

»Du kluges kleines Affengesicht!«

»Ich benutze nur meinen gesunden Menschenverstand.«

»Aber Liebling, meinst du nicht, dass fünfunddreißig Shilling ein bisschen happig ist für eine Flasche Scotch?«

»Sie werden es bezahlen, meine Liebe.«

»Ich würde das nicht tun.«

»Ich auch nicht, mein Engel. Wir sind schlau, wir verkaufen den Stoff. Nur Trottel kaufen ihn, und jede Minute wird ein neuer geboren.«

»Ich kann nicht verstehen, warum Leute betrunken werden wollen.«

»Kannst du nicht, Liebling? Weißt du, dass es einem Mann passieren kann, dass er den Anblick seiner Frau nicht mehr erträgt?«

»Hm?«

»Also, Engelsgesicht, manche Leute können ihren eigenen Anblick nicht mehr ertragen. Also betrinken sie sich und glauben dann, sie seien jemand anders. Ein Mann, der vom Scheitel bis zur Sohle ein Feigling ist, besäuft sich und fängt einen Streit an. Ein anderer, der beim Klang seiner eigenen Stimme rot wird, trinkt ein paar Whisky und besteht darauf, *Mother Machree* zu singen. Verstehst du?«

»Hm.«

»Dummerchen«, gurrte Nosseross. »Sie wollen geneppt werden! ... Nun, mein kleiner Schatz, die Leute sind einfach nur ein Haufen schlaffer, glotzäugiger, blassgesichtiger, heringsbäuchiger, vollgesoffener, dummer Rüpel mit weichen Knien. Wie Rollmöpse – kein Rückgrat und keinen Mumm in den Knochen. Verstehst du, Lämmchen?«

»Hm-hm.«

»Sie sind zu nichts nutze, ehe sie nicht betäubt sind. Wenn sie nicht auf die eine Weise betäubt sind, sind sie es auf eine andere. Kein Selbstwertgefühl. Einige berauschen sich an Politik, andere mit Schnaps. Sie wissen, dass sie überhaupt nichts taugen, also müssen sie sich mit irgendwas voll knallen. Hab bloß keinen Respekt vor ihnen. Leute!« Er spuckte das Wort buchstäblich aus.

Nosseross kannte seine Mitmenschen.

Der Mensch verbringt die erste Hälfte seines Lebens damit, sich selbst zu finden, und die andere Hälfte mit dem Versuch, sich wieder zu verlieren.

Er dreht sich um die eigene Achse wie ein junger Hund, der am eigenen Hintern schnüffelt; er holt sich selber ein, schnüffelt und rennt vor seinem Geruch davon.

Er fürchtet das Leben; er flieht es. Aber wie viele Möglichkeiten hat ein Mensch, der Wirklichkeit zu entfliehen?

Er kann sich die Augenbinde der Religion und der Philosophie umlegen, aber nur solange sein Körper funktioniert. Er kann sich mit Träumen betäuben, aber nur solange sein Körper vor sich hin dämmert. Der Mensch ist sich selbst der ärgste Widersacher: Wie gelingt es ihm, sich vor sich selbst zu verstecken? Natürlich könnte er sich jederzeit umbringen, aber er tut es nie. Ihm fehlt der Mut, den Kopf in den Gasofen zu stecken, also sagt er: ›Das ist die Handlung eines Feiglings‹, und hält sich für einen Helden, weil er weiterlebt. Diese Form der Selbstverherrlichung ist eine der Möglichkeiten, die ihn umgebenden Fakten zu ignorieren. Er stellt sich ein Leiden vor und erwartet Bewunderung, wenn er nicht daran stirbt, und hofft, als Märtyrer in den Kanon aufgenommen zu werden, wenn er es tut. Darüber hinaus wendet er sich Wein, Weib, Gesang und Gelächter zu.

Die Frau, für ihn eine allgemeine Notwendigkeit, die er auf einen schmierigen Mast gesetzt hat, erregt seine Eitelkeit und veranlasst ihn zu klettern. Lachen macht ihn selbstbewusst, seit er sich dadurch dem Leid anderer überlegen fühlen kann, denn er lacht nur über Missgeschicke. Musik und Gesang ermöglichen es ihm, seinen Kummer zu ästhetisieren, zwingen ihn aber auch, sich mit einer Art Tanz abzumühen. Alkohol betäubt ihn einfach nur, haut ihn um; und das gefällt ihm am besten.

Und so rennt er in Panik die kurzen Sackgassen rauf und runter, diese würdelosen Fluchtwege, die er benutzt, um die subtilen, aber auch großartigen Gelegenheiten auf dieser herrlichen Erde nicht beim Schopfe packen zu müssen – und er kläfft, um das hohle Scheppern der Blechdose mit der Aufschrift ›Bewusstsein‹ zu übertönen, die an seinem Schwanz festgebunden ist. Und so kommt es, dass seine Seele noch immer in der Krippe liegt und er nichts als unartikuliertes Grunzen als Ausdruck seiner Gefühle und seines blinden Verlangens kennt: »Ohhhh« – »Hab Mitleid mit mir«; »Hmmmm« – »Ich bin zufrieden«; »Iiiiie!« – »Ich hasse dich«; »Ha-ha« – »Ich verspotte dich«; »Ah-Ah« – »Ich will mich erleichtern.«

Also schaukel das Baby! Gib ihm Schnuller und Rasseln für das kleine Gehirn und Luvos Heilerde und Vaseline für den wunden Hintern seiner sanften rosa Seele! Lenk ihn ab, leg ihn in Windeln, kitzel ihm ein wenig die Lippen, damit er lächelt, erzähl ihm etwas über Stachelbeersträucher – möge Gott verhüten, dass er sich an den Tatsachen des Lebens schmutzig macht oder das lernt, ›Was jeder Junge wissen sollte‹. Und vor allem, vor allem gib ihm etwas zu trinken. Stopf ihm den heulenden Mund mit den Nippeln des Vergessens! Er will der Hand voll dummer Unwahrheiten und billiger Halbwahrheiten ausweichen, die sein Leben ausmachen. Ab ins Unbewußte! Narkotisiere ihn: Das ist sein größter Trost – welch armselige Schimäre.

»Leute!«, sagte Nosseross.

»Und – wirst du eines Tages meinen Anblick auch nicht mehr ertragen können?«, fragte Mary.

»Mein kleines Zuckerhäschen!«

»Mein kleines, glatzköpfiges Affenschnäuzchen!«

Nosseross war begeistert. Er fand keinen passenderen Ausdruck seiner Freude als: »Kuschel-Wuschel!«

Mary antwortete: »Biddu Unaatich, mein Kleina? Und wirst du dich in all die hübschen Hostessen verlieben?«

»Sei nicht albern, Lämmchen!«

Nosseross lehnte seinen harten, kahlen Schädel gegen Marys parfümierte Schulter und seufzte.

Unbemerkt schlug Mary die Augen zur Decke.

Wer sagt, dass Dynamit mächtig ist?

Dynamit kann nur Berge versetzen. Aber ein einziger überflüssiger Teelöffel voller Samenflüssigkeit kann den in tausenden von Jahren erbauten Elfenbeinturm mitsamt der Weisheit, dem Stolz und der Integrität zum Einsturz bringen, so wie ein Kind eine Sandburg zerstört; er kann Troja öffnen wie eine Hutschachtel, Antiochia zerstreuen wie eine Hand voll Reis, das britische Empire wie ein Tischtuch ausschütteln und Könige davonflattern lassen!

Nosseross war weise wie König Salomon, der um der Gunst der Königin von Saba willen vor Götzenbildern flach auf den Bauch fiel. Nosseross war scharfsinnig und durchtrieben wie Marcus Antonius, der ein ganzes Reich eintauschte für die Umarmung einer korpulenten römisch-ägyptischen Witwe mit Hakennase. Nosseross war stark, aber nicht halb so stark wie Samson, der einen Löwen zerreißen konnte wie nasses Papier, aber im Scherengriff von Delilahs Schenkeln zusammenbrach. Herkules konnte die Erde schultern, aber zwei Gramm

Spermien wären für ihn zu viel gewesen. Was nutzen einem Mann Stärke und Weisheit oder die Erfahrung mit Frauen? Im Laufe der sechzig Jahre seines Lebens hatte Nosseross hunderte von Frauen kennen gelernt; er kannte ihre Gewohnheiten, ihre Psyche und die Gefühle, die sich durch den Kontakt mit ihren Körpern einstellen, und er durchschaute sie und lachte sie aus. Er war nicht nur alt genug, um es besser zu wissen – er wusste es tatsächlich besser. Aber das letzte wilde Aufflackern der absterbenden Männlichkeit blendet mehr als ein Blitz. In seinem Bedürfnis, jene allerletzte unerträgliche Reizung der Prostata zu lindern, löscht ein alter Mann Weisheit, Wissen, Urteilskraft, Intuition, Willenskraft, Scham und gesunden Menschenverstand einfach aus. Und so macht er sich zum Narren – ein Träumer –, bis die Stunde kommt, wo er in den Spiegel schaut und erkennt, dass er wirklich alt ist, zitternd vor Impotenz, während die Frau hinter ihm sich verächtlich anzieht; und dann kommt sie zurückgekrochen, die Vernunft, im kalten grauen Licht des Tages, hinkend vor Schmerz und voller Sarkasmus.

»Und wirst du mir diesen Silberfuchs kaufen?«

»Das werde ich, wenn du Phil einen dicken Kuss gibst.«

Mary küsste ihn. Sein Gesicht, dachte sie, fühlt sich an wie der angewärmte Sitz eines Ledersessels, nachdem jemand lange drin gesessen hat. Dann streichelte sie über seinen Kopf und dachte gleichzeitig: Es gibt eine Menge Burschen mit schönem Haar; ich kann leicht einen finden ...

Aber Helen und Vi gegenüber zeigte Nosseross sein wahres Gesicht; bestimmt, gelassen und schlau.

»Ah, Sie sind also die junge Dame, von der Vi schon so viel erzählt hat. Wie heißen Sie?«

»Helen – «

»Sie müssen mir Ihren Nachnamen nicht verraten, wenn Sie nicht wollen.«

»Arnold.«

»Helen Arnold. Also Sie möchten hier arbeiten, nicht wahr?«

»Ja, ich möchte es versuchen.«

»Warum nicht?«, sagt Nosseross. »In Ordnung, versuchen Sie's.«

»Danke.« Das ging alles so schnell. Helen fiel nichts ein, was sie hätte sagen können.

»Nun, Vi«, sagte Nosseross, »wenn du dir schon mal einen Tisch suchen würdest, ich möchte noch ein paar Worte mit Helen wechseln ... «

Vi ging hinaus. Nosseross grinste und sagte in vertraulichem Ton: »Dieses Mädchen ist eine Närrin, verstehen Sie?«

»Tatsächlich?«

»Absolut. Aber Sie müssten es hier schaffen.«

»Das hoffe ich.«

Nosseross machte den Eindruck eines netten Onkels. »Ja-aa, dessen bin ich mir sicher, Helen. Wissen Sie, Sie haben Verstand. Ich seh das an Ihrem Gesicht. Sie sind etwa fünfundzwanzig, nicht? ... Ja, das dachte ich mir. Ein wunderbares Alter, Sie haben das ganze Leben noch vor sich. Und Sie sind gebildet, nicht wahr?«

»Ich war auf der Realschule.«

»Noch dazu sind Sie sehr sympathisch. Was haben Sie bisher gemacht?«

»Ich habe hauptsächlich als Sekretärin gearbeitet.«

»Sehr schön. Und es gibt nicht viele Jobs, also haben Sie sich gedacht, Sie versuchen es mal woanders? Prima.

Das ist die richtige Einstellung. Sie werden hier eine Menge netter Leute kennen lernen ... Lebt Ihre Familie in London?«

»Nein, ich habe nur noch eine Schwester, und die wohnt auf dem Lande.«

»Also, fangen Sie hier an und sehen Sie, ob es Ihnen gefällt. Ich vermute, Vi hat Ihnen die Konditionen bereits genannt, zu denen eine Hostess hier beschäftigt ist?«

»Ja, ich – «

»Kein Gehalt; nur das, was Sie von den Gästen bekommen. Aber ich bin ziemlich großzügig, was Provisionen betrifft. Für Sie wird es ein leichtes Spiel. Also, ich sag Ihnen was im Vertrauen: Neunhundertneunundneunzig von tausend Hostessen haben ein Spatzenhirn. Sie sind die größten Dummköpfe, denn sind sie erst mal an den einen oder anderen Mann gekommen, der so betrunken war, dass er ihnen für nichts und wieder nichts ein oder zwei Pfund gegeben hat, tragen sie die Nase so hoch, dass man ihnen nichts mehr beibringen kann ... In Wirklichkeit sind sie einfach nur blöd; gierig, aber ohne System, ohne sichere Methode. Sie sind intelligent, haben Schliff. Bei diesem Spiel schlagen Sie alle haushoch. Und was mich betrifft, haben Sie nur eines zu tun: Männer dazu zu bringen, Drinks zu bestellen. Verstehen Sie? Whisky oder Gin, fünfunddreißig Shilling die Flasche. Champagner, von zwei Pfund an aufwärts. Dann gibt's noch andere kleine Dinge, wie Zigaretten zum Beispiel. Wir verlangen zwei Shilling sechs Pence für ein Päckchen, das normalerweise einen Shilling kostet. Und in diesem Stil geht's weiter: Abdullas für zwei Shilling neun Pence kosten hier sechs Shilling. Wenn Sie um eine Zigarette bitten, sagen Sie, dass Sie nur Türkische rauchen, und raucht der Gast Türkische, dann rauchen Sie eben nur Virginia – bringen Sie den Gast dazu, Ihnen ein Päckchen zu kaufen. Versuchen Sie auch, ihn dazu zu bewegen, Ihnen Cocktails zu bestellen. Sie bekommen Provision bei Cocktails. Wissen Sie, unser Cocktail besteht aus Zitronenlimonade in einem Cocktailglas. Das kostet drei Shilling. Sie bekommen sechs Pence für jeden Cocktail, den der Gast bestellt. Haben Sie verstanden?«

»Ja.«

»Jetzt zu den Pralinen. Wir verkaufen nur Präsentschachteln. Sie kosten mich etwa drei oder vier Shilling, und ich verkaufe sie zwischen dreißig Shilling und zwei Pfund pro Schachtel. Hinterher verkaufen Sie dann die Schachtel für zehn Shilling an mich zurück. Dasselbe gilt für Puppen und Stofftiere. Das läuft folgendermaßen: Ich zahle etwa fünf Shilling für eine hübsche Puppe und verkaufe sie zwischen dreißig Shilling und drei Pfund – der Preis variiert, je nachdem, wie viel Geld der Gast hat und wie abgefüllt er ist. Zu einem Drittel des Preises, den der Gast gezahlt hat, verkaufen Sie die Puppen an mich zurück. Das bedeutet für Sie, zehn Shilling für eine Puppe, die dreißig Shilling gekostet hat, und so weiter. Ein guter Gewinn für uns alle. Verstehen Sie?«

»Ja, ich verstehe. Und abgesehen davon, was genau habe ich zu tun?«

»Sehen Sie zu, dass der Gast bestellt. Leisten Sie ihm Gesellschaft, tanzen Sie und unterhalten Sie sich mit ihm. Unterhalten Sie sich aber intelligent. Ziehen Sie alle Register. Zeigen Sie, wie gebildet Sie sind, so dass der Gast das Gefühl bekommt, er befinde sich in guter Gesellschaft. Helfen Sie dem Gast beim Leeren der Flaschen.«

»Sie meinen, ich soll dem Gast beim Trinken helfen?«

»Nein, wenn Sie klug sind, trinken Sie gar nicht viel. Gießen Sie das Zeug weg, verschütten Sie mal etwas. Bitten Sie den Gast, der Band einen auszugeben. Verstehen Sie? Seien Sie mit allen Wassern gewaschen, aber lassen Sie es sich nicht anmerken. Bringen Sie vollen Einsatz. Versuchen Sie, für sich Geld beim Gast lockerzumachen. Will ein Gast tanzen, sagen Sie, dass das eine Half Crown pro Tanz kostet. Will er einfach nur mit Ihnen beisammensitzen, geht das – für den ganzen Abend – bei einem Pfund los. Machen Sie ihm klar, dass Sie bezahlt werden müssen. Nörgeln Sie aber nicht herum, erwähnen Sie nicht ständig das Geld. Bietet Ihnen ein Gast zehn Shilling an, nehmen Sie sie und schauen dann erst beleidigt auf. Das durchschnittliche Mädchen ist eine Idiotin – sie erkennt nur eine Pfundnote. Wenn man ihr die Wahl lässt zwischen einer Pfundnote und dreißig Shilling in Silber, nimmt sie die Pfundnote. Das ist so, weil sie aus der Gosse kommt, wo die Pfundnote eine Art Gott ist. Die Mädchen können nicht rechnen. Sie können nicht zählen. Sie erkennen nicht, dass vier mal fünf Shilling einem Pfund entspricht, dass es dasselbe ist wie zwanzig Shilling gleich einem Pfund. Verstehen Sie, ich finde einfach keine Mädchen mit Verstand. Sie haben kein Urteilsvermögen und können sich in ihrer Arbeit nicht auf die Person einstellen, mit der sie zusammensitzen. Entweder winseln sie um Geld wie ein lausiger Bettler oder wollen es eintreiben wie ein Vermieter. Zugegeben, einige Männer müssen mehr oder weniger gedrängt werden. Doch am besten lässt man sie in dem Glauben, sie seien freigiebig. Führen Sie sie sanft an der Nase herum, insbesondere wenn sie aus der Provinz kommen. Im Allgemeinen kann man einen Londoner ein bisschen bedrängen, aber versuchen Sie dieses Spiel niemals bei einem Mann aus Lancashire oder Yorkshire oder den Midlands oder Schottland. Ich vermute, Sie nehmen keine Männer mit nach Hause, nicht wahr?«

»Nein, das mach ich nicht.«

»Nun, es steht Ihnen frei. Es ist Ihre Angelegenheit. Der Klub schließt um fünf Uhr morgens. Danach können Sie machen, was Sie wollen. Aber während der Klub geöffnet ist, dürfen Sie den Laden nicht verlassen, nicht einmal zur Tür gehen, um einem Mann einen Abschiedskuss zu geben. Klar? Kommen wir jetzt zum Sodawasser. Sodawasser kostet fünf Shilling pro Siphon. Ein Mann, der Whisky bestellt, bestellt immer Soda dazu. Sie aber sagen ihm, dass Sie nur Ginger Ale trinken, und das kostet ihn einen Shilling sechs Pence für eine Piccolo. Bestellt er Gin, brauchen Sie dazu unbedingt Limonensaft und Tonic Water. Tonic, ein Shilling die Piccolo, Limonensaft sieben Shilling sechs Pence. Ist das klar?«

»Ja, völlig klar.«

»Jetzt zum Frühstück. Wir möchten, dass die Gäste einen über den Durst getrunken haben, bevor sie essen, also bieten wir vor vier Uhr morgens kein Essen an. Dann servieren wir Frühstück. Ein Ei, Speckstreifen und Toast – fünf Shilling. Kaffee – ein Shilling die Tasse oder zwei Shilling sechs Pence das Kännchen, das zwei Tassen enthält. Sie bestellen fast immer Kännchen, weil sie glauben, so besser zu fahren. Wenn mal keine Gäste da sind und Sie wollen etwas essen, dann kostet Sie dasselbe Essen einen Shilling, der Kaffee drei Pence. Lehnen Sie nie etwas ab. Wird Ihnen zehnmal hintereinander Frühstück angeboten, nehmen Sie es an, verschenken Sie's, wenn Sie es nicht essen wollen, oder lassen Sie es stehen. Wenn Sie ein Frühstück stehen lassen, köpfen Sie das Ei nicht; wir servieren es noch einmal. Und denken Sie daran, Cocktails bringen mehr Profit als Whisky. Ein Gast mag nicht erpicht darauf sein, zwei Pfund für eine Flasche Whisky und einen Syphon hinzublättern; er ist aber töricht genug, ungefähr dasselbe für ein paar Runden Dünnbier und Cocktails zu bezahlen. Dünnbier kostet zwei Shilling das Glas. Vergessen Sie das ›Dünn‹ beim Bier und sagen Sie einfach Bier. Klar?«

»Verstehe.«

»Dann zu den Blumen. Wir schicken das Pralinenmädchen herum mit kleinen Veilchensträußen oder vielleicht einer Nelke mit einem bisschen Frauenhaarfarn. Macht zwei Shilling sechs Pence, fünf Shilling, sieben Shilling sechs Pence – der Preis ist unterschiedlich. Aber so etwas verweigert kein Mann einem Mädchen gern. Ein kleiner Strauß schüchterner Veilchen, so in der Art. Sie bekommen sechs Pence oder einen Shilling Provision für einen Strauß. Wenn ein Mann mehr als zehn Pfund ausgegeben hat, schenken wir ihm manchmal eine Nelke für zwei Pence. Sie kennen die Masche: Man gibt einem Trottel von den zehn Pfund, die er ausgegeben hat, zwei Pence zurück und er wird so begeistert sein, dass er vielleicht noch mal fünf Pfund springen lässt ... Achten Sie darauf, dass das Glas des Gastes immer gefüllt ist, reden Sie, tanzen Sie, die ganze Zeit über, damit er ja nur nicht an die Preise denkt. Und vor allem: kein Diebstahl.«

»Diebstahl?«

»Lange Finger machen, Geld aus der Tasche eines Dummkopfes ziehen. Das mag ich nicht. Es bedeutet

Ärger. Jedenfalls nicht im Klub. Was Sie außerhalb machen, geht mich nichts an. Portwein oder Sherry kosten fünfundzwanzig Shilling bis dreißig Shilling die Flasche. Leichte Weine wie Chablis, Graves und so weiter verkaufen wir ziemlich günstig: siebzehn Shilling sechs Pence. Sie kosten uns sowieso nur ein Shilling neun Pence. Wenn ein Mann ziemlich voll ist und Champagner will, dann schlagen Sie die Hausmarke vor: zwei Pfund. Es handelt sich hierbei um einen Schaumwein, uns kostet die Flasche vier Shilling, Sie bekommen fünf Shilling Provision.

»Verstehe.«

»Sie sehen, wir sind den Mädchen gegenüber ziemlich großzügig. Sie bekommen mehr Provision als in jedem anderen Klub in London. Seien Sie immer bei der Sache und passen Sie auf sich auf. Wenn Sie erst mal verstanden haben, wie Sie's anstellen müssen, können Sie aus jedem Kerl etwas rausholen. Jedenfalls werden Sie hier mehr Geld verdienen, als in einem Büro. Und merken Sie sich eins: Jeder Mann, der fünf Shilling Eintritt zahlt, um in diesen Laden reinzukommen, und dann zwei Pfund für eine Flasche Scotch und einen Siphon Soda hinlegt, ist ein Narr. Also ziehen Sie ihm das Fell über die Ohren, aber machen Sie's sanft. Fragen Sie ihn, ob Sie dem Türsteher einen Drink bringen dürfen und füllen Sie ein Glas. Wie könnte er sich weigern? Überzeugen Sie ihn, der Band, den Kellnern, mir, einfach jedem einen auszugeben. Achten Sie darauf, dass der Gast immer beschäftigt ist – reden, tanzen, wirbeln Sie ihn herum, lenken Sie seine Aufmerksamkeit auf die Beleuchtung, auf die Dekoration. Was halten Sie übrigens von der Dekoration?«

»Sie macht mich schwindlig.«

»Genau so soll es sein. Es sind alle Voraussetzungen gegeben. Sie werden keine Schwierigkeiten haben. Die Männer werden Ihnen zu Füßen liegen, reden Sie ihnen ein, wie toll sie sind. Hat ein Mann sich erst mal mit seiner Rolle arrangiert, würde er das letzte Hemd seiner Mutter verhökern, um den Schein zu wahren. Wie bereits gesagt, setzen Sie sie nicht unter Druck, vor allem nicht die Provinzler. Die sind gewitzter als die Londoner, aber gerade nur so, um sich schnell geschmeichelt zu fühlen und letzten Endes als die größeren Trottel dazustehen. Aber man darf sie nicht drangsalieren. Lassen Sie sie nur machen, und sie werden sich selbst das Fell über die Ohren ziehen. Ist das klar?«

»Absolut.«

»Das ist gut. Jetzt werde ich ganz offen mit Ihnen reden, unter uns gesagt – ich sehe nämlich, dass Sie Verstand besitzen, und brauche deshalb kein Blatt vor den Mund zu nehmen –, so ziemlich jedes Mädchen in diesem Gewerbe ist eine gewöhnliche Blutsaugerin mit einem Gehirn, so groß wie das einer Laus. Womöglich noch kleiner! Eine Laus versteht es wenigstens, Blut zu saugen. Sie weiß, wie sie eine weiche Stelle am Bauch findet. Das ist mehr, als diese Mädchen wissen. Die kennen nur eins: Gib mir, gib mir, gib mir! Ich sag das alles so frank und frei, weil ich sehe, dass Sie anders sind.«

Helen war hocherfreut. »Ich glaube, ich weiß was Sie meinen«, sagte sie.

»Natürlich. Sie werden sich hier fühlen wie ein Fisch im Wasser. Erinneren Sie sich? Die durchschnittliche Nachtklubhostess ist eine Närrin. Wäre sie keine Närrin, würde sie nicht Nachtklubhostess bleiben: Sie würde genug zusammenraffen, um etwas Eigenes auf die Beine zu stellen. Irgendjemand hat ihr mal 'ne Schachtel Pralinen gekauft und davon träumt sie immer noch. Für jede Unze Verstand hat sie gleichzeitig eine Tonne Schwachsinn zu bieten. Und selbst wenn sie zufällig etwas Cleverness besitzt, übernimmt sie sich in jedem Fall. Und wenn für sie bei diesem Spiel ein gutes Auskommen herausspringt, was könnte dann für Sie dabei herausspringen?«

»Nun, Mr. Nosseross – «

»Nennen Sie mich Phil.«

»Nun ... Phil, ich möchte natürlich so viel wie möglich dabei verdienen, aber ich habe nicht vor, eine Karriere darauf aufzubauen.«

Kwaaaaaaaaaaaaaa! ging das Saxophon los. Die Band machte sich bereit.

»Gut. Nun spazieren Sie mal ein bisschen herum und machen sich mit der Atmosphäre vertraut.« Nosseross schüttelte kurz Helens Hand mit seinem trockenen, festen Griff. Als sie draußen war, grinste er Mary an. Ihre milchig blauen Augen, normalerweise so ausdruckslos wie die Augen in einem schlechten Aquarell-Portrait, waren jetzt schmal vor Zorn.

»Was hältst du von ihr?«, fragte Nosseross.

»Schrecklich! Puh! Sie ist überentwickelt; und dann dieser Akzent!«

»Oh, sie ist nicht schlecht. Sie sieht gut aus, scheint sensibel und versteht sich auszudrücken – «

»Sei bloß still! Ich versteh nicht, wie du dich so lächerlich machen kannst, einem Mädchen wie der so zu schmeicheln ... ›Sie haben Verstand!‹ und ›Sie haben Schliff!‹ Ha! Eingebildete kleine Angeberin: ›Ich habe nicht vor, eine Karriere darauf aufzubauen‹«, höhnte

Mary mit bitterem Spott. »Und du sagst, alle Hostessen sind Närrinnen!«

»Nun, Liebling, das sind sie, die meisten zumindest.«

»Hab ich nicht auch mal dazugehört?«

»Du bist anders, meine Teure. Aber nimm dir nicht so zu Herzen, was sie gesagt hat. Behaupten nicht alle, diesen Job nur vorübergehend machen zu wollen? Und bleiben sie nicht alle dabei? Alles nur Gerede. Tatsache ist, wer erst mal drin ist, ist drin.«

»Warum? Niemand zwingt sie. Sie können doch kommen und gehen, wann sie wollen, nicht wahr?«

»Nein, Lämmchen, das können sie nicht. Es packt einen. Es packt einen nun mal. Hat man in einem Nachtclub sein erstes Paar Schuhe zertanzt, kommt man sein Leben lang nicht mehr davon los. Es liegt an der Arbeitszeit und dem ganzen Drumherum. Man ist nicht mehr in der Lage, am Tage zu arbeiten. Geh jeden Morgen zwischen sieben und acht zu Bett und steh gegen zehn Uhr am Abend auf, und das nur einen Monat lang, und du kannst dich von der Sonne verabschieden. Wie würde es dir gefallen, einen Routinejob zu machen, um sieben Uhr morgens aufzustehen und um zwölf ins Bett zu gehen – kein Lärm, keine Drinks, nicht Tanzen, wie würde dir das gefallen?«

»Mir?«, antwortete Mary spitz. »Ich könnte das nicht aushalten. Das mag etwas für kleine Büromädchen – «

»Da hast du's. Einmal Nachtleben, immer Nachtleben.«

Der Portier kam ins Büro.

»Hey, Phil.«

»Was?«

»Da will ein Typ zu dir.«

»Name?«

»Adam.«

»Was will er?«

»Mit dir reden.«

»Gut gekleidet?«

»Normal ... kräftiger Bursche.«

»Dann schick ihn rein.«

Nosseross verengte seine Augen zu Schlitzen. Sie sahen aus wie Schießscharten in einer uneinnehmbaren alten Festungsmauer – steinerne Schlitze, durch die man ein verstecktes stahlhartes Glitzern sehen konnte, während seine Lippen sich zu einem humorvollen schimpansenartigen Grinsen verzogen.

Etwas unschlüssig, jedoch mit lässigem Gang, betrat Adam das Büro. Er trug seinen alten blauen Flanell-anzug.

»Mr. Nosseross?«

»Ja. Sie sind Mr. Adam?«

»Ja.«

»Was kann ich für Sie tun?«

»Ich habe gehört, Sie hätten gerade eröffnet.«

»Das stimmt.«

»Ich dachte, Sie hätten vielleicht einen Job für mich.«

Nosseross schüttelte den Kopf. »Was für einen Job?«

»Portier?«

»Hab einen«, sagte Nosseross.

»Rausschmeißer?«

»Möchte ich nicht. Ein Reinschmeißer wäre eher nach meinem Geschmack.«

»Klavierspieler? Akkordeonspieler?«

Mary kicherte. Auch Nosseross lachte und sagte: »Soll das 'n Witz sein?«

»Es ist ganz ernst gemeint.«

»Dann sind Sie also Musiker?«

»Ich bin ziemlich gut am Klavier. So die heißen Nummern.«

»In welchen Bands haben Sie gespielt?«

»Nick's Nine Niwitts war die Letzte.«

»Nie von gehört. Mit Musikern bin ich jedenfalls eingedeckt.« Als brauchte Nosseross dafür eine Bestätigung, spielte der Pianist draußen die ersten Töne von *The Cuban Cabby*, während der Saxophonist zu improvisieren begann.

»Lassen Sie Ihren Namen und Ihre Adresse da, viel – «

»Dann jemand für die Garderobe?«, sagte Adam.

»Haben wir. Tut mir Leid.«

»Koch?«

»Seien Sie nicht albern.«

»Einen Kellner eventuell?«

»Hans-Dampf-in-allen-Gassen, was?«, bemerkte Nosseross.

»Warum?«, fragte Adam. »Sie könnten doch auch alles in dem Laden hier selber machen, oder?«

»Aber haben Sie schon mal als Kellner gearbeitet?«

»Ja, einmal. Olivier's Restaurant.«

»Warum sind Sie weggegangen?«

»Nun, es macht mir nichts aus, dem Gast zu Diensten zu sein. Der Gast hat immer Recht. Er zahlt, also muss er Recht haben. Aber der Oberkellner hielt sich für Mussolini. Er machte eine drohende Geste in meine Richtung, als ich mal in einer Ecke stand. Ich war also berechtigt, ihn zuerst zu schlagen.«

»Und das haben Sie auch getan, was?«

»Nicht sehr hart.«

»Schon mal im Gefängnis gewesen?«

»Bisher nicht.«

Mary flüsterte: »Gib ihm eine Chance. Phil.«

Nosseross zuckte die Achseln: »Ich weiß nicht ... ich könnte noch einen Kellner gebrauchen, aber ... «

»Oh, ja, Phil!«, rief Mary.

Nosseross zögerte. »Also, passen Sie auf«, sagte er, »ich sage Ihnen was. Wenn ich ein Jackett finde, das Ihnen passt, können Sie es heute Abend mal versuchen. Wenn nicht, haben Sie Pech gehabt.«

»In Ordnung«, sagte Adam.

»Welche Größe tragen Sie?«

»Welche Größe haben Sie denn?«

Nosseross nahm mehrere weiße Jacketts aus einem Schrank, die auf der Brusttasche den Schriftzug SILVER FOX aufgestickt hatten. »Vierzig ist das Größte«, sagte er.

»Genau meine Größe«, sagte Adam.

»Lassen Sie mal sehen.«

Adam zog das weiße Jackett an. An den Rändern der Knopflöcher legte sich der Stoff in Falten und aus jedem Ärmel ragte ein breites Handgelenk hervor.

»Sehen Sie?«, sagte Adam.

»Sie Lügner, Sie haben Größe vierundvierzig. Nein, tut mir Leid, sieht schlecht aus – «

»Oh, Phil«, protestierte Mary.

»Nun gut, in Ordnung«, sagte Nosseross, »ich geb Ihnen heute Abend 'ne Chance. Aber Sie müssen sich morgen ein paar weiße Jacketts besorgen, Größe vierundvierzig.«

»Sehr gut«, sagte Adam.

»So, nun machen Sie sich mal fertig. Der Portier wird Ihnen sagen, wo Sie Ihre Sachen hinhängen können.

Dann kommen Sie zurück und ich sag Ihnen, wie's weitergeht.«

»Gut. Wie hoch ist das Gehalt?«

»Kein Gehalt. Nur Trinkgelder. Aber die Trinkgelder sind gut.«

»Und die Arbeitszeit?«

»Jede Nacht, die ganze Nacht durch.«

»So lange es nicht mehr als sieben Nächte die Woche sind«, sagte Adam beim Hinausgehen.

Nosseross sah Mary an. Gleichzeitig zündete er sich eine Zigarre an, warf das Streichholz betont heftig weg.

»Warum bist du so scharf drauf, ihm einen Job zu geben?«, fragte er. »Was findest du an ihm?«

»Nichts. Ich bin nur der Meinung, er ist ziemlich nett.«

»Oh, du meinst, er ist ziemlich nett! Nur weil er fast zwei Meter groß ist. Nun, das gefällt mir nicht. Ich werd ihn rausschmeißen – «

»Phil!« Ihre Augen füllten sich mit Tränen, den Krokodilstränen einer lüsternen Frau. »Wie kannst du solche Dinge zu mir sagen?«

»Oh, tut mir Leid, Lämmchen. Ich wollte dich nicht aufregen – «

»Na mach schon, schmeiß ihn raus! Schmeiß ihn raus, los! Nur weil ich gesagt habe, gib ihm einen Job, also schmeiß ihn schon raus!«

»Aber Liebling, ich hab ihn doch nur genommen, um dir einen Gefallen zu tun!«

»Oh, tu mir bloß keinen Gefallen! Ich bin ein Niemand. Ich bin nur eine Närrin. Ständig bist du eifersüchtig.«

»Ich bin nur eifersüchtig, weil ich verrückt nach dir bin, Liebling!«

»Aha, also bist du eifersüchtig! Das heißt, dass du mir nicht traust. Oh! Oh! Ich verstehe. Ich bin nicht mehr wert als eine Prostituierte, nicht wahr? Oh, vielen Dank.«

»Aber – «

»Wenn er ein tolles dickes Mädchen mit Akzent gewesen wäre und dir schöne Augen gemacht hätte, hättest du einen Narren an ihm gefressen. ›Oh, Sie haben Verstand, meine Liebe‹, und ›Oh, Sie haben Schliff, Helen.‹ Ich hab die Nase voll von dir.«

»Aber ich hab ihm doch den Job gegeben, oder nicht?«

»Nun, du – «

»Sch!«

»Fertig«, sagte Adam, als er zurückkam.

»Dann setz dich hin und hör zu«, sagte Nosseross.

Wie Fabian ordnete auch Nosseross seine Mitmenschen anhand ihrer Gesichter ein. Es wäre schwierig gewesen, ihn durch einen aufgesetzten Gesichtsausdruck, eine falsche Miene, täuschen zu wollen. Während er sprach, waren seine Augen unverwandt auf Adams Gesicht gerichtet. Wollen wir doch mal sehen, sagte er sich, wo wir diesen Burschen hinstecken können. Doch die Betätigung der Schalter und Hebel der Erfahrung und Erinnerung und die Verbindungsdrähte intuitiven Erfassens führte zu keiner befriedigenden Schlussfolgerung. Adams Typ war in seiner Ablage nicht vorhanden; er stand nicht im Lexikon.

Nosseross runzelte die Stirn.

Unsere Gesichter sind Masken, hinter denen wir uns oft zu verstecken suchen. Mitunter bemüht sich ein Mensch, seinem Gesichtsausdruck durch bewusstes Mienenspiel eine andere Bedeutung zu verleihen; aber wie bei einem plump gefälschten Scheck unterstreicht die Manipulation den ursprünglichen Wert. Wir alle existieren nur durch das So-tun-als-ob; wir schlagen uns durchs Leben, angetan mit einer Zwangsjacke der Eitelkeit, deren Ärmel Hunger und Angst sind, und die Mimik unserer verkrampften, falschen Gesichter hilft, unseren Seelenzustand zu entlarven. Folglich würde es uns leichter fallen, auf Nahrung zu verzichten als auf Spiegel.

Doch Adams Erscheinung hatte etwas Ambivalentes. Sie schien unvermischte Bestandteile einer gefährlichen Verbindung zu enthalten; inaktive Elemente wie Stickstoff und Glyzerin, bereit, sich zu vermischen und einen Sprengstoff zu bilden. Seine Stirn war massiv, aber ohne Furchen, klar wie die eines Kindes, sein Gesicht breitflächig und von starkem Knochenbau und seine Nase dick und kurz. Der Ausdruck seiner Mundpartie ähnelte dem einer gutmütigen Bulldogge. Es waren die gleichen bedrohlichen Kiefer, wie geschaffen zum Zermalmen und durch starke Sehnen mit einem robusten Nacken verbunden. Jedoch war diese Mundpartie entspannt; mit dem angedeuteten Dauergrinsen, dem Grinsen eines trägen, friedfertigen Naturells auf eine alberne Weise entspannt. Nosseross war verwirrt. Er sah Adam direkt an und ihre Blicke trafen sich. Adams Augen waren klar, vom hellen Grau einer elastischen Sorte Stahl und standen weit auseinander. Kinderaugen, dachte Nosseross. Er sagte: »Du hast also den Oberkellner im Olivier's geschlagen?«

»Nicht so richtig. Es war mehr ein Stoß als ein Schlag.«

»Hast du ihn verletzt?«

»Aber nein, er war sofort wieder auf den Beinen.«

»Hm ... Du weißt, dass du ziemlich fix sein musst, wenn du hier arbeiten willst. Ich bezweifle, dass dir das gelingt. Du siehst nicht besonders schnell aus.«

»Ich kann mich schnell bewegen. Aber ist es nötig, ständig hin und her zu rennen wie eine Katze auf einem heißen Blechdach?«

»Vielleicht hast du Recht.«

»Dieses ganze Herumhetzen – wozu? Wenn man irgendwohin muss oder etwas zu erledigen hat, dann ja. Aber Eile nur der Eile wegen? Das ist überflüssig.«

Nosseross nickte: Er fing an zu verstehen. Ihm wurde klar, dass dieser Mann zu der Sorte Mensch gehört, die sich über Jahre langsam bewegt, Kräfte sammelt, um in einem vorherbestimmten Augenblick diese unerschöpfliche Energie explosiv zu entladen. Derartige Männer sind wie Stromkabel. Lässt man sie in Ruhe, dann geschieht nichts, stärkerer Widerstand hingegen bringt sie zum Glühen bis hin zu einem weißen Leuchten. Bis dahin jedoch sind sie inaktiv. Sie speichern Kraft. Wie Antaeus können sie schnarchend am Boden liegen, während Pygmäen an ihren Haaren ziehen. Doch eines Tages befiehlt ihnen ihr Stolz: ›Auf!‹, und es wird etwas erschaffen oder zerstört. Sie sehen dem Impuls entgegen, der tote Erde in Erdrutschmassen verwandelt oder einen schlafenden Berg in einen Vulkan ... Kein Trottel. Langsam, könnte sich aber schneller bewegen. Kommt schwer in die Gänge, ist dann aber kaum zu stoppen, dachte Nosseross. Er sagte: »Nun, ich habe dir alles Notwendige gesagt. Der Rest ist Praxis. Also geh jetzt an die Arbeit.«

Adam erhob sich. »Einen Moment noch«, sagte Nosseross. »Welche Sportart betreibst du?«

»Überhaupt keine.«

»Aber ich vermute, du hast ziemlich harte Arbeit gemacht?«

»Oh ja, alle möglichen Arten harter Arbeit.«

»Und dennoch bist du ziemlich gebildet, nicht wahr?«

»Ein wenig. Die normale Schulbildung und was ich mir so angelesen habe. Kunsthochschule und so weiter.«

»Malerei?«

»Bildhauerei.«

»Damit was erreicht?«

»Ist kein Geld mit zu machen. Also, ich fang dann mal an.«

»Ja. Möchtest du einen Drink?«

»Nein, ich trinke nicht viel.«

»Wenn man dir einen Drink anbietet, sag nicht nein, sondern bring ihn ins Büro, klar?«

»In Ordnung.«

Adam ging hinaus. Nosseross küsste Mary und sagte: »Du hattest Recht, ich mag den Jungen.«

»Er hat hübsche Augen«, sagte Mary.

»Zum Teufel mit seinen hübschen Augen!« Nosseross verließ das Büro. Alles war vorbereitet. Gelangweilt warteten die Mädchen auf Gäste.

Dann war ganz schwach ein elektrischer Summer zu hören, der Türsteher erschien und sagte: »Drei gute Kunden!«

Bewegung kam in den Laden.

»Drei gute Kunden!«

Der Klavierspieler hob die Hände. »Los!«, rief Nosseross, und die Band begann *I've got you under my skin* zu spielen.

»Drei gute Kunden!«, flüsterte das Zigarettenmädchen. Mary kam heraus und schwang ihre Hüften.

Vi warf das Cocktailstäbchen weg, mit dem sie sich zwischen den Zähnen herumgestochert hatte, stieß Helen an und sagte: »Drei gute Kunden!«

Gerade stieg Harry Fabian, flankiert von Figler und dem Strangler, die Treppe zum Silver Fox hinunter: drei gute Kunden.

X

»Nein!«, schrie Nosseross. »Was sehen meine trüben Augen? Wenn das nicht Harry Fabian ist!«

»Höchstpersönlich! Nun, Nosseross, du schmieriger alter Gauner, wie geht's dir? Das ist mein Partner, Joe Figler.«

»Ich glaube, wir kennen uns bereits, Mr. Nosseross.«

»Sie nehmen mir das Wort aus dem Mund, Joe. Sie sind also mit unserm jungen Harry im Geschäft, was?«

»Fabian Promotions!«, schrie Fabian. »Ringkampfveranstaltungen. Und Phil, das hier ist Charlie Bamboo, der Black Strangler, der zukünftige Champion im Schwergewicht.«

Vi flüsterte: »Ohhh, Helen, siehst du den kleinen Mann da, den Blonden ganz in Blau? Das ist Harry Fabian, der Songschreiber. Er ist so süß.«

»Wie steht's, Vi?«, rief Fabian und ging mit Figler und dem Strangler im Gefolge hinüber zu ihrem Tisch und klopfte ihr auf die Schulter. Dann sah er Helen, und sein Gesicht drückte freudige Überraschung aus. »Sag mal, wer ist denn deine Freundin? Junge, Junge, das nenn ich ein hübsches Mädchen.«

»Sie ist neu im Geschäft«, sagte Vi.

»Nun, wir müssen alle irgendwann mal anfangen ... Kommt, Jungs, parkt eure Körper. Wir setzen uns hierhin.« Fabian setzte sich dicht neben Helen. Der Strangler ließ seinen mächtigen Körper in den Stuhl neben Vi fallen, während Figler sich vorsichtig auf die Kante eines zierlichen, vergoldeten Lehnstuhls setzte, in ein sauberes Taschentuch schneuzte, um dann eine Zigarette aus seiner Tasche zu ziehen.

»Und wie sieht's mit einer Freundin für meinen alten Kumpel Joe aus?«

»Danke, kein Bedarf.«

»Dann also Drinks. Drinks!«, rief Fabian. »Kommt Jungs, lasst uns auf die Pauke hau'n! Was soll's denn sein? ... Weißt du, Strangler, besser, du trinkst nicht zu viel. Schließlich wollen wir dich bald im Madison Square Garden erleben, wo du all die Champions über die Seile werfen wirst. Also nehmen wir am besten Champagner. Was meinst du, Joe?«

Figler antwortete mit einem Achselzucken: »Ich will nur ein Glas Milch.«

»Nun fang bloß nicht an, Trübsal zu blasen! Champagner, Mädels? Okay, Champagner.«

»Veuve Cliquot?«, schlug Adam vor.

»Können Sie den empfehlen?«

»Oh ja.«

»Okay.«

Adam verschwand.

»Was für ein Land!«, sagte Fabian. »Bestell einen Drink eine Minute vor elf und alles ist okay. Bestell ihn eine Minute nach elf und du musst doppelt und dreifach dafür blechen. Was für ein Schwindel! Also in den Staaten – «

»Sind Sie Amerikaner?«, fragte Helen.

»Nein. Ich hab allerdings den größten Teil meines Lebens dort verbracht. Hab Songs geschrieben. Verdammt!«, rief Fabian aus, starrte Helen an und schlug mit der Hand auf den Tisch. »Ich wünschte, ich hätte sie damals gekannt!«

»Wirklich? Warum?«

»Meine Güte, was hätten die für ein Mädchen mit Ihrer Persönlichkeit und Ausstrahlung gegeben!«

»Wer?«

»Wer? Wer? Mein Gott, Sam Goldwyn natürlich. Er hat immer zu mir gesagt: ›Harry‹, hat er gesagt, ›beschaff mir ein Mädchen, das wirklich gut aussieht und Persönlichkeit besitzt‹, hat er gesagt, ›die bring ich ganz groß raus mit dir als ihren Agenten auf einer Zehnprozentbasis.‹ Aber nein. Die einzige Dame, die sie finden konnten, war ein Mädchen namens Anderson. Joan Anderson. Von ihr gehört?«

»Natürlich.«

»Nun, sie musste fast hundert Operationen über sich ergehen lassen, bis sie so aussah, wie sie aussieht. Haben Sie je ihre Augen bemerkt?«

»Wunderschöne Augen – «

»Hah! Augen! Das sind gar keine richtigen Augen. Sie sind aus Zelluloid.«

»Nein! Sie machen Witze.«

»So wahr ich hier sitze – das ist so 'n Zelluloidzeug, das genau über ihre Augen passt. Ich fand's unglaublich. Hah, die Leute haben ja gar keine Ahnung, was sie sehen. Haben Sie mal was von einem Kind namens Freddy Maxwell gehört?«

»Hm.«

»Was schätzen Sie, wie alt ist er?«

»Zehn oder elf?«

Fabian brüllte vor Vergnügen und sagte dann: »Wird nächsten März dreißig Jahre alt.«

»Das kann nicht sein!«

Fabian lachte: »Ich wusste, dass Sie das überraschen würde. Ist das nicht phantastisch? Ich kann Ihnen mit Sicherheit sagen, dass er 1932 seinen fünfundzwanzigsten Geburtstag gefeiert hat. Ich war dabei. Es waren fünfundzwanzig Kerzen auf seiner Torte. Sie haben Recht, er sieht jung aus, ja. Aber wenn Sie ihn ohne das Make-up sehen – die Furchen auf seiner Stirn sind irgendwie unheimlich. Er raucht über zwanzig Zigarren am Tag.«

»Nein!«

Fabian, der vorher bereits etwas getrunken hatte, war fast empört. »Ich geb Ihnen mein Ehrenwort! Ich will meine Mutter nie wieder sehen, wenn das nicht wahr ist. Ich hab Unterlagen, die es beweisen. Zugegeben, es klingt unglaublich, aber es ist wahr. Wussten Sie, dass Rudolpho Valentino blind war?«

»Blind?«

»Ja, es sind die Scheinwerfer. Ha, ich könnte Ihnen Geschichten über die Studios erzählen, dass sich Ihnen die Haare sträuben ... Junge, Junge, Junge, was haben Sie nur für wunderbares Haar. Umwerfend! Was würde Myrna Loy für eine solche Haarpracht geben!«

»Aber sie hat schöneres Haar als ich – «

Fabian legte seine Lippen an Helens Ohr und flüsterte: »Kahl wie ein Ei. Es ist eine Perücke.«

Adam kam mit dem Champagner zurück und stellte die Gläser hin.

»Zwei Pfund zehn Shilling, bitte, Sir.«

Figler fielen fast die Augen aus dem Kopf, aber Fabian

zog ein dickes Bündel Banknoten aus seiner Tasche und warf drei Pfund auf den Tisch.

»Behalten Sie das Wechselgeld.«

»Danke, Sir«, sagte Adam.

Vi rollte mit den Augen. Mit einem Verlangen, das jede Faser ihres Körpers befallen zu haben schien, beugte sie sich zu Fabian hinüber. Adam schenkte den Champagner ein.

»Ich verrate euch, was ich jetzt tun möchte«, sagte Fabian, »und dir auch, George«, er packte Adam am Jackett, »ich möchte, dass wir alle auf Fabian Promotions anstoßen, auf meinen alten Freund und Partner, Joe Figler, und auf den Black Strangler, den besten Ringer der Welt! Kommt, trinkt!«

Sie erhoben alle ihre Gläser und tranken. Das Zigarettenmädchen, dass die ganze Zeit wie eine Katze um sie herumgeschlichen war, nutzte diese Gelegenheit für eine Attacke.

»Ach, Zigaretten!«, sagte Fabian. »Möchten Sie Zigaretten, Helen?«

»Nun, ich rauche nur Türkische.«

»Gut, soll mir recht sein, Baby ... Hey, Schönheit, eine Packung Türkische für die Lady.«

Das Mädchen zog eine Geschenkpackung hervor. »Eine von diesen, Sir?«

»Von denen würde ich gern eine haben«, sagte Helen, »es sei denn, Sie finden sie zu teuer, Mr. Fabian.«

Das Zigarettenmädchen runzelte die Augenbrauen. Nosseross kannte seinen Fabian und lächelte.

»Zu teuer, verdammt noch mal!«, rief Fabian aus. »Was bin ich denn, ein Geizkragen? Bring mich nicht zum Lachen!... Und nenn mich Harry.«

»Bitte, zwölf Shilling sechs, Sir.«

Fabian warf fünfzehn Shilling hin.

Vi gurrte in Figlers Ohr: »Oooh, ob ich vielleicht auch ein paar haben könnte?«

»Sie wollen rauchen?«

»Ich lechze nach etwas zu rauchen.«

»Warum haben Sie das nicht gleich gesagt?«, sagte Figler und nahm zwei Zigaretten aus seiner Tasche.

»Oh, wie nett«, säuselte Vi; doch Figler, der für Ironie nicht empfänglich war, antwortete:

»Nett? Hören Sie, ich kaufe jeden Morgen ein Päckchen mit zwanzig Zigaretten, und ich versichere Ihnen, ich verschenke mehr als die Hälfte davon, bevor der Tag zu Ende ist.«

Vi schenkte jetzt dem Strangler ihre Aufmerksamkeit, der ein Glas Champagner in seiner Ebenholzfaust hielt und fasziniert auf die kleinen Blasen starrte, die über den Rand sprangen.

»Oooh, ich stelle mir gerade vor, wie himmlisch es sein muss, ein Ringkämpfer zu sein. Darf ich Sie Charlie nennen?«

Der Strangler brummte nur: »Von mir aus.«

»Der künftige Weltmeister!«, schrie Fabian, dank eines erhabenen Gefühls mit geschwellter Brust und gerötet vom Champagner. »Er bricht ein Bein, wie ich ein Streichholz! Mit der Leichtigkeit, mit der ich eine Zigarettenschachtel zerreiße, zerreißt er zwei Telefonbücher! Er kann ein Hufeisen einfach so gerade biegen – bing! Man fürchtet ihn, er verursacht Albträume! Er ist ein Wahnsinniger, sage ich euch, ein Wilder! Mad Maguire hielt sich für einen Schurken, bis er auf den Strangler traf. Ihr hättet sehen sollen, was er mit ihm gemacht hat! Blut?

Drei Frauen fielen in Ohnmacht. Gottverdammt, wenn ich einen Mann unter Vertrag nehme ... Hey, was zum Teufel, die Flasche ist leer! Mein Güte, eine Flasche geht weg wie nichts. Hah, das ist der reinste Schwindel! Sieht aus wie eine große Flasche, aber das Glas ist über zwei Zentimeter dick – und seht nur die dicke Delle am Boden an. Komm schon – «

»Wer will tanzen?«

»Ich und Helen«, rief Fabian. Er sprang auf, drückte Helen mit einem engen, festen Griff an sich und wirbelte mit ihr in Richtung Parkett, während er Adam über die Schulter hinweg zurief: »Noch eine Flasche von demselben, Träumer.«

Sie waren das einzige Paar, das tanzte, und Fabian spürte die Augen des gesamten Klubs auf sich gerichtet. Er rief der Band zu: »Bringt mal Leben in die Bude und ich spendier euch einen Drink!« Die Hände des Pianisten schlugen in die Tasten. »Schneller! Schneller!«, rief Fabian und presste Helen an sich. »Komm schon, Baby, zeigen wir ihnen, was Leben ist!« Zur Melodie von *South American Joe*, gespielt in einem mörderischen Tempo, wirbelten sie herum. Über ihnen rotierten die pinkfarbenen Lichter und Fabians Augen folgten der Spirale an den Wänden ...

»Mein Gott, du tanzt gut!«, sagte Fabian, als die Musik aufhörte und sie an ihren Tisch zurückgingen. »Junge, Junge, wenn Eleanor Powell nur halb so gut tanzen würde ... Uff, diese gottverdammten kreisenden Lichter machen einen ganz groggy. Zum Teufel, du bist ein tolles Mädchen ... Hey, George! Was ist los, du Schlafmütze, wo ist die Flasche?«

»Hier«, sagte Adam.

Plopp! die Flasche war offen. Der goldene Champagner schien vor Freude in den Gläsern zu tanzen.

»Zwei Pfund zehn Shilling, bitte.«

»Na und?«, sagte Fabian und knallte drei Pfundnoten in den Aschenbecher. »Was spielt Geld schon für 'ne Rolle.«

Vi kippte ihren Champagner hinunter, schnappte sich eine von Figlers weißen Händen und sagte: »Dieses kleine Schweinchen ging zum Markt, dieses kleine Schweinchen blieb zu Haus – «

»Seien Sie nicht albern«, röchelte Figler.

»Strangler!«, rief Fabian im Befehlston, »vergiss nicht, das ist dein letzter Drink heute Abend.«

»In Ordnung, Harry«, sagte der Strangler.

»Ich muß ein Auge auf ihn haben, verstehst du, Helen? Dieser Kerl ist eine Million Dollar wert. Zum Teufel, es wird höchste Zeit, dass ich wieder ans ganz große Geld komme. Du wirst es nicht glauben, aber in diesem beschissenen Land muss ich doch tatsächlich arbeiten – arbeiten, wohlgemerkt –, um lumpige fünfzig, sechzig Pfund die Woche zu machen. Was sagst du dazu?«

»Ich wünschte, ich würde nur ein Viertel davon verdienen«, antwortete Helen. »Ich muss von dem leben, was die Leute mir hier geben, weißt du.«

»Ich versteh dich«, sagte Fabian und drückte ihre Hand. »Ich weiß, ein Mädchen muss leben. Mein Gott, ich war selber einmal arm. Hah, wenn ich nur daran denke! Kaum zu glauben, wenn man mich jetzt so sieht, oder? Aber es gab eine Zeit, da hab ich für zehn, zwölf Pfund wie verrückt schuften müssen. Zum Teufel, ich weiß, was es heißt, Hunger schieben zu müssen! Aber von jetzt ab werde ich im Geld schwimmen.« Er zog das dicke Bündel Pfundnoten hervor, warf es in die Luft, fing es wieder auf und steckte es zurück in die Tasche.

»Harry!«, sagte Figler, »lass mich das für dich aufbewahren.«

»Zum Teufel, Joe, ich kann selber auf mich aufpassen ... Nun, Helen, erzähl mir alles über dich. Du bist neu hier, nicht wahr?«

»Ja, ziemlich.«

»Hast du dein ganzes Leben in London gelebt?«

»Nein, ich komme aus Sussex.«

»Mit deiner Mutter und deinem Vater, nehm ich an?«

»Nein, ich habe nur noch eine Schwester.«

»Tatsächlich? So, so, so! Komm, komm schon, trink, trink. Du nicht mehr, Strangler, dafür kauf ich dir aber eine wunderbare Zigarre ... Schlafmütze!«

»Ja, Sir?«, sagte Adam.

»Zigarren.«

»Eine Kiste?«

»Nein, nur eine Zigarre für den zukünftigen Schwergewichtsweltmeister. Möchtest du auch eine, Joe?«

»Nein. Hör mal, Harry, warum spielst du verrückt? Um Himmels willen, halt dich doch etw– «

»Halt den Ball flach, Joe, halt ihn einfach flach und mach hier keine Szene. Ich kann so viel Geld kriegen, wie ich will«, sagte Fabian mit leiser Stimme.

»Hey, Süße, wir wollen eine Zigarre.«

Das Zigarettenmädchen kam so dicht heran, dass sie fast den Saum von Fabians Jackett berührte. »Ja, Sir! Zigarren, Sir? Corona-Corona oder Bolivar? Romeo y Julieta?«

»Bei Gott, das ist eine Idee für einen Song! Romeo y Julieta ... a-a-a-a-«, sang er zur Melodie von *Oh Señora*

Señorita, »oder wie wär's damit: Corona, Corona, I need you, I need you, Corona, oh come back to me!«

»Fabelhaft«, sagte Helen.

»Also, Süße, gib dem Schwergewichtschampion die dickste Zigarre, die du hast.«

»Ja, Sir.«

»Und du, Schlafmütze, bringst uns was zu trinken. Dieses Zeug ist schauderhaft. Bring mir 'ne Flasche Scotch.«

»Ja, Sir.«

»Harry, jetzt hör mir mal zu – «

»Ah, lass mich in Ruhe, alter Geizkragen. Verlange ich etwa von dir, dass du einen ausgibst? Schließlich sollten wir ein wenig feiern, bevor wir loslegen, nicht wahr?«

»Und wenn die Feier zu Ende ist? Wo ist dann das Kapital, mit dem wir loslegen wollen?«

»Ich verrat's dir, Joe. Ich kann die Knete besorgen. Ich kann tausend kriegen ... Komm, Helen, lass uns tanzen.«

Er erhob sich, taumelte ein wenig und hielt Helens Arm. Dann fing er an, mit ihr zu tanzen. Figler sah ihm die ganze Zeit schlecht gelaunt zu.

»Bei Gott, du kannst tanzen«, sagte Fabian, als sie zurückkamen. »Dir liegt der Rhythmus im Blut! Hast du nun das gewisse Etwas oder hast du's nicht? Ich kann dir flüstern – du hast es. Sag mal – «

»Harry!«, mahnte Figler, »lass mich dein Geld aufbewahren.«

»Das macht fünfunddreißig Shilling, bitte, Sir«, sagte Adam und stellte die Flasche Whisky auf den Tisch. »Soda?«

»Selbstverständlich Soda.«

»Das macht dann fünf Shilling extra.«

»Hättest du etwas dagegen, wenn ich Ginger Ale nehme?«

»Ob ich etwas dagegen hätte? Alles, was ich habe, gehört dir, Baby!«

»Zwei Pfund drei Shilling zusammen, bitte, Sir«, sagte Adam und öffnete die Flasche.

Fabian gab ihm drei Pfund und eine Hand voll Münzen.

»Harry! Ein für alle Mal – lässt du mich dein Geld für dich aufbewahren? Ja oder nein?«

»Ach, spiel nicht verrückt!«

»Wie du willst, Harry!«, sagte Figler drohend.

»Will mein Geld aufbewahren, sagt er! Hah! Gib mir noch 'n Drink. Gib all den Jungs einen Drink. Komm, George, gib all den Jungs einen schönen großen Drink.«

Der Pegel in der Flasche sank.

»Bei Gott, niemand konnte je von mir behaupten, ich sei knickrig gewesen. Zum Teufel, ich doch nicht. Spendierhose Fabian, so haben sie mich immer in den Staaten genannt. Ich glaube, ich geh eines Tages dorthin zurück ... Hör mal zu, eine großartige Idee für einen Song: Oh, one day I'll ... day I'll maybe come back sometime ...«

Vi streichelte den Arm des Stranglers.

»Hör mal, Charlie, du weißt, du musst uns Mädchen für unsere Zeit bezahlen.«

»Für welche Zeit?«

»Für die Zeit, die wir bei dir sitzen.«

»Warum?«

»Nun ... Ich muss meine Miete bezahlen, mein Lieber, nicht wahr?«

»Wie?«

»Darum musst du mich bezahlen. Ich verdien damit meinen Lebensunterhalt.«

»Ich zahle nicht.«

»Aber ich muss doch leben, nicht wahr?«

»Wofür?«

Vi wusste nicht wofür. Sie leerte ihr Glas und starrte trübsinnig hinein. Der Laden war jetzt nahezu voll, doch die Männer hatten ihre eigenen Frauen mitgebracht und die meisten Mädchen waren noch immer frei und hockten verzagt an den Tischen.

Die Band stampfte. Nosseross sprang auf das Podium und rief: »Tusch! Ladies und Gentlemen – Siri Andersen!«

Unter den sich drehenden Lichtern schritt eine schlanke Blondine zur Mitte des Tanzparketts. Die Band spielte *Doing the Uptown Lowdown.* Eingezwängt in ihrem silbernen Kleid warf sie sich in die Eröffnungsbewegungen eines Ausdruckstanzes. Die Lichter gingen aus. Von der rotierenden Lichtkugel fielen nur fünf schwache Strahlen gedämpften roten Lichts, unter denen Siri Andersen wie ein wilder Silberfisch herumwirbelte und schwamm, während ihre Füße in den silbernen Schuhen wie elektrische Funken auf den Boden schlugen und knisterten. Die Musik wurde schneller, schraubte sich in ein Crescendo, kam aus dem Takt, zögerte und wechselte zum *Memphis Blues.* Die Tänzerin begann, sich sanft zu wiegen ... wurde langsamer und langsamer; der Fisch starb ... ihre Hüften schwenkten von links nach rechts ...

Das Licht ging an, die Musik brach ab und die Tänzerin blieb abrupt stehen, genau vor Fabian, und hielt ihren linken Fuß hoch über seiner Schulter. Dann rannte sie hinaus, während die Paare, die noch immer applaudierten, wieder aufs Parkett gingen.

»Das war clever«, sagte Fabian, »verdammt clever. Das Mädchen hat Verstand.«

Adam flüsterte in Helens Ohr: »Von wegen, Liebe macht blind! Sie verleiht einem Röntgenaugen. Ein Kerl schaut einem Mädchen unter den Rock und entdeckt ihren Verstand.« Helen lachte.

»Einen Drink!«, rief Fabian. »Da bist du ja, Schlafmütze – nimm den letzten Drink, mach die Flasche leer und bring uns eine neue.«

Vi sagte zu ihm: »Ach Harry, kaufst du mir ein niedliches Stofftier?« Das Pralinenmädchen hielt eine kleine Giraffe mit Glasaugen hoch.

»Sagten Sie Stofftiere, Sir?«

»Nein, sagte ich nicht, Süße. Wer sagt, dass ich Stofftiere gesagt habe, der lügt. Den pump ich mit Blei voll. Hör zu, ich hab draußen vier Schläger mit Maschinenpistolen; echte Gorillas, die nur auf den Kerl warten, der sich irgendwelche Frechheiten herausnimmt ... Vier Männer in einem Wagen, mit Handgranaten, Maschinenpistolen, Tränengas und abgesägten Schrotflinten, Revolvern, Ballermännern und Knarren und mit Rasiermessern, die nur auf ein ... Stofftier warten. Hey, Schlafmütze! Die Flasche!«

»Harry«, sagte Figler, »der Strangler möchte ins Bett.«

»Dann bring ihn ins Bett.«

Figler stand auf. »Ich gehe. Ich ruf dich morgen an.«

»Ich murks dich ab, wenn du nicht verdammt vorsichtig bist. Ich bin klein, aber zäh! Ich hack dir die Beine ab und bind sie dir um den Hals wie einen Kragen... Schon mal was von Al Capone gehört?«

»Hör mal, Harry. Ich hab genug von diesem Unsinn! Unser Deal ist gestorben.«

»Pralinen?«, fragte das Mädchen.

»Joe«, sagte Fabian, »ich kauf dir ’ne schöne Schachtel Pralinen.«

»Blödsinn! ... Zum letzten Mal, Harry, hör mir jetzt zu. Soll ich den Rest deines Geldes bis morgen aufbewahren? Wenn nicht, dann fahr zur Hölle.«

»Du bist mein Kumpel«, sagte Fabian mit einem Schluckauf. »Weißt du, mir kommt da gerade eine tolle Idee für einen Song: Buddy, hast du mal ’nen Groschen übrig? Hübsch, nicht? In Ordnung, Joe, heb das für mich auf.« Er nahm ein Bündel Banknoten aus der Brusttasche. Figler zählte sie durch.

»Fünfzig. Wo ist der Rest, Harry?«

»Ach, hör auf.«

»In Ordnung, aber ich warne dich! Ich seh dich morgen. Komm, Strangler.«

Drei Gläser Champagner hatten den Strangler mehr umgehauen als ein Vorschlaghammer. Er stand auf wie ein Schlafwandler und folgte Figler zur Tür.

»Oh Harry«, sagte Vi.

»Lass mich in Ruhe«, lallte Fabian. Sein amerikanischer Akzent war von ihm abgefallen wie ein Umhang; seine A wurden breiter und sein nasaler Tonfall nahm etwas von dem Gejaule des Cockney an.

»Hübsche Puppen?«, flötete das Zigarettenmädchen und hielt einen Amor mit Glupschaugen und grünem Bogen hoch.

»Möchtest du ’ne Puppe, Helen?«

»Ich hätte gern eine.«

»Zwei Pfund«, sagte das Zigarettenmädchen unverschämt.

»Okay«, sagte Fabian.

»Ach, Harry!«, sagte Vi, »kaufst du mir ein paar Zigaretten?«

»Nein ... meiner kleinen Helen werde ich welche kaufen, aber nicht dir ... Lass mal seh'n, Schönheit.«

»Türkische?« Das Zigarettenmädchen nahm vom hinteren Teil des Bauchladens eine riesige vergoldete Blechschachtel, dekoriert mit einem Blumenmuster und zwei kleinen, schwarzen Knäufen, einem Löwenkopf, zwei Schriftrollen und einer Quaste aus Kunstseide. »Etwas ganz Besonderes, Sir, eine richtige Damenzigarette mit Satinmundstück; drei Pfund – «

Tief unten in Fabians Bewusstsein tadelte eine Stimme: Du Narr! Verkaufst deine Seele und riskierst deine Freiheit für einhundert Pfund, und dann wirfst sie einfach weg! »Scher dich zum Teufel!«, schrie er. »Drei Pfund für Zigaretten! Hältst du mich für einen Idioten? Hau ab!«

Nosseross sagte vernehmlich: »Nun belästige diesen Gentleman nicht länger, wenn er es sich nicht leisten kann, so viel auszugeben! Zeig ihm etwas für ein paar Shilling oder so.«

»Was?«, kreischte Fabian, »Ich und es mir nicht leisten können? Ich? Schaut her!« Er holte sein ganzes Geld hervor und hielt es hoch in der geballten Faust. »Ich hab eine Million Dollar! Ich hab tausend Pfund bei mir! Gib ihr die Zigaretten!«

»Und was ist mit mir?«, fragte Vi.

»Verzieh dich!... Upps ... Oh ...«

»Muss ich etwa nicht leben?«, fragte Vi, den Tränen nahe.

»Armes Kind«, sagte Fabian gerührt. »Hier, ich geb dir was.« Er nahm zwei Zigarettenbilder und eine kleine Swastika aus seiner Westentasche. »Auf diesen Karten sind Losnummern und von dem Talisman würd ich mich normalerweise nie trennen, nicht mal für fünfhunderttausend Pfund, aber nimm ihn, komm schon – «

»Zwei Pfund, drei Shilling, bitte«, sagte Adam und machte die Flasche Whisky auf.

»Hier, Schlafmütze, drei Pfund und behalt den Rest ... Kipp mal ordentlich voll. Sag mal, Vierkant, willst du tausend Pfund die Woche verdienen? Wenn ja, komm und steig für mich in den Ring ... ich hab den Strangler zu dem gemacht, was er heute ist ... Der geht nie unter hundert Pfund in der Tasche nach Hause ... Oh, mein Magen! Sodbrennen ... Zum Teufel, hab ich schon bezahlt?« Er zählte zwei weitere Pfund ab und legte drei Shilling dazu.

»Aber – «

»Okay«, sagte Nosseross, der hinter Adam lauerte, »das kann man schon mal vergessen. Stimmt's, Adam?«

»Wo war ich stehen geblieben?«, fragte Fabian.

»Es ging um eine Puppe«, sagte Nosseross. »Ich glaube, du hast gefragt, ob jemand eine Puppe möchte.«

»Hübsches schwarzes Mädchen?« Das Pralinenmädchen hielt eine Negerpuppe mit pinkfarbenem Lendenschurz hoch »Zwei Guineas?«

Fabians Verstand war wie betäubt. Er sah nur noch das Whiskyglas, das sich vor seinen Augen vervielfachte wie Seifenblasen. Er versuchte, diese Blasen wegzuwischen und schlug dabei gegen die Whiskyflasche, die zu Boden fiel und zerbrach. Für einen Moment schloss er die Augen, während er bis zur letzten Energieschicht hinunterbohrte, dem letzten fiebrigen Stützpunkt des Bewusstseins. »Drinks«, rief er. »Drr-i-i-iinks! Drinks für die Band! Gib mir 'n Drink! Drinks!«

»Adam«, sagte Nosseross, »Mr. Fabian hätte sicher gern ein paar Flaschen von unserer Hausmarke.«

Wie in Trance bahnte sich Adam seinen Weg durch die Tanzenden. Das war zu lächerlich, um real zu sein. Dennoch waren seine Taschen voller Trinkgelder. Helen hatte dasselbe Gefühl, dass alles nur Einbildung sei, wie sie so dasaß mit ihrer Zigarettenschachtel und den Puppen, um sich herum die laute, raucherfüllte Atmosphäre des Klubs, der sich wie ein Rad zu drehen schien. Sie sah Adam mit dem Tablett zurückkommen. Seine leuchtenden, fast kindlichen grauen Augen versenkten sich kurz in ihre. Dann standen die Flaschen auf dem Tisch. Seine gelangweilte Stimme leierte: »Vier Pfund, bitte, Mr. Fabian.«

Fabian fischte nach seinem Geld. Es war zu einem kleinen, zerknautschten Packen abgegriffen aussehender Banknoten geschrumpft, dazu etwas Kleingeld. Er machte ein langes Gesicht, dann zuckte er mit den Schultern und stammelte: »Ich spendier was ... ich spendier was«, und warf vier Pfund und sein ganzes Kleingeld hin. Korken knallten. Fabian kippte drei Gläser der Hausmarke, einem weißen, sauren Wein voll prickelnder Kohlensäure. Nosseross, Helen, Vi, Adam und alle Mitglieder der Band hoben ihre Gläser und prosteten ihm zu; für die Dauer eines Wimpernschlags fühlte sich Fabian wie Gott bei der Schöpfung. Er rief: »Spielt *For He's a Jolly Good Fellow*!... Ich hab's geschrieben.« Die Band spielte es. Es schlug vier. Das Pralinenmädchen brachte einzelne Blumen auf einem Tablett herein. Nosseross reichte Fabian eine rote Nelke und sagte: »Ich möchte dir ein kleines Geschenk machen.« Mit einem idiotischen Grinsen steckte Fabian die Blume in ein Knopfloch seiner Weste.

»Möchten die Damen eine?«

»Ge–gib sie her ... «

»Zehn Shilling, bitte.«

»Frühstück?«

»Frühst ...«

Er senkte den Blick. Von einem Ei und einer Scheibe Speck auf dem Teller vor ihm schien der Gestank von tausend brennenden Schweinen und allen Eiern dieser Welt aufzusteigen.

»Aber meine Zeit muss noch bezahlt werden«, sagte Helen.

Fabian gab ihr zwei Pfund.

»Und was ist mit mir?« Vi ließ nicht locker.

Fabian kramte in seinen Taschen und sagte: »Kein Geld mehr auf der Bank.« Er schob ein kleines Stück Speck in den Mund und ließ es dort, wo es war, und versuchte, gegen die Übelkeit anzukämpfen. Dann stand er auf und rülpste.

Nosseross winkte Adam heran, der einen Arm um Fabians mageren Körper legte und ihn zur Tür führte. Der Garderobenboy erschien und setzte ihm den Hut verkehrt herum auf den Kopf. Kalter Wind schlug Fabian ins Gesicht, und plötzlich schienen seine Eingeweide sich zusammenzuziehen und wie der Kolben einer Spritze nach oben zu schnellen, und alle Drinks dieser Nacht – der Whisky, der Champagner, der miese Schaumwein – schossen wie eine Flutwelle aus Mund und Nase.

Die Nelke fiel hinunter in die Pfütze.

»Haben Sie genug, um das Taxi zu bezahlen?«, fragte Adam.

»Nein«, stöhnte Fabian.

Adam gab ihm fünf Shilling und der Türsteher rief ein

Taxi. Am Rinnstein stand ein kleiner Mann mit scharfen Gesichtszügen, der einen Bauchladen mit Blumen trug und Fabian dabei beobachtete, wie er – auf Adam gestützt und mit den Füßen in seinem Erbrochenen – hin und her schwankte, bleich wie der Tod und zitternd wie Espenlaub. Dieser Mann war Bert, der Cockney. Er ging auf Fabian zu und schnarrte: »Du solltest dich was schämen.« Dann zeigte er auf die Nelke und auf das, worin sie schwamm, und fügte mit fester Stimme hinzu: »Du Zuhälter! Geht deine Zoë dafür auf 'n Strich?« Und mit seiner schwieligen, schmutzverschmierten Hand schlug er Fabian ins Gesicht.

Fabian brach in Tränen aus.

»Rupert Street«, sagte der Türsteher zu dem Taxifahrer. Die Tür des Wagens schlug zu. Fabian verschwand. Bert blieb stehen, blickte hoch zum dämmrigen Himmel und wieder hinunter zum knallig bunten Eingang des Klubs.

Der Türsteher fuhr ihn an: »Zisch ab, du, oder ich hau dir eine rein.«

»Das wagst du nicht!«

Niemand rührte ihn an. Er spuckte auf den Asphalt, drehte sich um und ging Richtung Osten davon.

XI

Der Silver Fox machte um fünf zu. Als Adam die Treppe hochging, rief Vi hinter ihm her: »Gute Nacht, Adam!«

»Gute Nacht.«

»Wo gehst du hin?«

»Essen.«

»Warte auf uns«, sagte Vi und rannte, gefolgt von Helen, hinter ihm die Treppe hoch.

Sie blieben im Eingang stehen. Die Kälte schlug ihnen entgegen. Vi verzog das Gesicht und sagte: »Hier muss jemandem ziemlich schlecht gewesen sein.«

»Das war Fabian«, sagte Adam, zeigte auf den Asphalt und fügte hinzu: »Da unten liegen etwa dreißig oder vierzig Pfund. Gott weiß, was der Dummkopf angestellt hat, um an so viel Geld zu kommen, aber jedenfalls ist es dort gelandet. Gehen wir.«

Sie gingen zum Piccadilly.

»Du bist heute Abend das erste Mal im Klub gewesen, nicht?«, fragte Vi.

Adam nickte.

»Ich auch«, sagte Helen.

»Gefällt's dir?«, fragte Adam.

»Oh ja, sehr sogar. Es ist nicht halb so schlimm, wie ich gedacht habe.«

»Bah.«

»Gefällt es dir nicht?«

»Es ist ein schmutziges Spiel«, sagte Adam.

»Ach ich weiß nicht«, sagte Helen, »man tanzt einfach nur und wird für seine Zeit bezahlt. Es ist doch nichts Schmutziges dabei.«

»Wenn man sich fünf oder sechs Leute vorstellt, die

alle um einen armseligen kleinen Burschen herumsitzen, der zu voll ist, um zu wissen, was er tut, die alle schnorren und katzbuckeln, Andeutungen machen und sich zublinzeln, die sich wie Parasiten benehmen, nur um ein paar Shilling aus ihm rauszuquetschen ... Bah! Und dann heißt es: Kein Geld mehr – also fliegst du raus!«

»Oh, er hat tonnenweise Geld«, sagte Vi, »er ist Songschreiber.«

»Songschreiber, dass ich nicht lache.«

»Aber ja doch! Er ist Amerikaner.«

»Amerikaner! Wer's glaubt, wird selig. Erkennst du kein echtes Amerikanisch, wenn du es hörst? Hast du nicht gemerkt, dass er, je betrunkener er wurde, mehr und mehr wie ein Cockney gesprochen hat? Amerikaner! Er tut doch nur so, als wäre er Amerikaner. Alle Dummköpfe machen das, wenn sie smart wirken wollen. Das liegt daran, dass in den letzten fünfzehn Jahren oder so jeder, der nach was aussieht, mit amerikanischem Akzent spricht. Das hat schon Tradition. Da gibt es Leute wie diesen kleinen Fabian, die sich an den ganzen Abklatsch amerikanischer Literatur erinnern, den sie gelesen haben – scharfe Bräute und Gangster und all diese Sachen – und versuchen wie Pat O'Brien zu reden ... Songschreiber! Nie und nimmer hat er in seinem Leben auch nur eine einzige Note geschrieben.«

»Aber Geld muss er haben«, meinte Helen.

»Warum? Der Anzug, den er getragen hat, hat fünf Pfund und keinen Penny mehr gekostet. Das Hemd, das er anhatte, war eine billige Barrymore-Kopie. Reiche Amerikaner ziehen sich besser an, besonders wenn sie Eindruck schinden wollen. Lass dich nicht von ihm täuschen. Er ist weder Amerikaner noch ist er Songschreiber und er ist nicht reich. Vermutlich ist er ein Taschendieb.«

»Wer gibt dir das Recht, so etwas zu sagen?«, fragte Helen.

»Vielleicht kein Taschendieb, aber vielleicht lässt er sich von jemandem aushalten. Ja, das ist schon wahrscheinlicher.«

»Ganz gleich, was er ist, sein Geld hast du nicht abgelehnt, wie ich bemerkt habe«, konterte Helen.

»Schon gut. Das kannst du mir vorwerfen, wenn du willst. Aber weil er das Geld in der Tasche hatte, brauchst du ihn noch lange nicht zu verteidigen.«

»Warum arbeitest du überhaupt im Klub, wenn du so denkst?«

»Weil ich auf Teufel komm raus ganz schnell Geld verdienen will.«

»Ich vermute, Fabian geht es genauso«, meinte Helen.

»Es gibt da nur einen kleinen Unterschied. Diese kleine Laus, wozu braucht er das Geld? Für einhundert Anzüge? Eintausend Seidenhemden? Aber ich ... ach egal. Lasst uns hier reingehen und was essen.«

Sie betraten ein Restaurant in der Coventry Street, das die ganze Nacht geöffnet war.

»Schaschlik«, sagte Adam, »eine große Portion. Ich sterbe vor Hunger.«

Vi fragte ihn: »Wo wohnst du?«

»Nirgends. Ich bin auf der Suche nach einer Unterkunft. Ich werd bis neun Uhr oder so hier bleiben und mir dann ein Zimmer suchen.«

»Wo wir wohnen, gibt es ein paar freie Zimmer«, sagte Vi.

»Anständige Zimmer?«

»Ziemlich gut«, sagte Helen.

»Wenn du mir die Adresse gibst, schau ich mal vor – Allmächtiger, seht mal, wer da kommt!«

Es war Fabian. Gelblich grau im Gesicht, blinzelte er unglücklich aus verquollenen Augen und klammerte sich an Zoës Arm. Er sah aus wie ein kleiner, verdreckter Raubvogel, der in einer Schmutzpfütze gebadet hatte. Sein Hut saß noch immer verkehrt herum, so wie der Junge von der Garderobe ihn aufgesetzt hatte. Jetzt, im Zorn, wirkte Zoës weiches, sinnliches Gesicht noch konturloser. Sie führte Fabian an einen Tisch und fing an, mit einem zerknüllten Taschentuch am Revers seines Jacketts herumzureiben.

»Halt's Maul«, sagte Fabian, »lass mich in Ruhe, ja? So eine Szene zu machen ...«

»Sieh dich an! Sieh dich an! Nun sieh dich bloß an!«

»Zoë, kannst du mit dem Gekreische aufhören, bis wir zu Hause sind?«

»Fünfeinhalb Guineas hat der Anzug gekostet und wie sieht er jetzt aus!«

»Oh, hör auf, um Gottes willen! Siehst du nicht, dass ich ein kranker Mann bin? Ooh, mein Magen!«

»Ein richtiger kleiner Säufer bist du«, sagte Zoë ungerührt. »Hey, Ober, bringen Sie ihm mal 'nen starken Kaffee – schwarz ... Ich habe überall nach dir gesucht. Nacht für Nacht! Für wen hältst du dich eigentlich? Und nimm gefälligst den Hut ab, wenn du mit einer Lady am Tisch sitzt. Du – «

»Ach halt die Klappe. Ich mach, was ich will«, murmelte Fabian.

»Oh. Oh, das sehe ich. Du willst machen, was du willst. Und wer sorgt für – «

»Halt's Maul!«, zischte Fabian leise. Die Vorsicht vertrieb einige Whiskydämpfe. Unter dem Tisch trat er Zoë mit seinem Absatz hart und mit anhaltendem Druck auf den Spann. Er saugte an seiner Unterlippe und wandte ihr bedrohlich sein scharfes Profil zu.

»Sieh dich vor, Zoë!«

»Jedenfalls ist es nicht fair, Harry. Kaum hast du ein paar Pfund in der Tasche, lässt du mich allein und gehst auf Kneipentour.«

»Auf Kneipentour! Ich! Ich, auf Kneipentour! Jetzt pass mal gut auf. Ich habe Geschäfte gemacht, große Geschäfte. Hab mir die Hacken abgelaufen und das Essen vernachlässigt, so dass ein winzig kleiner Tropfen Alkohol ausgereicht hat, meinen Magen zu irritieren. Ich hab mich abgeplagt, verstehst du, damit wir endlich an das ganz große Geld rankommen – und was ist der Dank? Beschimpfungen. Kneipentour. Sicher, ich war auf Kneipentour. Natürlich. Ich hab nicht etwa die Fabian Promotions gegründet, oh nein, ich war auf Kneipentour. Mein Gott, wie du mich aufregst!«

»Fabian Promotions! Du und dein Nonsense. Ha! Wie war das denn mit deiner Wette beim Hunderennen? Das war auch so eine großartige Idee. Und was ist draus geworden? Dreißig Pfund hast du verloren. Und jetzt Fabian Promotions. Ha!«

»Wer hat über dreißig Pfund verloren?«

»Du. Oh, diese Rolls-Royce und Zobelmäntel und Diamanten, mit denen du mich überschütten wolltest – was sollte ich nicht alles bekommen, wenn du gewinnst! In der ersten Woche gewinnst du sechzig Pfund und kommst dann jammernd zu mir : Oh, Zoë, Yosh ist mit dem Gewinn über alle Berge. Du! Pah!«

»Ich bin nicht jammernd angekommen!«

»Bist du doch. Und was du Yosh nicht alles antun wolltest! Uuh, du wolltest ihm die Beine abhacken und ihm das Herz rausreißen, ihm die Augen ausstechen und ihn fertig machen, ihn in Öl sieden und ihm die Arme abdrehen und wie einen Kragen um den Hals binden. Du wolltest ihm die Zähne in die Gurgel stopfen und ihm das schmackhaft machen! Und was geschieht dann, als du ihn auf der Straße triffst? Du sagst: Oh, hallo, Yosh. Komm mit in die Milchbar, wir trinken eine Aprikosenmilch. Von wegen großes Tier! Du bist 'n – «

»Ich hab nicht gesagt: Komm, wir trinken eine Aprikosenmilch.«

»Also gut. Von mir aus Coca-Cola. Aber nur, weil du in einem Film Wallace Beery gesehen hast, wie der eine getrunken hat. Du! Ha.«

»Ich sag nochmals, ich habe ein tolles Geschäft in Aussicht und finanzielle Rückendeckung.«

»Ich weiß. Mich. Ich bin die einzige finanzielle Rückendeckung, die du je kriegen wirst.«

»Ach ja?«

»Ja.«

»Wie du meinst. Aber du wirst schon sehen.«

»Hm!... Also gut, sag schon, was für eine finanzielle Rückendeckung?«

»Ein berühmter Chemiker schießt die Kohle für mein Ringkampf-Business vor: Fabian Promotions.«

»Trink deinen Kaffee, du bist ja im Delirium.«

»Hörst du mir mal eine Minute zu?«

»Ich hab das alles schon tausendmal gehört.«

Fabian knirschte mit den Zähnen und sagte: »Und ich sage dir, ich könnte hier aus dem Laden rausgehen und mit fünfzig Pfund in der Tasche zurückkommen.«

»Mit fünfzig Pfund wovon?«

»In Ordnung. Ich werd's dir beweisen.«

»Dieses Märchen kommt mir irgendwie bekannt vor«, sagte Zoë, dann, einer plötzlichen Anwandlung von Besorgnis folgend, fügte sie hinzu: »Aber bitte, Harry, bring dich nicht in irgendwelche Schwierigkeiten.«

»Hör zu, Kindchen«, sagte Fabian, »du kannst mich niedermachen und beleidigen, weil du mir hin und wieder mit ein paar Pfund aushilfst – «

»Ein paar Pfund! Ich arbeite für dich. Ich sorge für dich. Ich geb dir fünfzehn Pfund die Woche. Ich hab keine Schuhe – «

»Es kümmert mich einen feuchten Dreck, und wenn es fünfzehntausend Pfund die Woche wären! Du wirst deine Worte noch bedauern, wenn ich diese große Sache erst mal am Laufen habe. Ich kenne meinen Kram aus dem Effeff. Ich weiß, was ich tue.«

»Ja?«

»Ja«, knurrte Fabian und packte Zoës Handgelenk. »Ich könnte dir ein paar Dinge erzählen, die Nackenhaare würden sich dir aufstellen. Ich arbeite mit Bedacht, klar? Ich spiele mit Risiko, klar? Ich spiele nicht um Pfennige. Verstehst du? Und wenn ich erst mal loslege, wirst du schon sehen – «

»Was, noch mehr Rolls-Royce?«

»Yeah! Rolls-Royce. Und ich sage es noch mal – Rolls-Royce! Würde ich Ford sagen, würdest du mir glauben, oder? Du kennst mich nicht. Ich warte auf meine Gelegenheit. Ich verfolge Ziele. Für mich gilt: Alles oder Nichts. Ich – «

»In Ordnung, Harry«, sagte Zoë.

»Wenn ich keinen Rolls-Royce haben kann, dann geh ich eben zu Fuß, verstehst du? Wenn ich keine echte Diamanten kaufen kann, kauf ich eben gar nichts. Klar? Wenn ich keinen echten Zobel kaufen kann, musst du eben weiter deine lausigen, billigen Kaninchenfelle tragen. Klar? Und du kommst an und sagst – «

»Ach, ich hab doch nur Spaß gemacht, Harry.«

»Ich leg mich ins Zeug, um dir was zu kaufen, was sonst niemand hat.«

»Was denn?«

»Oh, nichts. Nichts. Nicht der Rede wert.«

»Nein, erzähl's mir, Harry, komm schon.«

»Ich denke mir: Ich mag Zoë. Sie versteht mich nicht, aber ich mag sie. Ich will ihr etwas schenken, sage ich mir, aber es muss etwas sein, was niemand sonst hat ... Na ja, vergiss es.«

»Nein, Harry, komm schon, erzähl's mir.«

In der Zeitschrift *Hollywood* hatte Fabian gelesen, dass Lupe Velez mehrere Chihuahuas besaß. Er sagte: »Einen kleinen Hund.«

»Wirklich? Was für eine Rasse?«

»Ein winzig kleiner Hund. So klein, dass er auf deiner Handfläche stehen kann, und seine Ohren sind so dünn, du kannst glatt durch sie hindurchsehen.«

»Du machst Spaß.«

»Nein, wo denkst du hin. Man nennt ihn Chihuahua. Der Chemiker, von dem ich dir erzählt habe, der mich finanziert – also seine Frau ist krank, verstehst du? Nun, ihr Bruder hat einen von diesen Chihuahuas aus Mexiko mitgebracht und die hat Junge gekriegt. Verstehst du?«

»Du meinst, er hat zwei mitgebracht?«

»Nein, einen. Einen Chihuahua, und zwar eine Hündin. Verstehst du? Eine weiße Hündin. Also, es gibt da so einen Hundezüchter, und der hat einen Chihuahua, verstehst du? Also, mein Freund, dieser Chemiker, hat ihm fünfundzwanzig Pfund gegeben, damit sein Hund mit dieser Hündin – na du weißt schon. Und jetzt hat sie schwarzweiße Hundebabys, verstehst du? Es ist der kleinste Hund der Welt. Die Welpen – also ich schwöre bei Gott –, du könntest alle vier zusammen in eine Zuckerdose stecken.«

»Wirklich wahr?«

»Würde ich dich anlügen?«

»Wann kann ich ihn haben?«

»Nun, ich hab den Mann vor ungefähr zwei Stunden getroffen und er hat mir gesagt, wir müssen eine Woche oder so warten, bis die Welpen kräftig genug sind, damit man sie weggeben kann.«

»Oh, Harry!«

Ich kann immer noch behaupten, sie hätten sich eine Lungenentzündung geholt und sind gestorben, dachte Fabian. Er sagte verletzt: »Oh, verlass mich nur, schließlich bin ich ein Lügner.«

»Nein, bist du nicht, Harry.«

»Doch, bin ich.«

»Nein, bist du nicht.«

»Oh, rede nicht mit mir. Ich denk mir das alles doch nur aus. Komm schon, sag es.«

»Aber Harry! Ich hab mir Sorgen gemacht – «

»Als ich gesagt habe, ich stehe vor einer sehr großen Sache – «

»Ich war wütend, Harry.«

»Du solltest nicht wütend sein. Hast du mich je wütend gesehen?«

»Aber ich hatte einen harten Tag, Harry. Ich und Dora haben sechs Typen aus Shanghai kennengelernt und – «

»Wie lief es?«

»Sechs Pfund, immerhin, aber ich brauche einen Frühlingsmantel.«

»Gib mir vier.«

»Aber ich kann nicht, Harry. Liebling, ich – «

»Okay, okay, da läuft man sich die Hacken wund, um für sie einen Chihuahua zu besorgen ...« Er sah, wie Zoë ihre Handtasche aufmachte. Dann flüsterte sie ihm zu: »Draußen, nicht hier.«

Er steckte die Rechnung ein. Sie standen auf.

»Wie nennst du diesen Hund, Harry?«, fragte Zoë,

Chi-hua-hua«, sagte Fabian. Als sie an Adams Tisch vorbeigingen, sagte er so abrupt, dass Zoë zusammenfuhr: »Teufel auch, Chihuahua! Mein Gott, was für eine Idee für eine Rumba!« Und er fing an, zur Melodie von *La Cucaracha* zu singen: »Little Chihuahua, little Chihuahua – try it on your old guitar ... «

Vi flüsterte: »Hast du das Mädchen gesehen, mit dem er zusammen war? Wie fett sie ist!«

»Ich mag dicke Mädchen«, sagte Adam.

»Du machst Witze«, sagte Helen.

»Ich meine, ich mag keine dünnen Mädchen. Ich mag es, wenn Menschen gut gebaut sind, stabile Knochen, feste Muskeln und eine Menge gesundes Fleisch haben.«

»Wie die Venus«, sagte Vi.

»Die Venus von Medici«, sagte Adam und gähnte.

»Magst du Kunst?«, fragte Helen.

»Oh, natürlich ... natürlich ...«

»Ich auch.«

»Du auch, nicht wahr?«, murmelte Adam, fast eingeschlafen.

»Ich auch«, sagte Vi.

»Interessierst du dich für Psychologie?«, fragte Helen.

»Oh, ja ... «

»Was ist dein Lieblingsbuch?«

»Keine Ahnung ... «

»Magst du Beverly Nichols?«, fragte Vi.

»Ich bin verrückt nach ihm. Junge, bin ich müde.«

»Ich kenn einen Künstler«, sagte Vi.

»Wie schön für dich. Wie spät ist es?«

»Halb sieben.«

»Gib mir deine Adresse. Wenn deine Vermieterin freie Zimmer hat, nehm ich eins. Ich werd um acht Uhr vorbeikommen. Ihr solltet jetzt aber ein wenig schlafen.«

»Wenn du müde bist«, sagte Vi und sah Adam durch Wimpern an, die die Beschaffenheit von Regenschirmspeichen hatten, »kannst du mitkommen und in meinem Stuhl schlafen.«

»Geht ins Bett wie brave Mädchen.«

Als sie gegangen waren, bestellte er noch einen Kaffee, aber er war zu müde, um ihn zu trinken. Stattdessen hockte er da und starrte vor sich hin. Noch ging vom Café das düster-melancholische Fluidum der Nacht aus, das gleichsam wie ein Film an den Wänden zu kleben schien. Abgespannte Kellner, wie gelähmt vor Müdigkeit, lungerten zwischen den Tischen herum. Adam sah auf die Uhr. Er konzentrierte sich auf den großen Zeiger.

Tick-tick, tick-tick, tick-tick.

Ich bin gefangen im Räderwerk dieser Uhr, dachte Adam. Jedes Mal, wenn es sich bewegt, zieht es mich ein wenig weiter zurück in die Vergangenheit. Was mache ich hier eigentlich? Dasitzen. Einfach dasitzen, während mir das Leben davonläuft.

Seine Augen glitten vom Zifferblatt der Uhr über die marmorne Oberfläche der Wand.

So viel unbehandelter Stein, der darauf wartet, bearbeitet zu werden ...

Er sah sich nach Meißel und Holzhammer greifen. Er schlägt gegen die Wand und ein großes Stück löst sich ... Wie Schneeflocken fliegen Marmorsplitter durch die Luft. In den Ecken nach Schutz suchend, versuchen die Kellner ihre Augen vor dem Gesteinsregen zu schützen. Die Wand nimmt Gestalt an. Ein Kopf schält sich heraus; ein Arm; eine Schulter. Der Meißel sprüht Funken. Eine kolossale Statue gewinnt an Form – ein Gigant mit harten Muskeln und einem Armesünderkopf, der darum kämpft, sich von der formlosen Masse zu befreien, die an seiner Taille haftet. Dong! Dong! macht der Holzhammer auf dem Meißel. Leben scheint durch ihn in den Stein zu fließen. »Komm heraus! Komm heraus!«, schreit Adam und schlägt mit aller Kraft weiter ... Schweiß tropft von seiner Stirn auf das Gesicht des marmornen Giganten. »Komm heraus! Komm heraus!«

Und dann – umgeben von einem undurchdringlichen, grünen Halbdunkel – steht die Statue vollendet da – zwei Wesen in einem – halb Mensch, halb Affe –, dessen Verlangen es war, einem Meer aus Schleim zu entsteigen und sich selbst voneinander zu lösen ... Regen geht nieder, heller, goldener Regen, der, als er den Boden berührt, anfängt zu klimpern, sich in Geld verwandelt, das sofort verschwindet. Und jetzt, mit einer gewaltigen Anstrengung, reißt sich der obere Teil der Kreatur los, schwingt sich hoch in die Lüfte, um dann kopfüber in den Schlamm zu tauchen und nach den Münzen zu greifen.

»Raus!«, ruft eine Stimme, und als würde ein Film zurückgespult, fliegen die Marmorsplitter zurück an ihren Platz. Der Koloss löscht sich selber aus und der Marmor wird wieder zur Wand.

»Wir schließen«, sagte die Stimme des Kellners.

»Ich muss eingenickt sein«, murmelte Adam. Die Uhr stand auf halb acht. Er erhob sich mit steifen Gliedern und ging, um sich frisch zu machen.

XII

Fabian war unterdessen nicht zu Bett gegangen.

Er konnte keine Ruhe finden. Er sagte zu Zoë: »Du verstehst mich nicht. Du kapierst nicht, worum's mir geht. Du bist wie alle anderen. Aber wenn ich eine Sache mache, mache ich sie ganz oder gar nicht. Ohne Wenn und Aber, das sag ich dir. Ist noch was von dem Whisky da?« Er sah in der Küche nach und fand eine kleine Flasche, halb voll, riss mit zitternden Händen den Verschluss ab und nahm einen Schluck. »Ich spiele mit äußerstem Einsatz. Verstehst du? Und wenn ich sage, ich kann Geld auftreiben, dann mein ich das auch. Nicht alle Leute sind blind. Einige erkennen einen smarten Typ, wenn er vor ihnen steht. Du wirst schon sehen.«

»Komm ins Bett, Harry«, sagte Zoë,

»Ich will nicht ins Bett. Wofür hältst du mich? Für faul? Nein, ich muss noch mal weg.«

»Nein, komm jetzt ins Bett, Harry! Ich warte schon – «

»So, du wartest schon. Ich hab aber noch was zu erledigen! Glaubst du, mein Leben soll so weitergehen? Stell dir ... stell dir vor, die Leute kriegen raus, dass du ... mir ein bisschen ausgeholfen hast, während ich mein Geschäft aufgebaut habe, mir vielleicht ein oder zwei Pfund geliehen hast, während ich an den Plänen gefeilt habe, die mir so vorschwebten ... «

»Was ist bloß los, Liebling? Komm ins Bett.«

Die Erinnerung an Bert hatte sich in seinem Gehirn eingenistet wie eine Made im Speck. Fabian biss sich auf die Knöchel. »Sagen wir mal, jemand käme zu mir und sagte: Harry, wofür schickst du Zoë auf den Strich? Stell dir vor, man würde mich so etwas fragen. Ich ... Ich ... sie hätten das Recht, mir eins in meine gottverdammte Schnauze zu hauen, und ich wäre nicht in der Lage ... Nein! Du hörst zu! Du hörst mir gottverdammt noch mal zu! Ich gehe jetzt durch diese Tür, und ich werde zurückkommen, werde meine Hand in die Tasche stecken und ich werde einhundert Piepen in Scheinen herausziehen – neue Scheine.«

»Ach, komm ins Bett, Harry, und schlaf ein bisschen.« Zoë hatte ihre Kleider ausgezogen und stand nackt im Licht des Gaskamins. »Komm schon.«

Doch der Schluck Whisky hatte dafür gesorgt, dass die verletzte Eitelkeit, die wilde hilflose Scham des ausgehaltenen Mannes, Fabian fast um den Verstand brachte. Mit einem brutalen Ruck zog er seine Krawatte fest und fuhr in seinen Mantel, den großen amerikanischen Mantel, der ihn doppelt so breit aussehen ließ. »Har-ry!«, bettelte Zoë und klammerte sich an ihn.

»Geh ins Bett.«

»Nein, erst, wenn du auch kommst.«

»Lass mich los!«

»Nur wenn du endlich ins Bett kommst.«

»Ich geh weg, um hundert Pfund zu holen.«

»Ich will keine hundert Pfund, Harry! Komm ins Bett .«

»Nein, ich gehe.«

»Du weißt genauso gut wie ich, dass du niemals hundert Pfund kriegst – «

»Ach ja? Bist du sicher? Bist du dir da so verdammt sicher? In Ordnung. Okay, ich werd's dir zeigen. Lass mich gehen!«

Er stieß Zoë weg und stürzte hinaus.

»Taxi! Taxi! Taxi!«, brüllte er. Er packte den Fahrer am Kragen und schrie ihm ins Gesicht: »The Nest, The Crescent, Turner's Green. Es geht um Leben und Tod! Fahren Sie, als wäre der Teufel hinter Ihnen her. Beeilen Sie sich und ich geb Ihnen zehn Shilling!« Er sprang in das Taxi und schlug die Tür zu, und als er spürte, wie der Wagen losfuhr, warf er sich auf den Polstern von einer Seite auf die andere, biss sich auf die Lippen und bearbeitete seine Knie mit den Fäusten.

Noch bevor das Taxi anhielt, sprang er hinaus und warf dem Fahrer eine Zehnshillingnote zu. ›The Nest‹ schien im morgendlichen Sonnenlicht zu schlafen. Mit zitternder Hand langte Fabian nach dem Türklopfer und schlug ihn mit aller Kraft – dreimal, viermal. Sein Klopfen schallte durch das Haus. Er klopfte wieder und wieder. Schließlich hörte er leichte Schritte und wartete arglistig, bis er den Eindruck hatte, Mr. Simpsons Hand liege auf der Türklinke, dann klopfte er noch einmal, dieses Mal härter als zuvor. Die Tür wurde geöffnet. Das überraschte Gesicht einer Frau im mittleren Alter erschien.

»Was wollen Sie? Was fällt Ihnen ein, so laut zu klopfen?« Fabians niederträchtiger Gesichtsausdruck und die blutunterlaufenen Augen wirkten bedrohlich in dem dunklen Hauseingang.

Er antwortete: »Ich will zu Arnold Simpson, schnell.«

»Aber – «

»Ich will ihn sprechen. Holen Sie ihn!«

»Aber – «

»Gottverdammt!«

Fabian stieß die Frau beiseite und ging in das Wohnzimmer. Er lief auf und ab und trat dabei gegen die Stuhlbeine. Der kleine Mann kam herein. Er trug denselben grauen Anzug, denselben runden Kragen, unterhalb dessen eine ordentlich gebundene schwarze Krawatte hervorlugte. Er schien jedoch ein wenig geschlafen zu haben, seit Fabian ihn das letzte Mal gesehen hatte. Zwar war sein Gesicht nach wie vor abgespannt, dennoch zeigte es einen Ausdruck von Gleichmut. An der äußersten Grenze unermesslichen Leids erfährt man eine befreiende, wenn auch bittere Veränderung – man ergibt sich der unbeugsamen Resignation der Verzweiflung.

»Setz dich hin«, sagte Fabian.

Der kleine Mann setzte sich. Fabian stolzierte vor ihm auf und ab, den Hut schräg auf dem Kopf.

»Nun?«, fragte der kleine Mann.

»Was soll das heißen: Nun? Ist das eine Art zu reden? Du solltest vorsichtiger sein, Kumpel. Ich warne dich.«

»Sie haben mir Ihr Ehrenwort gegeben, hier nie wieder herzukommen.«

»Wer hat hier ein Ehrenwort gegeben?«

»Sie. Das Ehrenwort eines Erpressers. Sehen Sie sich eigentlich jemals so, wie ich Sie sehe? Selbst ein – «

»Halt's Maul«, fuhr Fabian ihn an. »Ich will nur noch mal mit dir reden.«

»Nun, dann tun Sie's und verschwinden Sie.«

»Hör mal zu, du dreckige kleine Laus«, sagte Fabian mit hasserfülltem Grinsen. »Hör zu, du Heuchler, du stinkender kleiner – «

»Ich höre, Sie Ehrenmann. Was wollen Sie?«

»Sprich mir nicht von Ehre! Ich bin nicht interessiert. Steck dir deine Ehre sonst wohin. Wer bist du, dass du so reden darfst, du Laus? Nuttenjäger! Sprich nicht so mit mir! Ich hau dich zu Brei! Ich reiß dich in Stücke, du mieser Bastard! Ich werd die ganze Straße zusammentrommeln! Jawohl! Ich zieh dir die Haut bei lebendigem Leibe ab und reib dich mit Salz ein! Und jetzt hör zu – «

»Ich höre.«

»Würd ich dir auch raten. Ich wollte dich leicht davonkommen lassen. Verstehst du? Ich wollte dich sanft behandeln. Kapiert? Jetzt hör zu: Weil du so mit mir geredet hast, wie du gerade mit mir geredet hast, werde ich dich ans Kreuz nageln und dir die Eingeweide rausreißen. Klar?«

»Ich verstehe. Also?«

»Eigentlich wollte ich dich mit lumpigen fünfzig Mäusen davonkommen lassen. Jetzt werde ich dir hundert abnehmen. Gib mir einhundert Pfund.«

»Ihnen einhundert Pfund geben?«

»Spiel nicht auf Zeit, du Laus. Das hilft dir nichts. Ich wiederhole: Ich will einhundert Pfund, jetzt, sofort. In Einpfundnoten, so wie beim letzten Mal.«

»Und dann?«

»Dann verschwinde ich.«

»Und wenn ich Sie Ihnen nicht gebe?«

»Gehe ich direkt ins Krankenhaus.«

»Aber verraten Sie mir, was Ihnen das nützen soll?«

»Nützen? Mir? Nichts. Aber ich würde ein Exempel an dir statuieren. Außerdem – niemand ärgert mich und kommt ungestraft davon, verstanden? Niemand, niemals! Verstanden? Himmel noch mal, wenn mich irgendjemand ärgert, bei Gott, ich würde es mich hundert Pfund kosten lassen, damit er dafür büßt! Also komm rüber damit, und zwar schnell.«

Der kleine Mann schüttelte den Kopf.

»Lass den Quatsch. Komm schon. Ich geh mit dir rüber zur Bank. Nimm deinen Mantel. Schreib den Scheck aus. Mach endlich!«

»Nein. Verschwinden Sie!«

»Was?«

»Ich hab nein gesagt, und jetzt verschwinden Sie!«

»Du weißt, was das heißt?«

»Sie haben es bereits gesagt. Verschwinden Sie.«

Fabian rutschte das Herz in die Hose. Etwas milder sagte er: »Hör mal, du bist durcheinander. Du kannst doch nicht wollen, dass ich losgehe und deiner Frau die ganze Geschichte erzähle? Komm schon, reiß dich zusammen. Ich will dir doch nur helfen. Komm schon, gib mir fünfzig und die Sache ist erledigt. Ansonsten erzähl ich's deiner Frau.«

»Das wollen Sie tun?«

»Darauf kannst du wetten. Schon aus Prinzip.«

»Aus Prinzip«, wiederholte der kleine Mann. Er nahm Fabian am Arm und führte ihn in das Zimmer nebenan. Es war sehr dunkel dort. Alle Rollos waren heruntergelassen. »Sehen Sie«, sagte der kleine Mann.

Fabian blickte nach rechts, konnte aber nichts sehen.

Dann blickte er nach links und stöhnte unwillkürlich auf vor Verblüffung.

Auf zwei schwarzen Böcken stand ein Sarg.

»Erzählen Sie es ihr«, sagte der kleine Mann.

Fabian blieb stumm.

»Erzählen Sie es ihr!«

»Sie ...«

»Sie starb an dem Morgen, als Sie hier waren. Nichts, was Sie sagen, könnte sie jetzt noch verletzen. Und nun gehen Sie.«

Er folgte Fabian durch den Flur und schlug hinter ihm die Tür zu.

»Und da sagen die Leute, es gebe einen Gott!«, sagte Fabian.

Er ging zum Tavistock Place und rief Figler an.

»Joe, ich will mein Geld.«

»In Ordnung, Harry. Es sind genau fünfzig Pfund. Und unser Geschäft ist geplatzt.«

»Geplatzt? Geplatzt? Warum geplatzt?«

»Warum? Weil du verrückt bist. Das Geld so aus dem Fenster zu schmeißen, wie du es getan hast! Nein. Mit dir will ich nicht mehr zusammenarbeiten.«

»Teufel noch mal, Figler! Ich kann noch mehr kriegen!«

»Bin nicht interessiert. Schreib die Sache ab. Oder deponiere hier die fünfzig Pfund und steige auf einer Siebzig-Dreißig-Basis bei mir ein.«

»Zum Teufel mit Siebzig-Dreißig. Ich kann noch mal fünfzig kriegen. Aber ... Hör mal, Joe, würde es dann noch immer Fabian Promotions heißen?«

»Der Name interessiert mich nicht. Wenn du scharf bist auf Ruhm und Ehre, bitte. Aber ich muss völlige Kontrolle über die Ausgaben haben.«

»Nun ... «

»Ja oder nein?«

»Okay. Gib mir 'ne Quittung über die fünfzig und der Deal ist perfekt.«

»Ich nehme das Gebäude am Bristol Square. Wir fangen sofort an. Deine Aufgabe ist es, ein Programm zusammenzustellen.«

»Ich kann ein besseres Programm zusammenstellen, als – «

»Als jeder andere auf dieser Welt. Ja. Ich weiß. Dann fang an damit.«

»Und noch was, Figler. Tu mir einen Gefallen, lass ein paar schöne Visitenkarten drucken. Welche mit Niveau. Ja?«

»In Ordnung.«

»Ich vertrau dir, Joe.«

»Das musst du nicht, Harry. Ich hab bereits einen Vertrag aufgesetzt.«

»Oh«, entfuhr es Fabian. Er fühlte sich vernichtet.

Fabian fürchtete sich vor dem Augenblick, wo er Zoë gegenübertreten musste. Nun, du toller Hecht? Wo sind die hundert Pfund? Wo ist der Rolls? Du toller Hecht, du!

Er ging langsam zurück zur Rupert Street, schlich in die Wohnung und zog sich schweigend aus. Er war erleichtert zu sehen, das Zoë fest schlief.

Er kroch ins Bett.

Zoë seufzte. »Chihuahua ... «, flüsterte sie.

»Oh, mein Gott!«, murmelte Fabian vor sich hin.

In jeder Hinsicht am Ende seiner Kräfte, schlief er wie ein Kind.

ZWISCHENSPIEL
DER STARKE ALTE MANN

Einen Monat später, an einem Nachmittag, saß Adam in einem Café und unterhielt sich zufällig mit einem dicken, alten Mann, der neben ihm saß.

Der alte Mann sagte: »Sie haben einen guten Körper.«

»Sie sehen aber auch so aus, als wären Sie zu Ihrer Zeit ein ziemlich starker Mann gewesen«, sagte Adam.

»Ich? Sie wissen, wer ich bin?«

»Nein, wer denn?«

»Ali.«

»Oh.«

»Der Name sagt Ihnen nichts. Früher hat man mich immer Ali, den schrecklichen Türken, genannt.«

»Was, der Ringkämpfer? Ich erinnere mich, ich habe Ihren Namen dutzendmal gehört. Natürlich. Sie waren Schwergewichtschampion, nicht wahr?«

Das Gesicht des alten Mannes strahlte. »Jeder, der mich gesehen hat«, sagte er, »hat mich so schnell nicht vergessen. Nein, sie haben Ali nicht vergessen.«

Ali war ein gewaltiger alter Mann, ein Würger und Knochenbrecher aus den Tagen vor Hackenschmidt, inzwischen aber von der Zeit umgeworfen, vom Alter auf die Matte gelegt und von den Rückhandschlägen der Jahre niedergestreckt. Wenn man ihn ansah, dachte man unwillkürlich an ein verfallenes Wrack, das allmählich in einem trostlosen Meer versinkt. Zu zäh, um zu sterben, war er dennoch bereits zum Teil begraben – er hatte Körperteile in hundert fremden Städte, auf tausenden von Matten zurückgelassen. Sydney hatte sein linkes Auge bekommen; Paris und Montreal hatten seine Schneidezähne, während er in New York zwei Finger seiner linken Hand, durch eine Blutvergiftung zersetzt, der Erde zurückgegeben hatte. Er konnte eine grausige Geschichte über die Nacht zum Besten geben, in der er zwei Stunden gegen den Denver Mauler gekämpft hatte, über und über bedeckt mit Prellungen, mit einer gebrochenen Rippe, die sich unter seiner Haut abzeichnete. »Was, Pflaster? Um ihm zu zeigen, dass ich verletzt bin? Pah!« Er hatte nie einen festen Wohnsitz gehabt und sein Brot immer kräftig mit Blut und Schweiß gesalzen. Und was hatte es ihm eingebracht? Ruhm? Er war vergessen; er hatte seine Generation überlebt. Geld? Er hungerte. Was dann? Nichts als Durchhaltevermögen – eisernes Durchhaltevermögen, was nur eine Voraussetzung zum Leben unter vielen ist. Seine Faust besaß noch immer eine enorme Durchschlagskraft und sein Rücken war stark genug, um ein Haus zu stützen. Doch sein Körper war fett geworden. Er wog über 300 Pfund und wenn er ging, vibrierte der Boden. Auf seinem Kopf, der rund und hart war wie eine Kanonenkugel, schimmerte die Kopfhaut in der Farbe hellen Milchkaffees. Seine zerschundenen Ohren sahen aus wie versteinerte Gehirnmasse, die unter dem Druck zahlloser Schwitzkästen aus seinem Schädel gepresst worden war. Seine Nase neigte sich nach links; ein großer Schnurrbart, der zu feinen spitzen Enden gezwirbelt war, die wie die Hörner eines Bullen in die Luft ragten, schien ihr in einer Kaskade grauer Haare zu entspringen, und seine dunkelrote massive Unterlippe hing bedrohlich dicht bis zu seinem Kinn herab, das so alt und unerschütterlich wirkte wie Gibraltar.

Er fuhr fort: »Nein! Manchmal erinnert sich noch jemand. Jeder, der mich mal gesehen hat. Wissen Sie was? Vor zwei Jahren hat mir ein Mann, ein Amerikaner, geschrieben und er schrieb: ›Ali, ich habe gesehen, wie du den Denver Mauler in Chicago niedergerungen hast. Über zwei Stunden hast du mit dem Mauler gerungen und ihn dann auf die Matte gelegt. Wenn du Geld brauchst, sag nur ein Wort.‹ Verstehen Sie?«

»Und, haben Sie das Wort gesagt?«

»Ich, junger Mann? Nein. Das wäre nicht nett gewesen. Ich hab nie etwas angenommen, von niemandem. Gegeben, ja. Ich habe viel gegeben. Beim Ringkampf schließt sich meine Hand und öffnet sich nie, beim Geld öffnet sich meine Hand und schließt sich nie. Und ich soll meine Hand aufhalten? Ääh!«

»Dann kommen Sie also zurecht?«

»Ich arbeite. Ich bin Trainer, bei Fabian Promotions.«

»Was, doch nicht etwa Harry Fabian?«

»Ja. Sie kennen Fabian?«

»Flüchtig. Mögen Sie ihn?«

»Ich muss ihn nicht mögen. Ich arbeite für ihn, er zahlt mir mein Gehalt: voilà!«

»Ist er großzügig?«

»Nein, eher knickrig. Warum sollte er auch großzügig sein? Ich trainiere seine Männer. Er zahlt mir zwei Pfund die Woche, also bin ich ihm gegenüber zu nichts verpflichtet.«

»Und, sind die Männer gut?«

»Puh! Gute Ringkämpfer im Bett mit einem Mädchen. Auf der Matratze, ja. Aber auf der Matte, ph!«

»Und wie laufen die Programme?«

»Oh, demnächst haben wir eine Show. Legs Mahogany gegen den Black Strangler, Kration aus Zypern gegen Tiger Vitellio – oh, eine Menge Schrott. Man könnte sie alle in einer Reihe aufstellen und wie Postkarten umpusten. Einige von ihnen, Kration zum Beispiel, sind kräftige Burschen. Aber Ringkämpfer? Oi!«

»Also Kration ist ziemlich stark, was?«

»Selbst Sie könnten ihn besiegen. Kommen Sie und versuchen Sie's. Was machen Sie?«

»Ich ... ich bin Kellner in einem Nachtklub.«

»Stinkende Nachtarbeit! Das macht ranzig und weich wie Butter vom letzten Jahr, pappig wie gekochten Reis. Kommen Sie ins Gym, ja? Ich mag Sie. Ich bring's Ihnen bei, zeige Ihnen meine alten Griffe. Ja, kommen Sie. Was wiegen Sie? Hundertachtzig Pfund?«

»So ungefähr.«

»Ich kann Sie auf hundertfünfundzwanzig bis hundertvierzig Pfund bringen, nur Muskeln. Auf der Straße werden sich die Leute nach Ihnen umdrehen und werden sagen: Was für ein Mann; was für Schultern; was für ein Nacken! Und Sie werden antworten: Das hat Ali gemacht. Und eines Tages werden Sie einen Sohn haben und Sie werden ihm auch zeigen, wie man ringt, und ihm erzählen: Ali, der schreckliche Türke, hat mir das gezeigt, vor fünfzehn, zwanzig, dreißig Jahren. Ich werde dann tot sein, aber irgendjemand wird meinen Namen dann immer noch erwähnen. Nicht?«

»Ja, ich würde es gern lernen. Ich werde kommen.«

»Wem kann ich denn beibringen, was ich weiß? Diesen Affen? Puh! Nach drei Wochen glauben sie mehr zu wissen als ich. Dabei sind sie nur jünger und vielleicht schneller. Aber ich, ich habe ein Jahr auf den Matten gestanden und die Griffe gelernt, bis man mir erlaubt hat, zu ringen. Hah! ... Mögen Sie Mädchen?«

»Nun, ja ... «

»Ich mag Mädchen. Ich mag nette, mollige Mädchen. Frauen? Immer! Aber trinken? Puh! Frauen, ja. Ein guter, harter Kampf mit einem Mann, der stärker ist als man selbst, ja, ja. Ein herrlicher Wein, ja, aber nicht viel. Warmes Sonnenlicht, ja. Ein bisschen Spaß, ein schönes heißes Bad, ja. Aber Rauchen, Saufen, sich kaputtmachen Pffft!«

»Sie haben Recht.«

»Und Sie machen's falsch. Den ganzen Tag schlafen und die ganze Nacht arbeiten? Nein. Wer lebt nachts? Wanzen, Diebe und Narren. Jetzt ist Ihr Körper noch gesund, aber Sie sind blass und haben Ringe unter den Augen. Wofür?«

»Ich muss Geld verdienen, fürchte ich.«

»Wozu? Um mit tollen Klamotten zu protzen?«

»Nein. Ich will richtig arbeiten, etwas selber machen.«

»Und was soll das sein?«

»Bildhauerei.«

»Also Statuen machen. Wozu? Ich habe Statuen gesehen. Das British Museum ist voll von Statuen. Da ist ein hübscher Herakles. Er war Grieche, ja, dennoch ein sehr schöner Rücken und ein guter Nacken. Aber trotz allem, es ist nur Stein. Könnte er den Mauler niederringen? Nein! Ein Bauarbeiter könnte ihn mit einem Hammer zerschmettern. Es ist nur die Kopie von einem Mann. Es geht darum, das Original zu werden.«

»Und nach zehn oder zwanzig Jahren, was ist dann? Dann ist alles vorbei. Die Muskeln sind zu Fett geworden. Aber wenn ich einen Farneser Herkules erschaffe ... also, ich erschaffe ihn, damit er ewig dasteht.«

»Wozu?«

»Weiß ich wozu? Ich fühle einfach, dass ich es tun

muss. Weshalb sind Sie Ringkämpfer geworden?«

»Mir hat es gefallen. Es lag mir im Blut. Es macht einen groß und stark und man fürchtet weder Mensch noch Tier. Und es ist nun mal das, was ich am besten kann.«

»Nun, und die Bildhauerei liegt mir im Blut und es ist das, was ich am besten kann.«

»Was wollen Sie dann in einem Nachtklub?«

»Ich muss Geld verdienen, bevor ich mich an die Arbeit machen kann. Verstehen Sie?«

»Junger Mann, hören Sie mir zu und merken Sie sich meine Worte: Wenn Sie zuerst nur das Geld im Sinn haben, dann werden Sie zu nichts mehr taugen, wenn Sie's haben. Leben Sie! Arbeiten Sie! Geld? Geld ist schmutzig! Geld ist verkommen! Geld ist eine Krankheit wie die Schwindsucht, wie die Pocken! Machen Sie sich Ihre Hände nicht schmutzig daran. Ich hasse Geld! Wenn ich's kriege, schmeiß ich es weg – ich spüle es den Abfluss hinunter – ich spucke drauf! Puh! Vergiss es! Schmutziges Geld! Uuh!«

»Ich will kein Geld des Geldes wegen, aber – «

»Seien Sie stolz. Warum dem Geld nachjagen? Geben Sie Ihr Bestes. Dann wird das Geld Ihnen nachjagen. Wozu taugt Geld? Kann man in zwei Betten gleichzeitig schlafen? Kann man zehnmal am Tag Mittag essen? Also, wozu ist Geld gut? Wer hat Geld? Rockefeller? Und er ist tot und stinkt vor dreckigem Geld. Auch mit zehntausend Millionen Dollar wird ein Pilaw nicht bekömmlicher für ihn. Also, wer braucht Geld? Was man braucht ist gutes Blut, gute Knochen, gute Nerven, gute Verdauung, gute Zähne und einen guten Verstand. Das ja. Aber Geld? Uh! Ich hab Geld gehabt. Ich hab's ausgegeben. Bon! Zu viel Geld ist wie zu viele Freunde. Sie machen einen Taugenichts aus einem. Geld und Freunde machen einen leichtsinnig. Man wird dadurch zu einem verweichlichten Nichtsnutz. Geld und Freunde! Wenn du mit mir ringst, sag nicht: Das ist mein Freund. Sag: Das ist mein Feind. Dann beobachte mich, tricks mich aus, lerne alles, was ich dir zeigen kann. Und dann, wenn du mich auf die Matte schicken kannst, schüttel meine Hand und sage: Ali, gib mir die Hand, wir sind Freunde. Dein einziger Freund ist der, der dir ebenbürtig ist oder dein Meister. Freunde und Geld, ich hab sie beide wie Wasser weggeschüttet. Gut. Ich bin zufrieden.«

»Aber wenn Sie etwas davon behalten hätten, dann hätten Sie's im Alter angenehmer.«

»Welche Bedürfnisse hat ein Mann wirklich? Eine Mahlzeit, ein Platz zum Schlafen, ein Gespräch. Was denn mehr? Rolls-Royce? Diamantringe?«

»Aber wenn Sie zu alt sind, um zu arbeiten?«

»Ich sterbe. Ich hab ein gutes Leben gehabt. Jede Menge Kämpfe, jede Menge Siege, jede Menge Frauen. Jetzt bin ich alt. Ich hadere nicht mit meinem Schicksal. Und ich sterbe aufrecht stehend.«

»Aber würden Sie nicht lieber Ihr eigener Herr sein?«

»Sie reden wie ein Tabakwarenhändler. Ich bin mein eigener Herr.«

»Trotzdem arbeiten Sie für Fabian.«

»Ich arbeite für mich selbst. Ich verkauf ihm meine Arbeit. Er gibt mir Geld dafür.«

»Und wenn er Sie rausschmeißt?«

»Was kümmert mich das? Aber weshalb sollte er mich rausschmeißen? Ich gebe ihm mehr, als er mir gibt; viel mehr.«

»Sie erkennen es also? Sie erkennen, dass er Sie ausbeutet?«

»Sicher. Besser Fabian beutet Ali aus, als Ali beutet Fabian aus. Auf diese Weise muss ich nicht sagen: Danke, Sir, herzlichen Dank, Sir.«

»Hmmm ...« Adam sah plötzlich hoch zu den drohenden Zeigern der Uhr. »Verdammt! Ich muss mich umziehen.«

»Der Nachtklub, ha? Ein toller Bursche wie Sie! Guter Körper, guter Verstand, der sich an einen miesen Keller verschwendet! Der lernt, ein Bettler zu sein, ein Schnorrer, der seine Hand aufhält für Trinkgelder ... Shillinge, die ihm die Leute zuwerfen ... Einer, der höflich sein muss, damit er zwei Penny unter dem Teller findet. Bah!«

Adam schoss das Blut ins Gesicht, als er antwortete: »Das weiß ich alles. Aber ich muss Geld verdienen, damit ich an meine Arbeit gehen kann, und ich werde alles hinnehmen, um das zu tun.«

»Sie werden sich ruinieren.«

»Nein, das werde ich nicht.«

»Doch. Sie schämen sich für das, was Sie tun.«

»Ich ...«

»Sie schämen sich. Sie sind ein Narr. Nun, dann kommen Sie wenigstens ab und zu mal ins Gym und ich werde Ihnen zeigen, dass Sie ein Mann sind und kein Kellner.«

»Danke, ich werde kommen.«

»Ich werde Ihnen einen Nacken von 63 cm und einen Brustumfang von 175 cm antrainieren. Ja?«

»Ja. Auf Wiedersehen.«

»Gott schütze Sie.«

Ali blieb im Café. Adam ging in den Klub.

Drittes Buch

... Aber ein Mann kann sich auch selber finden

XIII

Die Sonne ging jetzt früher auf. Als der Silver Fox zumachte, war es bereits heller Tag, ein strahlend blauer Morgen.

»Wollen wir zu Fuß gehen?«, fragte Adam.

»Nein«, sagte Helen, »nehmen wir uns ein Taxi.«

»Müde?«

»Nein, ich bin nicht müde, nicht im Geringsten, Adam. Ich mag nur nicht im Abendkleid durch die Straßen gehen, und dann noch geschminkt. Lass uns ein Taxi nehmen.«

Sie fuhren zurück. Adam seufzte und sagte: »Um diese Zeit, an einem Morgen wie diesem, sollten wir gerade erst aufwachen. Wir sollten aus dem Bett springen und hinunter zum Meer laufen, hineintauchen und schwimmen, dann zurückkommen und richtig gut frühstücken. Und danach mit der Arbeit beginnen.«

»Hat es sich für dich heute Nacht gelohnt?«, fragte Helen.

»Ja. Aber ich habe dieses Leben satt.«

»Aber Adam, du kommst doch ganz gut zurecht.«

»Ich weiß. Letzte Woche habe ich fünfzehn Pfund verdient. Es ist es aber nicht wert. Mir hängt es zum Halse raus. Wenn ich nur an diese Frühlingstage denke, die ich verschlafe! Ich werde die Arbeit aufgeben.«

»Was, den Klub verlassen?«

»Ja, ich wäre schon längst weggegangen, wenn ... «

»Wenn was?«

Adam sah sie an. »Das Geld ist in Ordnung«, sagte er, »aber es müsste noch etwas anderes geben, um mich dort zu halten, so sehr ich das Geld auch brauche.«

»Was?«

»Oh, ich hatte meine Gründe. Aber ich denke, jetzt ist es Zeit zu gehen. Ich ... «

»Adam«, sagte Helen, »geh nicht. Ich würde mich ohne dich verloren fühlen.«

»Du hast dich daran gewöhnt, mich in dem Laden zu sehen, was?«

»Nein, ich ... Aber geh nicht weg, Adam!«

Adam sagte plötzlich: »Was hältst du davon, Helen, wenn wir beide aufhören? Dieses Nachtleben tut niemandem gut.«

»Ach, ich weiß nicht. Ich verdiene dabei mehr als in jedem anderen Job. Und an die Arbeitszeit habe ich mich gewöhnt.«

»Ich weiß, das ist ja das Problem. Es ist leicht verdientes Geld, aber eben auch schmutziges Geld. Ich bekomme meins, weil ich Betrunkene bediene, und du kriegst deins, weil du dich verstellst und heuchelst. Lass uns das aufgeben.«

»Verstellen und heucheln, wieso?«

»Du machst ihnen was vor. Du führst sie an der Nase herum. Du versprichst mehr, als du zu geben bereit bist. Du erniedrigst dich, indem du sie um Geld bittest, und weckst in ihnen das Gefühl, es dir geben zu müssen.«

»So sollte man es nicht sehen, Adam. Sie bezahlen mich für meine Zeit. Es ist ein Job wie jeder andere auch. Wenn eine Stenotypistin Gehalt beansprucht, warum dann nicht auch eine Hostess? Ich gebe nicht vor, zu meinem Vergnügen im Klub zu sein, oder?«

»Doch, man sollte es so sehen. Deine Einstellung ist falsch, Helen. Du hast dich schon zu sehr an diesen Schwindel gewöhnt. Du bist ein intelligentes Mädchen, aber weißt du, auf der anderen Seite bist du schrecklich naiv. Siehst du denn nicht, dass du in einem Geschäft wie diesem das Niveau nicht halten kannst? Ohne es zu bemerken, sinkst du tiefer und tiefer. Nimm zum Beispiel Vi. Noch vor zwölf Monaten war sie Kellnerin, und wenn ihr jemand zu nahe getreten wäre, hätte sie ihm eine Ohrfeige gegeben ... hätte auf jeden Fall nein gesagt. Aber sieh sie dir jetzt an: Für zwei oder drei Pfund würde sie mit jedem Tom, Dick oder Harry ins Bett gehen. Und so kriegt das Leben jeden klein. Lass uns – «

»Du glaubst doch nicht etwa, dass ich so etwas tue, oder?«

»Was?«

»Mit einem Mann schlafen.«

»Warum nicht? Hast du's denn noch nie gemacht?«

Ohne eine Spur von Entrüstung sah Helen Adam an und antwortete: »Nein. Wofür hältst du mich?«

»Ich halte dich für eine ganz normale Frau, nur dass du besser aussiehst und intelligenter bist als andere Frauen. Irgendwann wirst du mit einem Mann schlafen, du musst es, früher oder später. Du hast körperliche Bedürfnisse wie jeder andere Mensch auch ... wenn nicht sogar mehr als die meisten.«

»Warum mehr?«

»Weil du größer, stärker und vitaler bist. Du bist jung, du bist schön, du bist voller Lebensfreude. Und das sieht man, egal, ob du tanzt oder gehst und man sieht es an deinem Gesicht – «

»Man sieht nichts an meinem Gesicht!«

»Doch. Abgesehen von der Tatsache, dass du jung bist und attraktiv, weißt du, was Männer so stark anzieht an dir? Es ist diese Art von Gesichtsausdruck, der zu sagen scheint: Ich brauche die Liebe eines Mannes mehr als Essen und Trinken. Und das stimmt auch. Du weißt verdammt gut, dass es so ist!«

»Vielleicht«, sagte Helen leise. »Aber nicht irgendein Mann – «

Das Taxi hielt. »Trinken wir doch noch einen Kaffee bei mir«, schlug Adam vor.

»In Ordnung. Aber ich gehe erst rauf, zieh mich um und wisch mir die Schminke ab.«

Fünf Minuten später kam sie in Adams Zimmer. Rouge, Puder und blauer Lidschatten waren zusammen mit dem weißen Abendkleid aus Satin verschwunden. Sie trug jetzt ihren blauen Morgenmantel und ihr Gesicht war gerötet vom kalten Wasser.

»Du siehst gut aus«, sagte Adam.

»Findest du?« Helen sah sich um. »Mein Gott, bist du unordentlich!« Sie setzte sich auf den Diwan. Adam hatte ihn in eine Ecke geschoben, um Platz für einen großen Klumpen roten Tons zu schaffen, der, abgelegt auf einer stabilen Kiste und mit feuchten Tüchern bedeckt, die Mitte des Bodens für sich beanspruchte. Daneben stand ein Eimer mit Wasser inmitten eines Haufens Drahtschlingen und einigen Spachteln aus Buchsbaumholz.

»Schau dir das an!«, sagte Adam und schlug klatschend auf den Ton. »Ton. Jungfräulicher Ton. Keine Spur, nicht mal eine Rille! Aber weißt du, gerade jetzt stecke ich voller Ideen. Ich möchte alles Mögliche machen! Ich spüre, dass ich diesen Ton nur anzustoßen brauche, damit er aufsteht und spricht. Und dann, sobald ich anfange, sagt die verdammte Uhr: Du musst gehen!, und ich gehe zurück in diesen stinkenden Klub, und hier liegt der ganze wunderschöne Ton herum ...«

»Vielleicht später mal, wenn du Zeit hast?«, meinte Helen.

»Vielleicht und vielleicht und vielleicht! Nein! Ich werde den Klub aufgeben. Es ist lächerlich, um ein paar Pfund willen seine Zeit zu vertrödeln, wenn diese Zeit so schnell vergeht. Nein, ich gehe.«

»Geh nicht, Adam.«

»Du willst wirklich, dass ich in diesem Klub bleibe?«

»Ja, ich will, dass du bleibst.«

Adam setzte sich neben sie, lehnte sich leicht zurück, die Hände auf ihren Schultern. Unter seinen Handflächen spürte er die Wogen und das Aufbäumen in ihrem Körper. Befangen sagte er: »Ich bin nur deinetwegen so lange geblieben, Helen.«

»Adam, ich könnte es nicht ertragen, wenn du gehst. Ich würde dich schrecklich vermissen.«

Sie lehnte sich an ihn. Er umschloss sie mit den Armen. Dann hielt er einen Augenblick inne, wie ein Athlet, der seine Kräfte sammelt und sich konzentriert, um sich dann mit ihr auf dem Diwan zurückfallen zu lassen. In Helens Bewusstsein raschelte ein kleiner, schwacher, hemmender Impuls wie ein totes Blatt. »Nein«, sagte sie. »Ja«, sagte Adam. Etwas in ihr schien wie Öl zu brennen. Jeder Gedanke, jede Empfindung schmolz, kochte und strömte in einer breiten, unerträglichen Flut hinunter zur Basis ihres Rückgrats – sammelte sich dort und schwoll an bis zum Explosionspunkt.

Stammelnd presste sie hervor: »Oh Gott ... «

Sie gebärdeten sich wie zwei fanatisierte Feinde in der Umklammerung eines letzten verzweifelten Kampfes.

Auf der Oberfläche des Wassers im Eimer neben dem Ton begannen sich Wellen rhythmisch auszubreiten.

Später sagte Adam: »Ich weiß nicht, warum ich so lange gewartet habe.«

»Wolltest du ... schon lange mit mir schlafen?«

»Ja, das wollte ich. Vom ersten Augenblick an, als ich dich sah.«

»Wirklich? Weißt du, Adam, mir muss es mit dir ähnlich ergangen sein. Ich hab dich immer angesehen, hab nur an dich gedacht, so oft. Ich hab dich ständig beobachtet, wenn du von Tisch zu Tisch gegangen bist, und wenn du an meinen Tisch gekommen bist, war ich so froh. Ich weiß nicht, warum, zumindest wusste ich es nicht. Jetzt ist es mir klar. Ich muss bereits in dich verliebt gewesen sein.«

»Helen, Liebling, ich bin seit Wochen in dich verliebt. Deinetwegen habe ich wach gelegen und gegrübelt. Ich habe immer gehört, wenn du zu Bett gegangen bist. Das hat mich gestört, denn normalerweise habe ich einen festen Schlaf. Nichts hat mir bisher den Schlaf geraubt, schon gar keine Frau.«

»Liebling!« Helen rieb ihre Wange an seiner Schulter. »Was macht dich so wunderbar?«

Verwirrt und mit leiser Stimme fuhr Adam fort: »Ich habe nie zuvor jemanden geliebt. Jetzt scheint es, dass ich verrückt nach dir bin. Das ist schon komisch.«

»Und ich habe mich nie zuvor jemandem hingegeben, Adam. Ich vermute, dass du mit Dutzenden von Frauen geschlafen hast.«

»Ja, aber das bedeutet nichts.«

»Oh, Adam, ich habe immerzu an dich denken müssen ... und Vi hat ständig auf mich eingeredet, bis ich am liebsten zu ihr gesagt hätte: Hau bloß ab! Halt doch die Klappe! Lass mich einfach nur an Adam denken. Ich wollte immer allein sein und von dir träumen. Erinnerst du dich, manchmal bin ich in Tränen ausgebrochen. Das lag daran, dass ich dich so sehr wollte.«

»Und, bist du jetzt glücklich?«

»Vollkommen glücklich.« Nach einer kleinen Weile sagte sie: »Ich habe nur vor einer Sache Angst.«

»Was?«, fragte Adam schläfrig.

»Jetzt, wo ich ... Jetzt, wo wir ... Sagen wir, du würdest mich verlassen. Es wäre wahnsinnig schwer, ohne dich zu leben ... «

»Ich werd dich nicht verlassen.«

»Niemals?«

»Niemals.«

»Ich will immer mit dir zusammen sein.«

»Das wirst du.«

»Ich werde eifersüchtig sein. Ich lass dich ungern aus den Augen. Wenn du den Klub verlässt, werde ich mich schrecklich elend fühlen ... «

»Meine liebe, kleine Helen, mach dir keine Sorgen.«

»Du wirst mich nicht verlassen, oder?«

»Ich hab es nicht vor, Liebes.«

»Versprich, dass du mich nicht verlässt.«

»In Ordnung, Liebes.«

»Versprich es!«

»Ich ... Also gut, ich verspreche es«, sagte Adam, und eine Stimme in seinem Gehirn tadelte ihn: Schwächling!

»Jetzt sag mir, liebst du – oh, Adam, du bist so groß und stark und wunderbar! Sag mir, liebst du mich wirklich? Oder wolltest du nur ... «

»Beides.«

»Oh ... Liebling.«

Bald danach schlief Helen ein, aber Adam konnte

nicht schlafen. Er verhielt sich völlig ruhig, um sie nicht zu stören, zufrieden und in dem Bewusstsein, ihren warmen, starken Leib neben sich zu spüren. Er streichelte sie sehr sanft, während sie schlief. Seine linke Hand glitt sacht über ihren Körper, wobei sie vorsichtig den weichen weißen Nacken und die ausgeprägten Deltamuskeln erkundete, die schweren Brüste betastete, dem Verlauf der Rippen nachspürte, über die feste Seidigkeit des Unterleibs und durch das feuchte Buschwerk des Schamhaars strich, hinunter zu den kräftigen Schenkeln fuhr, die sich im Schlaf entspannt hatten.

Was für Linien!, dachte Adam. Welch eine Struktur! Dafür ist Bildhauerei da, um eine solche Form zu verewigen, sie einzufangen, in diesem Moment, bevor die Zeit diesen Brüsten ihre Spannung nimmt und diesen Bauch erschlaffen lässt ...

...selbst in diesem Augenblick rücken Alter und Tod unaufhörlich näher. Das Leben fliegt davon wie die Straße hinter einem schnellen Läufer.

...Und ich liege hier!

Er schlug die Augen auf und sein Blick fiel auf den Ton. Sein Verstand war jetzt klarer. Eine Idee jagte die andere. Und auch die Konzeption des Mannes, der sich erhebt, des Mannes, der sich aus dem Affen herausarbeitet, nahm erneut Gestalt an. Daraus entwickelte sich die Vorstellung von einer Gruppe, einer Gruppe riesiger Figuren, dreißig Meter hoch: vier Lebensformen, alle miteinander verwoben. Die Basis bildete die Kreatur, das Ding, das weder Mensch noch Tier war. Eine Art menschliches Wesen kämpfte sich daraus hervor – mit fliehender Stirn, eine scheußliche, gedrungene Gestalt, deren gebeugte Schultern vor animalischer Kraft strotzten. Die ungeheuren Arme und knotigen Finger umklammerten die Beine von zwei vollkommenen menschlichen Wesen, einem Mann und einer Frau, deren Glieder ineinander verschlungen waren. Sie strebten nach oben, gefangen im Griff des Affenmenschen. Die rechte Hand des Mannes bildete die Spitze der Figurengruppe, zeigte hoch in die Luft; sein Arm war müde, doch er hielt ihn hoch über seinem Kopf, den Unterarm gestützt durch die rechte Hand der Frau. Das Gesicht des Mannes schien zu leuchten. Seine Linke drückte den Kopf des Affenmenschen hinunter, während er auf der Handfläche seiner emporgereckten Hand, hoch über allem, etwas Lebendiges hielt – ein Kind, gerade geboren und mit lachendem Gesicht ...

Ich würde es Evolution nennen, dachte Adam.

Er wollte aus dem Bett springen und sofort anfangen. Er ballte die Faust, mit ihr als Werkzeug würde er dem Ton die erste Form geben. Sein ganzer Körper steckte voller Energie. Instinktiv schlossen sich Helens Arme um ihn. Sie drehte sich im Schlaf und lag nun ganz dicht bei ihm. Er entspannte sich und durch eine dreieckige Öffnung zwischen den Vorhängen sah er das helle Tageslicht. Doch dann übermannte ihn die Müdigkeit und er schlief ein.

Es war drei Uhr, als sie aufwachten. Helen lächelte Adam an und sagte: »Und den Kaffee hast du mir gar nicht angeboten ... Aber ich sollte wohl besser in mein Zimmer gehen, bevor Vi zurückkommt, nicht?«

»Wen interessiert Vi?«

»Du hast ja Recht, aber ... Ach Liebster, ich will eigentlich nicht gehen!«

»Dann bleib doch, Kindchen.«

»Nein, es ist besser, wenn ich gehe. Ich muss noch etwas nähen. Und ich muss ein Bad nehmen. Oder willst du zuerst baden? Ja, geh du zuerst ins Bad. Ich bade dann später, bevor wir gehen. Kommst du bald zu mir rauf?«

»Natürlich komm ich.«

»Küss mich ... Tschüss!« Die Tür schloss sich hinter ihr. Adam zog seinen Morgenmantel an, nahm Seife, Handtuch und Schwamm und ging ins Badezimmer. Er wusch sich mit eiskaltem Wasser, rieb sich kräftig ab und während er sich abtrocknete, fiel sein Blick auf sein Spiegelbild in dem langen Spiegel. Er spannte einen seiner kräftigen Arme an und schüttelte die Faust: »Idiot! Vergeudest das Tageslicht!« Er eilte zurück in sein Zimmer, um sich anzuziehen, und verließ das Haus.

Er lief zügig, durch die Euston Road und am King's Cross vorbei, schneller und schneller und immer tiefer hinein in den düsteren, grollenden Bauch von Nordwest-London, dem Albtraumland aus glatten, schwarzen Fassaden, zerfressen vom ätzenden Atem der Eisenbahnen, vorbei an der Battle Bridge, durch die Farringdon Road, über den Ludgate Circus und die Fleet Street hinunter. Er fand sich auf dem Kingsway wieder und erinnerte sich an Ali, den schrecklichen Türken.

»Zum Bristol Square?«, fragte er einen Passanten.

»Nördlich der Southampton Road, dritte oder vierte links.«

Adam ging jetzt langsamer. Es war nicht schwer, die Räumlichkeiten von Fabian Promotions zu finden. Fabian war nicht der Mann, der Auffälliges scheute; sein Hauptquartier war nicht zu übersehen, dank eines großen blauen Schildes, das mit goldenen Lettern verkündete: FABIAN PROMOTIONS – VERWALTUNGSBÜRO UND GYM – MESSRS. H. FABIAN & J. FIGLER. Er hatte sogar angeordnet, das Geländer im gleichen Farbton wie das Firmenschild zu streichen. Adam blieb oben an der Treppe stehen und lauschte. Er hörte Alis tiefe, raue Stimme, die von periodisch auftretenden Boxschlägen punktiert wurde. Er ging hinunter. Fabian öffnete die Tür.

XIV

»Was kann ich für Sie tun, mein Freund?«, begrüßte ihn Fabian jovial. Dann kniff er die Augen zusammen. »Sagen Sie, wo hab ich Sie schon mal gesehen?«

»Im Silver Fox.«

»O-oh, ja richtig ... Yeah. War ich voll in jener Nacht?«

»Ziemlich. Jeder wär es gewesen, bei der Menge, die Sie geschluckt haben.«

»Zum Teufel, wirklich? Das nennen Sie schlucken? Mein Gott, normalerweise kann ich so viel auf nüchternen Magen vertragen, wenn ich die Nacht zuvor anständig geschlafen habe. Nur habe ich vor jenem Abend vier Tage lang kein Auge zugetan und hatte auch vierundzwanzig Stunden lang keine Gelegenheit, etwas zu essen. Andererseits ... was macht Phil? Und dieses nette Mädchen?«

»Phil geht's gut. Welches nette Mädchen?«

»Die, die mir an diesem Abend Gesellschaft geleistet hat.«

»Ach, Helen? Ihr geht's bestens.«

»So, so, Sie sagen also, ihr geht's bestens. Phil Nosseross hat eben ein Händchen, was seine Mädels betrifft. Kommen Sie rein und sehen Sie sich bei mir um. Es ist nur vorübergehend unser Hauptquartier, bis unser neuer Laden fertig ist. Wir haben einen in der Regent Street, mit viel Chrom, einer Cocktailbar, mit speziellen Matten und dem ganzen Drum und Dran. Sehen Sie die beiden Jungs, die dort drüben an der Wand sitzen? Den großen Schwarzen? Werfen Sie mal 'nen Blick auf seinen Bizeps. Das ist Charlie Bamboo, der Black Strangler. Ich hab ihn entdeckt. Teufel noch mal, vor sechs Monaten war er ein Penner. Ich hab ihn von einem jamaikanischen Bananendampfer geholt und einen Weltklasse-Kämpfer aus ihm gemacht. Verstehen Sie? Londos? O'Mahoney? Ha! Der Strangler macht sie beide fertig, selbst wenn eine Hand festgebunden wäre. Da gehe ich jede Wette ein! Ich würde tausend Pfund darauf setzen. Der andere Bursche ist Legs Mahogany. Er ist auch klasse. Er kann einen Gegner in die Schere nehmen ... mich soll der Schlag treffen, wenn er nicht einen Ochsen mit seinen Beinen in zwei Stücke zerschneiden kann. Und sehen Sie sich den fetten, alten Trottel auf der Matte neben dem Jungen an. Das ist Ali, der schreckliche Türke. Junge, Junge, Junge, was war dieser Mann für eine große Nummer zu seiner Zeit! Auf den Knien kam er angekrochen und hat gewinselt: Mr. Fabian, Sir, ich bin am Verhungern, bitte geben Sie mir Arbeit. Na, Sie wissen ja, wie das ist, ich könnte keinen Hund verhungern sehen. Da bin ich nun mal komisch. Ich könnte keinen Hund krepieren sehen. Also hab ich ihm 'nen Job gegeben. Er soll die Jungs trainieren, so in der Art, und sie 'n bisschen massieren. Verstehen Sie? Er verehrt mich wie einen Gott. Er ist noch einer von der alten Schule.« Die Worte rieselten aus Fabians Mund wie Reis aus einem geplatzten Sack: »Leben und leben lassen, so lautet meine Devise, leben und leben lassen, wenn Sie verstehen, was ich meine. Mein Gott, kriegen wir nun ein Programm zusammen oder kriegen wir ein Programm zusammen? Ich sage Ihnen was, wir kriegen ein Programm zusammen. Ich werd's denen schon zeigen. Bielinsky bildet sich ein, er kann 'ne Show auf die Beine stellen. Ich werde ihnen zeigen, was eine Show ... Sehen Sie sich den armen alten Ali an. Der Bursche neben ihm ist der kommende Champion. Siegfried, der Mörder, ich glaub, so werd ich ihn nennen.«

Ali, in Sporthose und Trikothemd, schien die ganze Halle auszufüllen. Er rief: »Versuch's noch mal!«

Seine mächtigen Arme klappten aus wie riesige Nackenrollen. Siegfried der Mörder, ein hoch aufgeschossener, langbeiniger Mann aus Lancashire, grinste verlegen. Er versuchte Ali am Nacken zu packen. Aber Alis Hals, dick und massiv wie ein Baumstamm, war trotz des Fettgewebes über der Muskulatur schwerer zu packen als hüpfende Stahlfedern.

»Ah, ich kann nicht«, sagte Siegfried.

»Versuch's!«

Siegfrieds Finger schlossen sich um Luft, als Ali sich wegduckte. Der Lancashire-Mann kicherte. Ali brüllte aus vollem Hals, schlug ihm seitlich an den Kopf und Siegfried, der Mörder, ging zu Boden. Er stand auf und sagte beleidigt: »He, sachte!«

»Sachte? Sachte?« Ali drohte ihm mit geballter Faust. »Konzentrier dich!«

»Aber ich bin doch Anfänger.«

»Du musst mit Herz und Seele bei der Sache sein! Ich

werde dir beibringen, wie man ringt, wenn's sein muss, auch unter Schmerzen! Feigling!«

»Halt dich zurück!«

»Feigling! Schon dein Vater war ein Feigling! Du bist in einem Hurenhaus zur Welt gekommen und deine Mutter war eine Negerin!«

Mit einem Knurren ging Siegfried Ali an die Kehle. Ali brüllte vor Vergnügen. Die beiden Männer rangen einige Sekunden miteinander. Die Fäuste des Lancashire-Mannes versanken im Fett auf Alis Bauch und Ali grunzte und schnappte nach Luft. Siegfried schrie laut auf: »Du brichst mir den Arm!«

»Hör auf mit dem Quatsch, Ali!«, rief Fabian ihm zu, »und zeig ihm einfach ein paar von den Griffen. Er kriegt das schon noch alles mit, wenn er weitermacht.«

Ali sah Adam und ließ Siegfried los. Mit ausgestreckter Hand schlenderte er über die Matte. »Du, hier?«

»Ihr kennt euch?«, fragte Fabian.

»Wir haben uns bereits kennen gelernt. Na, Ali, wie geht's?«

»Gut. Willst du bei uns anfangen?«

»Ich weiß nicht. Ich bin nur gekommen ... also, eigentlich wollte ich dir nur guten Tag sagen, Ali, und mir deinen Laden ansehen.«

Fabian fragte: »Sie machen auch Ringkampf, was?«

»Kaum, nur so ein bisschen Catch-as-catch-can.«

»Okay.«, sagte Fabian. »Hören Sie zu, ich kann einen Weltklasse-Kämpfer aus Ihnen machen!«

»Dass ich nicht lache.«

»Kommen Sie kurz in mein Büro.« Fabian führte Adam in ein kleines, blau gestrichenes Büro. »Setzen Sie sich.« Er deutete auf einen Sessel und ließ sich in einen großen

Drehsessel fallen, der einem Direktor alle Ehre gemacht hätte und hinter einem neuen Schreibtisch aus Eiche stand. Über ihm an der Wand hingen Abbildungen von Catch- und Boxchampions in Sparring- und Ringkampfpose. Da warf sich Hackenschmid gegen Jimmy Wilde unverschämt in die Herkules-Brust; Jim Londos präsentierte dem kleinen Herrera, dem Schädelbrecher, eine Schulter, die so beeindruckend war wie ein gepanzerter Wagen; der schnauzbärtige George la Blanche stieß eine fordernde Linke der unerbittlichen Masse eines Hans Steinke entgegen, der seinerseits oberhalb des hausbakkenen Kopfes und Oberkörpers von Strangler Lewis finster dreinblickte.

Die ganze Wand war mit Fotografien bepflastert – einfache Jack Sherrys, normale Jack Dempseys, gewöhnliche Jack Johnsons und schlichte Yussufs; alle in Gesellschaft der unvermeidlichen Sammlung furchteinflößender Tiger, Leoparden, Meuchelmörder, Schlachter, Schlächter, Schlitzer, Panther, Maskierter Wunder, Donnerkeile, Bullen, Löwen und Menschlicher Berge.

»Wie heißen Sie?«, fragte Fabian.

»Adam.«

»Also, hören Sie zu, Adam. Sie wollen Ringkämpfer werden. Ist das so?«

»Eine Karriere habe ich eigentlich nicht im Auge. Ich hatte nur vor, ein wenig zu trainieren.«

»Nicht schlecht. Passen Sie auf. Ich kann eine ganz große Nummer aus Ihnen machen. Verstehen Sie? Ich kann Sie trainieren, Ihnen Kämpfe vermitteln. Ich kann Sie aufstellen und die Werbetrommel für Sie rühren. Schließlich gehen die Zeitungsfuzzies bei mir ein und aus. Ich sehe, dass Sie stark sind wie ein Pferd. In dem

Moment, als mein Blick auf Sie fiel, habe ich mir gesagt: Mein Gott, dieser Bursche hat eine Figur wie Adonis. Adonis, der griechische Ringer, verstehen Sie? Unterschreiben Sie bei mir und Ihre Karriere ist so gut wie perfekt. Ich baue gerade Leute auf, mit Hilfe des besten Trainers der Welt ... Ali, den schrecklichen Türken. Selbst aus Reispudding könnte er Muskeln züchten. Er könnte den kleinen Däumling trainieren, dass er die St. Pauls Kathedrale einreißt. Dafür zahle ich ihm viel Geld. Ich hab 'n hübsches Sümmchen hingeblättert, um ihn Bielinsky abzukaufen. Ali tut mir einen Gefallen, wenn er hier ist. Ich hab das Geld, um es in dieses Geschäft zu stecken. Verstehen Sie? Ich will den Ringkampf in diesem Land auf amerikanisches Niveau bringen. Alle werden ihren Reibach damit machen. Innerhalb von zwei Monaten verdienen Sie fünf Pfund die Woche und später sogar mehr.

»Und was springt für Sie dabei heraus?«

»Was für mich dabei herausspringt, mein Freund? Hören Sie zu. Sie unterschreiben einen Vertrag, dass Sie nur für mich und für niemanden sonst in den Ring steigen, und zwar für die nächsten vier Jahre. Klar? Also, Sie fangen an mit einem symbolischen Gehalt – symbolisch, verstehen Sie, rein symbolisch – von etwa zwei Pfund die Woche, während wir Sie hier trainieren. Klar? Letzten Endes investiere ich einen Haufen Kohle, ich arrangiere alles für Sie, bau Sie auf, bringe Sie raus, kurz gesagt – ich mach was aus Ihnen. Das kostet mich eine Stange Geld, also kann ich das Risiko nicht eingehen, dass Sie mir weglaufen. Sagen Sie selbst, kann ich das?

»Nein. Und? Was muss ich für die zwei Pfund tun?«

»Sich fit halten und lernen zu ringen. Und vielleicht ab

und zu einen Kampf, wenn ich es sage. Klar? Und nach zwei Jahren machen Sie auf der Grundlage von soundso viel pro Kampf weiter.«

»Aha! Nach zwei Jahren. Und wie viel bekomme ich dann für einen Kampf?«

»Also, ich will ganz ehrlich sein: Genau weiß ich es nicht. Aber es könnte wahrscheinlich so um die fünf Pfund sein, keinesfalls weniger. Darauf würde ich schon achten. In dem Fall finden wir schon eine Übereinkunft, eine Art Gentlemen's Agreement, wenn Sie verstehen, was ich meine. Klar?«

»Ich verstehe.«

»Ich mache einen Publikumsmagneten aus Ihnen, einen, der ganz oben auf den Plakaten steht. Dreißig, vierzig, fünfzig, sechzig, siebzig, achtzig, neunzig Pfund die Woche, es gibt da kein Limit. Und später, wenn wir auf Tour nach Amerika gehen ... Teufel noch mal, mein Gott, stellen Sie sich nur vor, manche Yankeeringer machen zehntausende von Dollar! Sie leben wie die Fürsten. Frauen laufen kilometerweit, um sie zu sehen. Sie brauchen nur zu unterschreiben. Der Vertrag hat nur symbolischen Wert. Klar? Symbolisch. Er bedeutet, ich zahle Ihnen zwei Pfund die Woche als Vorschuss, und Sie steigen nur in den Ring, wenn ich es Ihnen sage, während ich einen Champ aus Ihnen mache. Klar?«

»Also, danke, dass Sie mir das alles erzählt haben.«

»Ich hole ein Formular.«

»Bemühen Sie sich nicht.«

»Überlegen Sie es sich. Sie wären ein Dummkopf, wenn Sie es nicht täten.«

»In Ordnung. Ich überleg's mir.«

Fabian sprang von seinem Sessel auf. »Hören Sie, Sie

sind nicht dumm. Ich sag Ihnen was: Ringen ist ein wunderbarer Sport. Aber verdammt, wer will heute so was noch sehen? Es gehört der Vergangenheit an. Verstehen Sie? Das Publikum will eine Show. Sie wollen Action und harte Sachen. In Ordnung, es sind Banausen. Okeydokey, wir sind clever und geben ihnen, wofür sie bezahlen. Sie wissen, dass Ringkampf 'n Riesentamtam ist, ich weiß es und das Publikum weiß es auch, dennoch macht es ihnen einen Riesenspaß. Was mach ich demzufolge? Ich sag mir: Diese Trottel gehen zum Ringkampf wie sie ins Kino gehen. Sie wissen, dass es nicht echt ist. Sie wissen, dass der Black Strangler nicht wirklich mit Legs Mahogany kämpft, genauso wenig wie Clark Gable Jean Harlow heiratet. Nun, sie wollen hinters Licht geführt werden. Verstehen Sie, Adam? Das Publikum – das sind alles Hohlköpfe, gottverdammte Hohlköpfe. Führ sie an der Nase rum! Sie wollen die Illusion. Verstehen Sie? Nun, so ist das Leben ... Hey! Zum Teufel! Teufel auch, was für ein fabelhafter Einfall für einen Song!« Fabian sang zur Melodie von *It's My Mother's Birthday Today*: »It's just an illusion, that's life ... Also, Adam, wenn Sie sich hier 'nen Augenblick umschauen, werden Sie wissen, was ich meine. Klar? Kommen Sie für 'ne Minute mit raus. Der Strangler und Mahogany arbeiten gerade an ihrem Kampf.«

Adam folgte ihm in die Halle.

Der Strangler hatte einen großartigen Rücken, schwarz und glänzend wie Kohlepapier, voller Muskeln, die pumpten und sich wie Schlangen in einem Sack wanden. Es hätte eines Rammbocks bedurft, um die Ebenholzbalustrade seiner Beine zu erschüttern, um die Luft aus seinem Waschbrett-Bauch zu jagen oder den schwarz lackierten Stahl seines Brustkorbes zu beschädigen. Als er seinen Kopf drehte, schnellten die Sehnen seines Halses unter der Haut nach oben wie eine Hand voll schwirrender Stahlkabel, und dann sah Adam sein Gesicht. Gestützt von einem Hals vom Umfang eines Schenkels, der wie der Stamm einer Eiche aus seinen breiten Schultern wuchs, war der Kopf des Stranglers armselig und klein. Die Augenbrauen waren die einer Frühform der Menschheit. Der Pithekanthropus lebte auch in seinem Kiefer fort. Und dann seine Augen – sie waren ohne Leben, wie zwei Brocken Kaliglimmer, die man in Perlmutt gefasst und in sein Gesicht geklebt hatte.

Geschnitztes Fleisch, dachte Adam.

Legs Mahogany war ebenfalls ein bärenstarker Mann, aber sein Oberkörper hatte eine zylindrische Linie und war nicht unbedingt eine Augenweide. Dafür entschädigte jedoch die Polsterung der beweglichen, ausgeprägten Muskulatur des Ringers, eine Muskulatur, wie man sie in den Gemälden von Madrali, Roeber oder Pojello findet. Trotz seiner vierzig Jahre hatte man ihm die Nase bisher nicht gebrochen, seine Ohren jedoch waren die eines abgehärteten Mattenkämpfers; zerrieben und gequetscht, ähnelten sie dem Pilzgeflecht auf der Borke eines Baumes. Sein flachsfarbenes Haar war kurz geschnitten wie die Fransen eines afghanischen Teppichs. Der üppige Haarwuchs an Brust und Armen war graumeliert. (Es kommt einer Tragödie gleich, wenn die Brustbehaarung eines Ringkämpfers ergraut.) Er sprach undeutlich, als quetschte er die Worte zu den Mundwinkel hinaus:

»Pass auf, Strangler. Du solltest ruhig bleiben. Verlier nicht die Beherrschung. Wenn du sie verlierst, verletzt du mich, und wenn du mich verletzt, dann bring ich dich um. Damit das klar ist. Ich hab den ersten Niederwurf, okay? Du stürzt dich auf mich, ich mach ’n Sidestep und du fällst aus dem Ring. Alles klar?«

»Und ich komm zurück, tret dir in den Bauch und du fällst um. Dann verwarnt mich der Ringrichter und ich jage ihn durch den Ring.«

»Genau so. Weiter: Ich packe dich und nehme dich in die Schere und du stöhnst.«

»Ich stöhne.«

»Und du stöhnst, als wenn’s ernst wäre, verstanden? Dann greifst du dir meine Zehen.«

»Und das löst deinen Griff.«

»Ja. Dann kommen ’n paar von deinen harten Sachen. Du packst meinen Fuß und beißt in meinen Zeh, klar? Und du brüllst los – und was?«

»Gib auf, oder ich beiß dir den Zeh ab!«

»Korrekt. Aber ich schnappe mir deinen Kopf und nehm dich in den Schwitzkasten. Doch du brichst aus, wir gehen zu Boden und dann bringst du den Boston Crab. Ich kann mich befreien, und danach sollten wir uns ’n bisschen ausruhen. Du weißt schon, ich halt dich fest, und du mich.«

»Legs. Das ist zu zahm.«

»Hör mal, ich mach jetzt seit fünfzehn Jahren Ringkampf und du willst mir was erzählen! Es klappt, wenn du nur ’n bisschen Leben in die Sache bringst: Aber du hörst ja nicht zu, Strangler. Du kasperst rum oder drehst gleich durch. Sei ein Showman. Spiel Theater.«

»Ich bin ein Ringkämpfer, kein Schauspieler.«

»Doch, du bist einer, aber ein beschissener.«

»Eh, ich könnte dir ’n paar Haare aus der Brust reißen.«

»Mach dich nicht lächerlich, Kumpel, zum Kampf werden sie kurz geschnitten. Wir könnten uns aber 'n bisschen prügeln, und weißt du, was? Du könntest in mich reinbohren. Aber denk dran, nicht mit den Fingern. Mit den Knöcheln. Krümme deine Finger und dreh die Knöchel rein. Aber drück nicht zu hart. Versuch's mal.«

Der Strangler stieß einen Knöchel in Mahoganys Auge und drehte ihn wie einen Schraubenzieher. Mahogany schrie laut auf.

»Oh! Oh! Meine Augen! Ich kann nichts mehr sehen! Kapiert Strangler? So muss man aufstöhnen. Bring den Schmerz rüber. Versuch, ein Showman zu sein, Strangler. Ich mein es nur gut mit dir ... Ich war Champion in Griechisch-Römisch, aber ich war am Verhungern, bis ich gelernt habe, eine Show abzuziehen.«

»Ich will den zweiten Niederwurf.«

»Ja. Du kriegst den zweiten Niederwurf. Aber vergiss nicht, ich siege durch K.o. Ich würd dir sogar den ersten Niederwurf lassen, aber ich trau dir nicht übern Weg. Vielleicht versuchst du doch, mich reinzulegen. Wie auch immer, ich siege durch K.o., denk dran.«

»Nein. Mach lieber einen glatten Niederwurf.«

»Strangler, fang nicht an zu streiten.«

»Ich sagte, einen Niederwurf.«

»Jetzt pass mal auf – «

»Aah, ich bin ein Schurke. Man kann mich nicht ausknocken. Ich bin ein Schurke, klar?«

»Strangler, sei kein Schwachkopf. Ich geb dir doch deine Anteile an der Show, oder?«

»Mir egal. Du kannst mich nicht durch K.o. besiegen. Und mach mich nicht wütend. Wenn ich wütend werde, kämpfe ich richtig. Sei vorsichtig. Denk an den Griechen.«

»Hör mal zu, Strangler. Wenn du richtig loslegen willst, dann tu's. Und komm mir nicht mit deinem Griechen. Ich brauch ganze fünf Minuten, um dich auf die Matte zu nageln, wenn ich richtig ringe. Aber sei vernünftig. Ich will nur einen K.o. Das ist doch keine Schande für dich. Ich gewinne immer durch K.o., und außerdem kann ich dich jederzeit von den Füßen fegen.«

»Und ich soll den Idioten spielen? Ich kann dich so übel zurichten, deine eigene Mutter würde dich nicht wieder erkennen. Meine Richtung ist die harte Tour.«

»Gut, frag Harry Fabian.«

»In Ordnung, fragen wir Fabian.«

Fabian kam herbei. »Hey, was soll das? Warum könnt ihr euch nicht einigen? Was soll der Streit? Mir geht's um die Show. Klar? Mich kümmert es einen feuchten Dreck, wenn ihr euch gegenseitig umbringt, aber ich muss eine Show haben. Verstanden? Legs, was machst du dir Sorgen wegen eines Knock-outs? Ich will von diesem Gezänk nichts mehr hören. Und für dich, Strangler, hab ich noch 'nen Tipp: Setz doch Legs einfach den Eimer auf den Kopf, das sorgt für Lacher. Und danach schnappst du dir das Handtuch, legst es ihm um den Hals und würgst ihn damit. Verstehst du? Gut, was? Aber da fällt mir noch was ein: Verbinde ihm die Augen mit dem Handtuch und beförder ihn aus dem Ring.«

Der Strangler grinste.

»Und was soll ich währenddessen machen?«, fragte Mahogany.

»Du hast mehr Erfahrung, benutze deinen gesunden Menschenverstand. Aber ich hab noch 'nen guten Gag: Versteck ein Streichholz unter dem Gürtel deiner Shorts, nimm Strangler in die Schere und zünde ihm die Schuhspitze an – «

»Heh – «

»Jetzt reg dich nicht auf, Strangler! Der Ringrichter kommt schon löschen. Gut, nicht?«

»Nicht mein Stil«, meinte Legs.

»Also mir gefällt's«, feixte der Strangler.

»Okay«, sagte Fabian, »belassen wir's dabei ... Du siehst, Legs, du musst Strangler die Gelegenheit geben, komisch zu sein. Du kommst nicht drum herum. Du hast mehr Erfahrung, also mach die Show. Sie muss Tagesgespräch werden. Das wird eure große Chance, Jungs. Jetzt habt ihr die Gelegenheit, euch ins Rampenlicht zu stellen. Also seid brav und zieht für mich die Show ab, ja? Arbeitet noch ein bisschen dran und geht dann was essen. Okay? Ich kümmer mich doch um euch wie ein Vater, oder? Also macht euch keine Sorgen, ich bin immer für euch da. Ich – «

»Ach Harry«, sagte der Strangler, »was ist mit dem roten Bademantel aus Seide?«

»Welcher Bademantel?«

»Na den du mir versprochen hast, mit meinem Namen in goldenen Lettern auf dem Rücken.«

»Ach der! Zum Teufel, gib einem die Chance, Luft zu holen! Ich hab's nicht vergessen, keine Sorge. Jetzt sei ein guter Junge und gestatte mir, dass ich mich um meine Angelegenheiten kümmern kann, okay?«

»Ich will meinen seidenen Bademantel!«

Fabian richtete sich auf und schob seine Kinnlade nach vorn. Mit seinem Kopf reichte er kaum bis zum Kinn des Stranglers. Er sagte: »An die Arbeit oder ich schlag dich zusammen!«

Der Strangler hätte Fabian zwischen zwei Daumennägeln zerquetschen können. Aber er sagte nur: »In Ordnung, Harry«, und ging wieder auf die Matte.

»Hund!«, knurrte Ali.

Fabian zog die Augenbrauen hoch. »Warum Hund?«

»Du sprichst mit ihm, als wäre er ein Hund, und er gehorcht, als wäre er ein Hund.«

Fabian grinste. »Weißt du, woran es liegt, Kumpel? Er hat Muskeln, ich hab Verstand. Verstehst du, was ich meine?«

»Pah!«, sagte Ali.

Fabian ging zurück in sein Büro. Ali folgte ihm.

»Sag mal, Ali, was hältst du von Kration?«

»Er ist ein bärenstarker Junge. Aber ein Ringkämpfer? Niemals.«

»Yeah, yeah, yeah, ich weiß. Ich bin im Bilde. Aber was für eine Show zieht er ab?«

»Was die Show angeht, ja, er macht eine gute Show. Aber was ist eine Show wert?«

»Ah, du hast die falsche Einstellung. Du magst Kration nicht, oder?«

»Warum sollte ich Kration mögen? Ist er ein Mädchen, oder was?«

»Aber gib zu, du magst ihn nicht.«

»In Ordnung. Ich mag ihn nicht. Was ist er denn? Ein Küchenjunge, den du ganz oben auf das Plakat gesetzt hast. Ihm ist der Kamm geschwollen. Eines Tages werd ich es ihm zeigen.«

»Na sieh mal einer an!«, lachte Fabian. »Genau das hat er auch über dich gesagt.«

»Was?«

»Pst! ... «

»Erzähl mir, was er gesagt hat!«

»Nein, Ali, also ehrlich, ich will dir nicht die Stimmung vermiesen.«

»Das tust du nicht.«

»Also gut, wenn du versprichst, es für dich zu behalten. Er hat gesagt, du bist ein Mann von gestern. ›Wenn ich es wollte‹, hat er gesagt ›dann könnte ich Ali in zwei Sekunden auf die Matte legen.‹«

»Uh!«

»Aber sag ihm nichts.«

»Sag nichts? Sag nichts! Keine Sorge, ich werde nichts sagen. Aber in Stücke werd ich ihn hauen und nachsehen, woraus er gemacht ist.«

Im Ton eines Erwachsenen, der mit einem schwierigen Kind spricht, erhob Fabian Einspruch: »Jetzt komm schon, Ali, reiß dich zusammen. Du weißt, du musst sehr vorsichtig sein.«

»Ich? Warum?«

»Dein Herz – «

»Mein Herz – «

»Außerdem ist der Grieche um ein Vielfaches jünger als du, und dann, mein Gott, Ali, wir wissen alle, dass du immer ein Champion gewesen bist und all das, aber, zum Teufel ... «

Ali zitterte vor Wut. »Aber was? Sag's mir!«

»Nun, Ali, wir mögen dich alle, und wir möchten nicht, dass du irgendwas anfängst, was du nicht zu Ende bringen kannst. Hör auf meinen Rat und lass ihn in Ruhe.«

»Ich schwöre bei Gott, ich könnte Kration schlagen, selbst wenn mir eine Hand festgebunden wird!«

»Sicher könntest du das. Sicher, sicher. Vergiss es.«

»Ich sag dir eins, ich könnte ihn schlagen, wenn mir

eine Hand an den linken Fuß gebunden wird!«, schrie Ali mit sich überschlagender Stimme.

»Oh, yeah, sicher, sicher; oh sicher könntest du das!«

»Warum lachst du über mich?«

»Wer, ich? Über dich lachen? Oh-ho-ho-ho, ich doch nicht, Ali! Ich? Mir ist doch klar, dass du vor Kration keine Angst hast. Ich weiß es, also kümmert es mich nicht, wenn irgendjemand behauptet – «

»Irgendjemand? Wer hat gesagt, dass ich Angst habe? Wer? Wie heißt er?«

»Oh, vergiss es. Jeder sagt das, aber niemand glaubt es. Vergiss es.«

»Bist du etwa der Meinung, ich könnte Kration nicht schlagen?«

»Jetzt hör mal zu, Ali, du bist alt genug, um darüber hinwegzusehen, was irgendjemand denkt.«

»Ich bin nicht alt. Ich bin noch immer ziemlich jung.«

»Aber ja, das bist du. Oh, sicher. Du siehst nicht alt aus. Man sieht dich an und weiß, dass du drei Zehnminutenrunden durchstehst – «

»Drei? Sechs!«

»Natürlich. Ich hab's nicht geglaubt, als sie mir erzählt haben, dass du fast achtzig bist.«

»Wer hat das gesagt? Wer?«

»Hör mal zu«, sagte Fabian, »ich will hier unten keine Streitereien. Wenn du gegen Kration kämpfen willst, dann kämpf gegen ihn im Ring.«

»Also war es Kration, der das behauptet hat?«

»Das hab ich nicht gesagt.«

»Ich würde ihn gern im Ring treffen.«

»Pscht! Beruhige dich. Du solltest vorsichtig sein und versuchen, dich nicht so aufzuregen.«

»Warum erzählst du mir so was? Sag schon!«

»Da gibt es nichts zu sagen. Nur, dass du nicht vorsichtig genug sein kannst.«

»Hör auf, mich so zu quälen. Ich versichere dir, ich bin stark und mein Herz auch. Gib mir einen Kampf mit Kration und ich werd's dir beweisen. Ja?«

»Nein, Ali, nein. Das möchte ich nicht auf mein Gewissen laden.«

»Dann warte ich, bis er hierher kommt und werde ihn in der Halle in Stücke reißen.«

»Nein, Spaß beiseite, Ali. Willst du's wirklich mit dem Griechen aufnehmen?«

»Gerne.«

»Und dein Herz ist wirklich in Ordnung?«

»Ich schwöre, ich hab ein Herz wie ein Pferd.«

»Dann könnte ich versuchen, den Kampf für dich anzusetzen. Behalt's erst mal für dich, ich will sehen, was ich tun kann.«

»Ich wäre dir sehr dankbar.«

Ali ging hinaus. Fabian sah ihm nach und schrieb auf ein Stück Papier: Sensationelles Comeback. Ali, der schreckliche Türke. 60 Jahre alter unbesiegter Champion vs. Kration ... Er dachte an Alis gewaltige Gestalt, die Last an Fett und Jahren, seine dunkelroten Lippen und das angestrengte Atmen. Er sagte zu sich selbst: Oh Junge, oh Junge, sagen wir, er fiele im Ring tot um? Es würde in jeder Zeitung dieses Landes stehen!

Der Strangler steckte seinen primitiven Schädel in das Büro.

»Harry! Wirst du mir denn bald den roten Bademantel geben?«

»Ja, ja.«

»Große Buchstaben?«

»Ja, ja, ja!« Die Tür wurde geschlossen. Fabian schrieb: Der Kampf des Jahrhunderts! Ali, der schreckliche Türke, vor einem sensationellen Comeback!!! Dann sah er die schwarzen Schlagzeilen: TOD DES SCHRECKLICHEN TÜRKEN ... DER SCHRECKLICHE TÜRKE FÄLLT TOT UM IM RING ... BERÜHMTER RINGKÄMPFER TOT ... Und irgendwo unten in der Spalte: Mr. Harry Fabian sagte heute Morgen: »Ich hatte keine Ahnung, dass Alis Herz kaputt war. Er war ein toller Bursche und ein klasse Ringkämpfer. Er hat Kration gehasst wie die Pest. Warum, weiß ich nicht. Kration ist ein feiner, sauberer Junge. Ich habe ihm alles beigebracht, was er kann ...«

»Mein Gott!«, sagte Fabian. Er machte die Tür auf und rief: Ali!«

»Yeah!«

»Komm rein. Hör zu, Ali. Du willst gegen diesen Kration kämpfen?«

»Ja.«

»Okay. Ich werd das für dich arrangieren.«

»Gut!«

»Es soll sich für dich lohnen. Du bekommst dein Comeback. Ich setze dich ganz oben auf das Plakat und zahle dir drei Pfund für den Kampf. Nun?«

»Was kümmert mich Geld?«, sagte Ali.

XV

»Für Geld würde ich einen Mord begehen«, sagte Vi, »wenn ich wüsste, dass ich damit durchkomme. Ich hab einen Film gesehen, da hat ein Kerl einen Wucherer mit einem Schürhaken erschlagen. Uuuuh, ich brauche Geld, ich brauche ganz dringend Geld!«

»Hast du denn überhaupt keins? Du müsstest doch was haben«, sagte Helen.

»Ich? Warum? Wieso müsste ich? Mein Gott, es ist doch nicht so, dass ich verschwende, was ich kriege. Ich gebe Geld nur für das Notwendigste aus. Aber denk nur, was mir letzte Nacht passiert ist – «

»Bist du mit diesem Australier nach Hause gegangen?«

»Dreckiges Schwein«, sagte Vi. »Aber hör zu, was sich abgespielt hat. Er hat mich in ein Hotel in Paddington mitgenommen. Er hatte so fünfzig oder sechzig Pfund bei sich, in Scheinen, weißt du. Nun, da hab ich mir gesagt: Mensch, davon willst du was haben. Also fang ich an herumzuschäkern. Du verstehst schon, steck meine Hand in seinen Mantel, kitzel ihn und all den ganzen Firlefanz. Aber ich konnte nicht rausfinden, wo er sein Geld hatte. Jedenfalls bin ich mit ihm ins Hotel. Und ich denke: Menschenskind, der ist voll wie 'ne Natter, also wartest du, bis er eingeschlafen ist. Ich hatte nicht vor«, sagte Vi entrüstet, »ehrlich, ich hatte wirklich nicht vor, ihm das ganze Geld abzunehmen und ihn ohne einen Penny zurückzulassen, wie einige Mädchen das machen würden. Ich hätte ihm wenigstens 'nen Zehner gelassen, weißt du, hätte nicht alles genommen. Und für diese Gutmütigkeit wurde ich ja auch belohnt! Und was war das für eine Mordsanstrengung, ihn dazu zu bringen, zu schlafen! Meine Güte! Ich hab mir gedacht: Wenn er endlich abgeklappt ist, krabbel ich aus dem Bett und schnüffel 'n bisschen rum. Mein Gott, ich muss schließlich auch leben, nicht wahr. Von wegen schlafen, ich musste mit ihm rumalbern, hab immer wieder gesagt: Rauf auf den Berg und viel Glück, Goldgräber, und solchen Quatsch. Komisch, wenn du so was zu einem Australier sagst, zieht's ihm die Hosen aus. Ich meine, du kannst richtig bei ihm abkassieren. Also, immer wenn ich ihn so weit habe, dass er einschläft und mich dann bewege, wacht er auf und fängt wieder an. Redet von seinem Flötenkonzert, das er erleben will. Sex, Pah! Also irgendwann mal kriech ich so leise wie eine Maus aus dem Bett und such alle seine Taschen durch. Nichts! Er muss es irgendwo gebunkert haben.«

»Du hättest in seinem Schuhen nachsehen sollen«, sagte Helen.

»Komisch, dass du das sagst, denn das hab ich getan. Ich hab mir einen Schuh vorgenommen und da war sie ... eine Rolle aus Fünfern und Pfundnoten, dick wie 'ne Rolle Toilettenpapier. Und in dem Moment wird er wach und sagt: ›Komm her‹, will, dass ich wieder ins Bett komme. Und alles fängt von vorne an. Man hätte meinen können, er hat seit zwanzig Jahren keine Frau gesehen. Schließlich bin ich eingeschlafen und als ich aufgewacht bin, war er weg. Mit mir so eine miese Nummer abzuziehen! Er muss mindestens hundert Pfund bei sich gehabt haben. Gut, sagen wir, er hätte mir zwanzig gegeben. Das ist ein Fünftel von hundert Pfund. Das ist so, als wenn ich jemandem einen Penny gebe, wenn ich fünf Pence hab. Wenn ich ein Mann wäre ... «

»Du hättest zuerst etwas Geld verlangen sollen.«

»Nein, das ist nicht nett. Da steht man ja da wie eine Nutte.«

»Wie auch immer, du hättest fragen sollen.«

»Um ehrlich zu sein, das habe ich auch gemacht und er meinte: ›Hinterher.‹ Uuhh, was würde ich nicht alles für etwas Geld tun! Wenn ich eine Kanone hätte, weißt du, was ich dann machen würde? Ich würde in eine Bank gehen, einen Dollar hinlegen und sagen: Können Sie mir den wechseln? und in dem Moment, wo der Mann seine Hand ausstreckt, würde ich sagen: Hände hoch! Joes Freundin hatte eine Abtreibung, und Yetta sagt, sie war heimlich beim Engelmacher. Und ich hab immer gedacht, die wär prüde. Hast du Geld?«

Helen sagte zögerlich: »Ich könnte dir eine halbe Crown leihen, wenn du willst.«

»Danke«, sagte Vi düster. »Wie viel hast du diese Woche verdient?«

»Etwa sechs Pfund.«

»Aber du kannst sparen. Ich nicht. Ich bin nicht so. Wenn ich etwas sehe, was mir gefällt, dann muss ich es haben. Aber du ... ich wette, du hast Geld gespart.«

»Nicht viel.«

»Wie viel?«

»Etwa zwanzig Pfund.«

»Hast du's gut. Wenn ich zwanzig Pfund hätte, weißt du, was ich dann machen würde? Ich würd mir acht Kleider im Guinea Dress Shop kaufen und sechs Paar Schuhe und ein Pfund würd ich meinem Vater schicken. Und weißt du, was ich noch machen würde? Eine Pfundnote gegen ein Haufen Halfpennys wechseln, und dann in den Klub gehen, wenn er voll ist, und das ganze Zeug zack, bum! auf den Boden schmeißen. Na?«

»Du bist verrückt.«

»Wieso?«

»Du solltest lieber sparen.«

»Was hat Sparen für einen Sinn?«

»Nun, eines Tages möchte ich eine richtige eigene Wohnung haben«, sagte Helen, »ein Dach über dem Kopf und meine eigenen Möbel.«

»Mir geht's genauso, aber ich such mir 'nen reichen Mann. Du doch auch, oder? Oh nein, das hab ich ja ganz vergessen, du bist ja noch immer verrückt nach Adam, nicht wahr?«

»Ja«, sagte Helen.

»Nun, du hättest es wirklich schlechter treffen können. Er ist ein netter Bursche. Wie ist er denn so?«

»Du hast ihn doch mindestens genauso oft gesehen wie ich.«

»Ich meine, wie ist er? Du weißt schon.«

»Also, ich finde, er ist wundervoll.«

»Wirst du mit ihm zusammenleben?«

»Kann ich jetzt noch nicht sagen.«

»Vi zündete sich eine Zigarette an. »Ist das nicht komisch?«, sagte sie. »Es ist keine zwei Monate her, da bist du immer in die Luft gegangen, wenn ich irgendetwas in der Art erwähnt habe. Und jetzt, also ich wette, du bist noch schlimmer als ich.«

»Was meinst du damit, schlimmer als du?«

»Nun ... Mir hängt das langsam zum Halse raus, mit Kerlen zu schlafen. Aber dir gefällt's.«

»Was ist dabei? Es ist nur natürlich, oder?«

»Das hab ich dir doch immer gesagt, du hast nur nicht zugehört. Er ist 'n komischer Bursche, der Adam, nicht wahr? Ein bisschen launisch, irgendwie eigenartig.«

»Er ist Künstler, ein Bildhauer.«

»Was glaubt er, was ihm das einbringen wird?«

»Oh, man wird sehen«, sagte Helen. »Es ist nur eine Art Hobby. Er vergeudet damit keine Zeit. Er ist wunderbar, wirklich. Arbeitet immer so hart. Er spart eine Menge.«

»Oh, nun, ich weiß nicht. Das Beste ist ein Kerl mit Geld. Sieh dir Harry Fabian an.«

»Ja, Fabian ist ziemlich nett, aber nicht mein Typ.«

»Oh, du würdest überrascht sein. Einige von diesen kleinen Männern ... jedenfalls ist er clever, verdammt clever. Er verdient längst nicht so viel Geld, hat aber immer hunderte von Pfund bei sich. Ganz Geschäftsmann, und er geht sehr großzügig damit um. Du weißt, Helen, er mag dich ... «

»Ja. Aber ich beachte ihn nicht weiter.«

»Solltest du aber. Soll ich dir mal was sagen? Ich wette, wenn du mit ihm nach Hause gehen würdest, würde er dir zehn Pfund geben.«

»An so was denk ich nicht mal im Traum.«

»Warum nicht? Du gehst mit Adam, für nichts.«

»Das ist was völlig anderes.«

»Warum? Sag mir, warum?«

»Ich bin zufällig in Adam verliebt, wenn du es wissen willst.«

»Soll das heißen, du kannst dir keinen Zehner verdienen? Du kannst trotzdem in ihn verliebt sein, wenn du willst. Ach, ich war früher genauso. Mein Gott, als ich Kellnerin bei Spanglers war, haben mir die Kerle ein Pfund, zwei Pfund, sogar einen Fünfer angeboten. Und ich hab mir den Buckel krumm gearbeitet für siebzehn Shilling sechs die Woche und Trinkgeld! Aber ich hätte es nie getan. Aus Liebe. Und was hat's mir eingebracht? Andere Umstände, das hat's mir eingebracht, und dann musste ich's mir für ein paar Pfund wegmachen lassen. Du spinnst, Helen, wirklich. Du setzt dich in den Klub und leierst einem Kerl alles, was er hat, aus der Tasche, und dann kommst du nach Hause und redest davon, dass du nicht im Traum daran denkst für Geld mit einem Mann zu schlafen. Ich glaube du bist verrückt.«

»Oh, sei keine Närrin.«

»Ich bin eine Närrin. Ja, sicher, ich bin eine Närrin! Aber mehr oder weniger versprichst du den Kerlen doch, mit ihnen nach Hause zu gehen, oder? Nun, das bedeutet, dass du Geld nimmst für ein Versprechen, das du nicht einlöst«, sagte Vi mit einem Anflug von Anstand. »Also pickst du dir die Rosinen aus dem Kuchen, nichts weiter. Wirst du Adam heiraten?«

»Keine Ahnung. Wenn ich heirate, möchte ich auch eine anständige Wohnung haben. Und das können wir uns momentan nicht leisten. Vielleicht, wenn wir mehr sparen würden.«

»Hat er dich gefragt?«

»So gut wie.«

»Ah«, sagte Vi bitter, »Männer sind selbstsüchtige Mistkerle. Welches Kleid trägst du heute Nacht?«

»Ich glaube das weiße.«

»Würde ich nicht. Mary hat ein neues weißes Kleid.«

»Was kümmert mich Marys neues weißes Kleid?«

»Sie könnte sich auf den Schlips getreten fühlen. Außerdem mag sie dich nicht.«

»Nein, das glaube ich nicht.«

»Sie ist eifersüchtig. Sie bildet sich ein, du machst Mr. Nosseross schöne Augen.«

»Ich? Ihm schöne Augen machen? Sie ist nicht ganz bei Trost!«

»Du weißt, dass Phil dich mag.«

»Du hast 'nen Knall! Wenn es so wäre, wäre es rein platonisch. Jeder kann sehen, dass er verrückt nach Mary ist, Gott weiß, warum.«

»Sie ist ein mieses Stück«, sagte Vi. »Sie redet hinter deinem Rücken über dich.«

»Was sagt sie?«, fragte Helen.

»Oh, nichts Besonderes.«

»Erzähl es mir.«

»Also, versprich mir, dass du's nicht weitersagst. Sie hat zu Yetta gesagt, du bist lesbisch.«

»Was?«

»Nimm keine Notiz davon, obwohl – «

»Sie kann nicht solche Sachen von mir behaupten! Warte, bis ich sie treffe. Der werd ich mal die Meinung geigen.«

»Du hast Recht«, sagte Vi eifrig, »tu das.«

»Ich werd ihr zu verstehen geben, was ich von ihr denke.«

»Aber sei vorsichtig«, sagte Vi. »Denk daran, eigentlich ist sie der Boss, nicht Nosseross. Sie könnte dich rausschmeißen.«

»Ist mir egal.«

Sie wird rausfliegen!, jubilierte Vi innerlich; aber sie sagte: »Schließlich bist du die beste Kraft im Laden. Phil ist jedenfalls der Ansicht. Sie würden dich nie rausschmeißen.«

»Warum sollten sie? Ich bringe ihnen jede Menge Geld ein. Ich wünschte nur, mir würde der Laden gehören. Ich wette, Nosseross macht hundert Pfund die Woche damit.«

»Mehr!«, sagte Vi. Dann kam ihr eine Idee. Sie schrie: »Helen! Du könntest einen Laden wie den Silver Fox aufmachen! Es würde nicht viel kosten. Adam könnte der Manager sein und du die Chefhostess. Du könntest dir die besten Männer rauspicken und mir einen Job geben. Wir würden zusammenarbeiten!«

Helen sah Vi an. »Das wäre keine schlechte Idee.«

»Warum tust du's dann nicht?«

»Ich bräuchte mehr Geld.«

»Du kannst es kriegen ... auf die eine oder andere Weise; und dann könntet ihr loslegen.«

»Aber vielleicht würde Adam es nicht wollen.«

»Warum nicht?«

»Er mag dieses Leben nicht. Er will seine eigene Arbeit machen. Die Bildhauerei.«

»Dann schmeißt du den Laden eben, während er sich um die Bildhauerei kümmert. Oder ihr macht es zusammen, für ... na sagen wir mal ein Jahr. Also wenn fünfzig oder sechzig Pfund die Woche als Profit bei rausspringt, wie viel wäre das in einem Jahr?«

»Zweitausendfünfhundert oder dreitausend Pfund.«

»Mein Güte! Und dann noch die Krönung, allein dabei kannst du hunderte absahnen. London wird im Geld ersticken. Und wenn ihr ein paar tausend Pfund gemacht habt, steigt ihr aus und beschäftigt euch mit Bildhauerei.«

»Soll ich dir mal was sagen, Vi? Mitunter hast du ganz gute Ideen.«

»Und, wie willst du's nennen? *Helen's Club*?«

»Nein. Wie findest du *Adam und Eva*? Oder *Die verbotene Frucht*?«

»Kolossal!«, rief Vi. »Und der Anfang würde nicht viel kosten. Aber du müsstest schnell machen, damit du noch die Krönung mitnehmen kannst. Du hast zwanzig Pfund. Ich wette, Adam hat fünfzig. Das macht dann siebzig ... «

»Das reicht nicht«, sagte Helen.

»Allmächtiger, dann organisier was. Schließlich bist du keine Jungfrau mehr. Schaff nebenbei 'n bisschen an. Merkt doch keiner.«

»Oh, das könnte ich nicht. Adam würde nie wieder was mit mir zu tun haben wollen.«

»Na dann streng deinen Grips an. Ich kenn da 'n Mädchen, eine Französin, die macht am Nachmittag fast fünf Pfund, während ihr Mann auf Arbeit ist. Und das seit über einem Jahr und er weiß immer noch nichts davon.«

»Nein. So was kann ich unmöglich tun.«

»Ich mein ja nur. Außerdem tust du's doch nicht der Sache wegen. Es geht ums Geschäft. Allmächtiger Gott, manche Leute machen ganz andere Geschichten. Wenn ein alter Knacker seine Tochter an einen Geschäftspartner verkuppelt, damit für ihn was dabei herausspringt, ist das nicht dasselbe?«

»Kann sein. Aber mir liegt so was nicht.«

»Meine Güte! Da gab's doch diese Frau, Maggie, die mit dem eigenen Klub; sie wurde immer das Schlachtschiff genannt. Einige Leute nannten sie auch die Frau für alle Fälle. Wenn überhaupt jemand Geld mit Mädchen verdient hat, dann sie. Und die hat 'nen Lord geheiratet. Er hat sie nur ihres Geldes wegen genommen, das sie sich mit ihren Fällen verdient hat. Nun, wenn ein Lord dabei keine Bauchschmerzen kriegt ... Menschenskind! Warum mietest du dir kein Zimmer für die Nachmittage und betreibst so ganz auf die Ruhige dein kleines Gewerbe? Durch Mund-zu-Mund-Propaganda – «

»Nein, das geht nicht. Mal sehen, vielleicht ergibt sich

’ne andere Lösung. Hätten wir bloß nicht damit angefangen. Jetzt werd ich an nichts anderes mehr denken können, und wenn ich mir erst mal was in den Kopf gesetzt habe, dann mache ich es am Ende auch ... «

»Jetzt hör doch mal zu. Wenn zum Beispiel ein Kerl wie Fabian in den Klub kommt und du gehst mit ihm für ’ne Stunde irgendwohin, das könnte dir fünf Pfund einbringen. Und was würdest du dabei verlieren?«

»Meine Selbstachtung.«

»Dass ich nicht lache! Ist es denn so viel schlimmer, als zu sagen, du gehst mit ihm, um ihn dann irgendwie abzuwimmeln, nachdem du dir ein Pfund von ihm geschnorrt hast?«

»Vielleicht nicht, aber –»

Auf dem Flur waren schwere Schritte zu hören.

»Adam!«, sagte Helen. »Kein Wort zu ihm über die Klubs!«

Sie ging in Adams Zimmer. Er stand vor dem Spiegel und untersuchte einen Bluterguss am Nacken.

»Liebling!«, sagte Helen. »Hast du dich verletzt?«

»Nein. Der alte Ali ist ’n bisschen grob, wenn er in Fahrt kommt, das ist alles. Ich wünschte, du könntest ihn sehen. Kämpfe, verdammt noch mal, kämpfe! Puh! Schlag mich, wenn du kannst! Werde der Bessere von uns beiden! Und klatsch, klatsch, klatsch! Er ist ein großartiger alter Mann.«

»Es hört sich schrecklich an, was er sagt. Aber was ist denn das?« Sie zeigte auf ein großes rechteckiges Paket auf dem Diwan.

»Nur Ton.«

»Aber, Adam, Liebster, du hast nicht mal den Ton angerührt, den du bereits hast!«

»Werde ich, werde ich, wenn ich Zeit habe.«

»Liebling, du solltest momentan nicht so viel Geld dafür ausgeben. Wir müssen sparen.«

»Sparen? Natürlich. Aber genau dafür sparen wir doch, oder?«

Helen verneinte nicht; sie sagte einfach nur: »Setz dich hin und küss mich.«

»Es tut gut, dich zu sehen«, sagte Adam.

Helen sagte: »Ich möchte dich etwas fragen, Adam. Wie viel Geld hast du zurückgelegt?«

»Genau kann ich das nicht sagen, aber es müssten so um die fünfundvierzig Pfund sein.«

»Nun, weißt du, Adam, ich habe nachgedacht ... wir brauchen so dringend Geld ... «

»Und? Setz ich nicht alles daran, welches zu verdienen? Bin ich nicht die ganze Nacht im Klub? Meinst du, ich sollte am Nachmittag eine Bank ausrauben oder so?«

Helens Finger streichelten seinen Hinterkopf. »Nein, Adam, Liebling, sei bitte nicht verärgert –«

»Ich bin nicht verärgert.«

»Ich hab nur gedacht ... «

»Was?«

»Nun, wir sind doch nur vorübergehend in diesem Gewerbe ... «

»Das will ich hoffen.«

»Wirklich nur vorübergehend. Aber solange wir das machen ... es ist nur so eine Idee, die mir gekommen ist, verstehst du ... aber es kommt mir irgendwie dumm vor, wenn Nosseross von dem, was wir durch unsere harte Arbeit verdienen, das meiste kassiert.«

»Das nennst du harte Arbeit? Ich hab den Eindruck, leichter kann man sein Geld gar nicht verdienen.«

»Ja, Liebling. Aber du musst zugeben, dass Nosseross das meiste vom Gewinn einsteckt ... und um in der kurzen Zeit so richtig Geld auf die Seite legen zu können, hab ich mir gedacht, wir sollten ... «, sie hielt inne, holte tief Luft und sagte hastig: »Alles in einen Topf werfen, was wir haben, und einen eigenen Laden aufmachen.«

»Was für einen Laden?«

»Eine Bottle-Party, einen Klub. Was meinst du?«

»Für mich eine schreckliche Vorstellung. Ich will raus aus dem Gewerbe und nicht noch tiefer hinein.«

»Aber Liebling, es wäre nur für kurze Zeit.«

Adam erwiderte: »Nein, wäre es nicht, es wäre für immer.«

»Bestimmt nicht! In einem Jahr könnten wir drei- oder viertausend Pfund verdienen.«

»Das ist möglich«, sagte Adam, »aber genau das ist der Punkt. Wer hört bei drei- oder viertausend Pfund auf?«

»Aber wir brauchen das Geld, Liebling, wir brauchen das Geld dringend, nicht wahr?«

»Es hat keinen Zweck, meine Liebe, ich will das nicht weiter diskutieren.«

Die kurze Erfahrung mit Männern hatte Helen immerhin gelehrt, mit Raffinesse vorzugehen. Sie sagte: »Wie du meinst, Liebster. Ärger dich nicht über mich.«

»Mich über dich ärgern?«, sagte Adam. »Meine liebe Helen.«

Sie küsste ihn und drängte sich an ihn; obwohl dieser Kuss und Adams Reaktion darauf einen wahren Mahlstrom des Begehrens in ihr auslösten, blieb tief in ihrem Bewusstsein eine kleine Ecke davon unberührt, von der aus ihre kritische Vernunft ihn beobachtete. Adam zog die Vorhänge zusammen. Er ging zurück zum Diwan und küsste sie wieder.

»Nein, nicht jetzt«, sagte Helen.

»Warum, was ist los? Bist du – «

»Oh, es geht mir gut. Ich möchte erst mit dir reden. Ich bin ... ach, ich weiß nicht, ich bin besorgt.«

»Worüber?«

»Sag, Adam, ist Geld ein Fluch?«

»Das ist es«, sagte Adam und fing an, sie mit den langsamen, gleichmäßigen Handbewegungen eines Masseurs zu streicheln.

Helen erschauderte. Sie legte ihre Lippen an sein Ohr und murmelte: »Liebster, bist du nicht der Meinung ... findest du nicht, wir sollten noch mal darüber nachdenken, was ich gesagt habe? Es wäre doch nicht für lange, und du hättest Muße und könntest in Ruhe und Frieden arbeiten.«

»Nein!«

Helen wandte sich von ihm ab und brach in Tränen aus. »Ich finde dich selbstsüchtig, du bist einfach schrecklich!«

»Nein, aber Helen! Helen, Liebling, hör doch! Sind wir erst einmal richtig drin in dieser Sache, taugen wir zu nichts anderem mehr. Verstehst du das nicht? Hast du jemals von einem Spieler gehört, der fähig wäre, mit seinem Gewinn vom Roulettetisch aufzustehen? Nein, Helen, wir dürfen nicht zu tief einsteigen in dieses Geschäft, sonst kommen wir da nie wieder raus.«

»Ach ... du hast keinen Ehrgeiz, das ist alles! Jemand mit richtigem Ehrgeiz würde nicht so reden. Ich mach doch nur einen Vorschlag, damit es uns besser geht ... «

»Weine nicht, um Himmels willen, weine nicht!«, sagte

Adam, der den Anblick von Tränen bei Frauen nicht ertragen konnte. »Hör mal, Helen ... Helen ... «

»Komm ... erzähl mir nichts. Jahrelang hast du was weiß ich für schwachsinnige Jobs gemacht und nicht einen Penny rausholen können. Und jetzt hat sich in deinem Kopf diese idiotische Idee festgesetzt, nicht zu viel Geld verdienen zu wollen! Ich – «

»Aber das stimmt doch nicht! Ich – «

»Oh ja, und ob das stimmt! Zu befürchten, das Leben könnte zu einfach sein! Ich habe noch nie in meinem ganzen Leben so etwas Lächerliches gehört. Also darf ich davon ausgehen, dass wir den Rest unseres Daseins in einem kleinen, schmuddeligen, möblierten Zimmer verbringen werden, aber edelmütig über Figuren reden, die du sowieso nie erschaffen wirst. Welche Skulpturen auch? Ich habe nie etwas von dir gesehen. Also, erzähl mir nichts. Geh weg! Ich glaube, du bist dumm! Ich glaube, du bist schwach! Ich glaube, du bist töricht!«

»Aber Helen! Du verstehst mich nicht. Genau wie du möchte ich auch Geld haben. Ich geb gern Geld aus. Nur mag ich diese Arbeit im Klub nicht, bei der ich die ganze Nacht arbeiten und den ganzen Tag schlafen muss. Es ist miserabel. Ich hasse es!«

»Oh! Ich nehme an, wenn du ein Bergarbeiter wärst, wär das in Ordnung. Dann würdest du es heldenhaft finden, nicht wahr? Nur weil du keine Hühneraugen kriegst und kein raues, steifes Hemd tragen musst, ist der Job für dich miserabel!«

»Es ist parasitär –«

»Parasitär! Du klammerst dich an ein Wort wie ein Baby an seine Rassel. Was meinst du überhaupt mit parasitär? Mir kommt es so vor, als würdest du lieber in einem Zimmer verhungern und die Bildhauerei aufgeben, anstatt zwei oder drei Monate etwas zu machen, was du nicht magst, um dich hinterher intensiv deinen Skulpturen widmen zu können. Oh ... «

Für Adam schien es nichts Wichtigeres zu geben, als diesen Streit endlich zu beenden und Helen in die Arme zu schließen.

Doch Helen spürte das und stieß seine Hand weg. »Du bist töricht! Stell dir vor, welch herrliche Arbeiten du machen könntest, wenn du ein ruhiges Haus hättest, eine Menge Geld und ein Atelier und Modelle und Tonnen von Ton und Stein. Wenn du Zeit hättest, den ganzen Tag lang zu arbeiten! Wenn –«

»Aber Liebling, es gibt da einen wichtigen Punkt. Wenn wir Klubs eröffnen, hätten wir vielleicht Häuser und Geld, ein Atelier und alles, was du dir vorstellen kannst; aber eins hätten wir dann nicht mehr ... das, was man braucht, um aus Ton etwas Gutes zu erschaffen. Helen, ich sag dir was, du kannst einen schöpferischen Impuls nicht ewig unterdrücken. Nicht in meinem Alter. Je länger ich es aufschiebe, desto unwahrscheinlicher ist es, dass ich jemals etwas schaffe. Und alles Geld der Welt, alle Häuser dieser Welt, was würde es mir nützen, wenn ich nicht das machen könnte, wofür ich geboren wurde.«

»Was bedeuten schon ein paar Monate?«, fragte Helen verächtlich.

»Es wären nicht nur ein paar Monate. Es wären Jahre und abermals Jahre ... so lange Geld dabei herausspringt; und dann, wenn es nicht mehr läuft, würden wir nach Geschäften Ausschau halten, die mehr Geld einbringen. Hast du mit diesem Job angefangen, um Karriere zu machen?«

Helen schwieg. Adam zog sie an sich. Ihr Körper blieb angespannt. Sie sagte: »Sag nicht gleich nein, mein Lieber. Denk drüber nach, ja?«

»Da gibt es nichts nachzudenken.«

Sie liebkoste ihn. »Du denkst noch mal drüber nach, ja, Liebling?«

»Nun ... ich werd noch mal drüber nachdenken.«

Helen küsste ihn.

XVI

An jenem Abend ging Fabian ziellos durch die Straßen; übellaunig und unerklärlich wütend. Er war völlig geistesabwesend, dachte jedoch an nichts Konkretes. Als er hochsah, fiel sein flüchtiger Blick auf eine flatternde Fahne und er sagte: »Einfaltspinsel!« Anlässlich der Krönung von Georg dem Sechsten schmückten Ladenbesitzer ihre Geschäfte mit Fahnen und Schautafeln. Die Vorhut derer, die der Krönung beiwohnen wollten, trieb bereits durch die Straßen: hagere Leute aus den Kolonien mit faltigen Hälsen; massige, klinisch saubere Amerikaner in teuren Mänteln; bärtige Männer, Männer mit Baskenmützen. »Trottel!«, sagte Fabian. Am Oxford Circus lüftete ein fetter Mann mit einem schönen malvenfarbenen Halstuch seinen Hut und fragte Fabian nach dem Weg zum »Pigadieliehszirkus«.

»Keine Ahnung, Kumpel, bin selbst fremd hier«, antwortete Fabian. Er ging weiter. Er beneidete den Mann um sein Halstuch. »Pigadieliehszirkus! Dieser Fettkloß! Können diese lausigen Ausländer kein Englisch lernen?« Und wer gab ihnen das Recht, so reich zu sein? Wer waren sie, dass sie Mäntel für fünfzehn und Hüte für drei Guineas tragen durften und Halstücher aus hellem malvenfarbenem Chinakrepp? Fabian wünschte, er hätte den Mann in die Irre geschickt, zum Marble Arch zum Beispiel.

In der Regent Street sprach ihn noch ein Mann an; ein hoch gewachsener, blasser junger Mensch mit beigefarbenem Hut, den er tief in die Stirn gezogen trug.

»Hallo, Charlie«, sagte Fabian, »du siehst besorgt aus.«

»Ich seh nicht nur so aus, ich bin's.«

»Was ist los?«

»Verdammte Krönung.«

»Die Krönung ist 'ne Riesengaudi, du Blödmann«, sagte Fabian. »London wird im Geld ersticken.«

»Tatsache, ja? Jedenfalls räumen die Bullen die Straßen ab. Da wird kein Mädchen übrig bleiben.«

»Erzähl keinen Quatsch, du Schwachkopf. Das ist 'n Gag. Sie wollen nur, dass was in der Zeitung steht.«

»Hast du überhaupt 'nen Schimmer, was die treiben?«, sagte Charlie und kaute auf seinen Nägeln. »Sie nehmen die Mädchen hopp, verstehst du? Dann finden sie raus, wo sie wohnen, verstehst du? Dann gehen sie dahin und warten, bis ihr Freund kommt, und den sacken sie dann ein und legen ihm 'n Armband um.«

»Du hast wirklich Grund zur Sorge. Deine Joan ist 'n flotter Feger.«

»Ja, ja, ist mir klar. Aber sie haben sie schon mitgenommen.«

»Sie haben was?«

»Sie haben sie verhaftet, Mensch, ich sag's dir doch«, jammerte Charlie, den Tränen nah. »Vor zwei Stunden haben sie sie hochgenommen, in der Oxfordstreet; und ich sag dir ehrlich, ich hab Angst, nach Hause zu gehen. Das ist eine Verschwörung. Diese Scheißkerle, diese dreckigen, wollen einen nicht leben lassen!«

»Sie werden sie zu vierzig Shilling verdonnern. Also, worüber machst du dir Gedanken?«

»Dass sie kommen und mich einbuchten. Das kann mir sechs Monate einbringen.«

»Hast du kein Alibi?«

»Was für 'n Alibi?«

Fabian sonnte sich in einem Gefühl der Macht. »Hör mal, Charlie, wenn sie dich kaschen, behauptest du einfach, du arbeitest für mich, für die Fabian Promotions. Klar? Hier ist meine Karte. Du bist mein Kontaktmann. Verstanden? Gib ihnen das. Ich bin dein Arbeitgeber. Wenn sie zu mir kommen, rede ich mit ihnen. Du suchst im ganzen Land für mich nach neuen Talenten, klar? Und du hast natürlich keine Ahnung, was die Lady, mit der du befreundet bist, in deiner Abwesenheit tut.«

»Mein Gott, Harry, bist du gerissen!«

»Sicher bin ich das. Also, ich muss weiter. Tschüss.«

Fabian ging los und warf sich in die Brust. In seinem Bewusstsein nahmen Vorstellungen Gestalt an. Er war Harry Fabian, eine Art Robin Hood; ein Gesetzloser; ein Aristokrat der Unterwelt; scharfsinnig, elegant, geschickt und er hatte Geschmack. Mit einer betont lässigen Handbewegung zündete er sich eine Zigarette an und schnippte das Streichholz weg. Harry Fabian, das Genie; Fabian, der Schreckliche. Automatisch steuerte er einen Spielsalon an; er erinnerte sich, dass sie dort am Schießstand etwas Neues hatten, ein Maschinengewehr. Er würde zwei Shilling für Schüsse ausgeben und eine Zielscheibe mit Löchern durchsieben ... Hineingeboren in eine Ära der Gangsterfilme vor den G-Men; genährt mit den Legenden von Capone, Torrio und Dillinger; entwöhnt mit *American Detective* und *Black Mask*; Fabians seltsamer kleiner Verstand driftete ab in angenehme Phantasien ... Er fuhr in seinem gepanzerten Wagen, begleitet von vier Männern mit markanten Gesichtern und bewaffnet mit Maschinenpistolen. Aufgereiht an der Straße standen alle seine Feinde. »Okey-dokey, Jungs, zeigt ihnen, wo's langgeht!« Tatatatatat Tatatatatatatatat! Die Maschinenpistolen ratterten wie Pressluftbohrer. Ausgeworfene Patronenhülsen gingen in einem glänzenden Regen nieder; der Reihe nach fielen Leute um wie Kegel. Hui – der schwere Wagen nahm eine Haarnadelkurve mit 120 km/h und mit erschöpftem Gedonner –

Eine scharfe kleine Stimme, die das jahrelange Schreien im Freien gefeilt hatte: »Hallo, 'arry!«

Es war Bert, der Grünhöker, der mit einer Karrenladung Bananen vorbeikam. Die Maschinenpistole in Fabians Phantasie gab ein letztes, boshaftes Stottern von sich und Bert komplettierte den Haufen Leichname.

»Was zum Teufel willst du?«, fragte Fabian.

»Will dir was sagen.«

»Ach ja? Dann will ich dir auch mal was sagen: Ich spreche deine Sprache nicht, klar? Also, verzieh dich, Kumpel. Kapiert?«

Bert lachte. »Du Knallkopp glaubst wohl, du kannst mich verarschen mit deinem Gedöns. Spricht nicht meine Sprache! Was für 'ne Sprache sprichst 'n dann, du verdammter Idiot! Meinst du, du kannst mich mit deinem Wallace-Berry-Getue beeindrucken? Ich – «

Fabian nagte an seiner Oberlippe. »Also, was? Spuck's aus und verdrück dich.«

»Ich will dir 'nen Tipp geben. Die Bullen sind überall, klar? Sie schnappen sich die Flittchen und buchten jeden Louis ein, versteht du? Ich warne dich, wenn sie dich schnappen, stecken sie dich in den Bau. Mach 'ne Fliege, solange noch Zeit ist. Mehr wollt ich nicht.«

»Du verdammter Narr denkst wohl, ich hab von Tuten und Blasen keine Ahnung, was?«

»In Ordnung. Du hältst dich für smart. Vergiss nicht, ich hab dich gewarnt. Du hast verdient, dass du eins aufs Dach kriegst, 'arry. Du bist 'n dreckiger Hund und 'n räudiger noch dazu – «

»Hör auf damit, du – «

»Aber schließlich bist du mein – «

»Bert! Lass mich in Ruhe! Ich kenn dich nicht und ich will dich auch nicht kennen lernen. Du kleine Laus, glaubst du, ich war zu voll, um nicht mitzukriegen, was du neulich Nacht mit mir gemacht hast?«

»Nein«, sagte Bert, »ich hoffe nicht. Ich hab dir in deine blöde Visage geschlagen. Und ich würd's wieder tun. Meinen eigenen Vater würd ich so behandeln, wenn er sich benehmen würde wie du. Selbst Jesus Christus hätte 'n Problem mit mir! Du bist einer, der sich aushalten lässt, verdammt noch mal. Zoë hält dich aus, und was machst du? Du nimmst das verdammte Geld, für das sie anschaffen geht, und säufst dir die Hucke voll, kotzt ihr Leben auf dem Scheißpflaster aus! Warum, du Lude? Wenn du ein Fremder wärst, würd ich nichts sagen. Aber du bist mein Verwandter. Du bist nicht fähig zu leben. Den Kopf würd ich dir abreißen, wenn ich dafür nicht in 'n Kahn müsste. Ich hab dir eine runtergehau'n, und ich würd's wieder tun. Und ich warne dich zum letzten Mal ... hör auf und such dir endlich 'ne Arbeit! Oder werd ein ordentlicher ... Dieb, Räuber, von mir aus begeh irgendeinen verdammten Mord ... mach irgendwas, aber lass dich nicht von 'ner Frau aushalten.«

Fabian knurrte wie ein Wolf. »Halt besser das Maul!«

»Du hältst das Maul, und lass mich ausreden! Hör auf damit! Du verkommst! Du stinkst!« Bert schnupperte an ihm. »Ja, du stinkst wie ein Lude. Du hast einen ekligen Geruch an dir! Lässt eine Frau auf den Strich gehen, damit er die Brillantine für sein Haar bezahlen kann! Und was warst du für ein gutes Kind. Du warst goldrichtig, bis du faul geworden bist. Und jetzt sieh dich an!«

»Und? Dann sieh dich erst mal selbst an!«, rief Fabian. »Deine Hosen! Sieh dir deine Schuhe an! Schiebst deinen lausigen Karren durch die Straßen: Kauft! Kauft! Kauft! Und was bringt dir das ein? Deine Alte hat nur stinkende Lumpen am Leib, du rennst von einer Straßenecke zur andern wie ein verdammter Köter und lässt dich von den Bullen rumschubsen und bei deinen Gören sieht man die blanken Ärsche durch die kaputten Hosen –«

»Meine Kinder laufen vielleicht splitterfasernackt in der Gosse herum, aber ihr alter Herr muss sein Gesicht nicht vor ihnen verstecken oder sich in die Seitenstraßen verdrücken, weil ihm jemand Lude hinterherbrüllt.«

»Sag das Wort noch mal und ich schlag dich zusammen! Selbst wenn ich gelähmt wäre, würde ich dich noch zusammenschlagen!«

»Du? Du kannst mich nicht zusammenschlagen. Und du weißt, dass ich Recht habe. Ist doch so, oder? Deshalb kriechst du doch wie ein Wurm auf dem Bauch. Und vor ein paar Jahren hattest du noch das Herz eines Löwen! Aber jetzt schämst du dich. Neulich nachts hab ich dir vor allen Leuten eine gescheuert, und du konntest nicht mal die Hand gegen mich erheben. Nein, angefangen zu heulen hast du. Soweit ist es mit dir gekommen. Und ich sag dir, 'arry, ich würd's wieder tun. Das würd ich! Und wenn es mitten auf'm Piccadilly wär, vor dem König und der Königin, ich würd's tun!«

Die beiden Männer sahen einander an. Fabian zog die Achseln hoch. Bert legte die Hände auf die Deichsel seines Karren und setzte ihn auf die Räder. Fabian lächelte verächtlich, doch es bereitete ihm Mühe, die Mundwinkel hochzuziehen.

Ohne ein weiteres Wort ging jeder seiner Wege.

Fabian war übel. Er ging auf einen Drink zu Bagrag's. Doch der Klub war nahezu leer. Mike stand an der Tür; sein widerlicher Mund schloss sich wie eine Wunde um eine kalte Zigarette. Bagrag las in einer Abendzeitung.

»Hey, Bagrag«, sagte Fabian.

»Ah.«

»Ist ja so ruhig hier?«

»Hm.«

»Louis gesehn?«

Mike hob einen Mundwinkel und presste nur ein Wort hervor: »Geschnappt.«

Fabian spürte eine seltsame Ruhe. »Weswegen?«

»Vorsätzliches Herumlungern.«

Der Pianist, der den Boden fegte, fügte hinzu: »Sie kassieren alle Jungs; jeden, den sie kennen. Wegen der Krönung.«

»Zum Teufel, was kümmert mich das?«, sagte Fabian. »Mich kennen sie nicht.«

Er kippte seinen Drink runter. Bagrag, in Gedanken versunken, starrte auf seine Zeitung, ohne sie zu lesen.

»Nacht«, sagte Fabian. Deprimiert verließ er Bagrag's. Vor dem Oxford Corner Haus sprach ihn ein Mann mittleren Alters an. Sein Kopf erinnerte an den des römischen Kaisers Caracalla und er war abgefüllt mit Brandy. »Ah, Harry. Schon von Charlie gehört?«

»Ich hab ihn vor einer Weile gesehen. Was ist?«

»Hoppgenommen.«

»Was? Wann?«

»Vor zehn Minuten in seinem Laden. Nun, so ist das: Heute top, morgen flop ... «

In Fabians Magen begann etwas zu flattern.

»Zum Teufel, wen kümmert das?«, sagte er, »Charlie ist 'n Volltrottel. Wahrscheinlich hat er sich was anhängen lassen. Ich – «

Ein Berühung an seiner Schulter brachte sein Herz ins Stolpern. Plötzlich leichenblass geworden, drehte er sich um und sah Mr. Arthur Mayo Clark vor sich stehen. Fabian lachte erleichtert auf. »Hah! Sie haben mir vielleicht 'nen Schrecken eingejagt!«

»Schlechtes Gewissen?«, sagte Mr. Clark. Ein winziges, sittsames Lächeln entblößte einen Zahn.

In diesem Moment kam Harry Fabian eine Idee. Er sagte: »Ich habe gerade überlegt, ob ich Sie aufsuchen sollte. Ich wollte mit Ihnen etwas Geschäftliches bereden.«

»Na dann lassen Sie uns ein Stück zusammen gehen.« Fabian begleitete Mr. Clark zum Oxford Circus.

»Mr. Clark ... kennen Sie meine Zoë?«

»Ja.«

»Ihr hängt London zum Halse raus.«

»Oh?«

»Sie denkt daran, ins Ausland zu gehen.«

»Wirklich? Wohin?«

»Nun ... was würden Sie vorschlagen?«

»Wie? Sie wollen, dass ich Ihnen sage, wohin?«

»Ja.«

»Aha. So ist das also«, sagte Mr. Clark. »Zoë. Mmm ... «

»Und?«

»Nun ja. Es gibt da ein paar Probleme. Zuerst einmal, sie ist ein dunkler Typ. Drüben bevorzugt man doch eher blonde Damen. Außerdem wird die ganze Sache immer schwieriger ...«

»Aber sie sieht umwerfend aus.«

»Ist aber dunkel.«

»Und jung.«

»Vierundzwanzig. Ich bin nicht darauf erpicht, Fabian, nicht sonderlich darauf erpicht. Was ist übrigens ihre Meinung dazu?«

»Überlassen Sie das mir. Was würde es im günstigsten Fall einbringen?«

Mr. Clarke zuckte mit den Schultern und sagte: »Zwischen einhundert und einhundertfünfzig Pfund vielleicht.«

»Mein Gott! Geben Sie Ihrem Herzen einen Stoß!«

»Was mich betrifft, für mich wird das Geschäft zunehmend schwieriger. Und es ist ja nicht so, dass sie ein Kind wäre, das direkt von zu Hause kommt.«

»Aber Sie wissen genauso gut wie ich, ein Mädchen von Zoës Qualitäten macht keinen Ärger.«

»Nun, dann wäre die Sache erledigt. Ich kann Ihnen bestenfalls einhundertfünfzig Pfund anbieten. Wenn Ihnen das nicht gefällt, nun ...«, Mr. Clark machte eine Handbewegung, die sagte: »Dann fahr zur Hölle.«

»Wie bald?«

»Valdes verlässt Cardiff in drei Wochen.«

»Nicht früher?«

»Nein. Ich sehe Sie in der Zwischenzeit ja noch mal, aber wenn Sie das Geschäft abwickeln möchten, dann müssten Sie am Freitag in zwei Wochen mit Zoë in Cardiff sein.«

»In Ordnung«, sagte Fabian, »ich rufe Sie an.«

»Ich gehe hier entlang. Sie brauchen mich nicht weiter zu begleiten. Gute Nacht, Fabian.«

Etwas an Mr. Clark verunsicherte Fabian und ließ ihn frösteln. Der Mann war pures Eis. Fabian ging in ein Café und bestellte eine heiße Suppe. Er fing wieder an nachzudenken ...

Einhundertfünfzig Pfund waren eine Menge Geld, wenn man es gebündelt vor sich sah. Aber Zoë verkaufen? Zoë wegschicken? Sie hat hart für dich gearbeitet, sagte sein Gewissen, sie ist verrückt nach dir. Sie würde sogar für dich sterben. Wieder protestierte die Vernunft. Sie ist dein Lebensunterhalt! Dann dachte er an die hundertfünfzig Pfund. Mit so viel Geld könnte er Urlaub in Monte Carlo machen und im Casino spielen. Er hatte Filme über diesen Ort gesehen ... eine Glitzerwelt mit Menschenmengen, Prinzen, schönen Frauen, langen Tischen, Stapeln von Chips, einem sich drehenden Rad und einer kleinen Kugel, die pitapit machte. Dann sah er sich selbst in eleganter Abendgarderobe an einem Tisch sitzen, vor sich einen Stapel Geld und Jetons, so hoch wie ein Ameisenhaufen. Hinter ihm murmelten juwelengeschmückte Frauen: »Lord Fabian sprengt die Bank. Er hat zehn Millionen Francs gewonnen, mon Dieu!« Pitapitpitapitpitapitpitapit; und der Croupier schob weitere hunderttausend zu ihm herüber. »Die Bank ist gesprengt.«

Und dann, wie ein Mann, der plötzlich die Antwort

auf ein schier unlösbares Problem gefunden zu haben schien, wurde Fabian von der Überzeugung gepackt, dass er die Bank des Spielcasinos in Monte Carlo mit hundertfünfzig Pfund sprengen könne. Er fühlte das mit absoluter Gewissheit.

»Zahlen!«, rief Fabian. Die Seriennummer seiner Rechnung war 1253897. Die Quersumme war 35. Fünf und drei machten acht. Acht war, das hatte Fabian immer geglaubt, seine Glückszahl. Er hätte nicht zufriedener sein können, wenn er eine Zehnpfundnote aufgehoben hätte. »Dort werd ich meine Glückssträhne haben«, sagte er. Die Situation schien eine Feier zu erfordern. Er zählte sein Geld: Er hatte fünf Pfund in bar.

Fabian rief ein Taxi: »Silver Fox«, sagte er zu dem Fahrer.

Er würde eine Flasche Champagner trinken und mit der großen Brünetten tanzen. Dabei würde alles draufgehen, was er in der Tasche hatte. Aber was spielte das für eine Rolle. Bald würde er die Bank sprengen.

XVII

Er war der erste Gast an diesem Abend. Nosseross begrüßte ihn überschwänglich: »Harry! Schön, dich wieder zu sehen! Du siehst gut aus. Und wohlhabend! Sag mal, wen hast du niedergeschlagen?«

»Hi, Phil! Teufel noch mal, du siehst aber auch nicht schlecht aus!«

»Komm und setz dich, Harry. Komm, setz dich und erzähl mir alles.«

»Ich geb dir 'n paar Karten für meine erste Show.«

»Das ist nett von dir, Harry. Ich weiß das wirklich zu schätzen.«

Nosseross warf einen Blick über seine Schulter und rief: »Helen, meine Liebe! Hier ist ein alter Freund von dir.«

»Nein, Mr. Fabian! Gerade hab ich an Sie gedacht«, sagte Helen.

»Und ich gerade an dich, Baby«, sagte Fabian, »und ich hab mir gesagt: Zum Teufel, geh doch mal in Phils Laden, um die bestaussehende Brünette im Westend zu treffen... Phil, wie wär's mit etwas Champagner?«

»Da musst du nicht zweimal fragen, Harry ... Adam!« Nosseross verließ den Tisch. Fabian rückte etwas näher an Helen heran.

»Sie sehen aus, als wären Sie rundherum mit sich zufrieden, Mr. Fabian«, sagte Helen.

»Für dich Harry. Ja, ich bin mit mir zufrieden. Alles läuft momentan wie am Schnürchen. Ich steh kurz davor, das große Geld zu machen. In etwa einer Woche muss ich nach Monte Carlo.«

»Oh, das stell ich mir wunderbar vor.«

»Man gewöhnt sich dran.«

»Fährst du oft dorthin?«

»Äh, etwa drei- oder viermal im Jahr. Ich fahr geschäftlich hin, nicht zum Vergnügen. Ich erledige, was ich erledigen muss, spiel ein wenig im Casino und fahr zurück.«

»Das muss ja furchtbar aufregend sein. Gewinnst du viel?«

»Es läppert sich zusammen. Man nennt mich ›*Die glückliche Hand*.‹«

»Die hast du.«

»Nein, leider nicht, Helen, ehrlich. Ich bin einsam.«

»Einsam? Aber du musst doch sicher tausend Freunde haben?«

»Helen, ich habe keinen einzigen Freund auf der Welt! Ich kenne unzählige Menschen, ja. Und ich bin ein gutmütiger Einfaltspinsel ... ich helfe Menschen, wo immer ich kann. ›Leih mir fünf Pfund, Harry‹, und so weiter. Und ich sag nie nein. Aber ich frage mich oft: Wenn dein Name nicht mit Zaster verbunden wäre, wo wären sie dann, all deine guten Kumpel? Mir hängt das zum Hals raus. Ich bin jetzt an dem Punkt, wo ich weiß, wie man Knete macht, ja. Aber hast du eine Ahnung, was ich mir sehnlichst wünsche?«

»Was?«

»Die Frau fürs Leben zu finden und ein Heim zu haben, mit schönen Möbeln, sich niederlassen; ein bisschen Ruhe und Frieden finden. Es mag sich verrückt für dich anhören, aber so ist es.«

Fabian wusste, dass diese Maschen noch immer gezogen hatte.

Helen sagte warm: »Was soll daran verrückt sein?«

Sie sah sich selbst in einem geblümten Nachmittagskleid zur Teestunde, in einem Wohnzimmer, das eine exakte Kopie eines Schaufensters bei Heals war. Am dritten Finger ihrer linken Hand, in einem schlichten Platinring, funkelte ein großer, schön gefasster Diamant. Fabian lächelte sie über den Rand seiner Teetasse hinweg an. Hinter ihm konnte Helen durch eine geöffnete Schiebetür ein mit Manuskriptpapier bedecktes Klavier sehen, das voller kreativer Kleckse und Flecken war ... ›Nun, Harry, mein Lieber, hast du viel gearbeitet?‹ ›Da kannst du sicher sein, Honey, ich hab gerade den Hit des Jahrhunderts komponiert. Du wirst einen Zobelmantel bekommen und einen Bentley.‹ ›Oh, Harry! Oh ... ‹

»Woran denkst du?«, fragte Fabian.

»An nichts Besonderes.«

»Möchtest du tanzen?«

»Gleich. Wir wollen uns noch ein bisschen unterhalten.« Sie sah von Fabian zu Adam. Fabian trug einen neuen grauen Frühlingsanzug, ein hellgraues Hemd, eine hellgraue Krawatte und hellgraue Socken. Er sah aus, als käme er direkt aus dem Schaufenster eines Herrenausstatters; einfach zu perfekt, um wahr zu sein. Heranwachsende Jungen starren solche Gestalten atemlos an und beschließen, sich ebenso zu kleiden, wenn sie erst einmal reich sind. Über Adams breitem Rücken spannte der Stoff des weißen Jacketts. Eine Haarlocke fiel ihm in die Stirn, als er, ein Tablett balancierend, sich seinen Weg zum Tisch bahnte.

Sie dachte: Ja, ich mag Adam. Aber schließlich ist er ein Mann ohne Ambitionen. Selbst wenn er mit seiner Bildhauerei Erfolg hätte – und wie kann er das? –, bliebe er immer noch der Arbeiter ... Nun, ich wette, ich bräuchte nur meine Hand auszustrecken und könnte einen Mann wie Fabian bekommen ...

Sie betrachtete Fabians Hände. Sie waren weich, weiß und manikürt. Künstlerhände, ging es ihr durch den Kopf, schlimmstenfalls etwas verunziert durch Tinte. Adam hingegen würde in einem Pullover durchs Haus laufen, und selbst jetzt hat er Hände wie ein Bauarbeiter.

»Du hast schöne Hände«, sagte sie.

Fabian besaß die Gabe des Pathos – Teil des Handwerkszeuges eines Mannes, der sich von Frauen aushalten lässt. Er konnte seine Augen aufschlagen und wie ein verwundeter kleiner Vogel aussehen, bis Frauen das Verlangen verspürten, ihn in die Arme zu nehmen und zu streicheln.

Das tat er jetzt. »Ja«, sagte er, »ich habe schöne Hände. Ich habe alles Mögliche. Aber ich habe noch immer niemanden, der mich wirklich liebt. Du sollst wissen, Helen, dass ich mich in dich verlieben könnte.«

»Ach, jetzt hör aber auf. Sei nicht albern.«

»Mir ist es ernst. Ich finde dich wundervoll.«

»Was ist so wundervoll an mir?«

»Alles. Du besitzt Schönheit und Verstand. Uuh, ich möchte immer mit dir zusammen sein.! Wäre das nicht klasse? Nur du und ich. Wir könnten die tollsten Orte aufsuchen; Kreuzfahrten machen, Tanzen gehen, Paris, New York ... Zum Teufel, kannst du dir das vorstellen, wie wir beide aus einem großen cremefarbenen Rolls-Royce steigen, du im Pelz und ich im Frack; wir beide beim Betreten eines noblen Ladens, in dem eine Big Band spielt ... vielleicht sogar eine von meinen Nummern! Wie würde dir das gefallen?«

»Mmmm!«, Helen warf Adam einen Blick zu. Sein Gesichtsausdruck war finster. Die Trägheit war von ihm gewichen und hatte einer brütenden Düsternis Platz gemacht. Niemals würde er an solche Dinge denken, und wenn ich mit ihm tanzen wollte, würde er über Evolution oder so was reden.

»Aber wie sieht es mit dem Ringkämpfen aus?«

»Es läuft an, Baby. In Kürze werde ich das Geld mit Schubkarren zur Bank bringen.«

»Du bist ein komischer Mann.«

»Warum?«

»Schreibst Songs und veranstaltest Ringkämpfe und all solche Sachen.«

»Verdammt, ich kann nicht untätig rumsitzen. Action, ich brauche Action! Ich hör erst auf, wenn ich eine Million gemacht hab.«

»Pfund oder Dollar?«

»Pfund, Kindchen, Pfund. Schließlich sind eine Million Dollar nur zweihunderttausend Pfund. Himmel, zweihunderttausend, was ist das schon?«

»Für mich ist das 'ne Menge Geld.«

»Ja, vielleicht. Zugegeben, so viel habe ich noch nicht zusammen, um ehrlich zu sein, weniger als die Hälfte. Aber ich bringe es zu einer Million, du wirst an meine Worte denken. Erst dann höre ich auf, nicht vorher.«

»Dennoch gibt es Männer, die keinerlei Ambitionen haben.«

»Ein Mann ohne Ambitionen ist keinen Pfifferling wert«, sagte Fabian.

»Schau dir zum Beispiel Adam an, den Kellner. Er macht sich nichts aus Geld. Er ist verrückt nach Bildhauerei.«

Fabian lachte. »Was soll dabei herausspringen?«

»Nun, ich nehme an, dass der erfolgreichste Bildhauer nicht mehr als drei- oder viertausend Pfund im Jahr macht.«

»So viel gebe ich allein für Kleidung und Amüsement aus«, sagte Fabian. »Außerdem ... verdammt, ich wette, die brauchen Wochen, um eine Skulptur zu vollenden. Und ich, ich schreibe einen Song in drei oder vier Stunden. Ping! Ein Tausender!«

»Aber er ist ganz nett«, sagte Helen.

»Wer? Der Kellner? Sicher. Er trainiert in meinem Gym. Aber hör zu, Helen. Ich mag dich.«

»Nun, ich mag dich auch.«

»Wollen wir uns morgen zum Tee verabreden?«

»Das wäre schön.«

»Toll! Und wo?«

»Wie wär's mit Raoul's in der Bond Street?«

»Gut! Vier Uhr?«

»Fünf.«

»Okay, um fünf. Ich möchte so gerne allein und in Ruhe mit dir reden .... Weißt du, Helen, ich bin sehr angetan von dir. Nun bin ich nicht unbedingt der sentimentale Typ, aber ... Mein Gott, ich weiß gar nicht, was los ist. Ich – «

»Zwei Pfund, bitte«, sagte Adam.

Fabian warf zwei Pfund und zehn Shilling hin; und Plopp! machte der Korken der Champagnerflasche.

Mary hatte Helen die ganze Zeit über mit dem faszinierten Blick einer Frau angesehen, die völlig in den Bann eines abgrundtiefen Hasses geraten war. Schließlich sagte sie zu Nosseross: »Phil, ich wünschte, ich könnte das Mädchen loswerden.«

»Wen? Helen? Warum?«

»Ich hab meine Gründe.«

Nosseross lachte: »Du bist verrückt, Liebling.«

»Oh, ich verstehe. Ich bin verrückt. Ich verstehe. Ist in Ordnung.«

»Was ist los mit dir, Baby-Love? Helen arbeitet gut, sie ist eine der Besten im Laden. Was hast du gegen sie?«

»Sie redet hinter unserem Rücken über uns.«

»Nun, das tun sie alle. Lass sie reden. Was kann sie schon sagen?«

»Phil, du musst sie loswerden!«

»Nanu, mein Engel! Wenn man dich so reden hört,

könnte man meinen, du seist eifersüchtig auf sie!«

»Was? Ich? Eifersüchtig auf die? Auf diese schreckliche, fette, gewöhnliche, überentwickelte, sexy aussehende – «

»Komm schon, Mary, Schätzchen – «

»Ich und eifersüchtig auf eine Hostess! Ich verstehe, du willst mich beleidigen. In Ordnung! Sehr gut!«

»Aber – «

»Sprich nicht weiter, Phil Nosseross! Ich hasse dich!« Mary wandte ihm den Rücken zu und ging weg. Sie verschwand im Büro; dann kam sie wieder heraus, ging unauffällig in dem schwachen, tanzenden Licht zwischen den Tischen hindurch und setzte sich an einen Tisch hinter Fabian.

Er sagte gerade: »Ich sag dir eins, Kindchen, je mehr Frauen man gekannt hat, desto mehr weiß man die Richtige zu schätzen, wenn man ihr begegnet. Du hast Recht, ich habe viele Weibsbilder kennen gelernt. Unter uns ... als ich in Hollywood gelebt habe, bin ich viel mit Jean Harlow rumgezogen.«

»Du willst mir doch jetzt nicht etwa erzählen, dass ich dir besser gefalle als Jean Harlow.«

»So ist es aber. Du hast mehr Glamour in deinem kleinen Finger als sie in ihrer ganzen Erscheinung. Aber das ist es nicht allein. Ich kann's nicht genau sagen. Du besitzt nicht diese Art von Attraktivität, du hast mehr zu bieten. Abgesehen davon könnte ich mich nie in eine Blondine verlieben.«

»Die meisten Männer mögen Blondinen.«

»Zur Hölle mit den Blondinen.«

Mary biss sich auf die Lippen.

»Ach ich weiß nicht«, sagte Helen, »einige von ihnen sind ziemlich hübsch. Sieh dir zum Beispiel Mrs.

Nosseross an. Sie ist sehr beliebt bei den Männern ... zugegeben, bei den etwas einfach gestrickteren Typen, aber sie scheint auf sie eine gewisse Anziehungskraft auszuüben.«

»Puh!«, sagte Fabian und machte mit seiner rechten Hand eine Geste, als zöge er an einer Kette. »Anziehungskraft! Auf wen? Auf alte Knacker wie Phil Nosseross. Mein Gott, Kindchen, ich hab Mary schon gekannt, da hat sie noch so eine Art Striptease vorgeführt, bei Saxophone Joe's, drüben im Golden Square. Es gibt kaum einen Musiker – «

»Aber gefallen dir denn ihre Augen nicht? Irgendwie erinnern sie mich an die sanften Augen einer Kuh«, sagte Helen

»Baby, du hast mehr Glamour in deinen Zehennägeln.«

»Und außerdem ist es eine Tatsache, dass sie keinen Funken Verstand hat«, sagte Helen, »und sie ist entsetzlich eifersüchtig.«

»Sie hat ein Recht darauf«, sagte Fabian und drückte Helens Handgelenk. »Und überhaupt, zum Teufel mit Mary. Wen kümmert Mary? Ich mag dich, nicht Mary. Komm jetzt, trink aus und lass uns tanzen. Du legst 'ne gute Rumba hin, nicht wahr?... He, Schlafmütze! Sag mal der Band, sie soll *La Cucuracha* spielen. Sag mal, magst du Hunde?«

»Ich liebe Hunde. Weshalb?«

»Nun, dann werde ich dir einen kleinen Chihuahua schenken.«

Die Band begann zu spielen. Der Drummer schrie ins Mikrophon:

»La cucuracha, la cucuracha,
Marijuana que fumar ... «

»Junge, Junge, Junge, kann das Weib tanzen!«, rief Fabian in Ekstase.

Zitternd vor Wut stand Mary auf und ging zurück zu Nosseross. »Du Feigling! Du Ekel!«, schrie sie.

»Warum, Liebling – «

»Spar dir dein Liebling! Geh zurück zu deiner Helen!«

»Aber was ist denn nun los?«, fragte Nosseross.

»Ich werde mich nicht streiten! Ich sag dir nur eins – entweder verlässt dieses Mädchen auf der Stelle den Laden oder ich gehe. Ich meine es ernst! Das schwöre ich dir! Wenn du diese dreckige Schlampe nicht aus dem Klub wirfst, werde ich dich verlassen! Ich lasse mich nicht beleidigen, hörst du? Ich nicht, ich nicht!« Mary fing an zu weinen.

»Was hat dich so aufgeregt?«

»Du hättest hören sollen, was Helen gesagt hat ... Oh ... oh ... «

»Was hat sie denn gesagt?«

»Sie hat mich als Prostituierte bezeichnet und gesagt, du wärst ein alter Trottel ... «

Nosseross tätschelte ihre Schulter und sagte erhaben: »Mein Liebling, wenn du in den Hydepark gehst, kannst du hören, wie jede Menge arbeitsscheues Gesindel ähnliche Dinge über den König und das Parlament zum Besten gibt. Aber wer nimmt davon Notiz?«

»Du stellst dich auf ihre Seite!«, schrie Mary. »In Ordnung! Ich geh!«

»Liebling, sei nicht albern.«

»Ich gehe, das sag ich dir!«

»Schon gut, schon gut, Lämmchen. Ich schmeiß sie heute Nacht raus.«

»Jetzt!«

»Aber – «

»In dieser Minute!«

Nosseross zuckte mit den Schultern. Die Musik hörte auf und Fabians schrille Stimme war zu hören: »Kannst du nun Rumba oder kannst du Rumba?« Nosseross ging zu seinem Tisch und sagte zu Helen:

»Du wirst am Telefon verlangt.«

»Ich? Möchte mal wissen, wer das sein könnte.« Sie folgte Nosseross in sein Büro, sah das Telefon und dass der Hörer auf der Gabel lag. »Sie sagten – «

»Schon in Ordnung. Es gibt keinen Telefonanruf. Ich wollte nur ein Wort mit dir reden, Helen.«

»Worum geht es?«

»Du bist ein nettes Mädchen und ich mag dich. Aber du musst gehen.«

Helen wurde blass. »Gehen? Warum?« Dann kehrte die Farbe zurück auf ihre Wangen. Sie sagte: »Aber ... aber, Mr. Nosseross! Wenn ... wenn es wegen des Ginger Ales ist neulich Abend – «

»Nein, es ist nichts dergleichen. Du bist die beste Kraft im Laden. Aber Tatsache ist, du bringst Unruhe unter die anderen Mädchen.«

»Wie das?«

»Wie?«, fragte Nosseross im besänftigendem Ton. »Sie sind eifersüchtig auf dich. Du weißt doch, wie das ist, du bist ihnen überlegen und das nehmen sie dir übel. Es macht sie unzufrieden.«

Helen lächelte wütend und bleckte die Zähne. »Oh, ich verstehe. Ich glaube, ich verstehe. Mary hat ein Machtwort gesprochen, was?«

»Ah, komm, komm, komm ... «

»Oh, ja. Ich weiß, dass sie mich nicht mag«, sagte

Helen, »und ich weiß, was sie hinter meinem Rücken redet. Sehr gut. Sie ist der Boss.«

»Ich bin der Boss.«

»Sind Sie nicht und Sie wissen das. Ich verachte einen Mann, der alles machen muss, was seine Frau ihm sagt!«

Nosseross grinste.

»Aber bevor ich gehe, Mr. Nosseross, möchte ich Ihnen noch etwas sagen. Sie sind ein alter Narr.«

Es war unmöglich, Phil Nosseross aus der Fassung zu bringen.

Er sagte: »So, bin ich das?«

»Wissen Sie nicht, was jeder weiß, oder tun Sie nur so, als wüßten Sie es nicht?«

»Wovon redest du?«

»Von Mary und – «

»Pass auf, dass dein schöner, kleiner Mund sauber bleibt, meine liebe Helen, oder ich müsste ihn dir mal mit einem Scheuerlappen auswischen«, sagte Nosseross liebenswürdig.

»Sie können mir keine Angst einjagen. Sie kennen doch Sir William Cheshunt?«

»Nun?«, sagte Nosseross ruhig.

»Wenn er das nächste Mal mit Mary an einem Tisch sitzt, sorgen Sie dafür, dass jemand zuhört, worüber sich die beiden unterhalten.«

Nosseross' Lächeln wurde dünner. »Warum?«

»Sie werden schon sehen.«

Unerwartet schloss sich seine Hand um Helens Handgelenk wie eine Rattenfalle. »Spuck's aus«, zischte er.

»Versuchen Sie nicht, mich einzuschüchtern! Ich sag's Ihnen aus freien Stücken. Mary hat eine Affäre mit Sir William Cheshunt.«

»Du lügst«, sagte Nosseross.

»Nun gut, Sie müssen's ja wissen. Lassen Sie jetzt mein Handgelenk los.«

Für einen Moment wurde Nosseross' Griff fester, doch dann ließ er los. Helen rieb sich das Handgelenk. »Was noch?«, fragte Nosseross.

»Mary setzt Ihnen gehörig Hörner auf. Ich kann mit Bestimmtheit sagen, dass sie am Freitagnachmittag in seiner Wohnung gewesen ist, und zwar zwischen zwei und drei. Und sie hat vor, mit ihm wegzugehen.«

»Letzten Freitagnachmittag?«, fragte Nosseross.

»Ja. Ich habe gehört, wie sie sich unterhalten haben. Sie hat gesagt, sie werde Ihnen gegenüber behaupten, sie gehe zur Schneiderin.«

»Schneiderin«, wiederholte Nosseross.

»Er hat sie gebeten, mit ihm auf seiner Yacht eine Mittelmeerkreuzfahrt zu machen. Sie hat ja gesagt. Wenn Sie Ihre Ohren aufsperren, werden Sie noch mehr hören. Das ist alles.«

»Nimm deine Sachen und geh«, sagte Nosseross.

»Sie wollten es wissen und jetzt wissen Sie's.«

»Du hast völlig missverstanden, worüber sie geredet haben. Du willst einfach nur Ärger machen. Hau ab!«, schrie Nosseross mit sich überschlagender Stimme.

»Sie schulden mir noch fünfzehn Shilling ... meinen Anteil an den Cocktails.« Nosseross griff in seine Westentasche und zog zwei Pfundnoten heraus; er zerknüllte die Scheine zu einem Ball und zielte damit auf Helen. Sie prallten von ihrer Schulter ab und fielen zu Boden. Helen bückte sich, um sie aufzuheben. Mit dem Daumen wies Nosseross ihr die Tür.

Helen nahm ihren Mantel und verließ den Klub.

Zehn Minuten später kam Adam in das Büro. »Phil«, sagte er, »Cheshunt möchte wissen, ob Sie ihm einen Scheck einlösen können?«

»Richte ihm bitte aus«, sagte Nosseross, »dass ich seinen Scheck in welcher Höhe auch immer akzeptiere. Und, Adam ... wenn du ihm seine Bestellung bringst, sagst du: Mit den besten Empfehlungen von Phil; Mr. Nosseross würde sich geehrt fühlen, wenn Sir William heute Abend sein Gast wäre.«

Adam sah ihn an. »Was ist los? Sie sehen nicht besonders gut aus.«

»Ich fühle mich ein wenig schlecht.«

»Der Magen?«

»Genau, der Magen. Hör mal, Adam ... mach mal für 'nen Moment die Tür zu. Ich weiß, ich kann dir vertrauen. Würdest du mir einen Gefallen tun? «

»Wenn es sich in Grenzen hält, ja.«

»Sitzt Mary mit Cheshunt zusammen?«

»Ja. Warum?«

»Könntest du vielleicht mal die Ohren spitzen? Ich möchte wissen, worüber sie reden.«

»Nein, ich lehne solche Geschichten ab.«

»Auch dann, wenn ich dich darum bitte?«

»Ja, tut mir Leid. Auch wenn Sie mich darum bitten.«

»In Ordnung«, sagte Nosseross, »vergiss es. Du bist ein anständiger Kerl. Gib mir die Hand. Ich mag dich.« Es war ein fester, warmer Händedruck.

Nosseross richtete seine Krawatte mit besonderer Sorgfalt und ging in den Klubraum. Mary saß zusammen mit einem blonden Hünen im Smoking an einem eher versteckten Tisch. Nosseross beobachtete ihr Gesicht. Sie lächelte. Er ging auf den Tisch zu. Sie sah ihn. Ihre Lippen bewegten sich und ihre Augen wurden ausdruckslos; flach und leer, als hätte man Löcher in das Titelbild eines Magazins geschnitten und würde den Himmel durch sie betrachten.

»Danke für Ihre Gastfreundschaft«, sagte Sir William.

»Es ist mir ein großes Vergnügen, Sir William.«

»Nehmen Sie einen Drink, Phil?«

»Selbstverständlich. Cheers! ... Lassen Sie nicht zu, dass Mary auf Abwege gerät.«

»Sie sollten vorsichtig sein, Phil«, sagte Sir William und lachte. »Mary und ich sind dabei durchzubrennen.«

Alle drei lachten herzlich. Nosseross entfernte sich, kehrte dann aber auf einem Umweg wieder zurück und stellte sich in die Nähe ihres Tisches.

»I got you under my skin,
I feel you deep in the heart of me ... «

sang der Drummer ...

Nosseross hörte, wie Sir William Cheshunt sagte: »Was gibt es da Angst zu haben?«

Mary antwortete: »Er kann anderen Leuten Angst einjagen, aber nicht mir.«

»So deep in my heart,
you're really a part of me,
I've got you under my skin ... «

Nosseross spürte, wie zwei Kräfte sich seines Körpers bemächtigten: Ein kaltes Gewicht drückte ihn hinunter und eine flammende Wut drückte ihn hinauf. Die Musik war zu Ende und es gab einen prasselnden Applaus.

»Wie geht's Ihnen, Sir William?«, fragte Nosseross mit einem Lächeln. Hätte er in diesem Moment eine Axt gehabt, er hätte Sir William Cheshunt mit einem einzigen, fürchterlichen Schlag vom Scheitel bis zur Sohle in zwei Hälften gespalten.

»Großartig! Wir erörtern gerade, wann wir durchbrennen. Ich sage jetzt gleich, aber Mary meint nein, nächste Woche. Was würden Sie vorschlagen?«

Nosseross lachte dröhnend. »Also, ich weiß nicht so recht. Wie wär's mit nächster Woche? Mary hat gerade einen Pelzmantel bestellt; warten Sie, bis ich die Rechnung bezahlt habe, und laufen Sie dann mit ihr weg, ja?«

»Ho-ho-ho-ho-ho! Wie Sie meinen, Phil, ganz wie Sie meinen.« Unter dem Tisch berührten sich beider Knie. Nosseross' bohrendem Blick entging diese Berührung nicht.

»Wenn Sie mich bitte entschuldigen wollen«, sagte er lächelnd.

Adam, der gerade mit einem Tablett vorbeikam, fragte: »Wo ist Helen?«

»Gegangen«, antwortete Nosseross.

»Wohin?«

»Zum Teufel, hoffe ich. Ich hab sie rausgeschmissen.« Ratten nagten an seinem Herzen. »Adam, hol eine Flasche Brandy, Courvoisier, und stell sie ins Büro.«

»Phil ... machen Sie sich nicht zum Narren.«

»Mach, was ich dir gesagt habe. Ich hab Probleme.«

Fabian schrie: »Helen! Wo ist meine Helen?« Der Champagner war ihm zu Kopf gestiegen. »Gebt mir Helen!«

Die Band erstickte seine Stimme.

Vi, die bereits eine halbe Flasche Whisky konsumiert hatte, warf die Arme um seinen Hals: »Har-ry! Har-ry! Hilf mir! Meine Wirtin wird mich auf die Straße werfen und meine Pelze für den Mietrückstand einbehalten!«

Fabian gab ihr eine Hand voll Kleingeld und stieß sie weg. Vi ging zurück an ihren Tisch und hielt das Geld fest in ihrer heißen Hand. Sie erinnerte sich, dass sie in einem Geschäft in Holborn eine Art Spielzeugwaffe gesehen hatte. Sie sah aus wie ein Revolver, aber wenn man den Abzug durchzog, sprang eine grüne Gummischlange heraus. Sie beschloss, am nächsten Tag loszuziehen, sobald die Geschäfte öffneten, und sich eine dieser Spielzeugwaffen zu kaufen und allen im Klub Angst einzujagen.

»Üen-peng«, sagte sie und kreischte vor Lachen.

XVIII

An einem ihrer verkaterten Vormittage hatte Vi eine Kuckucksuhr erstanden – eine dieser aufwändigen Holzkonstruktionen, die, gekrönt von einer Art Phoenix, von armen Bauern aus dem Schwarzwald mit einem Taschenmesser geschnitzt werden. Warum hatte sie die Kuckucksuhr gekauft? Es gefiel ihr, wenn der Kuckuck herauskam. Erst erschreckte sie sich dabei, dann musste sie lachen. Zwei oder drei Tage verbrachte sie den Großteil ihrer wenigen Freizeit unter dieser Uhr, indem sie wie gebannt ihre Armbanduhr fixierte und auf die vollen Stunden wartete. Mitunter überkam sie Ungeduld und dann wollte sie die Zeiger der Uhr mit verstohlenem Schubsen drängen. Irgendwann lief etwas falsch mit dem Mechanismus. Mitunter kam der Kuckuck nur halb hervor, begleitet von einem einzigen kläglichen Pfeifen. Dann wieder – speziell um zehn Minuten nach drei – schoss er mit geballter Energie hervor und rief fünfzehnmal Kuckuck! Wenn das geschah, sprang Vi immer auf, wirbelte herum, starrte mit offenem Munde hoch, seufzte schließlich und sagte: »Ist er nicht wundervoll?« Aber nach etwa einer Woche war sie der Uhr überdrüssig und gab sie Helen im Tausch gegen eine Puderdose, die die Form einer Dame im Reifrock hatte, und eine zylinderförmige Schachtel, die wie eine Kuh muhte, wenn man sie anhob.

Die Kuckucksuhr hing jetzt in Helens Zimmer. Mit ihren geschickten Fingern war es Helen gelungen, die Uhr zu justieren, so dass sie wieder die korrekte Zeit anzeigte.

An diesem Nachmittag sprang der Kuckuck – ein böser, lärmender Vogel; ein Geier, der über den Leichen sterbender Stunden seine Schreie ausstieß – aus seinem Loch und rief viermal.

»Ich weiß nicht«, sagte Vi. »Du hast Glück. Ich konnte nichts mit ihm anfangen. Lausiger Kuckuck! Er ging immer los, wenn ich gerade einschlafen wollte. Einmal hat er fünfundzwanzigmal gepiepst ...« Sie lachte. Es fiel ihr ein, was für ein ausgezeichneter Witz es wäre, ein Ei zu kaufen, es auf dem Boden unter der Uhr zu zerbrechen und dann zu sagen, der Kuckuck habe es gelegt.

»Wieso, willst du sie zurück?«, fragte Helen.

»Nein, nein, behalt sie nur.«

»Sag es, wenn du sie wiederhaben willst.«

»Ich will sie nicht. Oder ich geb dir meine orangefarbenen Schuhe dafür und einen Spielzeugrevolver. Wenn du den Abzug ziehst, springt eine Gummischlange heraus. Zum Lachen! Du lachst dich tot.«

»Was ist letzte Nacht losgewesen?«, fragte Helen.

»Ich hab etwa dreißig Shilling gemacht.«

»Ich meine, nachdem ich gegangen bin. Wurde was erzählt?«

»Fabian hat ständig nach dir gefragt. Phil war besoffen. Er hat zwei Flaschen Brandy geleert.«

Helen lächelte. »Warum?«

»Weiß Gott. Er war eben voll. Adam musste bei ihm bleiben. Mary hat kaum Theater gemacht. Sie hat nur gesagt, dass sie's widerlich findet. Old Bill Cheshunt hat sie dann in einem Taxi nach Hause gebracht. Mein Gott, war der alte Phil dicht! Er hat Adam ein Veilchen verpasst.«

»Ehrlich? Und was hat Adam gemacht?«

»Oh, der war einfach nur verständnisvoll. ›Nimm's leicht, Phil‹, hat er gesagt und ihn hochgehoben wie 'nen Stuhl und hingelegt. Warum bist du eigentlich so schnell verschwunden? Haben sie dich rausgeschmissen?«

»Mary hat Ärger gemacht und daraufhin hat Nosseross einen Streit vom Zaun gebrochen, also bin ich gegangen. Aber vorher hab ich ihm noch was erzählt ... Mary und Sir William Cheshunt! Ich kann nicht begreifen, dass Männer sich in solche Frauen verlieben. Er muss schrecklich viel Geld haben. Ich hab sein Foto mal im *Bystander* gesehen.«

Vi antwortete: »Ihm gehört ganz Yorkshire.«

»Unsinn.«

»Ich schwöre! Er hatte mal was mit einem Mädchen aus dem Red Rose. Er hat ihr 'n Bankkonto eingerichtet, ein Auto geschenkt und Gott weiß was sonst noch alles. Manchmal ist sie im Klub aufgetaucht und hat den Mädchen ihr Scheckbuch gezeigt. Ein Scheckbuch mit zweihundert Seiten. Kleine blaue Schecks. Das nennt man Glück haben, was? Und auf so was ist Mary scharf. Und, was wirst du jetzt machen?«

»Auf keinen Fall verhungern! Ich werde richtig Geld verdienen, und zwar das große Geld, nicht mehr diese lumpigen Kröten.«

»Fabian hat mir fünfzehn Shilling gegeben«, sagte Vi.

»Ich pfeife auf Shilling und Pence. Er ist ziemlich nett, nicht wahr?«, sagte Helen.

»Die kleinen Kerle haben oft mehr auf der Pfanne als einige von diesen Hunnen. Die meisten kleinen Männer sind clever«, sagte Vi. »Sieh dir Nosseross an.«

»Ich glaube, Fabian hat Geld«, meinte Helen.

»Hat immer mindestens hundert Pfund in der Tasche, wenn er ausgeht. Er hat Vermögen«, fing Vi an zu schwärmen.

»Was für ein Vermögen?«

»Oh, irgendeins.«

»Aha.«

Vi zündete sich eine Zigarette an und sagte: »Dir ist klar, dass ein Mädchen mit deinem Aussehen ganz andere Chancen hat als Adam.«

»Wie meinst du das?«

»Na ja, ich will nichts gegen Adam sagen, aber er ... also, du weißt, irgendwie ...«

»Scht! Er kommt gerade.«

Vi stand auf und winkte ab. »Ich lass euch beide allein.«

Adam klopfte an die Tür.

»Was ist passiert, Helen«, fragte er.

»Mary hatte schließlich ihren Willen durchgesetzt. Ich bin gefeuert.«

Adam lachte.

»Im Großen und Ganzen müsstest du jetzt zufrieden sein, nehme ich an«, sagte Helen.

»Ich bedauere es keineswegs.«

»Und jetzt sag's schon, es ist ein verkommenes Geschäft. Statt zu kichern und deinen Triumph auszukosten, solltest du lieber was Besseres vorschlagen. Doch egal, was du auch sagst, du kannst nicht leugnen, dass wir essen müssen. Ich wenigstens habe – «

»Lass uns nicht streiten, Helen. Ich bin müde.«

»Ich hab gehört, Nosseross soll betrunken gewesen sein.«

»Voll wie tausend Mann. Der arme alte Nosseross! Wenn einer wie er wieder anfängt zu trinken, beißt er unweigerlich ins Gras.«

»Was ist passiert?«

»Ich hab ihn nach Hause gebracht und ins Bett gepackt. Er wollte mir fünf Pfund geben, aber die konnte ich wohl schlecht annehmen.«

»Adam, du bist verrückt! Was meinst du, wie weit du kommst, wenn du dich so verhältst?«

»Nosseross ist ein netter Bursche. Ich mag ihn. Erwartest du etwa von mir, dass ich fünf Pfund von ihm nehme, nur weil ich ihn ins Bett gebracht habe? Selbst für meinen schlimmsten Feind würde ich so etwas tun.«

»Du weißt, dass wir jeden Penny brauchen – «

»Das heißt noch lange nicht, dass ich mich demütigen lasse, Helen! Aber was schlägst du denn vor?«

Helen sagte bestimmt: »Ich schlage vor, Geld aufzutreiben und noch rechtzeitig zur Krönung einen Klub aufzumachen. Du wirst mir doch helfen, oder?«

»Helen, ich will es nicht!«

»Du hast es versprochen. Ich – «

»Ich habe nichts versprochen. Ich – «

»Bitte, wenn du dich rauswinden willst. Aber ich verachte Leute, die sich rauswinden. Warum hast du das nicht gleich gesagt – «

»Das hab ich! Und ich versuche nicht, mich rauszuwinden. Ich hab nun mal nichts versprochen.«

»Doch, das hast du, jedenfalls so gut wie ... Aber du bist müde. Leg dich hin und ruh dich aus ... Adam, mein armer Liebling, was ist mit deinem Auge passiert?«

»Das war Nosseross, aus Versehen ... Mein Gott, bin ich müde ...«

»Entspann dich einfach. Ach, Adam, ich möchte, dass du berühmt wirst und erfolgreich. Aber wie können wir etwas erreichen, wenn wir immer nur herumkrebsen?«

»Ich weiß es nicht.«

»In nur kurzer Zeit könnten wir es geschafft haben – «

»Mein Gott, Helen, vergiss doch mal den Klub für eine Weile!«

Adam schloss die Augen. Helen sah auf die Uhr. Um zehn nach vier fing sie an, sich sorgfältig anzukleiden. Sie wählte das neue blauweiße Kostüm. Adam wachte auf und fragte schläfrig: »Wohin gehst du?«

»Einkaufen.«

Um fünf Minuten nach fünf betrat sie Raoul's in der Bond Street.

Fabian wartete bereits auf sie.

»Du siehst umwerfend aus«, sagte Fabian und starrte sie an. »Kaum zu glauben, dass du die ganze Nacht im Silver Fox gearbeitet hast. Was für eine Figur! Was für eine Haut! Du siehst wirklich klasse aus und du verstehst, dich anzuziehen. Junge, Junge, Junge, was für eine Frau!«

»Danke für das Kompliment«, sagte Helen und goss ihm Tee ein.

»Ein Stück Zucker?«

»Äh? Oh, ja ... «

Helen sagte plötzlich: »Ich bin letzte Nacht rausgeschmissen worden.«

»Du bist rausgeschmissen worden? Mein Gott, Nosseross muss verrückt sein. Was willst du denn jetzt machen?«

»Was ich jetzt machen werde, Harry? Ich werd selbst das große Geld verdienen und einen eigenen Klub eröffnen.«

»Dazu braucht man das nötige Kleingeld.«

»Ich weiß, das ist ja das Problem.«

»Hast du was gespart?«, fragte Fabian.

»Nein, keinen einzigen Penny.«

»Jedenfalls ist es keine schlechte Idee«, sagte Fabian sehr nachdenklich, »damit ist Geld zu machen ...«

»Nach meiner Kalkulation dürfte der Anfang nicht viel kosten. Ich würde mit einem kleineren Laden anfangen, der groß genug ist für sechzig oder siebzig Leute. Ich möchte ihn noch rechtzeitig vor der Krönung eröffnen. Ich hab gut aufgepasst und weiß genau, wie man so etwas führt. Während der Krönungswoche werden etwa zwei Millionen Leute ins Westend strömen und Millionen von Pfund ausgeben. Einiges davon möchte ich mir sichern.«

Fabian fiel die Kinnlade herunter. »Bei Gott, du bist smart. Du bist ein smartes Mädchen. Du wirst es weit bringen.«

»Davon geh ich aus. Ich bin in dieses Nachtklubgeschäft gegangen, um so viel wie möglich herauszuholen. Ich will nicht mein ganzes Leben damit verbringen. Ich werde schnell das große Geld machen und sehr erfolgreich sein. Finanziere mich.« Helen verlor keine Zeit.

»Uh!«

»Finanziere mich«, sagte Helen unverfroren. »Investiere ein paar hundert Pfund und du wirst schon sehen.«

Fabian war beunruhigt. Er hustete und sagte: »Hör zu, Kindchen. Manchmal bin ich vielleicht ein wenig unbedarft, mache alle möglichen verrückten Dinge, und hab tausende und abertausende von Pfund den Bach runtergespült.« Er sprach langsam und mit Bedacht, um sich selbst Zeit zum Nachdenken zu geben. Dann fuhr er schnell fort: »Aber wenn es darum geht, Leute zu beurteilen, liege ich immer richtig. Ich mag dich. Du hast gesunden Menschenverstand und bist ehrgeizig. Also du brauchst einhundert Pfund?«

»Mindestens.«

»Dann geb ich sie dir.«

Helen sah ihn an. Fabian bei Tag war nicht derselbe wie Fabian bei Nacht. Er wirkte etwas unsicher. Das Maschinengewehrstakkato seiner Rede verriet Eile. Sein Blick war unstet, irrte durch den Raum, als befürchtete Fabian, einen lang erwarteten Feind zu entdecken.

Er fügte noch hinzu: »Wenn alles gut geht, werd ich es dir in den nächsten Tagen geben.«

Helen hatte fast schon gehofft, er werde die Hand in eine dicke Brieftasche stecken, ein Bündel druckfrischer Banknoten hinwerfen und sagen: »Da!« Aber sie dachte sich: Er ist Geschäftsmann. Er hätte nicht das erreicht, was er erreicht hat, wenn er nicht vorsichtig wäre. Sie beschloss, Vorsicht mit Vorsicht zu begegnen und sagte: »Sehr gut. Es wäre natürlich eine rein geschäftliche Verbindung – «, sie blickte ihm einen Moment lang tief in die Augen, »streng getrennt von unserer privaten Beziehung, Harry ... Wie schnell kannst du mir definitiv Bescheid geben?«

»In zwei oder drei Tagen«, sagte Fabian. »Der Großteil meines Geldes in England ist fest angelegt, und ich erwarte einen Tantiemenscheck aus New York. Verstehst du, Kindchen, dieses Ringkampfgeschäft hat mich ’nen ganzen Batzen Bares gekostet, und ich möchte nichts von meinen Anteilen verkaufen ... «

»Nein, natürlich nicht«, sagte Helen. »Ich will nur wissen, ob ich mich auf dich verlassen kann.«

»Aber ja, du kannst dich auf mich verlassen, klar doch.«

»Da gibt es nämlich noch einen anderen Freund mit Kapital, der einsteigen möchte.«

»Einen Freund?«

»Nur ein Freund«, sagte Helen.

»Du kannst auf mich zählen!«, sagte Fabian und schlug mit der Hand auf den Tisch. »Ich bin dein Partner ... Aber Helen, du und ich, wir werden doch miteinander auskommen, nicht wahr?«

Helen drückte seine Hand und sagte mit einer Stimme wie Sahnecreme: »Aber ganz bestimmt, Harry!«

Fabians Stimme war unsicher, als er sagte: »Ich bin jemand, der aufs Ganze geht. Wie siehst du das?«

»Alles oder nichts«, sagte Helen und nickte. »Ich mag Männer, die wissen, was sie wollen und sich dafür ins Zeug legen. Das hat mich an dir sofort angezogen.«

Fabian liebte Komplimente. Er lächelte.

»Du besitzt Energie und Stärke«, sagte Helen.

»Mein Gott, Kindchen, ich bin verrückt nach dir!«, sagte er.

»Um wieder aufs Geschäft zurückzukommen – «

»Zur Hölle mit dem Geschäft«, sagte Fabian, rot im Gesicht. »Ich steig ein bei dir. Du kannst die hundert

Pfund haben. Wir werden Partner im Geschäft ... und im Vergnügen.«

»Dann kann ich mich absolut auf dich verlassen?«, fragte Helen.

»Absolut«, sagte Fabian. »Absolut!«

»Kann ich da sicher sein?«

»Bei meiner Ehre.«

Als er das sagte, hatte Fabian bereits ein seltsames, quälendes Gefühl überkommen. Was war das? Wurde ihm zum ersten Mal in seinem Leben das entsetzliche Joch angesammelter Lügen bewusst, das er seiner Seele Stunde um Stunde auferlegte; spürte er die immer enger werdenden Schlingen des Selbstbetrugs, in die er sich Tag für Tag mehr verstrickte? Vor seinem geistigen Auge tat sich die Vision eines Lebens frei von Eitelkeit, Fiktion und Täuschung auf – der Hauch einer Reminizenz, der ihm mit dem Gefühl qualvoller Sehnsucht eine vergangene Periode seines Lebens ins Bewusstsein rief. Eine Zeit, in der Schwarz noch Schwarz und Weiß noch Weiß war; als noch gesündigt und gebeichtet und dann wieder frei aufgeatmet werden konnte. Warum muss ich immer diese Märchen erfinden? Sie sind doch gar nicht nötig!, sagte er sich.

Doch diese Gemütslage war nur Sache eines Augenblicks. Bereits als er ›Bei meiner Ehre‹ gesagt hatte, war er wieder mittendrin im Ersinnen eines seiner verwickelten Kriegspläne: Okay ... Wahrscheinlich kann ich fünfzig auftreiben und vorzeigen ... Sie ein wenig hinhalten nach dem Motto, der Rest kommt noch. In der Zwischenzeit verabrede ich mich mit ihr. Welches Weib kann mir schon widerstehen? Sie gibt sich hin, mit Haut und Haar und Hüftschwung. Zoë macht eine Reise, und ich hab ein bisschen Geld in der Hand. Okay, also eröffnen wir mit dieser Braut 'nen Klub. Warum nicht? Nosseross macht schließlich auch 'ne Menge Zaster, und sie hat Grips ...

Helen, die ihn hinter einem freundlichen Lächeln beobachtete, dachte: Wenn ich mich auf ihn verlassen kann, schön und gut. Wenn er das Geld hat, lass ich ihn auch ran ... einmal. Wenn man sie einmal ranlässt, wollen sie einen umso mehr. Wer weiß das schon? Ich werd nicht den Kopf verlieren. Immerhin gibt es noch Adam; es muss doch möglich sein, dass wir beide was auf die Beine stellen, wenn Fabian sich als Missgriff erweist ... Und wenn nicht ...

»Die Rechnung!«, rief Fabian der Kellnerin zu. »Verdammt, ich muss zurück ins Gym ...«

XIX

Der Strangler wartete auf ihn. Er stieß ihm zwei Finger gegen die Brust und hielt ihn auf.

»Hör mal, Harry, hast du's vergessen?«

»Hab ich was vergessen?«

Fabian saugte an seiner Oberlippe.

»Sprich Klartext, Strangler, und gib mir keine Rätsel auf. Ich muss nachdenken. Kriegt ihr nicht mit, wenn jemand Probleme hat? Schließlich trage ich wahnsinnig viel Verantwortung. Also sag, was du zu sagen hast, und dann halt die Klappe.«

»Erinnerst du dich nicht, was du mir versprochen hast?«

»Was?«

»Den Bademantel aus Seide – «

»Oh, verdammt, ja, mit deinem Namen in goldenen Buchstaben auf dem Rücken .... sicher, sicher, na klar, Strangler, ich war in dem Laden. Und, hör mal, du bist so ein enormer Bursche, so überdurchschnittlich groß, sie müssen eine Sonderanfertigung für dich machen. Jedenfalls wirst du dich noch ein oder zwei Tage gedulden müssen, klar. Also sei ein guter Junge, ja?«

»Du verarscht mich nicht?«

»Pass mal auf«, sagte Fabian, »soll ich dir eine überbraten? Hab ich dich jemals angelogen? Bei Gott, ich binde dir deine Beine um den Hals, wenn du mich einen Lügner nennst!«

»Also, wann krieg ich ihn?«

»Gott im Himmel, gib denen doch erst mal die Chance, ihn zu nähen. Zwei Tage, vielleicht drei.«

»Du enttäuscht mich nicht?«

»Ich würde meinen ärgsten Feind nicht enttäuschen; erst recht nicht dich, du bist mein bester Freund, Strangler.«

»Dann vergiss es nicht, Harry. Ich brauch diesen Bademantel aus roter Seide, ich bin mit 'ner Frau verabredet.«

Fabian ging die Treppen hinunter. Am Eingang zur Halle wartete Bert. Fabian wurde blass.

»Du? Was willst du?«

»Mit dir reden.«

»Noch mal reden, was? Aber bevor du loslegst, warn ich dich ein allerletztes Mal. Wenn du wieder mit dem Scheiß von neulich anfängst, werde ich – «

»Hör zu«, sagte Bert. Er verschränkte die Arme hinter dem Rücken und reckte sein Kinn vor. »Ich hab 'nen Vorschlag. Geh nicht gleich in die Luft, bevor ich fertig bin, hör mir zu. Du willst groß rauskommen. In Ordnung. Ich hab da was.«

»Was für einen Vorschlag? Und mach's kurz.«

»Ich will drei Standplätze am Diamond Road Market mieten; Obst- und Gemüsehandel; Früchte, Gemüse, Salate. Für einen ist das zu viel, ist 'ne Plackerei für zwei oder drei. Man kann gut leben davon. Ein paar Pfund reichen aus für'n Anfang. Was meinst du?«

Fabian konnte ein Lachen nicht unterdrücken.

»Nun denk doch mal nach. Du willst Geld, ich will Geld und damit kann man Geld machen ... und es ist nichts, wofür man sich schämen muss. Nun?«

»Du schlägst mir ernsthaft vor, ich soll auf den Markt gehen? Ich? Als Marktschreier? Ich bin der Boss von Fabian Promotions. Wofür hältst du mich?«

»Du musst nicht wie 'n Höker aussehen. Wir würden weiße Kittel tragen«, versuchte Bert ihn zu überzeugen.

»Ich im weißen Kittel! Kannst du dir das vorstellen?«

»Warum nicht? Es ist 'n Batzen Geld drin. Am Ende könnten wir sogar Läden aufmachen. Andere große Firmen haben auch klein angefangen. Sieh dir Beecham's Pills an ... der alte Beecham hat immer auf'm Markt gestanden mit seinem großen Hut und hat wie blöd geschuftet ... «

»Halt's Maul«, sagte Fabian. »Ich als Krämer? Du spinnst.«

»Denk mal an Fives oder Lyon's – «

»Wie viel würden wir brauchen?«

»Für'n Anfang ... fünfundzwanzig.«

»Hühnerkacke!«, rief Fabian. »Fünfunzwanzig Pfund!«

»Nun? Was sagst du, 'arry?«

»Ich finanziere dich«, sagte Fabian. »Ich geb dir die fünfundzwanzig, und du beteiligst mich mit einem Drittel am Profit.«

Bert wurde ungeduldig. »Pah! Du verstehst nicht, was ich meine. Ich will dein Freund sein. Steig ein und werd 'n ehrlicher Mann und 'n paar Pfund für Zoë sind auch drin, damit sie was Vernünftiges machen kann. Du wirst dich gleich ganz anders fühlen, 'arry «

»Halt die Luft an. Ich hab ein Geschäft am Laufen, das tausende einbringt.«

»Vielleicht, aber vielleicht auch nicht. Darauf würd ich keinen Penny setzen.«

»Hör zu, Bert. Du hast deinen verdammten Karren geschoben, bis dir der Bregen zu den Ohren rausgekommen ist. Du bist dumm wie Bohnenstroh. Ich hab mir 'ne Menge von dir gefallen lassen, weil du so dumm bist! Aber eins sag ich dir, wenn du mit solchem Stuss kommst, von wegen, ich soll mit einem Scheißkarren voller Scheißfrüchte auf dem Markt stehen, dann ist das eine Beleidigung.«

»Du bist dumm! Ich versuch, dich zu retten. Das ganze Mösengestänker über Ringkampf, dieser Bockmist – «

»Geh doch zur Heilsarmee, verdammt noch mal, aber komm nicht her, um mich zu retten!«

»Hab verstanden! Dann fahr zur Hölle! Mit dir bin ich fertig!«

Bert ging raus. Fabian rief hinter ihm her: »Bert! Warte!«

»Was?«

»Hör zu, Bert, du bist ein ... also, hör zu. Willst du 'n paar Pfund haben?«

»Nein.«

»Unabhängig, was? Du willst also diesen Gemüsehandel aufziehen?«

»Mit dir, ja.«

»Ich engagiere mich gerade anderweitig. Aber wenn

du's machen willst, besorg ich dir die fünfundzwanzig. Ich will auch keine Beteiligung am Profit. Ich geb dir die fünfundzwanzig, und du zahlst sie mir zurück, wenn du kannst. Wenn du das Geld willst, sag es, und ich geh sofort rein und hol's. Nun?«

»Ich versteh dich nicht, 'arry. Schon als Rotznase hast du die Trottel mit ihren Karren beklaut und das Zeug hinterher verscherbelt. Und so machst du jetzt weiter ... Mensch, 'arry, komm, mach mit. Du musst nicht auf dem Markt rumschreien, wenn du nicht willst. Du musst nicht mal 'nen weißen Kittel tragen. Du kannst dich um die Bücher kümmern, und ich bring dir alles über Handel bei – «

»Nein. Aber du willst fünfundzwanzig Pfund – «

»Wiederseh'n, 'arry«, sagte Bert traurig. Er streckte seine Hand aus. Fabian zögerte, doch dann schüttelte er sie. Bert sah hinunter auf seine Schuhe und sagte: »Tut mir Leid, wenn ich dich neulich nachts zum Gespött der Leute gemacht hab, nur ... «

»Vergiss es«, sagte Fabian und ging hinein.

Er fand Figler im Büro beim Schreiben von Zahlenkolonnen.

»Joe, ich möchte mir fünfzig Pfund leihen.«

»Ach ja? Na dann viel Glück.«

»Könntest du sie mir leihen?«

»Wer, ich? Fünfzig Pfund? Das ganze Geld steckt hier drin ... Und bilde dir nicht ein, dass ich Geld aus dem Geschäft ziehe. Ich hab sowieso schon die Nase voll davon.«

»Du hast die Nase voll davon?«

Figler machte eine müde Geste. Aus der Halle hörte

man gedämpftes Rufen und das Klatschen von Fäusten auf bloßer Haut. »Ich bin an diese Art von Geschäft nicht gewöhnt. Ich versuche ja alles einmal, aber das hier ist mir zu lahm.«

»Was ist lahm daran?«

»Es ist kein Leben drin. Außerdem ... die Kosten, das Personal, Rechnungen, Rechnungen, Rechnungen ... immer muss irgendwas bezahlt werden. Das gefällt mir nicht.«

»Du bist verrückt! Wir stehen kurz davor, das große Geld zu machen, und du hast die Nase voll! Ich dachte, du hättest Mumm! Allein mit der nächsten Show machen wir achtzig oder hundert Pfund.«

»Es liegt mir nicht. Ich bin daran gewöhnt, Besitz zu verwalten, ohne einen Penny hinblättern zu müssen. Und hier? Was mach ich hier? Herumsitzen und warten. Alles hängt in der Luft. Alles nur Spekulationen. Es ist wie beim Kartenspiel. Vielleicht kommen die Leute, vielleicht kommen sie nicht. Vielleicht, vielleicht, vielleicht! Und wir haben Geld angelegt. Und wenn es nun ein Erdbeben gibt? Und wenn es zum Krieg kommt? Ich mag es nicht, wenn Kapital angelegt ist. Ich mag es einfach nicht.«

»Aber die nächste Show wird eine Sensation.«

»Welche Garantie hast du?«

»Welche Garantie, fragst du? Jede Garantie! Wir haben zugkräftige Namen. Wir haben eine phantastische Halle. Überall in den Cafés hängen unsere Plakate. Ich hab spezielle Vorkehrungen getroffen für eine Überraschungsnummer ... das bring ich sogar in die Zeitung. Der alte Ali hat sein Comeback, das ist der Heuler. Die Leute werden meilenweit laufen, um ihn zu sehen. Der alte Ali wird die Yankees herlocken, die zur Krönung in der Stadt sind ... schließlich ist er in den Staaten immer noch für 'ne Schlagzeile gut. *The Ring* bringt ständig Bilder von ihm. Und du fragst nach Garantien!«

»Uh ...«

»Nun, was willst du tun?«

»Einpacken«, sagte Figler.

»Was? Drehst du völlig durch? Wir machen weiter.«

»Du vergisst, dass mein Anteil bei diesem Geschäft zwei Drittel sind.«

»Na und?«

»Ferner vergisst du, dass ich der Besitzer von Fabian Promotions bin und du laut Vertrag nur bei mir angestellt bist.«

»Das ist 'ne Lüge! Ich hab so einen Vertrag nie unterschrieben.«

Figler sprach zur Decke: »So sind die Leute! Sie unterschreiben einen Vertrag, ohne sich darum zu kümmern, was sie unterschreiben ... Ich hab das Papier mit deiner Unterschrift. Also, was willst du? Ich hab das Recht, den Laden zu schließen, wenn ich es für richtig halte.«

»Was? Wenn du hier linke Dinger mit mir abziehst, reiß ich dir die Beine aus und brat dir eins mit ihnen über!«, kreischte Fabian.

Figler antwortete: »Ich zittere schon vor Angst.«

Mit einem Brieföffner stach Fabian in die Schreibtischplatte. Figler schien unbezwingbar – die ganze Macht von Schwarz auf Weiß, Siegeln, Unterschriften, Stempeln und die sanfte, krakenhafte Autorität des Gesetzes. Fabians kleine, leere Seele schwoll an vor Hass wie ein Ballon. Doch er schluckte seinen Zorn hinunter und sagte: »Was willst du?«

»Worüber bist du so verärgert? Ich versuche nicht, dir etwas wegzunehmen. Ich werde lediglich Fabian Promotions abwickeln.«

»Ich verstehe. Du nimmst mir nichts weg, aber du wickelst das Geschäft ab, was? Und ich verlier meine fünfzig Pfund, oder?«

»Im Gegenteil, du kriegst deine fünfzig Pfund zurück.«

»Und wie viel haben wir momentan?«

»Weniger als hundert Pfund.«

»Und du gibst mir meine ganzen fünfzig zurück?«

»Ja.«

Fabian ging hoch: »Du falscher Hund! Du hast noch was in petto!«

»Bleib ruhig! Ich will nur die Verluste minimieren.«

»Wir haben noch nicht mal angefangen. Verdammt – «

»Ich hoffe, wir holen unser Geld durch die Show wieder rein. Nach der Show hör ich auf.«

»Ach? Nun, wenn du aufhören willst, bitte, ich nicht. Wir sind schließlich angetreten, um Geld zu verdienen. Du kannst deine hundert Pfund von mir aus rausziehen, ich mach weiter.«

»Tu, was du willst. Ich steig aus. Um ehrlich zu sein, es gibt ein anderes Angebot, an dem ich interessiert bin, und deshalb hab ich hierfür keine Zeit.«

»Was für ein anderes Angebot?«

»Das braucht dich nicht zu interessieren, Harry. Ich nehme meine hundert und du deine fünfzig, und das, was übrig bleibt, wird geteilt. Aus, Schluss, Ende ... ja?«

»Okay«, sagte Fabian, »aber ich möchte wissen, was du noch in petto hast.«

»Ah, du kennst mich doch«, sagte Figler mit einem seltsamen Lächeln. »Ich brauche Leben, ich muss immer in Bewegung sein, immer von einer Sache zur andern wechseln. Ich mag keine Geschäfte, bei denen man rumsitzen muss. Worüber machst du dir Sorgen? Wir kriegen beide unser Geld zurück und noch dazu einen Gewinn, einen Gewinn von ein paar Pfund. Wir sind bei der ganzen Sache nicht verhungert, oder? Ach, Harry, du bist ein dummer Junge ... «

»Ich werd das Gefühl nicht los, dass du noch 'n Ass im Ärmel hast.«

»Hab ich nicht, Harry. Ich bleib nie lange in einem Geschäft. Wenn ich es täte, könnte ich womöglich ein Vermögen verdienen, aber ich kann's nun mal nicht. Ich muss in Bewegung bleiben ... ein paar Pfund verdienen und dann was anderes versuchen ... «

»Ich wette, du versuchst irgendeine linke Nummer.«

»Mein Ehrenwort, nein! Außerdem, ein Junge mit deinem Verstand kann auch ohne mich weitermachen ... Wenn du deine fünfzig Pfund nicht in bar haben willst...«

»Ich brauch meine fünfzig Pfund in bar.«

»Dann kannst du sie haben, sofort, wenn du willst; und ich begnüge mich mit den Einnahmen der Show.«

»Die teilen wir.«

»Gewiss, wenn ich meine hundert Pfund abgedeckt habe, teilen wir den Rest.«

Fabian zögerte, aber wie hätte er der Versuchung von fünfzig Pfund widerstehen können? Er sagte mürrisch: »Ich brauche die fünfzig, und zwar dringend. Okay, ich zieh sie raus. Ich hab ebenfalls ein anderes Angebot. Und nach der Show teilen wir und hören auf. ... Ich glaube aber nach wie vor, dass du etwas in der Hinterhand hast.«

Aus der Halle hörte man, wie zwei Männer sich anschrien.

»Das ist Ali und der Junge aus Zypern«, sagte Figler. »Ich wünschte, du würdest mal mit ihnen reden ... die beharken sich Tag und Nacht.«

Als die Tür sich hinter Fabian schloss, lächelte Figler in sich hinein.

Kration brüllte laut vor Lachen, während Ali vor Wut schnaubte. Adam stand zwischen ihnen.

»Was ist los?«, fragte Fabian.

Ali antwortete: »Es gibt nur zwei Arten von Zyprioten. Es gibt den Zyprioten, der immer kichert, und den, der nie lächelt.

»Hoh-hoh-hoh!«, lachte Kration.

»Der erste Typ lacht ständig, weil er zu blöd ist und nicht mitkriegt, dass er in Wirklichkeit zum Heulen ist. Der andere runzelt ständig die Stirn, weil er zu blöd ist und nicht mitkriegt, wie lächerlich er ist.«

Kration lachte noch immer. Ali fuhr fort, so laut er konnte: »Sie kennen nur drei Gewerbe. Es gibt keinen Zyprioten, der nicht Friseur, Schneider oder Küchenjunge ist. Letzten Endes nennen sich alle Ringkämpfer. Aber Scheiß drauf, ihr Nationalsport ist Domino. Sie lassen die Dominosteine umfallen und schreien, das ist das ganze Spiel. Sie machen Liebe mit Dienstmädchen, die mit ihnen ins Kino gehen. Dann sind sie Nationalhelden. Und sie kämpfen alle wie Sklaven. Pfui, pfui über die Zyprioten!«

»Großmaul!«, lachte Kration und zeigte zwanzig strahlende Zähne. Wenn Kration lachte, sah er aus wie ein Mann, der völlig mit sich zufrieden ist. Der Ausdruck auf seinem lächelnden Gesicht sagte: »Wenn ich nicht Kration wäre, dann wäre ich der Allmächtige.« Sobald er aber seinen Mund schloss, veränderte sich seine Miene. Dann dominierte die Wildheit. Stark und unbändig, man traute ihm zu, sich selbst in Stücke zu reißen. Das Haar kroch tief in die Stirn und versuchte, seine Augenbrauen auszulöschen; Augenbrauen, die in Sträußen schwarzer Haare über seiner Nase zusammenstießen, drohten, seine Augen zu ersticken; und nur der flache, schwere Bug der Nase trennte die Augen, sonst wären sie übereinander hergefallen. Unterdessen warteten sie funkelnd, während seine Oberlippe im Triumph über die Unterlippe knurrte, die von Zeit zu Zeit hochsprang und zum Gegenschlag ausholte. Die Türkei, Griechenland und Afrika lagen in Krations Adern miteinander im Streit. Selbst sein Haar war ein alter Kriegsschauplatz. In seinen Follikeln lag Feindschaft und es wand sich ungeheuer dick, verdreht, rebellisch, gekräuselt und knochentrocken hervor.

Er sagte zu Adam: »Er sein zu alt zum Kämpfen. Ich schlagen ihn einmal und er tot. Für ihn sein ein Finger genug. Diese Finger: Schau!« Er wackelte mit einem Zeigefinger.

»Hör auf!«, sagte Fabian.

»Er hat gesagt, ich bin alt! Er hat gesagt, ich bin fett.«

Fabian grinste: »Alt? Fett? Verdammt noch mal, jeder sieht, dass du nur noch ein Schatten deiner selbst bist.«

»Mach ruhig deine Witze. Aber lass mich gegen ihn kämpfen. Ich werd ihm schon zeigen, wie alt ich bin ... Pah, sag ich! Hat nicht schon deine Großmutter lernen müssen, dass ein Türke ein besserer Mann ist als ein Zypriot, während dein Großvater sich unter dem Bett versteckt hat? Bastard!«

»Du – «

»Halten Sie sie fest!«, schrie Fabian und attackierte Alis Handgelenk wie eine Mücke, während Adam seine Arme um Kration schlang. Der Zypriot schüttelte sich und Adams Füße hoben vom Boden ab.

»Hört zu! Hört zu!«, rief Fabian. »Was soll die Aufregung? Ihr beide habt die Chance, das im Ring auszumachen. Ich buche euch als Überraschungsnummer für die nächste Show. Also warum hier die Energien vergeuden, ihr Trottel? Ali macht sein Comeback, klar? Ali, der schreckliche Türke, gegen Kration. Verstanden?«

»Gut«, sagte Ali.

»Nein«, sagte Kration, »meine Freunde werden mich auslachen wegen Kampf gegen altes Mann.«

Ali schlug vor: »Gib ihm vier Pfund, meine zwei und seine zwei. Ich kämpfe umsonst gegen ihn.«

»Nun?«, fragte Fabian.

»Einverstanden«, sagte Kration.

Ali grinste spöttisch. »Sie sind käuflich, diese Champions. Pfui! Er würde seinen Bruder und seine Schwester für eine kleine Tasse Kaffee verkaufen. Seine Freunde würden ihn auslachen! Sie werden noch mehr lachen, wenn ich ihn wie ein billiges Paket verschnüre.«

Über die Schulter hinweg entgegnete Kration: »Fettsack, sprich dein Gebet.«

Adam nahm Fabian beiseite und sagte: »Mal im Ernst, wollen Sie die beiden wirklich gegeneinander kämpfen lassen?«

»Warum nicht?«

»Das wäre ein Verbrechen! Ali ist fast siebzig, Kration nicht mal dreißig. Ali ist alt, aber er würde es nie zugeben. Und er ist krank.«

»Quatsch mit Soße! Er ist ein Tiger.«

»Aber – «

»Worüber machen Sie sich Sorgen? Angst, dass er tot umfällt oder so?«

»Ich hab Angst, dass er Schläge einstecken wird, und das will ich nicht mit ansehen.«

»Dann bleiben Sie weg.«

»Ich geb Ihnen fünf Pfund, wenn Sie den Kampf absagen.«

»Sie wollen mir Geld anbieten, damit ich mich in eine sportliche Auseinandersetzung mische? Abgesehen davon geht's für mich dabei um mehr.«

»Na dann scheren Sie sich zum Teufel.« Adam ging in den Umkleideraum und fand dort Ali. »Ali, tu mir einen Gefallen. Sag diesen verrückten Kampf ab.«

»Warum?«

»Warum? Es bringt dir nichts ein. Außerdem ist Kration kein Ringer, er ist Spezialist für Schlägereien, ein Killer.«

»Ach ja? Und ich bin ein Henker.«

»Aber Ali.«

Mit wütendem Blick drehte Ali sich um. »Geh zum Teufel! Geh in deinen Nachtklub! Lass mich allein!«

Adam ging nach Hause. Helen war noch nicht zurück. Er zog sich um und ging in den Klub.

XX

Es war halb zehn, als er dort ankam. Der Türsteher empfing ihn. »Ich bin froh, dass du kommst. Phil dreht völlig durch. Er hat 'ne Flasche Brandy im Büro und hat immer wieder nach dir gefragt. Außerdem hat er ein Veilchen. Geh besser gleich rein.«

Adam öffnete die Tür zum Büro. Nosseross saß, oder besser gesagt, er wand sich am Schreibtisch. Die Schultern gekrümmt, rutschte er von einer Seite des Stuhls zur anderen und ballte die Fäuste. Sein Gesicht war zu einer schrecklichen Grimasse verzogen, in der sich Schmerz und Scham widerspiegelten. Ein Bluterguss am linken Auge hatte für eine starke Schwellung gesorgt. Vor ihm stand eine Flasche Brandy.

»Phil! Was ist los?«

»Was los ist?«, erwiderte Nosseross mit gedämpfter Stimme. »Was los ist? Nichts. Warum?«

»Wer hat Ihnen das blaue Auge verpasst?«

Nosseross sagte: »Ich hab ihm jedenfalls die Vorderzähne eingeschlagen. Er wird nicht in der Lage sein, sie viel zu küssen, heute Nacht jedenfalls nicht.«

»Wessen Vorderzähne?«

»Cheshunts.«

»Warum, hat er – «

»Ja, er hat. Er ist mit Mary weggegangen. Paris. Und das war's dann. Verstanden?«

»Wie ist das passiert?«

»Gegen sechs sind sie hierher gekommen. Alle beide. Sie hatte einen gepackten Koffer dabei und hat gesagt: ›Phil, es tut mir Leid. Ich hab jemanden gefunden, den ich lieber mag als dich. Wir gehen weg.‹ Einfach so.«

»Was haben Sie gesagt?«

»Ich hab nur gesagt: ›Einmal Hostess, immer Hostess. Du hattest schon immer etwas von einer Hure. Verschwinde und komm nicht mehr zurück‹. Das hab ich gesagt. Ich bin nicht auf den Knien gerutscht und hab gebettelt: Bitte, geh nicht. Dann meinte er: ›Niemand sagt so etwas zu der Frau, die ich liebe.‹ Und dann hat er mir das blaue Auge verpasst.«

»Und weiter?«

»Ich hab ihm daraufhin eine eingeschenkt und genau die Zähne getroffen. Da war's vorbei mit seinem Kampfgeist. Dann habe ich gesagt: Du Laus, wegen der Nutten bist du hergekommen und du hast eine gefunden. In der Gosse hab ich sie aufgelesen und ich werf sie auch wieder hinein. Und zu ihr hab ich gesagt: Du bist eine Närrin, du legst dich selber rein, so wie alle billigen Huren. Bei mir hättest du ausgesorgt. Ich habe mehr Geld, als du dir je hättest vorstellen können, und du hättest alles von mir haben können, solange du ein ehrliches Spiel gespielt hättest. Ich hab gesagt: Aber jetzt wirst du da landen, wo du hergekommen bist. Oder wie lange, glaubst du, wird er es mit dir aushalten? Drei Monate? Sechs Monate? Und dann kannst du zurück in die Klubs gehen und tanzen; kannst mit den Agenten für ein Zweipfundengagement ins Bett steigen; und wirst enden wie alle anderen auch. Ich hab gesagt: Du hast mich an der Nase herumgeführt. Ich könnte dir die Kehle von einem Ohr zum anderen durchschneiden, aber wenn du tot bist, bist du erledigt, dann bis du aus allem raus, bist frei, frei wie ein Vogel. Bisher hat mich noch keiner reingelegt und ist davongekommenn, niemand, niemals. Also verschwinde und lebe. Lebe und leide. Und solltest du auf die Idee kommen, hier wieder aufzutauchen, dann spuck ich dir ins Gesicht und geb dir einen Tritt.«

Nosseross trank ein Wasserglas voll Brandy und fuhr dann fort: »Weißt du, was sie dann gesagt hat? Sie hat gesagt ... Sie hat gesagt ... Sie ... Adam, hol mir noch eine Flasche.«

»Nein, es reicht«, sagte Adam, »trinken Sie nicht mehr.«

»Um Gottes Willen, Adam, tu, was ich sage.«

Adam ging hinaus. Als er mit der Flasche zurückkam, öffnete Nosseross gerade eine Schublade. Adam sah das blaue Schimmern des Stahls und war mit einem Satz bei Nosseross, packte dessen Handgelenk, und für einen kurzen Augenblick rang Nosseross' drahtige Energie mit Adams schwerer Kraft. Dann lag die Pistole in Adams Hand – eine unheimliche alte Parabellum mit engem Lauf. Er nahm den Ladestreifen heraus und gab Nosseross die Pistole zurück.

»Ist irgendeine Frau das wert?«, fragte er.

Nosseross antwortete mit gebrochener Stimme: »Ich habe eine Million Frauen gehabt. Diese eine hat es mir angetan. Wofür soll ich noch weiterleben? Wozu? Ich bin fertig, am Ende.«

»Nehmen Sie's leicht«, sagte Adam, »es gibt andere Dinge zu tun, als Frauen zu lieben. Allmächtiger Gott, Sie bringen etwa einhundertundvierzig Pfund auf die Waage. Diese paar Gramm sind doch nicht alles, was Sie haben.«

»Weißt du, was sie gesagt hat?«, fragte Nosseross. »›Du könntest mein Großvater sein, du schreckliche alte ägyptische Mumie; und wenn du alles Geld der Welt hättest, könnte ich dennoch keine weitere Nacht bei dir bleiben. Jedes Mal, wenn du mich berührst, wird mir schlecht.‹ Sie hat das in seiner Gegenwart gesagt, stell dir vor.

›Genauso gut könnte ich mit einer Mumie zusammen sein. Wenn ich alleine schlafe, erregt es mich genauso, wenn nicht sogar mehr‹, hat sie gesagt. Und dann noch: ›Du alter Affe hältst dich für clever, aber wozu ist das gut? Du bist kein Mann mehr.‹ Und dann ist sie mit Cheshunt hinausgegangen. Oh, ich wünschte bei Gott, ich hätte mich an die Kanone erinnert! Ich hätte jedem von ihnen eine Kugel verpasst.«

»Und wären dafür gehängt worden.«

»Na und? Denk an meine Worte, Adam, kommst du erst mal in mein Alter ... mach die Flasche auf ... gibt es nicht mehr viel, wofür es sich zu leben lohnt. Es geht nicht so sehr darum, eine Frau zu verlieren. Das ist es nicht allein, es ist die Scham. Du möchtest dir selbst einen Tritt verpassen, dich in Stücke reißen! Ich bin clever, Adam, und ich hab genug Frauen gehabt, zum... zum... Aber wenn so was passiert, kannst du nichts machen! Bleib hier, geh nicht ... mach das Glas voll ... «

Adam dachte: Was sind Frauen wert, dass ein Mann ihnen sein Leben widmen sollte? Was sind Frauen wert, dass ein Mann ihnen seine Arbeit opfern sollte? Sackgassen. Ein Mann ist ein Narr, wenn er alles, was er hat, einer Frau in den Schoß legt.

Er sagte: »Wie kann ich Ihnen helfen?«

Nosseross antwortete: »Verdammte Scheiße. Ich kann mir nicht helfen., geschweige denn, dass du es kannst ... Doch die Schande dabei ist, Adam, die verdammte, zum Himmel schreiende Schande ist, dass sie zurückkommen wird, wenn Cheshunt mit ihr fertig ist, und ich werde sie wieder aufnehmen. Ich werde nicht in der Lage sein, hart zu bleiben. Ich werde nicht mal in der Lage sein, überhaupt noch wie ein Mann auszusehen.«

»Das verstehe ich nicht«, sagte Adam. »Sind Sie ein Mann? Dann nutzen Sie Ihre Willenskraft. Wenn ich mir vorstelle, dass mir etwas Derartiges passieren würde, mein Gott, ich würde weggehen, tausende von Kilometern. Ich möchte die Frau sehen, die mir das antun könnte ... « Er hielt inne, als er an Helens nackten Körper dachte, der ihn von dem roten Ton wegreißen konnte, als wäre er ein Strohhalm, der von einem Strudel in die Tiefe gezogen wird. Er wurde wütend und fuhr fort: »Man kann ankämpfen dagegen. Man kann es besiegen! Es brennt wie Salz in einer Wunde, aber es geht vorüber! Wenn man ein Staubkorn ins Auge bekommt, weint man es heraus und vergisst es! Bei Gott, selbst in meinem Alter würde ich nicht zulassen, dass eine Frau mir so etwas antut, und Sie sind doppelt so alt wie ich.«

»Ja, ich weiß. Du bist jung. Du bist halb so alt wie ich. Hunderte von Frauen warten auf dich, eine für jede, die mit dir Schluss macht. Aber ich, ich bin alt, und das ist meine Letzte.«

»Und wenn es so wäre? Gibt es für Sie nichts anderes als zwanzig Minuten auf einem Mädchen?«

»Ich bitte dich ... gib mir noch einen Drink ... ich bitte dich, streicht man mal Essen, Trinken und Frauen, was bleibt da noch? Früher waren es harte Kämpfe, Schlägereien, Wettkampf, riskante Geschäfte, Gefahren. Darüber bin ich jetzt hinaus. Außerdem habe ich Geld, viel Geld. Ich esse nicht viel, ich finde keinen Gefallen am Trinken, ich schlafe nie mehr als vier Stunden ... und der Tag hat vierundzwanzig davon! Und ich sage dir, diese Frau war das Einzige, was mich noch am Leben gehalten hat!«

»Dann haben Sie Ihr Leben falsch ausgerichtet. Sie sind alt. Ich bin jung. Sie wissen sehr viel, ich hingegen weiß sehr wenig. Aber eins kann ich Ihnen sagen, wenn Sie sich darauf verlassen haben, dass Sie nur aus dem Bauch heraus leben müssen, um Freude am Leben zu haben, dann sind Sie nicht viel mehr als ein Tier auf zwei Beinen, und das hier musste geschehen.

Nosseross schüttelte sich vor trunkenem Gelächter. »Also was? Gedichte lesen? Mir die Sterne angucken?«

»Nun, warum nicht?«

»Warum nicht? Ich sag dir, warum nicht. Weil ich am Leben bin. Ich bin ein lebendiger Mensch. Ich hab immer hart gearbeitet und auch sonst nichts versäumt. Ich bereue nichts «

»Nichts bereuen? Das höre ich immer wieder. Leute, die ihr Leben verpfuscht haben, sagen immer: Ich bereue nichts. Aber sie winseln doch alle gleich.«

»Wer winselt hier?«

»Sie winseln!«, schrie Adam, der in unerklärliche Wut geraten war, »Sie winseln. ›Ich habe hart gearbeitet und auch sonst nichts versäumt.‹ Was soll das heißen, sagen Sie es mir! Ich werd's Ihnen sagen! Es heißt, dass Sie geschoben und getrickst haben und hinter dem Geld hergejagt sind, bis Ihnen der Kopf vor Schmerz fast geplatzt ist, und dann haben Sie eine Flasche Schnaps gesoffen und sind mit einer Mieze ins Bett gegangen! Und das nennen Sie ein hartes Leben? Was sind Sie doch für ein Narr!«, schrie Adam, »Sie leben überhaupt nicht! Sie leben nur für Ihren Bauch! Machen Sie noch etwas, bevor Sie sterben! Machen Sie etwas, und wenn es eine Familie ist, die Sie gründen. Sie können nicht nur für sich selbst leben. Sie müssen etwas schaffen, was über Sie hinausgeht, sonst landen Sie da, wo Sie jetzt sind, und weinen in ihre Scheißflasche.«

»Du hältst dich für smart«, murmelte Nosseross, »aber warte nur, warte!«

»Wenn ich einen Mann wie Sie sehe, könnte ich ausspucken! Sie haben alles und dennoch sind Sie nur Dünger für den Friedhof. Sie sind clever. Ein Verstand wie der Ihre, mit einem festen Willen ... was könnten Sie nicht alles erreichen? Aber nein, Sie müssen Müll hinterherlaufen.«

»Warte. Warte. Du bist smart. Aber warte. Auch dich wird das Alter einkriegen. Zehn Jahre, zwanzig Jahre, dreißig Jahre ... warte, wart's nur ab.«

Den Körper betäubt vom Alkohol, getrennt von seinen Sinnen durch einen Nebel aus Brandy, wandte sich sein Denken sich selbst zu. Er schien in seinen eigenen Schädel zu schauen, aber der war so weit wie die Himmelskuppel, gesprenkelt mit Sternen und gefüllt mit einer schweren See. Für einen Moment verspürte er den Drang einer mächtigen Beredsamkeit, doch die Worte verloren sich im Nebel, ehe sie seine Lippen erreichen konnten. Er sagte nur: »Und dann ... «

Danach schwieg er.

Es ist eine Tatsache: Der Verstand von Nosseross, dem Nachtklubbesitzer, wäre – sofern wohl geordnet – so scharf wie der von da Vinci.

Es gibt eine Erinnerung hinter dem Bewusstsein und hier, wie auf dem Grunde eines tiefen Meeres, liegen unschätzbare Juwelen der Weisheit – jeder Gedanke, jedes Wort, jedes Geräusch, jede Form der Furcht, Hoffnung und Leidenschaft –, alle Erfahrungen, alles, was Leben ausmacht. Die wenigen Dinge, die uns bewusst sind, an die wir uns erinnern, sind wie ein Quäntchen

Salz an der Küste dieses Ozeans des Wissens, der in unserem inneren Chaos dahinströmt. Hinter den Dingen, derer wir uns bewusst sind, liegt eine dunkle und reichhaltige Wildnis, verkrustet mit Zellen vergessener Inspirationen, angefüllt mit versunkenen Schätzen und geborstenen Schalen aussortierter Dinge.

Aber weil wir noch immer Tiere sind, bleibt unser Verstand zwangsläufig hungrig inmitten all dieser Fülle. Wir sind die Affen, die das Fischen noch nicht erlernt, die Höhlenmenschen, die das Feuer noch nicht entdeckt haben – wir sind noch immer nur Säugetiere! Verständnislos und ohne Verlangen blinzeln wir hoch zu den endlosen Horizonten des Universums.

Wir errichten undurchdringliche Mauern zwischen uns und unseren unentdeckten Seelen. Und so scheint es, dass das Leben und Sterben des Menschen vergebens ist; dass er ein Insekt ist, gefangen in den klickenden Zahnrädern der Zeit. Aber jenseits des Diktats seiner kleinen Triebe von Liebe und Hunger bestimmen mächtigere Gesetze das Leben des Menschen.

Alles Leben ist ein Zyklus von Reifen und Verfall. Die Saat, die man in den Boden bringt, geht zurück zum Schmutz des Dunges; die Saat, die man in den Schoß bringt, wird wieder Teil der Erde in abscheulichem Verfall – dennoch regt sich Leben in der Fäulnis; das Leben kämpft sich nach oben, von Umwandlung zu Umwandlung, und Tod und Verwesung erzeugen höheres Leben. Aus der Fäulnis toter Blätter wachsen höhere und fruchtbarere Bäume. Bäume bekämpfen Bäume, bis aus der Wildnis des kämpfenden Dschungels der Baum hervorgeht, der den Himmel zu berühren scheint. Selbst das Gras strebt, Halm gegen Halm, der Sonne entgegen, während es sich erhebt, hinunterfällt und wieder wächst. Bis in alle Ewigkeit bewegt sich Leben nach oben.

Und wenn ein Mensch stirbt und sein Versprechen wurde nicht erfüllt, dann wird seine Saat dieses Versprechen am Leben erhalten, bis es erfüllt ist. Ein Mann ohne Zunge mag seine ungesungene Musik durch die Lenden weitergeben, um die Herzen einer anderen Generation zu erfreuen. Die Hure mag in ihrem Schoß den Baumeister, den Heilsbringer, den Heiler oder den Gesetzgeber von morgen tragen, ebenso wie die Saaten von Ziersträuchern fortgetragen werden, um die von den Ausscheidungen der Wildvögel verdreckten Einöden aufzuforsten. Nichts geht verloren!

Und es gibt einige Saaten, die die Zeit und der Wind von Ort zu Ort treiben, bis sie vertrocknet sind. Aber während des Wanderns wirken mitunter Heilkräfte auf diese Saaten, denn sie sind dazu bestimmt, zu blühen und später Früchte zu tragen.

Über Nosseross' Verstand senkte sich eine Decke der Resignation; eine Ahnung von Vorbestimmung; ein dumpfes Gefühl des Schicksals.

Er sagte: »Das nächste Mal ... «

Adam fragte: »Schwarzen Kaffee?«

»Nein ... nein. Ich werde diese Flasche leeren und eine Stunde schlafen. Kümmer du dich um den Klub. Ich kann mit diesem Auge nicht hinausgehen ... und jedenfalls ... Zieh dieses weiße Jackett aus und deine Smokingjacke an ... Übernimm die Leitung; du bist der Manager. Ich schlafe. Phil Nosseross ist ... indisponiert.«

Adam hob ihn hoch und legte ihn auf die Couch, dann schaltete er das Licht aus und ging hinaus in den Klub.

Bei Tagesanbruch rüttelte er Nosseross, der mit einem Stöhnen erwachte.

»Wachen Sie auf, Phil. Wir machen zu.«

»Was is ... was is... Oh-oh, mein Kopf ...« Nosseross blinzelte und zog sich hoch ins Bewusstsein. »Wie ist es gelaufen?«

»Es war eine gute Nacht«, sagte Adam, »wir haben etwa vierzig bis fünfundvierzig Pfund eingenommen.« Er gab Nosseross ein Bündel Banknoten und etwas Kleingeld.

»Guter Junge. Nimm einen Zehner.«

»Nein, das ist schon in Ordnung.«

»Tu, was ich dir sage. Du warst der Manager. Nimm einen Zehner. Hier, nimm ihn.«

Adam steckte zehn Pfundnoten in seine Tasche. »Kommen Sie und essen Sie was.«

»Hör mal zu, Adam. Ich mag dich. Du bist ehrlich. Du bist auch vernünftig. Ich fühl mich wie zerschlagen und brauch mal 'ne Weile Abstand von allem. Ich möchte, dass du für ein paar Wochen oder so die Leitung des Klubs übernimmst. Du bekommst ein Drittel der Einnahmen.«

Adam bot Nosseross Tomatensaft in einer Teetasse an. »Nein«, sagte er, »ich bin nicht interessiert.«

»Was meinst du damit? Dieser Laden bringt im Schnitt einhundertfünfzig Pfund die Woche. Ich biete dir fünfzig an!«

»Ich gebe diesen Job sowieso auf.«

»Du willst was? Hör zu, Adam, das solltest du nicht tun! Warum, mein Gott? Du bist der Einzige auf der Welt, von dem ich glaube, dass ich ihm vertrauen kann! Adam, ich mag dich. Warum willst du aufhören? Wofür?«

»Ich will mich unbedingt mit Bildhauerei beschäftigen.«

»Adam, ich mag dich, ich betrachte dich als Freund; und jetzt willst du mich im Stich lassen. Warum? Hab ich dich schlecht behandelt? Bleib noch ein wenig bei mir, um Gottes willen! Du hast noch Zeit für die Bildhauerei, massenweise Zeit, dein ganzes Leben liegt noch vor dir! Ich bitte dich nur, ein paar Wochen bei mir zu bleiben. Du könntest Geld verdienen. Etwa fünfzig die Woche wären für dich drin. Oder willst du mehr haben?«

»Das ist es nicht, sondern – «

»Hab ich dir nicht einen Job gegeben, als du völlig abgerissen hier hereingeschneit bist?«

»Ja, ich weiß, aber– «

Nosseross schrie überrascht: »Was zum Teufel sitze ich hier und bitte dich, mir beizustehen? Verdammt seien deine Augen! Verschwinde, fahr zur Hölle! Ich bitte dich, ein oder zwei Wochen bei mir zu bleiben, jetzt, wo es mir schlecht geht, und du hast nichts Besseres zu tun, als mich im Stich zu lassen. Verdammt noch mal, scher dich hier raus, wenn du abhauen willst, du dreckige Ratte!«

»Also gut, Phil, wenn Sie es möchten, bleibe ich ein wenig länger, bis Sie sich wieder erholt haben.«

»Spar dir dein Mitleid!«

»Es ist kein Mitleid. Ich bleibe, weil ich Sie mag.«

»Dann gib mir die Hand drauf«, sagte Nosseross. »Mein Gott, ich bin mit den Nerven völlig am Ende ... Du bist jetzt mein Manager, auf einer Basis von dreiunddreißigeindrittel ... Und denk daran, es kommt die Krönungswoche. Die wird dir einhundert Pfund in die Tasche wirtschaften.«

Letzten Endes, dachte Adam, was bedeuten schon ein paar Wochen mehr? Vielleicht hab ich dann genügend Geld, um ein Jahr in Ruhe arbeiten zu können.

»Einverstanden«, sagte er. »Und jetzt müssen Sie rausgehen und etwas essen.«

Die Morgenluft war frisch und klar. Sie gingen zum Corner House.

»Oh, mein Gott«, sagte Nosseross, »sieh mal, wer da ist!«

Es war Fabian, der ziemlich aufgekratzt am Nebentisch Kaffee trank. Fabian rief: »Junge, Junge, Junge, was sehen meine trüben Augen?«, und kam an ihren Tisch. »Was, Phil Nosseross, du alter Ganove, du! Hör zu, Phil, wenn du ‘ne gute Show sehen willst, dann musst du dir meine ansehen. Sag mal, hast du schon von Ali, dem schrecklichen Türken, gehört? Er steht vor seinem Comeback. Und ist dieser Mann nun in Form oder ist er in Form? Ich sag es dir ... er ist in Form. Wird das hier ein spannender Kampf oder wird das ein spannender Kampf? Junge, die werden sich in Stücke reißen.«

Adam sagte: »Ich bin kurz davor, Ihnen eins auf die Nase zu geben.«

»Na los! Worauf warten Sie? Hauen Sie mir eins auf die Nase!«, rief Fabian. »Muss ich jetzt etwa Angst haben?«

»Worum geht es überhaupt?«, fragte Nosseross.

»Der Kampf des Jahrhunderts. Ali, der schreckliche Türke, gegen Kration. Kommst du?«

»Was, der alte Ali? Er muss um die siebzig sein. Ich hab ihn vor dreißig Jahren gesehen und schon damals war er nicht mehr der Jüngste. Aber was für ein Kämpfer!«, sagte Nosseross. »Vielleicht nicht sonderlich geschickt und keine Psychologie, aber was für ein Teufel! Das Herz eines Löwen und fast so stark wie ein Bär. Er lebt noch?«

»Davon kannst du dich selbst überzeugen«, sagte Fabian.

»Passen Sie auf, Fabian, lassen Sie mich bei diesem Kampf Ringrichter sein«, schlug Adam vor.

»Ich werde der Ringrichter sein«, sagte Fabian und grinste Nosseross an. »Er hat Angst, falls Ali – «

»Das ist es nicht. Der arme alte Ali ist am Ende, und Sie wissen das. Er kann nicht gewinnen. Sein Stolz ist so ziemlich das Letzte, was ihm geblieben ist. Er hat nur noch ein Auge. Nur die Tatsache, dass er nie besiegt wurde, hält ihn noch am Leben. Und jetzt stellen Sie ihn gegen einen Mann auf, der vierzig Jahre jünger ist. Sie sollten sich schämen!«

»Will jemand eine Wette abschließen?«, fragte Fabian grinsend.

»Wenn Sie Ringrichter sind?«, sagte Adam. »Nein, danke.«

»Wetten?«, fragte Nosseross. »Du bist wohl verrückt. Hunderennen ist schmutzig; Boxen ist unsauber; selbst Pferderennen stinkt ein wenig, aber Ringkampf? In vierzig Jahren hat es keinen ehrlichen Kampf gegeben.«

Fabian grinste Adam ins Gesicht. »Ich hab mir gedacht, dass Sie Manschetten haben, auf Ali zu setzen«, stichelte er.

»Wie ist Ihr Einsatz?«

»Zwanzig auf Kration.«

»Ich nehm Sie beim Wort«, sagte Adam. »Vierzig für zwei.«

»Sie sind dabei.«

»Idiot«, sagte Nosseross, als Fabian gegangen war. »Warum lässt du dir von ihm zwei Pfund aus dem Leib leiern?«

»Ich bin mir nicht sicher. Solange noch eine Spur Atem in ihm ist, wird sich der alte Ali niemals hinlegen. Aber ich würde einen Zehner dafür geben, wenn man diesen Kampf absagen würde.«

Helen war gerade wach geworden; rosig und erholt vom Schlaf, voller Energie wie eine frisch aufgeladene Batterie. Mit Fingern, so heiß wie Ofenriegel, griff sie nach Adams Hand und sagte: »Gib mir einen Kuss ... noch einen ... jetzt erzähl mal, hattest du eine gute Nacht?«

»Nosseross will, dass ich sein Manager werde.«

Helen setzte sich im Bett auf und schrie vor Freude. »Nein! Manager? Wirklich? Das würde mindestens zehn oder zwölf Pfund die Woche bringen!«

Ihre Aufregung wirkte ansteckend. Adam lachte und sagte: »Auf Provisionsbasis. Ich bekomme ein Drittel aller Einnahmen.«

»Ein Drittel! Nein, du machst Spaß. Sag mir ehrlich, wie viel?«

»Ehrenwort.«

»Aber ... er verdient mindestens einhundert Pfund die Woche!«

»Er machte im Schnitt einhundertundfünfzig.«

»Dann wirst du fünfzig kriegen.«

»So in etwa.«

»A-dam!«, rief Helen und drückte seinen Kopf an ihre Brust. »Adam! Oh, Junge!«

»Hilfe, ich ersticke ... «

»Fünfzig Pfund die Woche! Oh, Adam!« Sie trommelte mit den Fäusten gegen seine Brust, sprang aus dem Bett und tanzte durch das Zimmer; ihr Nachthemd landete in einer Ecke und sie warf die Hände in die Luft. Dann lief sie mit einem unterdrückten Glücksschrei zurück und kniff Adam in die Wangen bis er vor Schmerz stöhnte.

»Hey! Das tut weh!«

»Es ist kalt ...« Sie kroch ins Bett, deckte sich zu und klammerte sich zitternd an ihn. »Ist das nicht ganz wunderbar? Aber du scheinst nicht sehr begeistert, Liebling.«

»Oh doch. Wir können etwas Geld sparen. Das ist gut.«

»Gut? Adam, du bist phantastisch! Du bist wundervoll!«

»Pst! Willst du, dass Mrs. Anguish uns hört?«

»Wir sind bald weg von hier und Mrs. Anguish. Oh Adam, du bist wundervoll. Warum bist du so phantastisch?«

Er dachte: Was Geld alles fertigbringt! Wenn ich die Elgin Marbles aus dem Handgelenk geschüttelt hätte, wäre sie nicht halb so erfreut ...

»Das liegt in der Familie«, antwortete er scherzhaft.

XXI

Im Büro der Fabian Promotions klopfte Fabian ungeduldig mit dem Fuß auf den Boden, während Figler mühsam in den Telefonhörer röchelte.

»Ja ... ich hätte gern noch ein paar God-Save-the King-Flaggen, etwa zwölf Gros. Haben Sie? Und etwa zwei Gros mit God Bless Their Majesties. Dann sechs Gros von den Union Jacks zu drei Penny und fünfhundert von den kleinen ovalen Köpfen vom König und der Königin. ... Okay, in Ordnung, ja. Ja, das ist der ganze Posten.« Zu Fabian sagte er, während er den Hörer aufhängte: »Diese Krönungsdevotionalien gehen weg wie warme Semmeln.

Ich beschäftige fünfundzwanzig Mädchen, die im Akkord kleine Anstecker von King George und Queen Elizabeth herstellen, die man im Knopfloch tragen kann, und sie kommen gar nicht hinterher mit der Produktion. Aber Periskope aus Pappe sind ’n Ladenhüter. Es ist komisch, Harry, in dieser Stadt liegt jede Menge Geld auf der Straße, man muss nur wissen, wie man es aufhebt.«

»Kommst du heute Abend zu dem Kampf?«

»Der alte Ali, nicht wahr? Armer alter Mann. Ach, Harry. Du hast dem schwarzen Burschen einen rotseidenen Bademantel versprochen. Warum gibst du ihm den nicht? Es ist gefährlich, sich mit Leuten wie diesen anzulegen, mit schwarzen Männern, mit Wilden. Er hat ein Rasiermesser dabei und ist schrecklich aufgebracht. Für fünfzehn Shilling rettest du deine Haut und stehst gleichzeitig da wie ein Gentleman. Warum brichst du Versprechen, wenn sie dich nur ein paar Shilling kosten?«

»Vielleicht hast du Recht. In ein paar Tagen sind wir sowieso nicht mehr in diesem Geschäft. Trotzdem, es ist schon ein Jammer auszusteigen, jetzt, wo wir in Fahrt kommen ... «

Der Strangler kam herein und trug eine Gladstone-Tasche. »Harry, hast du ihn?«

»Den Mantel? Natürlich, du kriegst ihn morgen.«

Die Augen des Stranglers waren plötzlich blutunterlaufen.

Figler bemerkte das und sagte: »Ja. Sie haben deinen Namen falsch buchstabiert. Black Strangler wurde mit einem speziellen Goldfaden aufgestickt, aber eben falsch buchstabiert. Trotzdem, du müsstest ihn morgen kriegen.«

»Ich muss ihn morgen haben.«

»Wirst du, wirst du«, sagte Fabian.

»Versprochen?«

»Ich schwöre es.«

»Sag: Schneid mir die Kehle durch, wenn ich lüge.«

»Schneid mir die Kehle durch, wenn ich lüge. Und jetzt hau ab.«

»Okay«, sagte der Strangler und ging hinaus.

»Es hat mir ganz und gar nicht gefallen, wie er das gesagt hat«, meinte Fabian. »Nun, also ich muss in die Halle ... Hey, Strangler, wart mal! Ich nehm dich im Taxi mit ... Kommst du, Joe?«

»Später.«

Figler saß schweigend da und rauchte eine Zigarette. Zehn Minuten später kam ein Mann herunter; ein kleiner, fetter, dunkler Typ mit winzigen Augen, die wie schwarze Stecknadelköpfe unter dem Rand eines Bowlers funkelten.

»Hallo, Lew«, begrüßte ihn Figler.

»Hallo, Joe.« Lew setzte sich. »Nun?«

»Oh, es wird klappen. Morgen ist Fabian draußen. Ich zahle ihm seine fünfzig Pfund und damit ist die Sache erledigt. Dann können wir loslegen.«

»Hast du schon irgendeinem der Ringkämpfer ein Angebot gemacht?«

»Noch nicht. Aber das sollte kein Problem sein.«

»Ja, das denke ich auch. Arme Teufel, was die für ein anständiges Essen und einen Platz zum Pennen alles machen! Zahl ihnen 'ne vernünftige Gage und ihre Spesen und sie würden sogar morden ... Mir ist ein besserer Name als ›Zum Einreiben‹ eingefallen.«

»Ja?«

»Muskel-Tonikum. Zok's patentiertes Muskel-Tonikum. Klingt das nicht besser?«

»Nicht schlecht, nicht schlecht.«

»Heutzutage muss man den Dingen wohlklingende Namen verpassen, Joe. Wenn du Acetylsalicylsäure Aspirin nennst, kannst du sie zum dreifachen Preis verkaufen, obwohl es sich nach wie vor um Acetylsalicylsäure handelt. Muskel-Tonikum hat zehnmal mehr Gewicht als ›Zum Einreiben‹. Als ich in den Staaten war, hab ich mich mal mit einem Komiker unterhalten. Die Wirkung eines einzigen Wortes auf das Publikum ist verblüffend. Er versuchte sich in Gags. Da war ein Gag, bei dem er seine Uhr ins Waschbecken warf und sagte: ›Besser verrostet als verloren.‹ Kein Lacher. Als er aber das nächste Mal sagte: ›Besser verrostet, als vermisst gemeldet‹, bog sich das ganze Haus vor Gelächter. Es ist merkwürdig, aber so ist es.«

»Ja. Du sprichst von Amerika. Bist du mal dabei gewesen, wenn Harry Fabian versucht, wie ein Amerikaner zu reden?«

»Nein. Ich hab gehört, er soll ein smarter Kerl sein. Stimmt das?«

»Smart? Ja und nein. Er könnte clever sein, wenn er nicht so ein fauler, kleiner Hund wäre und immer so viel aufschneiden würde. Immer muss er vorgeben, mehr zu sein, als er ist. Trotzdem, er ist frech, unverschämt, und er hat sogar etwas Verstand. Aber er liest amerikanische Magazine und gibt an wie ein kleiner Junge.«

»Ich versteh nicht, warum Leute so tun müssen, als wären sie Amerikaner. Wahrscheinlich liegt's an den Filmen.«

»Und außerdem kann er sich nicht fünf Sekunden auf eine Sache konzentrieren. In der einen Minute will er einen Song schreiben, in der anderen ein Rennpferd kaufen. Vor kurzem hat er sich diese Ringkämpfe in den Kopf gesetzt. Jetzt ist er ganz wild darauf, einen Klub zu eröffnen. Ach, soll er doch zum Teufel geh'n. Ich hab bei der Sache nichts verloren. Kommst du mit und siehst dir die Show an?«

»Warum nicht?«

»Du kennst doch den alten Ali, den schrecklichen Türken? Fabian hat ihn überredet, in den Ring zurückzukehren. Er kämpft gegen einen Griechen.«

»Doch nicht der alte Ali! Mein Gott, ich hab ihn vor dreißig Jahren gesehen. Da hat er einem Burschen einen Muskel aus dem Arm gerissen – fipp! –, einfach so. Na das ist ja eine tolle Idee. Ali muss etwa achtundsechzig oder siebzig sein. Und wie erhält er sich in seinem Alter seine Spannkraft und Beweglichkeit? Na ganz einfach, er nimmt natürlich Zok's patentierte Verjüngungstabletten und massiert sich mit Zok's patentiertem Muskel-Tonikum, klar? Je länger man darüber nachdenkt, desto besser hört es sich an, was?«

»Das reinste Vergnügen. Hast du dich um die Flaschen gekümmert?«

»Ja. Wir kriegen die rechteckigen Flaschen mit der Verschlusskappe.«

»Aber das kostet uns einen Penny mehr pro Flasche.«

»Joe, die Leute kaufen Flaschen und Flaschen bedeuten Reklame. Waren verkaufen sich nicht auf Grund ihrer Vorzüge. Kein Mensch kauft eine Medizin, weil sie ihn bereits geheilt hat; er kauft sie, weil er denkt, dass sie es tun wird.«

»Nach all dem Quatsch, den ich ertragen musste, ist es ein Genuss, zur Abwechslung mal vernünftige Argumente zu hören.«

»Wovon lebt dieser Fabian eigentlich?«

»Vom Eindruckschinden. Er würde auf sein Essen verzichten, um dir eine Zigarre für drei Shilling zu kaufen. Tatsache ist, er lässt sich von einer Frau aushalten. Er bildet sich ein, niemand wüsste es. Dabei wissen's alle. Und ständig ist er auf Achse oder unter Druck ... Er arbeitet härter bei seinem Nichtstun als ich. Und ich verdien mir meinen Lebensunterhalt.«

»Lass uns gehen und deinen Kampf anschauen. Ist schön, den alten Ali mal wieder zu sehen. Dreißig Jahre! Ist das nicht verhext, wie die Zeit vergeht?«

»Was erwartest du? Dass sie stillsteht?«

Lew murmelte: »Als ich Ali das letzte Mal hab kämpfen sehen, bin ich in einer Pferdedroschke gefahren. Das waren noch Zeiten!«

»Oh ... damals warst du auch noch jünger. Jetzt ist alles viel besser.«

Lew trat auf das Gaspedal seines brandneuen Buicks. »Ich weiß nicht. Man konnte von ein paar Pfund die Woche leben und jeder hatte eine Menge Möglichkeiten.«

»Die gibt es auch heute noch.«

»Sicher, aber du musst jedermann die Kehle durchschneiden, um etwas zu erreichen.«

»Das war schon immer so. Jetzt ist es schwieriger, weil man älter ist. Der Konkurrenzkampf ist härter, ja. Aber was verlangst du? Dass dir die Pfundnoten in die Tasche flattern?«

»Ich will genug verdienen, um mich zur Ruhe setzen zu können, und zwar jetzt oder nie.«

»Wie viel bräuchtest du?«

»Zwanzigtausend.«

»Ich würd mich schon mit der Hälfte zur Ruhe setzen. Was willst du dann machen?«

»Keine Ahnung. Nichts. Und du?«

»Nichts.«

Lew lachte. »Bescheuert, nicht wahr?«

»Was?«

»Da schuftet man sein ganzes Leben wie ein Ochse, um am Ende gar nichts zu machen. Wie ein Wahnsinniger, der seinen Kopf gegen die Wand schlägt, weil es so schön ist, wenn der Schmerz nachlässt.«

»Was willst du denn? Die Sterne?«

»Nein. Aber mir kommt's verrückt vor, da aufzuhören, wo man angefangen hat. Ich hätte heiraten und eine Familie gründen sollen.«

»Wozu?«

»Ich weiß nicht.«

Der Wagen hielt vor dem Olympia, Marylbone.

In einem der Umkleideräume bereitete sich Ali auf den Kampf vor. Ali war fett, unglaublich fett. Als er nackt war, sah man, wie übel die Zeit ihm mitgespielt hatte; erst hatte sie ihn wie einen Ballon aufgeblasen, um ihn dann erschlaffen zu lassen wie einen geplatzten Sack. Seine Brüste hingen kraftlos herunter wie die einer alten Frau, sein Bauch war weich und schwabbelig.

Er bürstete über seinen Schnurrbart, verteilte etwas ungarische Pomade darauf und zwirbelte die Enden mit geschickten Bewegungen zu Nadelspitzen.

»Kration wird versuchen, danach zu greifen«, sagte Adam, »um das Publikum zum Lachen zu bringen.«

»Soll er's nur versuchen!«

»Ali, warum stutzt du ihn nicht?«

Ali schwor, dass er genauso gut ein anderes männliches Attribut stutzen könne. Er legte einen merkwürdigen Gürtel an, fast 30 Zentimeter breit und aus Leinen und Gummi gefertigt. »Zieh das mal fest, bitte. So fest, du kannst«, sagte er. Dann murmelte er mit einem verlegenen Blick: »Ich möchte nicht, dass die Leute den Eindruck bekommen, dass ich ein wenig fett geworden bin.«

Adam zog die Riemen fest und das weiche Fett quoll über den Gürtel wie Zahnpasta aus einer Tube.

»Hältst du das für vernünftig, Ali? Dieser Gürtel quetscht dir die Eingeweide zusammen. Wenn Kration dich dort schlägt oder tritt – «

»Soll er's nur versuchen.« Ali zwängte sich in eine lange, enge Hose und zog ein Paar rotseidener Shorts darüber. »Jetzt hilf mir mal mit der Schärpe.« Er hielt einen langen, ausgefransten Streifen aus rotem Satin hoch, bestickt mit arabischen Lettern. »Das war ein Geschenk von Abdul Hamid ... «

»Ali, du bist verrückt, deinen Bauch so fest zusammenzupressen!«

»Pah!« Ali richtete sich auf und stand mit verschränkten Armen da. »Sag mir, seh ich gut aus?«

Adam war den Tränen nahe. »Toll!«

»Eines Tages steh ich dir Modell für eine Skulptur.«

»Danke, Ali. Und noch was: Sei um Himmels willen vorsichtig.«

»Mein kleiner Freund, du vergisst, dass ich hunderte von Kämpfen gewonnen habe, dass ich nie der Unterlegene war.«

»Ich weiß. Aber ich könnte es nicht ertragen, wenn man dich verletzen würde.«

Ali lachte. »Professor Froehner riss mir eine Rippe raus, durch die Haut, aber ich habe ihn bezwungen; und am nächsten Tag habe ich bereits wieder gekämpft. Mich hat noch keiner schreien hören, in meinem ganzen Leben nicht! Niemand hat mich je auf der Matte liegen sehen. Leblond hat mich mit einem Jujutsu-Griff am Fuß gepackt. ›Gib auf oder ich brech dir den Knöchel‹, hat er gesagt. ›Brich ihn nur, Leblond. Ali gibt nie auf‹, hab ich ihm geantwortet. Und er hat mir den Knöchel gebrochen. Da stand ich nun auf einem Fuß und hab ihn auf die Matte genagelt. Ich hab gesagt: ›Du kannst Ali nicht verletzen. Aber Gott vergisst den, den Ali packt.‹ So bin ich!«

»Oh, ich bin sicher, du gewinnst. Ich hab auf dich gewettet.«

»Guter Junge! Wie sieht die Quote für meinen Gegner aus?«

»Sehr niedrig.«

»Du lügst. Sie denken, ich bin ein alter Mann. Sie lachen. Gut, lass sie lachen. Und am Ende, wenn ihnen das Lachen vergangen ist, werde ich lachen ... ich werde ihnen ins Gesicht lachen und sagen: Der alte Wolf hat noch immer Zähne. Sehe ich gut aus?«

»Du siehst aus wie ein Champion, Ali, wirklich.«

Ali lachte, bis das Fett auf seinem Bauch hüpfte wie eine Katze in einem Sack. »Ha-ha-ha! Ich hab dich überrascht, was? Die glauben, ich werd mit diesem Griechen, diesem Zyprioten, rumalbern. Nein, ich werde einfach hereinspazieren ... eins, zwei, drei, hoch mit seinen Füßen, den Kopf zurück, ihn dann zu Boden werfen, ihn wie ein Kind aufheben und wie eine Katze schütteln; dann über meinen Kopf schleudern ... bim-bam ... und ihn niederdrücken. Wieder zurück ... den Kopf nach vorne, unter meinen Arm geklemmt und Chaaa! meinen alten Würgegriff, bis seine Augen herausquellen. Dann hebe ich ihn auf wie eine Hantel und halte ihn über meinen Kopf und sage zu den Zuschauern: Dies ist der Mann, der geglaubt hat, dass er Ali, den Türken, besiegen kann! Dann – «

Durch eine offene Tür drang das Grölen der Menge. Legs Mahogany kam vorbei und blutete aus der Nase, der Strangler stolperte hinter ihm her. Ein Ordner kam herein und sagte: »Ali!«

Ali zog seinen Bademantel aus wattierter roter Seide an, dreißig Jahre alt und von Motten zerfressen. »Schick, was? Hat mir eine Frau in Wien geschenkt ... 19 ... ich hab das Datum vergessen ...«

Adam flüsterte: »Gib mir dein Glasauge, es ist Wahnsinn, mit einem von diesen Dingern zu ringen.«

»Blödsinn! Und ihm damit zeigen, dass ich Achillesferse hab?«

»Gib es mir, sag ich dir!«

»Wenn du drauf bestehst, nimm es.« Ali ließ sein linkes Auge herausgleiten und gab es Adam, der es in seine Westentasche steckte. Dann schritt er gemessen und würdevoll hinaus in den Ring, während ihm der heitere Rhythmus des Marsches der Gladiatoren durch den Kopf ging, jene Melodie, zu der die alten Ringkämpfer bei den internationalen Turnieren durch die Arenen stolzierten.

Es gab einen frenetischen Applaus.

Als Zeichen der Erwiderung hob Ali seine Hände, als er Kration sah, der bereits im Ring stand, sich verbeugte und lächelte. Ali griff in die Seile und schwang sich hoch. Es entstand eine Pause. Ein leise tröpfelndes Klatschen brach an, dann Gelächter, das sich erhob und anschwoll, von hellen Buhrufen und schrillem Pfeifen durchdrungen.

»Huui! Laurel und Hardy!«

»Wo haste denn diese Hosen her?«

»Nimm die Schnurrhaare ab! Wir können dich gar nicht sehen!«

Irgendjemand begann mit einer guten Tenorstimme zu singen. »It happened on the beach at Belly-Belly.«

Figlers Freund, Lew, stand auf und rief mit einem Organ, das auf den Marktplätzen dieser Welt trainiert worden war: »Guter, alter Ali! Wir erinnern uns an dich!«

Ali riss seinen Bademantel herunter und warf ihn Adam zu.

»Kommt schon, lacht!«, schrie er.

Sie lachten.

Fabian kreischte in ein Megaphon. »Meine Damen und Herren! Zu meiner Rechten, zweihundertundzwanzig Pfund Knochen, Muskeln, Gehirn und Nerven, Kration aus Zypern, Anwärter auf die Ehre der Meisterschaft ... Zu meiner Linken – «

»Weihnachtsmann!«, rief eine Stimme, und wieder ertönte schallendes Gelächter.

»Ali, der schreckliche Türke, Schwergewichtsweltmeister bei seinem sensationellen Comeback – «

»Meister von welcher Welt?«, krähte eine dünne Cockneystimme.

»Meine Damen und Herren! Der Name Ali, der schreckliche Türke, war zu Beginn des Jahrhunderts ein Begriff – «

»Welches Jahrhundert?«

»Das passiert dir, wenn du alt wirst und kein Geld hast«, sagte Lew zu Figler.

Fabian trat zurück und Kration und Ali gingen in ihre Ecken. Kration lächelte noch immer. Es ist das Beste, so beschloss er für sich, es so aussehen zu lassen, als wäre diese Affäre ein ausgeklügelter Witz. Ali war grimmig wie der Tod.

»Denk immer dran: Nimm's leicht!«, flüsterte Adam ihm zu.

Ali entgegnete: »Ich werde ihn innerhalb von zwanzig Sekunden auf die Matte legen. Zähl langsam bis zwanzig «

Der Gong ertönte.

Die Ringkämpfer traten in den Ring.

XXII

Kration bewegte sich mit der Grazie eines Tänzers. Ali schob sich langsam nach vorn, den Kiefer angespannt und das Kinn nach unten gerichtet. Sie umkreisten einander und täuschten an. Dann ein Geräusch wie das Knallen einer Peitsche. Noch ehe Alis fettumhüllte, von den Jahren ermüdete Muskeln sich zu einem Gegenangriff koordinieren konnten, hatte Kration ihm auf die Hinterbacken geschlagen.

»Pack ihn bei den Hörnern!«, schrie irgendjemand.

»Genau«, sagte Kration und griff nach Alis Schnurrbart. Doch im nächsten Moment schloss sich ein Griff wie eine Zange um sein Handgelenk, eine Kraft, einem Erdbeben gleich, drehte ihn herum und zog seine Hand zurück über seinen Kopf Richtung Schulterblätter.

Kration brach der Schweiß aus. Er hatte den Eindruck, dass Ali rasend sei vor Wut. Doch er besaß nicht das nötige Geschick, um den Griff zu brechen. Während er

Alis Druck mit aller Kraft Widerstand leistete, setzte er zu einem Kopfstoß nach hinten an. Der harte, runde Schädel knallte gegen Alis Kiefer. Der Türke knurrte und versuchte, Kration die Füße unter dem Körper wegzuschlagen; doch zwischen ihm und seinem Gegner stand sein gewaltiger Unterleib wie eine Wand. Krations Kopf ruckte wieder zurück. Helles, rotes Blut rann auf Alis Schnurrbart, als wäre in seiner Nase der Hebel einer Pumpe betätigt worden.

Kration riss sich los, wirbelte herum und schlug Ali dabei mit dem Unterarm gegen den Kiefer. Ali sah den Zyprioten in einem Meer von rotem Wasser, überzogen mit einem Netzwerk aus blendendem Licht und an Stelle des Meeresrauschens erklang Gelächter. Obwohl seine Wahrnehmung getrübt war, trieb ihn sein alter, erfahrener Instinkt an, Kration hinterherzutapsen, während sein Bewusstsein mechanisch hundert verschiedene Angriffsmöglichkeiten durchspielte: Er ist zu schnell! Vergeude keine Kräfte, ihm nachzujagen! Geh dicht heran und zerquetsche ihn! Seine riesige Hand schlang sich um Krations Hals. Krations Zeige- und Mittelfinger zuckten wie die gespaltene Zunge einer Schlange in Richtung seiner Augen. Ali duckte sich. Krations Nägel zerkratzten ihm die Stirn. Unversehens hatte Ali Krations rechte Hand in einem Griff, gegen den es keinen Widerstand gab. Adam sah, wie Alis Rücken zitterte.

»Schindmähre!«, quietschte eine Frauenstimme.

Mit dem rechten Arm hob Ali Kration von den Füßen, bückte sich, um ihn über die Schulter zu werfen, und hielt unvermittelt inne. Der Rand seines Gürtels hatte ihn behindert. Sie standen einen Moment lang in dieser entwürdigenden Pose da. Dann wand sich Kration wie eine Python, nahm Alis Kehle zwischen Bizeps und Unterarm, drehte ein Bein zwischen Alis Schenkel, ächzte und zerrte; und als sie hinfielen, konnte Kration sich befreien. Mit dem dumpfen Knall eines gefällten Baumes war der Körper des Türken auf die Matte gestürzt. Ein Schnalzen war zu hören: Alis Gürtel war gerissen. Kration stieß einen triumphierenden Schrei aus, zog den Gürtel weg, sprang zurück und hielt ihn hoch über seinem Kopf.

Gelächter fuhr durch die Zuschauermenge wie Wind durch Bäume. Ali war wieder aufgestanden und knurrte. Fabian nahm Kration den Gürtel ab und murmelte dabei: »Kommt mal 'n bisschen in Schwung, ihr beiden, ja? Spielt nicht rum wie Kinder in einem Scheißkindergarten! Kommt, macht schon!«

Kration wich Alis mörderischer Hand aus, warf sich in die Seile und schoss wie ein Stein aus einem Katapult durch den Ring. Mit der rechten Schulter traf er Ali am Unterleib. Mit einem gewaltigen Keuchen fiel Ali nach hinten, doch im Fallen rollte er sich herum und packte Kration mit einem Scherengriff unterhalb der Rippen.

Kration hatte das Gefühl, zwischen zwei Zügen zu hängen, die zusammengestoßen waren, und noch dazu von einer herabstürzenden Decke begraben zu sein. Er wand sich hin und her, doch Ali hielt ihn fest. Die Menge kreischte. Kration atmete in kurzen Stößen. Er spannte seine stählernen Bauchmuskeln an, während Ali immer noch nach Luft rang. Jeder Atemstoß blies das Blut, das aus seiner Nase rann, in feinen, roten Tröpfchen auf die Matte. Er musste erkennen, dass er Kration nicht mehr länger halten konnte. Ein Krampf kroch durch die Muskulatur seiner Oberschenkel.

Kration drückte seine Handkante in Alis Mund und befreite sich so. Dann sprang er hoch in die Luft, um mit dem Hintern zuerst wieder zu landen. Ali sah ihn kommen, konnte sich aber nicht schnell genug bewegen; und so fielen Krations zweihundertundvierzig Pfund wie ein Sack Mehl, der von einem Scheunenboden kippt, auf Alis Brust. Begleitet von einem feinen roten Sprühnebel, entwich Atemluft Alis Mund – Ahfffff. Für einen kurzen Augenblick senkte sich Dunkelheit auf den Türken herab; er wurde ohnmächtig. Aus einer Finsternis, so tief und kalt wie eine sibirische Nacht, tauchten seine Gedanken wieder an die Oberfläche. Er erkannte, dass er dabei war, sich auf die Füße zu kämpfen.

Aus einer ungeheuren Entfernung drang Adams Rufen in sein Ohr. »Vorsichtig, Ali, vorsichtig!« Wieder war Kration bei ihm und hatte ihm den Arm auf den Rücken gedreht.

Alis Gehirn flackerte wie eine brennende Kerze im Luftzug. Da gab es doch eine Gegenbewegung; etwas .... etwas ... Er konnte sich nicht mehr erinnern. Mit aller Kraft packte er ein Handgelenk des Zyprioten, ächzte wie ein Kohlenträger und benutzte sein enormes Gewicht, um Kration herumzureißen und ihn von den Füßen zu heben. Als Kration stolperte, packte Ali einen seiner Knöchel, wirbelte ihn in der Art eines Parterreakrobaten fünfzehn Zentimeter oberhalb der Matte herum und ließ ihn dann los. Der Zypriot fiel aufs Gesicht, trat um sich und keuchte wie ein verwundeter Leopard. »Aah!«, schrie Ali und sprang nach vorn, während Kration auf allen vieren war. »Waho!«

»Gute Arbeit!«, schrie Adam.

Ali hatte Kration im Schwitzkasten. Kration duckte

sich und sammelte seine Kräfte; dann zerrte er in krampfartigen Zuckungen nach rechts und links. Wie Regen strömte das Blut aus Alis Nase auf Krations Rücken. Beide Männer waren bis zur Taille rot. Ali rutschte weg; Kration war so schwer zu halten wie ein flappendes Segel im tobenden Wind ... jetzt war Krations Kopf frei. Ali erhaschte einen Blick auf sein dunkelrotes, geschwollenes Gesicht. Ein zorniges Grinsen teilte es in zwei Teile und entblößte Krations Zähne, die aussahen wie geschälte Mandeln. Kration schwang den linken Arm. Seine harte Handfläche traf Ali ins Gesicht und einer seiner Nägel fuhr über sein Auge.

Leeres, blankes Entsetzen erfüllte das Herz des Türken. Mein Auge! Mein einziges Auge! Wenn ich nun dieses Auge auch noch verliere! Dann brüllte er wie ein Löwe, grub seine Finger in das weichere Fleisch von Krations Taille, hob ihn mit aller Kraft hoch über seinen Kopf, warf ihn durch den Ring und folgte ihm, während er unverständliche Beleidigungen knurrte und Blut spuckte.

Bäng! machte der Gong.

Ali tastete sich seinen Weg zurück in die Ecke. Mit einem nassen Schwamm rieb Adam ihn ab und wischte ihm das Blut aus dem Gesicht.

»Mein Auge«, sagte Ali, »mein Auge!«

»Es hat was mitbekommen«, sagte Adam.

Ali schloss das Auge; dunkel und geschwollen, kroch das obere Lid auf das andere zu, um den blutunterlaufenen Augapfel zu bedecken.

Die Leute tobten. Eine Stimme kreischte: »Mach weiter, Nelson! Komm schon, Schnurrbart!«

Ali nahm einen großen Schluck Wasser und spie ihn wie ein Wal in die Menge. »Feiglinge!«, rief er.

Figler murmelte: »Das ist geschmacklos. Lass uns gehen.«

Lew, von Gefühlen überwältigt, antwortete nicht, sondern rief Ali mit schneidender Stimme zu: »Ganze Arbeit, Ali! So was hab ich nicht mehr gesehen, seit du Red Shreckhorn in Manchester bezwungen hast!«

Ali rief zurück: »Ich danke dir!«

»Geh es leicht an, um Gottes willen, geh es leicht an.« Adam redete auf Ali ein.

Der Gong ertönte. Kration näherte sich mit einem Lächeln. Für Ali bestand er zur Hälfte aus rotem Staub. Er dachte: Wenn ich ihn in fünf Minuten nicht auf der Matte habe, dann ist mein Auge zu und ich muss als Blinder weiterkämpfen. Er konnte jetzt kaum mehr sehen, selbst als er die Musklen seiner Stirn und seiner Wangen spannte und den Mund weit aufhielt.

Eine Stimme schrie: »Pass auf, Kration! Er will dich verschlucken!« Eine andere rief: »Uh-ah! Schaut euch seinen Schnurrbart an. Er fällt gleich ab!«

Alis Schnurrbart hatte tatsächlich eine lächerliche Form angenommen; völlig verklebt durch das geronnene Blut, stach er in die Luft wie spitze Stacheln. Kration knurrte, sprang auf Ali zu und mit der Bewegung eines Dreschflegels traf sein Arm Alis Hals. Dann packte er den Schnurrbart des Türken und zerrte daran. Die Barthaare, schmierig vom Blut, glitten Kration durch die Finger. Ali schossen die Tränen in die Augen; blind griff er zu und erwischte den rechten Bizeps des Zyprioten. Um Ali wurde es Nacht. Er wusste, dass er verloren war, sollte er den Griff lockern. Kration machte einen Satz zurück, doch Ali blieb dran. Der Zypriot keuchte vor Schmerz. Alles in Alis Körper und Seele konzentrierte sich auf die fünf kleinen Punkte seiner Fingerspitzen. Er war jetzt völlig blind, verloren in einem tosenden, sich drehenden Ring, narkotisiert durch den Schmerz, erstickt an Blut, taub von dem Geheul des Spotts und der Ermunterung, das kein Ende zu nehmen schien – und in dieser Welt der widerlichen Qual gab es nur eines, und das war der Arm seines Feindes, in den er seine Finger vergrub ...

Sie klebten aneinander, drehten und drehten sich immer wieder um die eigene Achse wie Zweige in einem Strudel. Jetzt stöhnte der Zypriot auf und Ali schwieg. Er verspürte Kälte. Ein Ringpfosten stieß in seinen Rücken, er tastete mit der anderen Hand danach, fand aber nichts. Der Lärm der Menge ebbte ab. Ali spürte, wie sein Gesicht anschwoll, während das Herz in seiner Brust donnerte wie die Hufe von Pferden, die über eine Holzbrücke galoppieren. Etwas schlug ihm die Füße von der Matte. Er fiel hin, Krations Arm im Klammergriff. Der Zypriot stöhnte: »Um Christi willen!« Ali antwortete: »Fühlst du meinen Griff, he?«

Stimmen riefen: »Brecht den Kampf ab! Brecht ihn ab!«

Aus den Tiefen seiner Mitternacht brüllte Ali: »Nicht abbrechen! Ali gibt nie auf!«

Plötzlich gab er Krations Bizeps frei und ließ seine Hand hinunter bis zum Handgelenk gleiten, wo sie wie eine Bärenfalle zuschnappte; mit der anderen Hand packte er den Ellbogen. Der Arm des Zyprioten brach. Ali hörte seinen Schmerzensschrei, ließ aber nicht locker. Erst als Kration zusammensackte, löste er den Griff am Ellbogen. Mit dem Zeige- und Mittelfinger seiner freien Hand zog Ali die Lider seines Auges auseinander. Vor ihm waberte eine diffuse, feurige Röte und jemand versuchte, seine Finger zu lösen, die noch immer Krations Handgelenk umklammerten. Ali schlug blind zu. Eine Stimme sagte: »Halt! Du hast gewonnen! Ich bin es, Adam!«

»Bei Gott«, sagte Ali, »dieser Grieche ist wie ein Stein zu Boden gegangen.«

Ein Taumel der Begeisterung hatte die Menge ergriffen. »Du hast diesen Hurensöhnen was für ihr Geld gegeben«, rief Fabian, außer sich vor Begeisterung.

Adam brachte Ali zurück in den Umkleideraum.

Dort fand er seine Stimme wieder: »Hast du gesehen, wie ich ihn bezwungen habe? Hast du gesehen, wie ich ihn bestraft habe? Hast du gesehen, wie ich ihn runtergezogen habe? Hast du gesehen, was aus seinem Arm geworden ist? Hast du meinen Griff gesehen? In den ersten Sekunden hätte ich ihn besiegen können, aber ich wollte dem Publikum einen Kampf bieten. Hast du meinen Griff gesehen? Was Ali im Griff hat, das vergisst Gott!«

»Du warst großartig, Ali.«

»Jetzt bin ich fett.«

»Nein, Ali.«

»Jetzt bin ich alt.«

»Nein, Ali.«

»Was, ich hab doch keine Zähne mehr.«

»Du hast Zähne wie ein Tiger.«

»Kann ich ringen?«

»Besser als je zuvor, Ali.«

»Bin ich unbesiegt?«

»Noch immer unbesiegt, Ali.«

Ali hob seinen Kopf, strich über seinen Schnurrbart, drehte ihn zu dünnen Spitzen und sagte: »Niemand auf

Gottes Erde hat mich je bezwungen. Niemand wird es je tun. Schau mich an. Wenn er mir nicht das Auge lädiert hätte, wäre ich sauber wie Regen.«

»Ruh dich aus, Ali.«

»Schließ die Fenster«, sagte Ali, »der Wind draußen ist teuflisch kalt.«

Die Fenster waren bereits geschlossen.

Ali murmelte: »Möchte wissen, ob mein Auge stark verletzt ist. Bring mir etwas Borsäurekristalle und ein bisschen warmes Wasser – « Er hielt abrupt inne und sagte: »Leg deine Hand auf meine Brust.«

Adam tat es. Er spürte ein Rasseln, als hätte sich eine Platte in einem Rennwagen gelöst.

Ali verkündete mit erstauntem Gesichtsausdruck: »Die Uhr bleibt stehen!«

»Unsinn, Ali. Ruh dich aus.«

Mit seiner kolossalen Faust schlug Ali auf seinen riesigen Bauch und murmelte: »Was für ein Fressen für die Würmer!«

Das waren seine letzten Worte.

In jener Nacht starb er.

Später traf Adam Fabian und fragte ihn: »Und? Was haben Sie nun zu sagen?«

»Ich hatte keine Ahnung, dass er ein schwaches Herz hatte.«

»Hab ich Sie nicht gewarnt?«

»Nun, Sie sind kein Arzt.«

Adam schluckte. »Wissen Sie, was Ihnen eines Tages droht, Fabian?«

»Na was denn?«

»Irgendjemand wird so lange auf Ihr Gesicht springen, bis Ihre Zähne am Hinterkopf sitzen.«

»Kümmern Sie sich um ihre eigenen Angelegenheiten.«

»Und außerdem schulden Sie mir vierzig Pfund.«

»Ich schulde Ihnen was?«

»Sie haben vierzig Pfund gegen zwei Pfund gewettet, dass Kration gewinnen würde.«

Fabian blickte hoch in Adams Gesicht und sagte:

»Nun, Ali hat nicht gewonnen. Kration hat wegen einer Verletzung aufgegeben. Es gibt also keine Wette.«

»Sie dreckige kleine Ratte, Sie waren Ringrichter bei dem Kampf.«

»Sicher.«

Adam war fassungslos. Fabian fuhr fort: »Schluss jetzt, verdammt noch mal! Irgendwo muss man eine Grenze ziehen, verstehen Sie.«

»Ich will vierzig Pfund von Ihnen«, sagte Adam, packte Fabian am Revers und schüttelte ihn. »Und wenn ich sie nicht kriege – «

»Nun«, sagte Fabian, »was dann?«

»Dann schlag ich Sie zusammen.«

»Nur zu«, entgegnete Fabian. »Meinen Sie, ich hätte Angst vor Ihnen?«

»Sie werden schon sehen«, sagte Adam und eilte in den Klub.

Fabian ging ins Büro. Der Strangler erwartete ihn bereits mit einer geschwollenen Nase.

»Harry, ich will meinen Bademantel.«

Fabian fing an zu fluchen: »Du verdammter Quälgeist! Von mir aus kannst du verrecken! Soll dich doch ein Bus überfahren, du dicke, schwarze Nervensäge! Blind und taub sollst du werden, du blöder Nigger! Du Trottel! Du Scheißringer! Du unförmige Flasche, du! Wie oft willst du mir noch auf den Geist gehen mit diesem beschissenen rotseidenen Bademantel? Hab ich es dir nicht einmal, sondern tausendmal versprochen? Bei Gott, ich hätte gute Gründe, dich zu vernichten.«

Der Strangler packte ihn am Hosenbund und hob ihn ohne große Anstrengung vom Boden hoch, während er sagte: »Harry, ich hab dir gesagt, ich will diesen Bademantel, weil ich mit einem Mädchen verabredet bin. Und wenn ich ihn nicht kriege, komm ich mit einem Rasiermesser vorbei.«

Der Strangler holte aus seiner Tasche eine altes Rasiermesser mit beinernem Griff, klappte es auf und hielt es Fabian unter die Nase. Fabian fühlte die Kälte des Stahls. Er versuchte, den Strangler zu beschwichtigen.

»Hör zu, Strangler, ich hab's dir versprochen, nicht wahr?«

Der Strangler antwortete: »Du hältst dein Versprechen, oder ich halt meins.«

Auf der Treppe waren die Schritte einer Frau zu hören.

»Lass mich runter«, sagte Fabian. Der Strangler ließ ihn los und ging hinaus. Helen betrat das Büro.

»Was ist los?«, fragte sie. »Du scheinst nervös zu sein.«

»Ich hab dem Nigger gerade ein paar Griffe gezeigt. Alle kommen sie zu mir und wollen, dass ich ihnen was beibringe! Liebling, ich bin so froh, dich zu sehen. Lass uns einen Kaffee trinken geh'n.«

XXIII

Um zehn Uhr am nächsten Morgen saßen Fabian und Zoë bei einem vorgezogenen Frühstück mit Tee und gekochten Eiern. Seine erste Sorge nach dem Aufstehen galt seinem Haar. Er hatte es sorgfältig gebürstet, bis er einen goldenen Schimmer darin zu entdecken glaubte. Während er sein Frühstück aß, strahlte er Vertrauen aus. Zoës Herz flog ihm entgegen. Es gibt nichts, was eine Frau an einem Mann mehr liebt als Selbstvertrauen. Ein Mann, der auftritt, als wüsste er genau, was er will, kann mehr Herzen gewinnen als Robert Taylor. Fabian hatte diese Gabe.

Er sagte: »Erinnerst du dich an den kleinen Hund, den ich dir versprochen habe?«

»Mm.«

»In ein paar Tagen wird er groß genug sein, um ihn von seiner Mutter zu trennen.«

»Wirklich?«

»Ja. Was ist das nur für ein süßer Hund! Ein reinrassiger Chihuahua.«

Zoë fragte zum zwanzigsten Male: »Wie sieht er aus?«

»Er wird dir gefallen«, sagte Fabian. »Diese kleinen mexikanischen Hunde haben kein Fell. Nicht ein einziges Härchen am Körper; und wenn sie ausgewachsen sind, sind sie nicht länger als dreißig Zentimeter, mit Beinen, so dünn wie Bleistifte, und lustigen großen Ohren. Du könntest ein blaues Band um sein Hälschen binden und ihn spazieren führen. Na, was meinst du? Du musst nur vorsichtig sein, damit er sich nicht erkältet, denn sie sind sehr empfindlich, weißt du, sehr empfindlich.« Und er dachte: Ich lass diesen Chihuahua besser sterben; er hängt mir langsam zum Halse raus ...'

»Oh! Harry!«, jubelte Zoë, warf ihren Eierlöffel weg und lief um den Tisch herum, um ihn zu küssen.

»Nun pass mal schön auf, Kindchen«, sagte Fabian. »Wir sind auf dem Weg nach oben, nach ganz oben. Wir werden richtig absahnen. Ich hab ein großes Geschäft am Laufen. Eine todsichere Sache. In etwa einer Woche muss ich nach Cardiff, um ein paar Typen zu treffen; und ich hab mir gedacht, es wäre eine nette Abwechslung für dich, wenn du mitkommen würdest. Ich könnte einen Wagen mieten, wir würden was zu essen und eine Flasche Wein mitnehmen und uns auf die Reise machen ... so eine Art Picknick, und du könntest den kleinen Hund mitnehmen. Was meinst du?«

»Oh, Harry! Das stell ich mir toll vor! Du bist ein Schatz. Wirklich. Du weißt, ich liebe dich, Harry, du bist phantastisch, ganz ehrlich, das bist du.«

»Sicher, ich bin phantastisch. Aber das ist noch gar nichts. Warte nur ab. Du wirst Diamanten haben, Zoë, Silberfüchse, Zobel, einen eigenen Wagen. Ich geb dir mein Wort, du hast keine Ahnung, was auf dich zukommt. Du weißt nicht, was noch alles in mir steckt.«

Es bereitete Fabian ein ungeheures Vergnügen, gab ihm ein Gefühl von uneingeschränkter Macht, in Rätseln zu sprechen. Er wurde trunken von Vieldeutigkeit, so wie ein Dichter möglicherweise von schönen Worten trunken wird.

»Außerdem hab ich für dich noch eine Überraschung in petto. Pass auf. Du wirst es nicht für möglich halten. Junge, Junge, Junge, ich seh schon dein Gesicht vor mir!«

»Oh, was ist es?«, fragte Zoë. »Verrat mir, was es ist, ja?«

»Eigentlich sollte es ja eine Überraschung sein, aber na gut, ich werd's dir erzählen. Ich habe ein Angebot bekommen, dass mich ... nun rate mal, wohin es mich verschlagen wird?«

»Sag's mir«, bat Zoë. »Ich kann nicht raten.«

»Havanna«, sagte Fabian, »Kuba. Was hältst du davon? Die Geburtsstätte der Rumba. Das gute alte Havanna. Würde es dir gefallen, dorthin zu gehen?«

»Du machst Witze.«

»Nein, ich sag die Wahrheit. Ich muss nach Kuba und ich werd dich mitnehmen. Und ich verrat dir noch etwas; ich hab doch gesagt, wir fahren nach Cardiff, nicht wahr? Wir werden einen Wochenendausflug nach Ostende machen. Was hältst du davon?«

»Harry, mach dich nicht über mich lustig.«

»Ich will auf der Stelle tot umfallen, wenn das nicht die reine Wahrheit ist. Nächste Woche fahren wir beide erst mal geschäftlich nach Cardiff und verlassen Cardiff dann mit 'ner Menge Knete. Wir machen eine kleine Reise nach Brüssel, zwei oder drei Tage, nicht länger.«

»Brüssel?«

»Sicher. Erst Ostende, dann Brüssel.«

»Aber«, sagte Zoë, »können wir denn den Hund mitnehmen?«

»Darum kümmer ich mich schon«, sagte Fabian.

»Ich könnte wetten, du nimmst mich auf den Arm.«

»Sieh mal«, sagte Fabian, »ich geb dir mein Ehrenwort. Ich mach mich zwar manchmal lustig über andere, aber ein Ehrenwort breche ich nie, niemals.«

»Also da muss ich dir was Komisches erzählen«, sagte Zoë. »Ich war gestern bei einer Wahrsagerin, und die hat mir doch tatsächlich vorausgesagt, dass ich eine lange

Seereise machen werde. Ist das nicht komisch?«

»Na bitte, da hast du's. Glaubst du immer noch, dass ich dich auf den Arm nehmen will? Du solltest etwas mehr Vertrauen in meine Worte haben, Zoë. Ich mag dieses Gerede nicht, von wegen, ich mache mich lustig über andere. Wenn ich die Wahrheit sage, erwarte ich, dass man mir glaubt.«

»Ich glaub dir, Harry. Ehrlich, bei Gott, ich glaub dir.«

»Noch etwas«, sagte Fabian. »Ich möchte nicht, dass diese Sache breitgetreten wird. Also halte deinen Mund.«

»Du wirst dich doch nicht in Schwierigkeiten bringen?«

»Mach dir keine Sorgen«, sagte Fabian. »Red nur nicht drüber, das ist alles. Es bleibt unter uns, klar?«

»In Ordnung, Harry. Kein Sterbenswörtchen.«

»Das rat ich dir auch. Du weißt, wie die Leute sind. Du kannst ihnen überhaupt nicht trauen.«

Sie beendeten das Frühstück. Fabian machte sich frisch und zog sich an.

»Wo gehst du hin?«, fragte Zoë. »Ins Büro?«

»Ja. Also, bis dann. Mach's gut.«

Fabian ging zur U-Bahn am Piccadilly und rief Arthur Mayo Clark an. »Hallo, Clark? Hier ist Fabian. Hören Sie, Clark, läuft die Sache wie besprochen?«

»Ja.«

»Definitiv?«

»Definitiv.«

»Ich kann mich also drauf verlassen?«

»Absolut.«

»Valdes wird dort sein?«

»Ja.«

»Und Sie auch, mit dem Geld, nehm ich an?«

»Ja.«

»Meinen Sie, es ist möglich, einen Wagen zu mieten?«

»Ich denke doch.«

»Und noch was: Offiziell ist die Geschichte eine Reise nach Ostende.«

»Zoë glaubt das?«

»Ja.«

»Ich verstehe. Sagen Sie jetzt nichts mehr.«

»Aber es geht in Ordnung, nicht wahr?«

»Sicher.«

»Und Sie werden das Geld in bar dabeihaben?«

»In Pfundnoten.«

»Na dann, auf Wiedersehen.«

Danach rief er Figler an.

»Hör zu, Joe, kann ich meine fünfzig haben?«

»Kannst du.«

»Noch heute?«

»Wenn du willst.«

»Wann?«

»Heute. Je eher, desto besser. Der Kampf von Ali war ein Fehler, Harry. Du hast da etwas falsch gemacht, verdammt falsch. Der arme alte Mann!«

»Jesus Christus, was kann ich dafür? Soll ich herumlaufen und jedem den Puls fühlen oder was? Denk doch mal nach, Joe.«

»Also, bis später.«

»Ach, Joe, kannst du mir einen billigen roten Bademantel besorgen und Black Strangler in Gold draufsticken lassen?«

»Wie viel willst du dafür hinblättern?«

»Nicht mehr als ein Pfund.«

»Sagtest du rot?«

»Ja.«

»Welche Größe?«

»125 cm Brustumfang.«

»In Ordnung. Aber der muss extra angefertigt werden. Du bist verrückt, Harry! Es ist gefährlich, sich mit diesem Kerl anzulegen. Ich warne dich. Also, Wiederseh'n.«

Fabian ging zurück zum Piccadilly und streifte durch die Gegend. Er blieb lange Zeit vor einem Herrenausstatter stehen, wo eine Reihe von Hemden und Hüten mit ORIGINAL AMERIKANISCHE HERRENMODE ausgeschildert war. Schließlich ging er hinein und sagte mit seinem besten amerikanischen Akzent:

»Ich möchte gern das Havardmodell, den hellgrauen Fedora, aufprobieren.«

»Gerne, Sir, sicherlich Größe sechs?«

»Ja.«

Fabian probierte den Hut auf. Der Verkäufer sagte:

»Wenn Sie an einer breiteren Krempe interessiert sind, wir haben ein Modell, den Cicero, den hat auch Al Capone getragen.«

Fabians Augen funkelten.

»Zeigen Sie ihn mir, bitte.«

Er probierte den Cicero in Dunkelblau auf.

»Den nehm ich«, sagte er. »Verdammt, das ist eine tolle Idee für einen Song ... Honey, oh Honey, den nehm ich ...«, sang er zur Melodie von *Oh, Honey, Do Something.*

»Sehr wohl, Sir. Sie schreiben Songs?«

Fabian antwortete: »Haben Sie jemals *The Love Parade* gesehen? Ich hab's geschrieben.«

»Wirklich, Sir? Hätten Sie womöglich Interesse an dem Humphrey-Bogart-Hemd? Genau dasselbe, das er in *The Petrified Forest* getragen hat.«

»Sie können es mir ja mal zeigen.«

Der Verkäufer holte ein dunkelbraunes Hemd hervor.

»Und man sieht auch nicht so schnell den Schmutz darauf, Sir.«

»Ich wechsel meine Hemden viermal am Tag«, sagte Fabian leichthin.

»Also das ist das Humphrey-Bogart-Hemd? Ich habe Bogart gut gekannt ... Nein, es gefällt mir nicht.«

»Und wie wäre es mit den Barrymore-Socken?«

»Nein, ich nehme jetzt nur den Hut. Ich hab eine Verabredung im Waldorf.«

»Fünfundzwanzig Shilling zehn, Sir. Wollen Sie den Hut gleich aufsetzen?«

»Natürlich.«

»Wohin sollen wir den anderen schicken?«

Fabian sah auf den Hut, den er gerade abgesetzt hatte – ein kleiner, blassgrüner Hut, den er erst vor einer Woche gekauft hatte, einen Fred McMurray, und den er sich sehnlichst gewünscht hatte.

»Geben Sie ihn einem Armen«, sagte er und stolzierte hinaus.

Zoë hatte sich unterdessen ein schwarzes Kostüm angezogen, darüber eine Silberfuchsimitation und einen kleinen schwarzen Hut mit Schleier aufgesetzt und war in ein nahe gelegenes Café gegangen, um eine Tasse Kaffee zu trinken. Als sie hereinkam, rief ihr ein Mädchen zu:

»Hi, Zoë.«

»Hallo, Greta.«

Greta war eine große, ziemlich knochige Blondine. Irgendjemand hatte ihr einmal gesagt, sie sehe aus wie Greta Garbo, und davon zehrte sie noch immer. Sie trug einen längeren Bubikopf, benutzte einen wahrhaft theatralischen Lippenstift und sprach mit kehliger Monotonie.

»Wie läuft's so?«, fragte Zoë. Greta zuckte mit den Schultern.

»Du weißt ja, wie das Leben so ist«, sagte sie.

»Wie geht's Wilf?«

»Das Übliche, und Harry?«

»Phantastisch.«

»Alle Männer sind phantastisch, bis man sie richtig kennen gelernt hat«, sagte Greta tiefgründig.

»Oh, ich weiß nicht«, meinte Zoë. »Sie sind nicht alle schlecht. Ich bin schon netten Kerlen begegnet, obwohl, einige von ihnen sind ein wenig fies. Aber nimm meinen Harry, zum Beispiel. Er ist der beste Junge der Welt. Weißt du, was er mir schenkt, einen Hotscha.«

»Einen was?«

»Einen Hotscha-Hund.«

»Sei nicht albern. So was gibt es gar nicht.«

»Also gut, es ist ein Hund ohne Fell.«

»Das sagt er dir und du glaubst es auch noch. Alle Hunde haben Fell. Sonst wären es keine Hunde.«

»Nun«, sagte Zoë etwas irritiert, »egal, was du behauptest, er schenkt ihn mir jedenfalls.«

Greta hob lässig die Schultern und sagte:

»Und, wie gehst deiner Rivalin?«

»Was meinst du damit?« fragte Zoë.

»Das, was ich sage. Harrys andere Freundin.«

»Du lügst«, rief Zoë, »mein Harry würde nie 'ne andere Frau anseh'n.«

»Oh, tut mir Leid. Ich hätte mir eher auf die Zunge gebissen, Liebes, wenn ich gewusst hätte, dass du keine Ahnung hast.«

»Erzähl's mir«, bettelte Zoë. »Erzähl's mir. Was ist? Worum geht es?«

»Oh, es ist nichts«, sagte Greta, »es hat sicher keine Bedeutung. Nun, ich habe Harry mit einem Mädchen gesehen und mich gefragt, wer sie ist, das ist alles.«

Zoë brachte es fertig, gelassen zu wirken.

»Was für ein Mädchen?«, fragte sie.

»Also«, sagte Greta, »ich war neulich zufällig mit 'nem befreundeten Gentleman in einem sehr teuren Restaurant, bei Raoul's in der Bond Street, und wer kommt da hereinspaziert, Harry, zusammen mit einem Mädchen. Eine Dunkelhaarige, sah sehr gut aus und war phantastisch angezogen. Und dann, meine Liebe, wie sie gesprochen hat. Sie war offensichtlich sehr gebildet. Sie haben sich hingesetzt und ein ziemlich teures Menü bestellt. Und es sah so aus, als würden sie sich gut verstehen. Nun, da hab ich mich gefragt, ob du etwas von ihr weißt.«

»Hast du gehört, worüber sie sich unterhalten haben?«, fragte Zoë.

»Tja«, sagte Greta, »normalerweise belausche ich keine Leute, aber ich habe gehört, wie er Ellen oder Helen zu ihr gesagt hat oder so ähnlich. Aber nimm dir das nicht so zu Herzen, Zoë, meine Liebe, vielleicht ist ja gar nichts dran. Ich muss auch sagen, er hat nicht viel gemacht, nur ihre Hand gehalten, und da ist nun wirklich nichts bei.«

»Wenn ich nur dran denke, was ich alles für diesen verdammten Kerl getan habe. Sein Hintern hing ihm aus der kaputten Hose, als er zu mir gekommen ist. Er war fast am Verhungern wie ein verdammter Straßenköter; und ich hab ihn aufgenommen, ihm zu essen gegeben, ihm Klamotten gekauft und seitdem hab ich für ihn gesorgt. Und das ist nun der Dank. Ohne mich wär er verhungert!»

»Pscht! schrei nicht so.«

Im ruhigeren Ton fuhr Zoë fort. »Er war am Verhungern, und ich hab ihm das meiste von dem gegeben, was ich verdiene, und er zieht los und gibt es mit einer anderen Frau aus. Mein Gott! Ich bring ihn um. Ich werd mir ein Messer kaufen und ihn umbringen. Ich schneid ihn in Stücke. Ich kenne 'nen Typ, der hat eine Kanone. Die werd ich mir borgen und Harry erschießen. Ich werd ihn wegpusten. Was war ich doch für eine Närrin! Sagst du mir auch die Wahrheit, Greta?«

»Natürlich.«

»Also gut«, sagte Zoë, »ich bring ihn um. Sollen sie mich dafür hängen, mir egal. Ich werde ihn töten, du wirst schon sehen. Nach allem, was ich für ihn getan habe. Ich habe auf so viele Dinge verzichtet, um ihm Geld zu geben, und das ist der Dank. Manchmal, wenn er nachts noch unterwegs ist, liege ich wach und mach mir Sorgen um ihn, und dann geht er und ... « Zoë brach in Tränen aus.

»Na, na«, sagte Greta, »beruhige dich.«

»Ich bin mit ihm fertig«, sagte Zoë. »Wirklich und wahrhaftig. Lude! Schmutziger, kleiner Zuhälter! Rumziehen und ständig angeben. Dem einen dies, dem andern das auftischen. Verhungert wäre er, wenn ich nicht gewesen wäre. Er wäre vor Hunger gestorben, wenn ich ihn nicht aufgenommen hätte. Und wofür? Wofür? Während er mein hart verdientes Geld ... das Geld, für das ich gearbeitet und geschuftet habe, für eine andere Frau ausgibt.«

»Weißt du«, sagte Gerta, »sie schien ein sehr gebildetes Mädchen zu sein.«

»Ich werd sie auch umbringen«, sagte Zoë,»das schwöre ich dir. Ich bring sie beide um, du wirst schon sehen. Und da sagen manche Leute, es gebe einen Gott! Aber vielleicht lügst du ja auch?«

»Ich lüge nie«, sagte Greta.

»Nun, das werde ich rausfinden.«

Zoë verließ das Café. Am Eingang traf sie eine Freundin mit einem jungen Schäferhund an der Leine. »Hallo, Zoë, du siehst aus, als hättest du einen Shilling verloren und einen Penny aufgehoben. Wie gefällt dir mein kleiner Hund? Ich werde ihn Archie nennen. Ist er nicht süß?«

Zoë gelang es, mit tonloser Stimme zu sagen: »Das ist doch gar nichts. Ich werde ’nen Hotscha-Dog kriegen.«

»Einen Hot Dog?«

»Einen Hotchacha-Dog.«

»Nie davon gehört. Hör mal zu, Zoë, wenn du rausgehst, beweg dich ’n bisschen fix, bleib nicht irgendwo stehen. In den Straßen wimmelt es nur so von Bullen.«

»Danke«, sagte Zoë. »Ich wollte sowieso nach Hause.«

Sie ging schnell zurück zur Rupert Street und setzte sich in das kleine Wohnzimmer. Dort brach sie in Tränen aus und dachte: Ich hol ihn aus der Gosse und das ist der Dank. Er war am Verhungern, und dankt er es mir. Den ganzen Winter bin ich ohne einen vernünftigen Mantel rumgelaufen. Hunderte und aberhunderte hat er aus mir herausgeholt, und jetzt treibt er sich mit anderen Frauen herum. Sie fing an, auf ihren Lippen herumzukauen.

Die Prostituierte ist sentimental und unglücklich. Warum geht sie auf den Strich, erniedrigt sich selbst und gibt dann ihr gesamtes Geld einem Mann? Weil er allein ein Garant für Treue in einer treulosen Welt ist. Für sie ist er Heimat, Ehemann, Kind und Zuflucht zugleich, aber auch das einzige menschliche Wesen, dem sie sich auf Grund der ihr eigenen Tugend der Selbstaufopferung überlegen fühlen kann; und deswegen liebt sie ihn auf eine seltsame, verzweifelte Weise.

Und jetzt, dachte Zoë, hat er sich mit meinem Geld irgendjemand anders geangelt.

Wut stieg in ihr hoch. Sie schnappte sich eine schwere Blumenvase aus Glas und warf sie in den Kamin. Sie zerbrach mit schwerem Krachen. Dieses Geräusch machte sie noch rasender und sie wollte noch rasender werden. Sie nahm eine Orange vom Teller auf dem Tisch und fing an, sie zu zerdrücken, bis der Saft heraustropfte, fuhr mit den Fingernägeln in die Schale, schlitzte sie auf, bis von der Frucht nur noch ein klebriger Klumpen Matsch übrig war, der auseinanderbrach.

»Das ist Harry, und ich reiße ihn in Stücke.« Sie lachte hysterisch und warf die Orange weg. Die Hälften flogen gegen die Wand und hinterließen zwei große Saftflecken auf der Tapete. Zoë stieß einen Stuhl um und dachte:

Ich werde auf ihn warten. Wenn er nach Hause kommt, bringe ich ihn um. Mit irgendwas schneide ich ihm die Kehle durch. Sie lief in die Küche und suchte systematisch alles durch, bis sie ein kleines Gemüsemesser mit schwarzem Griff gefunden hatte. Ich werde ihn erstechen, wenn er durch die Tür kommt, ihm genau in die Brust stechen und immer weiter auf ihn einstechen, und dann wird man mich hängen. Der Gedanke an den Tod bot sich an. Sie stellte sich vor, dass der Tod wie schwarzer Manegensamt sei – eine riesige pechschwarze Kiste, sehr weich und mit Samt ausgekleidet. Sie hatte davon geträumt und wusste ganz genau, wie die Kiste beschaffen sein sollte – einfach nur schwarz, und man schwebte in ihr wie ein Rauchring in der Luft. Aber zuerst musste sie Harry mit dem kleinen schwarzen Messer töten. Geistesabwesend schaltete sie das Radio an und plötzlich war das Zimmer erfüllt von einer düsteren, schrecklichen Pracht, einer bittersüßen Qual, als ein unsichtbares Orchester den dritten Satz von Beethovens fünfter Symphonie spielte. Normalerweise hätte sie dem nicht lauschen können, aber jetzt gefiel es ihr. Qual verlangt nach Qual. Sie saß da und lauschte und hackte mit der Messerspitze in den Tisch.

Fabian nahm unterdessen am Leicester Square einen Drink mit einem Tippgeber für Pferderennen.

»Nun, Freddy«, fragte er, »was hältst du von Old Boot?«

»Nicht gut.«

»Was meinst du, nicht gut?«

»Wie ich sage, nicht gut.«

»Mir gefällt er.«

»Hast du ihn mit ’ner Stecknadel rausgepickt, oder was?«

»Nein, er gefällt mir einfach.«

»Vergiss es, Harry, vergiss es. Er hat nicht den Hauch einer Chance ... übrigens, was ist mit meinem Buch?«

»Welches Buch?«

»Das Buch, das ich dir geliehen habe.«

»Oh, mein Gott, du meinst die Wettfibel. Ich hab’s zu Hause. Brauchst du es dringend?«

»Eigentlich schon. Vor ’ner Woche hast du versprochen, es mir zurückzugeben. Es gehört mir nämlich nicht,«

»Verdammt«, sagte Fabian, »ich hab’s oben in meiner

Wohnung. Pass auf, warte hier; ich flitz hoch und hol's.«

»Würdest du das machen?«

»Klar, warte hier.«

Fabian ging hinaus; und wie immer warf er einen Blick in den Spiegel hinter der Bar und musste entsetzt feststellen, dass die Schleife an seinem Hutband lose herunterhing. Wütend knirschte er mit den Zähnen und verließ eilig den Pub. So schnell er konnte, lief er zurück zu dem Herrenausstatter, rauschte in den Laden und schrie:

»Sehen Sie sich das an! Sehen Sie sich das an, gottverdammt. Ich kaufe hier einen Hut ... das ist keine zehn Minuten her ... und schon fällt er auseinander. Was soll das?«

Ein verschreckter Verkäufer untersuchte das Band.

»Es tut mir sehr Leid, Sir, es ist nur eine Naht aufgegangen. Wir können das sofort in Ordnung bringen.«

»Das sollten Sie auch«, sagte Fabian drohend. Er nahm eine Zweishillingzigarre aus seiner Tasche, zündete sie mit einer schwungvollen Bewegung an und blies den Rauch jedem ins Gesicht, der in der Nähe war. Der Verkäufer kam mit dem Hut zurück.

»Sie können sich überzeugen, dass er jetzt völlig in Ordnung ist.«

Fabian unterzog den Hut einer eingehenden Untersuchung.

»Mit solchen Sachen kommen Sie nicht durch, nicht bei mir.«

»Nein, Sir.«

»Ich weiß, es ist nicht Ihre Schuld, dennoch sollten Sie sorgfältiger sein.«

»Ja. Es tut mir sehr Leid Sir.«

Kommt dieser Schweinehund denn überhaupt nicht?, dachte Zoë. Sie rutschte auf ihrem Sessel hin und her und ihre Knie zitterten.

Fabian fiel das Buch wieder ein und er ging zur Tür, blieb dann aber stehen, weil ihm etwas ins Auge fiel. Es war eine kleine Vitrine voll mit Krawattennadeln, Spangen und Ketten, in die Monogramme in Schwarz und Gold eingraviert waren.

»Sagen Sie, haben Sie auch H.F.?«, fragte er den Verkäufer.

»Ich werd gleich mal nachsehen, Sir. Wir können jede Initiale eingravieren, wenn Sie warten wollen.«

»Dann bitte H.F. Ich warte«, sagte Fabian kurz angebunden.

»Mit Vergnügen, Sir. Welche möchten Sie denn?«

Fabian wählte eine Krawattennadel mit einer kleinen amerikanischen Flagge aus.

»Wieviel kostet die hier?«

»Sieben Shilling sechs Pence, Sir.«

»Okay, machen Sie mir auf diese ein H.F.«

»Danke, Sir, ist in zwei Minuten fertig, Sir.«

»Das sollte es auch sein. Ihr habt in diesem Land wahrhaftig keinen Zeitbegriff.«

Er wartete.

Zehn Minuten vergingen. Zoë schlitzte die gepolsterte Armlehne des Sessels mit dem Messer auf und rupfte mehrere Hand voll Flocken heraus. Das Konzert ging zu Ende ... »Das Konzert von Schallplatten alter Lieblingsstars«, sagte die Stimme des Sprechers, und eine gefühlvolle Tenorstimme begann zu singen: *»Ah, sweet mystery of life at last I've found thee.«* Zoë brach in Tränen aus. Ihr ganzer Körper wurde von der Wucht ihrer Seufzer geschüttelt. Tränen rannen zwischen ihren Fingern hindurch.

Fabian ging zurück zu seiner Wohnung und fand Zoë in Tränen aufgelöst inmitten des Chaos im Wohnzimmer.

»Was zum Teufel ist hier los?«

Inzwischen hatten die Tränen Zoës Wut zum großen Teil aus dem Körper gespült.

»Oh, du, du, du ... «

»Was ist los?«

»Oh«, sagte Zoë, »wie konntest du mir so etwas antun, Harry ... mir ... nachdem ich für dich gearbeitet und geschuftet habe? Nachdem ich dich aus der Gosse geholt und zu dem gemacht habe, was du heute bist?«

Schneller als ein Blitz schoss es durch Fabians Gehirn: Irgendjemand hat mich mit Helen gesehen.

»Was ist los, zum Teufel!«, rief er beleidigt. »Wovon redest du, verdammt noch mal?«

»Ziehst herum ... gibst mein Geld, das Geld, wofür ich gearbeitet habe, mit anderen Frauen aus.«

Mit lauter, klarer Stimme rief Fabian aus:

»Mich soll der Schlag treffen, auf der Stelle, ich hab keine Ahnung, wovon du sprichst.«

»Du weißt genau, wovon ich rede. Greta hat dich bei Raoul's gesehen, mit einem Mädchen.«

»Bei Raoul's? Was ist Raoul's? Ich bin dort nie in meinem Leben gewesen.«

Zoë sah ihn an.

Sein Gesicht drückte schieres Erstaunen aus. Er fuhr fort: »Glaubst du im Ernst, dass ich an einer anderen Frau interessiert bin? Glaubst du das im Ernst? Wenn ja, dann bist du verrückt. Ich laufe in der ganzen verdammten Stadt herum, plane die Ferien für dich, besorg dir Chihuahuas, denke die ganze Zeit nur an dich, arbeite für dich, schmiede Pläne für dich, zerbrech mir den Kopf, wie ich dir eine Freude machen kann – «

Fabian packte sie bei den Schultern und schüttelte sie heftig.

»Warum tust du das!«

»Harry«, fragte Zoë, »ist das wirklich wahr?«

»Greta ist 'ne Lügnerin. Eine dreckige Lügnerin. Eine dreckige lausige Lügnerin. Ich werd ihr die Kehle durchschneiden! Ich werde sie abmurksen. Ich werde sie auslöschen. Ich schlag sie zusammen.«

»Sie sagte, ihr Name sei Ellen.«

Fabian stieß einen Schrei aus.

»Gott soll mich strafen. In meinem ganzen Leben hab ich noch nie jemanden kennen gelernt, der Helen hieß, und ich bin auch noch nie bei Raoul's gewesen.«

»Schwöre.«

»Bei meiner Mutter, möge Gott ihrer armen Seele gnädig sein«, sagte Fabian.

Vor Erleichterung fing Zoë an, hysterisch zu lachen: »Oh ... Harry ...«

»Aber sag mal, was hat sich hier abgespielt?«

»Ach, Harry, ehrlich, als Greta mir erzählt hat, dass ... bei meinem Leben ... ich bin durchgedreht. Wärst du zehn Minuten früher gekommen, hätte ich dich umgebracht. Ich habe schon mit einem Messer hinter der Tür auf dich gewartet. Ich würde eher sterben, als dich einer anderen zu überlassen. Das würde ich, jawohl, das würde ich.«

Auf Fabians Oberlippe standen Schweißperlen, als er sich den aufgeschlitzten Sessel und die zerkratzte Tischplatte ansah. Und da sagen einige Typen, es gebe keinen Gott, dachte er und fingerte an seiner Krawattennadel herum.

»Wo hast du die her?«, fragte Zoë.

»Joe Figler hat sie mir gegeben. Es ist ein Glücksbringer. Nicht für tausend Pfund würde ich mich davon trennen. Ein amerikanischer Millionär, ein Typ namens Henry Ford, hat sie Figler geschenkt und Figler hat sie mir gegeben, weil die Initialen dieselben sind ... H.F. Siehst du? ... Nun, mein Engel, gehst du ein wenig vor die Tür?«

»Hör zu, Harry, die Straßen sind voller Zivilbullen. French Simon haben sie hoppgenommen, nur weil sie einem Mann zugewinkt hat.

»Blödsinn.«

»Aber – «

»Erinnerst du dich Liebes«, sagte Fabian ironisch, »wir brauchen 'n paar neue Möbel ... Helen ... du bist ja übergeschnappt! Wie soll sie überhaupt aussehen?«

»Ein gut aussehendes, dunkelhaariges Mädchen.«

»Aha! Greta sollte sie mir mal vorstellen.«

»Wirklich? Meinst du das im Ernst?«

»Oh, natürlich, sicher. Ich hasse deinen Anblick. Deswegen renn ich mir auch die Füße platt für dich.«

»Ich hoffe, der Glücksbringer bringt uns etwas Glück.«

»Nun, er hat Henry Ford Glück gebracht. Ich würde mich nie im Leben davon trennen.«

Fabian hatte eine Vision. Er sah sich zwanzig Jahre später in einem luxuriösen Büro sitzen. Während er die Krawattennadel mit einem Finger berührte, an dem ein Diamant im Werte von 10.000 Pfund funkelte, sagte er durch den Rauch einer 25-Shilling-Zigarre: Meine Herren von der Presse, dieser Glücksbringer ... »Jetzt lauf aber los, Schätzchen«, sagte er.

Fabian, der spürte, dass eine so emotionale Szene ihn derangiert haben musste, wechselte seine Krawatte, polierte seine Schuhe an der Rückseite seiner Hose, richtete seinen Hut mit mikroskopischer Genauigkeit und ging wieder hinaus. Im Hausflur fiel ihm ein, dass er das Buch vergessen hatte.

Ach, zum Teufel!, dachte er. Ich werd ihm erzählen, dass es in einer verschlossenen Schublade liegt und Zoë den Schlüssel hat.

Er ging in eine Telefonzelle und rief Helen an. Wie nie zuvor in seinem Leben fühlte er sich als Macht des Schicksals, als Meister der Marionetten, als einer, der die Fäden zog. Als ihr warmer Alt sein Ohr kitzelte, spürte er ein feines Beben der Vorfreude, das sich sein Rückgrat hinunter fortpflanzte. Er sagte: »Hör mal, Honey-Baby, ich hab mir diese Klubgeschichte sehr sorgfältig überlegt, und ich hab beschlossen, die Sache im großen Stil aufzuziehen.«

Helen fragte: »Hast du denn das Geld dafür?«

Fabian antwortete: »Ich verkaufe einige meiner Anteile. Ich geh davon aus, dass ich nächste Woche fünftausend Pfund zur Verfügung haben werde. Hör mal, Helen, können wir uns heute Abend treffen?«

»Warum nicht, natürlich.«

»Etwas später?«

»Wann du willst.«

»Elf Uhr, am selben Ort?«

»Sehr gut.«

»Dann auf Wiedersehen.«

Fabian hing ein. Ihm kam ein Gedanke ... Was, wenn ich beide auf die große Reise schicke? Sagen wir, ich hätte drei, vier, fünfhundert Pfund in der Tasche? Für ein Pfund bekommt man hundert Francs. Sagen wir, ich hätte fünfzigtausend Francs und würde fünfhundertmal nacheinander setzen, sagen wir auf die Neun ... oder sagen wir, ich würde eintausendmal auf Rot setzen und die Bank von Monte Carlo sprengen. Junge, Junge, Junge! Sagen wir, ich würde das tun?

Jeder Film, den er gesehen, und jedes Buch, das er gelesen hatte, rasten in seinem Gehirn aufeinander zu, um zu einer leuchtenden, großartigen Komposition zu verschmelzen; einer wilden Fotomontage aus Champagnerbläschen, Limousinen, Diamanten, galoppierenden Pferden, Spieltischen und schönen Frauen und er, Fabian, auf phantastische Weise vergrößert, phantastisch gekleidet, lehnte sich lässig zurück und beobachtete, wie alles in einer Flut weißer und gelber Chips und großer Banknoten herumwirbelte; eine nicht endende Reduplikation von Brüsten und Beinen jeder nur vorstellbaren Form, Größe und Farbe.

Das, sagte er zu sich selbst, ist es, das werde ich machen ... Fabian, der Spekulant, der Playboy, der die Bank von Monte Carlo gesprengt hat. Und danach kann ich mir jede Menge Weiber kaufen.

XXIV

Die Erde, die auf ihrer Umlaufbahn dahinbrauste, kam der Sonne immer näher, und ein heißer Frühling loderte in der City mit seinem expansiven Drang und seiner Neigung zu Wachstum und Öffnung. Die Bäume trieben Blätter aus; in den Parks öffneten die Tulpen ihre Münder, um den Himmel anzugaffen; und der merkwürdige, unbestimmbare Einfluss des Frühlings sorgte für neue Impulse in den Adern der Menschen. Männer atmeten beim Anblick der Sonne tiefer ein und warfen sich in die Brust, wie Menschen, die, verloren in einem dunklen Wald, plötzlich aus dem Dickicht der Bäume auf eine weite offene Ebene treten. Nur zu dieser Jahreszeit, dieser kurzen Phase des Frühlings, vergisst der Mensch im Licht der vorzeitlichen Fortpflanzungsinstinkte sein uraltes Verlangen nach Vergessen.

Aber Nosseross, dem das Leben allmählich abhanden kam, blieb in seinem Büro; ein bleicher Gefangener, verurteilt zu geistigem Tod, auf immer angekettet in seinem Keller und dem Geschwätz seines Wärters ausgeliefert. Er sagte zu Adam: »Adam, ich sag dir was, du bist zu weich.«

»Wer, ich?«

»Ja, du; ist dir klar, dass du letzte Nacht fünfundzwanzig Pfund weggeworfen hast?

»Wie das?«

»Ich werd's dir sagen. Der kleine Japaner, der hier war, hatte ungefähr fünfzig Pfund in der Tasche.«

»Das weiß ich, und weiter?«

»Du hast ihm quasi zu verstehen gegeben, er solle gehen.«

»Verdammt, der Mann hat hier fünfundzwanzig Pfund gelassen und fragt mich, ob ich den Eindruck hätte, er habe genug getrunken.«

»Er war voll, sonst hätte er nicht gefragt.«

»Das war mir auch klar. Er hat mich gefragt und ich hab ihm geantwortet: Ja, Sie haben genug. Was hätte ich denn sagen sollen?«

Nosseross machte eine ungeduldige Geste.

»Du bist dumm. Du hättest sagen sollen: ›Nein, Sir, ein intelligenter Mann hat nie genug getrunken, Sir, außerdem Sir,‹ hättest du sagen sollen, ›passen wir alle auf Sie auf, selbst wenn Sie zuviel getrunken haben.‹ Klar? Dann hättest du sagen sollen, ›möchten Sie vielleicht unsere Hausmarke probieren?‹«

»Ach zum Teufel damit!«, sagte Adam.

»Red jetzt keinen Blödsinn, Adam. Was meinst du, weswegen wir in diesem Geschäft sind? Etwa aus Menschenfreundlichkeit?«

»Nein, wegen des Geldes. Wie alle Klugscheißer sind auch Sie leider ein Trottel, Phil, und das ist das Problem. Ich hab Sie für klug gehalten, aber es kommt mir so vor, als seien Sie genauso bescheuert wie jede x-beliebige unbedarfte Hostess hier in diesem Laden. Auch Sie können nicht über Ihren Tellerrand blicken. Meiner Meinung nach zahlt es sich aus, die Leute anständig zu behandeln. Von prinzipiellen Erwägungen einmal abgesehen. Warum sollte man so töricht sein? Sie bescheißen die Gäste und sehen sie nie wieder in Ihrem Klub.«

»Der Spatz in der Hand ist besser als die Taube auf dem Dach«, sagte Nosseross. »Und bezeichne mich nicht als töricht.«

»Der Spatz in der Hand ist nicht besser als die Taube

auf dem Dach. Jedenfalls nicht im Geschäftsleben. Ihr seht nur Bares, das ist euer Problem.«

»Steigst du jetzt auf ein hohes Ross oder was? Wen meinst du eigentlich mit *ihr*?«

»Wenn ich sage *ihr*, meine ich damit Sie und die Mädchen.«

»Schmeißt du mich jetzt mit denen in einen Topf, ja?«

»Sie gehören in denselben Topf, jawohl. Sie sind genauso verkommen wie der Rest.«

»Werd jetzt nicht beleidigend und komm mir nicht mit irgendeiner Philosophie, denn ich bin schon in dem Geschäft gewesen, als du noch in Windeln geschissen hast.«

»Das kümmert mich einen Dreck, das kann ich Ihnen flüstern. Sie sind genau wie Vi, nur ein bisschen gewiefter; bescheißen, bescheißen, bescheißen, nur darum geht's; ohne auch nur einen lumpigen Gedanken an Ihren Ruf zu verschwenden, und am Ende leidet das Geschäft darunter. Aber Sie wollen ja gar nicht sehen, dass die Kunden miteinander reden ... ›Nosseross zieht dir die Haut bei lebendigem Leib ab‹ und so weiter. Nein, das sehen Sie überhaupt nicht. Und wenn die Einnahmen sinken, faseln Sie von einer Pechsträhne, nehme ich an.«

»Interessiert mich alles nicht«, sagte Nosseross. »Ich sag dir nur eins, ich mag es nicht, wenn du mir hier Nachhilfeunterricht erteilen willst, denn ich hab mehr über das Klubgeschäft vergessen, als du je wissen wirst. Fang nicht an, auf meine Kosten hehre Prinzipien zu vertreten und großzügig zu sein. Ich bleib dabei, diesen Japsen hast du völlig falsch angepackt.«

»Sie sind verrückt! Haben Sie festgestellt, dass die Einnahmen gesunken sind, seit ich den Laden leite?«

»Nun, ein bisschen weniger war's schon.«

»Das hat mit der Krönung zu tun.«

»Keine Ausflüchte, Adam. Ich war darauf vorbereitet, weil du in dem Metier noch nicht so bewandert bist. Aber hüte dich davor, blasiert zu sein.«

»Ach fahren Sie zur Hölle«, sagte Adam. »Ich hab jedenfalls die Nase voll von Ihnen.«

»Du hast was?«

»Ich hab die Nase voll von Ihnen, und ich hab auch von diesem Geschäft die Nase voll.«

»Bei Gott!«, sagte Nosseross, »das gefällt mir. Du kommst hier als Kellner an, und ich geb dir die Möglichkeit, in einem Monat so viel zu verdienen wie sonst in einem ganzen Jahr, und jetzt wirst du frech. So einer bist du also! Willst du mir etwa einreden, du tätest mir einen Gefallen, wenn du hier arbeitest oder was?«

»Wie würden Sie das nennen? Sie wissen verdammt gut, dass Sie praktisch drum gebettelt haben, dass ich den Laden leite, nachdem Mary mit Cheshunt durchgebrannt ist. Auf genau diesem Stuhl haben Sie gesessen, abgefüllt wie jetzt auch, und haben gebettelt, ich solle bei Ihnen bleiben. Sie wissen, dass es so war, und jetzt gehen Sie zum Teufel, denn ich höre auf. Führen Sie ihre miese Spelunke selber, denn ich verschwinde.«

»Einen Moment, Adam, warte.«

»Fahren Sie zur Hölle«, sagte Adam. »Ich bin fertig. Zahlen Sie mir, was ich noch zu kriegen habe, und ich bin weg.«

Ein Hochgefühl ergriff von ihm Besitz. Er schrie: »Zur Hölle mit Ihrem miesen Klub und zur Hölle mit diesem ganzen Gewerbe. Zur Hölle mit dem höflichen Getue. Zur Hölle mit dem Geld und diesem widerlichen Job. Ihr Geier! Ihr Parasiten und Schwachsinnigen. Ihr gierigen kleinen Idioten! Ich schmeiß das hier hin und werde richtig arbeiten.«

»Sei nicht dumm«, sagte Nosseross. »Kannst du denn keinen Spaß verstehen?«

»Natürlich verstehe ich Spaß, aber ich will keinen Spaß verstehen. Ich gehe jetzt.«

Nosseross trat zwischen Adam und die Tür und sagte: »Warte einen Augenblick, hör mir zu. Sollte ich dich verärgert haben, möchte ich mich entschuldigen. Ist das fair genug? Setz dich eine Minute, nur eine Minute, setz dich hin. Nur ein Wort, das ist alles, nur ein Wort. Sei nicht so hitzig.«

»Was gibt es noch, Phil?«

»Hör zu, Adam, weißt du eigentlich, dass du der einzige Freund bist, den ich habe? Ehrlich, das bist du. Sei nicht so gemein. Lass mich nicht im Stich, nur wegen eines unüberlegten Wortes. Ich saufe. Ich bin fertig. Ich bin am Ende.«

Wütend fuhr Adam ihm ins Wort: »Um Gottes willen, Phil, erwarten Sie nicht, dass ich Sie wieder bemitleide. Langsam kann ich den Anblick von Leuten nicht mehr ertragen, die mein Mitgefühl wollen.«

»Ich bitte dich nicht, mich zu bemitleiden«, sagte Nosseross. »Aber, Junge, im meinem Alter fühlt sich ein Mann einsam. Man braucht jemanden, der einem beisteht. Allmächtiger, und wenn es nur ein Hund ist ... und ich hab nicht mal einen Hund. Zum Teufel, Adam, ich bin krank, ich bin einsam, lass mich nicht im Stich.«

Adam antwortete: »Hören Sie, Nosseross, ich mag Sie. Reden Sie nicht so mit mir oder ich fange an, Sie zu verachten. Ich bin bei Ihnen geblieben, als Sie mich am meisten brauchten, nicht wahr?«

»Ja, das bist du.«

»Und jetzt«, sagte Adam, »muss ich arbeiten.«

Nosseross antwortete: »Ich lebe schon etwas länger als du, Adam, und ich hab mehr Erfahrung, als du glaubst. Du willst dich mit Bildhauerei beschäftigen, nicht wahr?«

»Nun?«

»Ich rate dir, dich von diesem Gedanken zu verabschieden. Du hast nicht den Funken einer Chance. Du hast keine vernünftige Ausbildung und auch nicht das Geld, dir eine zu leisten. Du verhältst dich wie ein störrisches Kind, das sich etwas in den Kopf gesetzt hat. Du willst Bildhauer werden. Pah! Du bist verrückt, sag ich dir. Wie soll das gehen? Hast du je was gemacht? Zeig uns doch mal ein paar von deinen Skulpturen, ja?«

»Nein«, sagte Adam und knirschte mit den Zähnen, »das kann ich nicht, denn ich habe alles zerstört, was ich bisher gemacht habe; die Sachen waren schlecht und hatten keinen Wert. Aber ich weiß verdammt gut, Phil, dass ich es schaffen werde. Wenn es mich umbringt, nun gut, aber eine innere Stimme sagt mir, wenn ich anfange und loslege, könnte ich etwas erschaffen, dass nicht zerstört werden muss; etwas, was sich die Welt anschauen wird und genau das werde ich tun, Phil. Ich habe mich entschlossen und ich kann Ihnen versichern, so sehr ich Sie auch bemitleide, kein Mitleid wird mich mehr aufhalten. Soll ich mich in einem Keller vom Mitleid anketten lassen? Wenn ich vielleicht in diesem Augenblick einen Denker, eine Nike von Samothrake oder eine Venus von Syrakus schaffen könnte. Nein, Phil, ich bin fertig mit diesem Unfug, wirklich. Ich kündige. Es hat nichts damit zu tun, was Sie gesagt haben. Ich habe eine Aufgabe vor mir, das ist es.«

»Du wirst verhungern.«

»Ich werde leben.«

»Das wirst du nicht. Am Ende wirst du alles hinschmeißen und sagen: Bei Gott, Phil hatte Recht!«

»Nie im Leben«, sagte Adam.

»Ist dir klar, dass du fünfzig Pfund die Woche in den Wind schreibst?«

»Ja.«

»Nur um ein paar Statuen zu machen?«

»Ja.«

»Und wenn du sie gemacht hast, was dann?«

»Nichts. Ich mache sie und wenn sie fertig sind, mache ich noch mehr.«

»Ja und dann? Du machst sie und verhungerst. In Ordnung, du hast gesagt, es sei dir egal. Und bisher hast du noch nichts gemacht, ist auch in Ordnung; und sagen wir, du wirst ein berühmter Bildhauer und erschaffst Venus, Apollo und all die anderen. Du wirst verdammt viel Glück brauchen, um davon zu leben, und am Ende stehst du da, wo ich jetzt stehe. Wenn du glaubst, genug zu wissen, um wirklich etwas zu leisten, bist du zu alt und zu müde, so verdammt ausgebrannt; und dann kratzt du ab, und geblieben ist dir nur die Hoffnung, dass sie dein Zeug ins Museum schaffen. Totes Zeug. Aber du bist nicht mehr da, um es dir anzusehen. Nein, du bist tot und stinkst, einen Kilometer unter der Erde, und das wird dein Ende sein.«

»Das kenn ich alles«, sagte Adam. »Das hab ich alles schon gehört und auch darüber nachgedacht. Es ist ein Haufen Mist, denn so alt Sie auch sein mögen, Sie verstehen nicht, dass der Mensch nicht für ein weiches Bett gemacht ist. Ein voller Bauch und eine warme Hütte mag für einen Hund erstrebenswert sein, aber die Welt wird nicht besser, solange Ruhe und Bequemlichkeit das Wichtigste für den Menschen ist. Bequemlichkeit ist nichts für mich, ich habe eine Aufgabe vor mir. In mir ist etwas, was sich seit Ewigkeiten angesammelt hat; und wenn ich weiß, was es ist, und es rauslasse, sag ich Ihnen Bescheid. Sie jammern, weil Sie sich einsam fühlen. Ich bin auch einsam, aber stolz darauf. Uns trennen Welten, Phil. Sie sind einsam, weil Sie alles Ihrem Bauch geopfert und sich in Ihrem Keller eingeschlossen haben. Doch ich fühle mich unter normalen Menschen einsam, weil ich höher fliege, verstehen Sie? Ich muss etwas tun, und deshalb ziehe ich den Schluss-Strich. Der Zeitpunkt ist gekommen, zu gehen, Phil. Ich mag Sie, weil Sie clever sind und zäh; und Sie tun mir Leid, weil Sie am Ende sind. Aber ich werde es nicht zulassen, dass Mitleid mich länger aufhält, also dann, auf Wiedersehen.«

Nosseross sah ihn an und zuckte mit den Schultern. »Adam, du bist wahnsinnig, und du wirst schon sehen, dass ich Recht habe. Selbst wenn du mich bitten würdest, bleiben zu dürfen, würde ich es nicht wollen. Mich bemitleiden! Allmächtiger! Niemand hat mich je bemitleidet. Ich habe mehr hinter mir, als du dir vorstellen kannst, du verdammter Narr, ich bin durch die Hölle gegangen.«

»Und wofür?«

»Um das zu tun, was ich tun wollte.«

Adam schwieg und dachte: Clever, stark und hart wie Stahl, und das höchste Ziel seines Ehrgeizes war ein Nachtklub. Er lächelte und streckte Nosseross die Hand entgegen. Der griff in seine Tasche und zog eine dicke Rolle Banknoten hervor.

»Wie auch immer, ich mag dich, Adam. Nimm das hier. Es sind einhundert Pfund; und komm mal vorbei und besuch mich.«

»Stecken Sie das weg«, sagte Adam.

»Nimm es.«

»Nein.«

Sie schüttelten sich die Hände. Nosseross ließ das Geld auf den Schreibtisch fallen, versetzte Adam einen heftigen Schlag gegen die Brust und sagte: »Du dummer Hund, ich liebe dich wie einen Sohn. Wenn du pleite bist, lass es mich wissen. Wenn du jemals einen Freund brauchst, kannst du auf mich zählen, meine Tür ist immer offen. Schau mal vorbei, und wenn du's nicht tust, vergiss deinen alten Kumpel Phil Nosseross nicht und nun hau ab.«

Als Adam hinausging, fiel sein Blick zum letzten Mal auf das Büro – die Aktenordner, den Gaskamin, die schwarze Rückfront des großen schwarzen Scheibtisches und Nosseross, der sich mit der grimmigen Entschlossenheit eines Mannes, der glaubt, dass Wahrheit, Glück und die Erfüllung menschlichen Strebens auf dem Grunde eines Glases liegen, einen Brandy einschenkte.

Helen sah Adam erstaunt an, als er zurückkam.

»Du bist zurück?«, rief sie.

»Ja.«

»Aber es ist halb elf, du wirst zu spät kommen.«

»Zu spät wofür?«

»Für den Klub.«

»Ich habe den Klub verlassen.«

»Was?«

»Ich habe den Klub verlassen«, sagte Adam lächelnd.

»Aber warum?«

»Nun, ich habe mich entschlossen zu gehen und ich bin gegangen.«

»Du musst einen Streit mit Nosseross gehabt haben.«

»Nein, wir haben uns im besten Einvernehmen getrennt. Er hat mich tatsächlich gebeten, zu bleiben.«

»Du meinst, du bist aus freien Stücken gegangen?«

»Ja.«

»Sag nicht immer ja, ja, erzähl mir, was passiert ist. Was, um alles in der Welt, hat dich veranlasst, das zu tun?«

»Nun, zuerst«, sagte Adam aufgeräumt, »hatten Nosseross und ich einen kleinen Streit. Da war ein Japaner im Lokal und er hat mich gefragt, ob ich der Meinung sei, er habe genug getrunken, und da der Mann bereits fünfundzwanzig Pfund ausgegeben hatte, habe ich gesagt: Ja, sparen Sie Ihr Geld und gehen Sie nach Hause, hoch lebe Japan!«

»Es war völlig idiotisch, dass du das gemacht hast«, sagte Helen, schlug die Hände zusammen. »Nosseross hatte ganz Recht, dir deshalb die Leviten zu lesen. Du hättest dich entschuldigen sollen.«

»Im Gegenteil, ich hab ihm gesagt, er soll zum Teufel gehen.«

»Du bist wirklich ein völliger Schwachkopf, Adam.«

»Nun«, sagte Adam, »dann hat mich Nosseross gebeten zu bleiben.«

»Er hat dich tatsächlich gebeten zu bleiben und du hast dich geweigert?«

»Ja. Ich hab gesagt: ›Phil, ich gebe das Nachtleben auf, um meinen Platz an der Sonne zu finden.‹«

»Und dein Platz an der Sonne bedeutet Bildhauerei, nehme ich an?«

»Ich denke schon.«

»Oh mein Gott. Und was hat Nosseross erwidert?«

»Er hat gesagt: ›Nun, wenn du schon gehen musst, dann nehm wenigstens diese einhundert Pfund‹, und er hat ein Bündel Geldscheine hervorgezogen, so dick wie ein Marmeladenglas, und es mir hingehalten.«

»Das ist nicht schlecht«, sagte Helen, irgendwie besänftigt. »Zusammen mit unserem Ersparten können wir einen eigenen Laden aufmachen.«

»Könnten wir, mein Kind, aber wir werden es nicht, denn ich habe sein schmutziges Geld abgelehnt, und er hat es wieder eingesteckt.«

»Bist du total irre? Darf ich mal fragen, was du vorschlägst, wie es jetzt weitergehen soll?«

Adam vollführte einen ungelenken Stepptanz, packte Helen bei den Ellbogen und hob sie vom Boden hoch, während er unter brüllendem Gelächter antwortete.

»Ich schlage vor, dich auf einem zugigen Dachboden einzuschließen, dich bei Wasser und Brot zu halten und dich nackt zu modellieren.«

»Lass mich runter.«

Es war so viel konzentrierte Wut in ihrer Stimme, dass Adam erstaunt innehielt.

»Wie bitte?«

»Du sollst mich runterlassen.«

Sie stieß ihn weg und sagte: »So, das war's dann. Ich hab gedacht, dass was in dir steckt, habe geglaubt, ich könnte etwas aus dir machen. Ich habe gehofft, du würdest etwas erreichen, jemand werden. Aber du bist ein hoffnungsloser Fall. Wie oft habe ich an deinem Verstand gezweifelt, jetzt bin ich davon überzeugt, dass du'n Tick hast. Du bist verrückt, nein, du bist schlimmer als verrückt, du bist selbstsüchtig, völlig selbstsüchtig, schrecklich selbstsüchtig. Du hast einen Job hingeschmissen, der dir vierzig Pfund die Woche eingebracht hat, nur um diese völlig idiotische Vorstellung, ein Bildhauer zu sein, in die Tat umzusetzen.«

»Richtig«, sagte Adam. »Das ist genau das, was ich getan habe.«

»Und du erwartest von mir, dass ich nach all dem noch was mit dir zu tun haben will?«

»Sicher, warum nicht?«

»Ich kann nur sagen, du musst verrückt sein. Und ich zögere auch nicht, dir ein für alle Mal zu sagen, dass ich von dir und deinen wilden Ideen die Nase voll habe. Du bist nichts als ein kleiner Junge, der Pirat oder so was sein will. In meinen Augen bist du ausgesprochen gemein und egoistisch; wenn du schon an nichts anderes gedacht hast, Adam, dann hättest du wenigstens an mich denken sollen, denn es sieht nicht so aus, als ob du von der Bildhauerei leben könntest.«

»Ich hab genug, um ein Jahr davon zu leben.«

»Davon zu leben! Was nennst du leben?«

»Einfach leben; etwa von drei Pfund die Woche.«

»Oh, einfach von drei Pfund die Woche leben, ein Jahr lang und dann?«

»Bis dahin sollte ich etwas geschafft haben.«

»Oh, bis dahin solltest du etwas geschafft haben. Das klingt ja alles sehr hübsch, aber auch vage, nicht wahr?«

»Ich sehe darin nichts, was vage ist.« Adam wurde wütend. »Und warum vage? Ich hab genaue Vorstellungen, von dem, was ich machen will.«

»Ja, natürlich, mit Ton spielen.«

»Nein, nicht mit Ton spielen, mit Ton arbeiten; und auch mit Stein.«

»Sehr romantisch. Einige Mädchen wären ziemlich beeindruckt. Ich nicht.«

»Nein, du mit Sicherheit nicht. Deine Ambitionen erschöpfen sich in einem Zobel und einem Rolls-Royce.«

»Nun, ein Zobel würde zumindest hübsch aussehen und mich wärmen. Ich glaube kaum, dass eine deiner Skulpturen das fertig bringt.«

»Jetzt wirst du beleidigend.«

»Natürlich, die Wahrheit ist oft beleidigend.«

»Zum Teufel, was hast du schon mit der Wahrheit zu schaffen? Dein ganzes Leben ist eine wilde Jagd nach irgendwelchem Unsinn. Schöne Möbel, toller Urlaub, schicke Kleider, nette Leute, ein dickes Bankkonto und rauschende Feste – «

»Natürlich stehst du über solchen Dingen.«

»Nein, gewiss nicht, aber ich will etwas erreichen, etwas, was wichtiger ist.«

»Ach, das hab ich ja ganz vergessen, du bist ein großer Bildhauer. Und ich soll wahrscheinlich dasitzen, dir bei der Arbeit zusehen und mit dem Penny rechnen?«

»Du hast schon vorher mit dem Penny rechnen müssen und es hat dich nicht umgebracht. Jedenfalls brauchst du meinetwegen nichts zu tun, was du nicht willst.«

»Nach den ganzen Versprechungen, die du gemacht hast, verdirbst du jetzt alles«, sagte Helen und fing an zu weinen.

Ihre Tränen machten Adam noch wütender. Er erwiderte: »Wenn wir uns geliebt haben und du gesagt hast, ›wirst du dies oder das tun‹, war ich wahrscheinlich dumm genug zu sagen, ›ja, ja‹, aber solche Versprechungen müssen letzten Endes gebrochen werden. Zum Teufel! Sein Geburtsrecht zu verkaufen für eine ... «

»Ich sag dir ein für alle Mal, ich werde nicht in einer Dachkammer verhungern, weder mit dir noch mit sonst irgendjemandem. Ich habe genug von der Armut. Du sagst, du liebst mich?«

»Das tue ich. Es würde mir sehr schwer fallen, ohne dich zu leben.«

»Adam, ich werde diesen Klub eröffnen. Ich werde Geld verdienen. Du musst kommen und mit mir arbeiten.«

»Ich kann nicht mit dir arbeiten, Helen; du musst mit mir arbeiten.«

»Nein«, sagte Helen.

»Dann ist das der Fels, an dem wir zerschellen«, sagte Adam grob.

»Ich werde dich nicht wieder sehen«, sagte Helen.

Adam seufzte.

»Das bedeutet Abschied«, sagte Helen.

»Ja.«

»Dann auf Wiedersehen, Adam.«

»Wiedersehen.« Er streckte ihr seine große rechte Hand entgegen und Helen schüttelte sie.

»Willst du mir keinen Abschiedskuss geben, Adam?«

Er küsste sie auf die Stirn.

»Das ist ein sehr kalter Abschiedskuss, Adam.«

Sie ging hinaus. Die Tür fiel ins Schloss. In Gedanken versunken, spielte er mit den Knöpfen seiner Smokingjacke. Willkommen, düsterer Kummer; willkommen, Tristesse. Oben schlug eine Tür zu. Stille senkte sich auf das Haus. Draußen, an einem sternenlosen Himmel, schimmerte verschwommen ein abnehmender Mond und verschmolz mit der allumfassenden Schwärze.

Mechanisch streckte Adam seine Hand aus. Seine Finger glitten über etwas Kaltes, Feuchtes. Er ertappte sich dabei, wie er lustlos mit einem Stück rotem Ton spielte. Er betrachtete es genau und ohne sich umzuziehen, fing er an, ihm mit bedächtigen, noch ungelenken Bewegungen eine Form zu geben.

Helen kam wieder die Treppe hinunter und die Haustür ging zu.

Schweiß sammelte sich am Rand von Adams Kragen.

XXV

Ein Gefühl völliger Ruhe hatte Helen überkommen. Sie dachte einfach nur: Von Adam kann man sich nichts mehr erhoffen, er ist erledigt. Bleibt nur noch Fabian. Einen Klub aufmachen. Geld verdienen. Irgendwohin gehen, jemand sein, auf Biegen und Brechen.

Sie ging schnell und holte Vi ein, die in hochhackigen Pumps dahinstakste. Ihr langes Abendkleid fegte über das Pflaster, 4,5 Zentimeter unter dem Saum ihres Kamelhaarmantels.

»Oh, hallo, Helen.«

»Hallo.«

»Ich bin spät dran. Die verdammten Busse ... man munkelt, dass es zur Krönung einen Busstreik geben soll. Wär das nicht zum Schießen?«

»Ist mir egal.«

»Wie geht's Adam?«

»Adam, dieser verdammte Kerl«, sagte Helen.

»Was, hattest du Krach mit ihm?«

»Nein, ich will nichts mehr mit ihm zu tun haben.«

»Wie, hast du denn einen anderen Freund oder so?«

»Oh«, sagte Helen hochmütig, »ich kann jede Menge Freunde haben, wenn ich will. Ich werde lieber Geld verdienen.«

»Was?«, rief Vi aufgeregt, »wirst du jetzt deinen Klub aufmachen?«

»Ich weiß nicht. Jemand hat sich angeboten, mir das Geld zu beschaffen, aber ich weiß nicht. Jedenfalls bin ich fest entschlossen, einen zu eröffnen. Ich werd dir zeigen, wie man einen Nachtklub führt.«

»Und könnte ich kommen und bei dir arbeiten?«

»Wir werden sehen.« In Gedanken fügte sie hinzu: 'Du kannst zum Teufel gehen, ich hab die Nase voll von dir und allen anderen. Ich werde allein arbeiten.'«

»Wäre das nicht schön?«, sagte Vi. »Sag mal, fällt dir auf, dass gar keine Mädchen rumstehen?«

»Ja«, sagte Helen, ohne sich die Mühe zu machen hinzusehen.

»Ich wette, entlang der Charing Cross Road findet man kaum eine Prostituierte.«

»Warum?«

»Ich sag dir, die Polizei hat die Straßen gesäubert, diese Schweinehunde lassen einen nicht leben. Sie wollen den Eindruck erwecken, als gäbe es in London keine Nutten, verstehst du? Und die armen Louis haben sie auch alle eingebuchtet, verdammtes Heuchlerpack. Und niemand traut sich mehr, irgendwo herumzustehen und auf einen Freund zu warten. Es wird immer schrecklicher, und das nennen sie ein freies Land. Kennst du eigentlich Marion? Sie haben sie geschnappt, und dann sind sie zu ihrer Bude und haben auf Spots, ihren Freund, gewartet. Als er reingekommen ist, haben sie ihn gekascht. Und dann hat man ihm mir nichts, dir nichts sechs Monate aufgebrummt. Ich finde das nicht richtig. Vor allem, weil jeder auf die Krönung wartet und hofft, ein paar Pfund zu verdienen. Ich sage, das ist mies. Die sollten einen doch leben lassen, nicht wahr? Mit ihren Frauen treiben sie's doch auch. Also bitte! Schließlich muss ein Mädchen ja von irgendwas leben, nicht wahr? Mir macht das jedenfalls Angst. Scheißbullen! Na ja, egal, ich werde während der Krönung im Klub ein paar Pfund verdienen. Hab mir extra ein neues, rot-weiß-blaues Kleid gekauft, Krönungsfarben, verstehst du? Und stell dir vor, Marjorie hat ein weißes Kleid mit ›God save the King‹ aufgestickt, in roten und blauen Buchstaben. Ach, was ich dich noch fragen wollte, meinst du, ich soll mir die Haare blond färben, um für die Krönung der echt englische Typ zu sein?«

»Gute Idee«, sagte Helen.

»Manche halten mich für einen Trottel, aber ich hab schon Köpfchen; ich will mich ja nicht selber loben, aber mitunter hab ich gute Ideen. Blond? Was meinst du, honigblond oder platinblond?«

»Platinblond«, sagte Helen.

»Wirkt englischer, nicht? Was ist los, Helen, bist du verärgert? Ärger dich nicht, Männer sind das nicht wert. Es sind alles Mistkerle. Stell dir vor, letzte Nacht hab ich im Klub 'nen Kerl aufgegabelt und bin mit ihm nach Hause, und weißt du, was er mir gegeben hat? Einen Scheck über zehn Pfund.«

»Du Glückliche«, sagte Helen.

»Ach Helen, könntest du mir bitte zwei Shilling leihen? Ich muss mir dringend ein Taxi nehmen.«

»Was ist mit deinem Scheck?«

»Hab ich meiner Mutter geschickt.«

»Alles?«

»Ja, so bin ich nun mal. Könntest du mir zwei Shilling leihen?«

»Nein, kann ich nicht«, sagte Helen.

»Kannst du nicht?«

»Ich hab kein Geld mitgenommen.«

»Gut, in Ordnung. Stell dir mal vor, mir ist ein Job im Sugar Mill Club angeboten worden. Die Mädchen dort verdienen einen Zehner pro Nacht, man erwartet aber von ihnen, dass sie mit den Kunden nach Hause gehen. Meinst du, ich sollte das machen?«

»Warum nicht?«, erwiderte Helen.

»Immerhin«, sagte Vi düpiert, »ist es Prostitution.«

Helen zuckte mit den Schultern.

»Du hast vielleicht Sorgen!«, sagte sie.

»Ist das nicht komisch?«, rief Vi voller Begeisterung. »Vor kurzer Zeit konntest du nicht mal piep sagen und schau dich jetzt an. Ist es nicht komisch, wie aufgeschlossen du durch den Klub geworden bist?«

»Tja, ich denke, ich war früher naiv«, sagte Helen. »Das bin ich jetzt nicht mehr. Was spielt es für eine Rolle, wie man an sein Geld kommt, solange man es kriegt und irgendwas erreicht. Haben Leute wie Rockefeller ihr Geld auf saubere Weise verdient? Alles schön und gut, das Gerede über Prostitution. Aber ist es schlimmer mit einem Mann für Geld zu schlafen, als ihn seines Geldes wegen zu heiraten? Ist es unmoralischer einen Nachtclub aufzumachen als einen Teesalon? Mir hängt das ganze Gewäsch über dies und das zum Hals heraus ... Moral und der ganze Quatsch. Wie soll man denn zu etwas kommen, wenn man bei allem, was man macht, Bauchschmerzen hat?«

»Du hast ganz Recht«, sagte Vi und nahm zärtlich Helens Arm. »Uuh, wir beide denken gleich, ist das nicht wunderbar? Sag mal, Helen, was hältst du davon, wenn wir uns 'ne Wohnung mieten und einen kleinen Privatpuff aufmachen?«

»Ich weiß nicht«, sagte Helen, »ich werd meinen eigenen Klub eröffnen und zur Abwechslung mal Anweisungen geben. Oh, ich könnte dir zeigen, wie man einen Klub führt.«

Vi schwieg für einen Moment, dann sagte sie neidisch: »Du bist in der Lage, Geld zu sparen, nicht wahr? Du hast Grips. Ich bewundere Leute mit Grips. Menschenskind, ich wette, am Ende hast du deinen eigenen Klub, jede Menge Pelze und einen reichen Mann, der sich um dich kümmert.«

»Ich hab Ehrgeiz, daran liegt's«, sagte Helen. »Ich will etwas erreichen, bevor ich sterbe. Du bist dumm, Vi, du solltest auch Ehrgeiz entwickeln. Solltest auch versuchen, was aus dir zu machen.«

»Oh, ich hab schon Ehrgeiz. Weißt du, was mir vorschwebt? Ich möchte ein Haus kaufen, mit einem kleinen Café unten, und all die Jungs und Mädchen bewirten ... hörst du zu? Und die Mädchen, die können die Zimmer für zehn Shilling benutzen, und wenn sie Drinks wollen, kriegen sie die unterm Ladentisch. Die Leute glauben, ich hätte keinen Ehrgeiz, aber du siehst, ganz so ist es nicht.«

»Oh, gut, ja, ich verstehe«, sagte Helen.

»Wohin gehst du?«, fragte Vi.

»Bristol Square.«

»Wozu?«

»Um jemanden zu treffen«, sagte Helen.

»Wen?«

»Niemanden, den du kennst.«

»Harry Fabian?«

»Nun, was, wenn er es wäre?«

»Du weißt, Helen, ich will dir nichts vorschreiben, aber du solltest dich nicht mit solchen Kerlen einlassen.«

»Warum nicht?«

»Er ist nicht viel wert.«

»Oh, sei nicht albern. Ich kann schon auf mich aufpassen.«

»Weißt du, was ich gehört habe?«

»Was denn?«

»Ich hab gehört, er soll eine Art Menschenhändler sein.«

Helen lachte. »Du bist verrückt«, sagte sie. »So was gibt's doch heutzutage nicht mehr.«

»Zumindest hat mir jemand erzählt, er soll so was wie 'n Lude sein.«

»Ach, hör auf zu spinnen. Warum sollte er so was machen?«

»Würdest du mit ins Sugar Mill kommen, wenn ich dorthin gehe?«

»Vielleicht, ich weiß nicht.«

Sie erreichten die Great Russel Street.

»Also, dann«, sagte Helen und bog links ab.

»Bye-bye, meine Liebe«, sagte Vi, ging weiter und biss sich auf die Lippen.

Die miese Kuh, dachte sie, verdammt, ich hab ihr alles beigebracht, und nicht zu knapp, und jetzt behandelt sie mich von oben herab. Will mir nicht mal zwei Shilling leihen, und ich hab sie zu dem gemacht, was sie ist; halb verhungert ist sie zu mir gekommen und ich helfe ihr, was zu werden, und das ist der Dank dafür.

Sie eilte die Shaftesbury Avenue hinunter. Nahe Wardour Street trat eine dunkelhaarige, vollbusige Frau an den Rinnstein, um einem Mann zuzulächeln, der vorüberging. Er ging weiter. Zwei große Männer traten aus der schützenden Dunkelheit eines Ladeneingangs und packten die Brünette bei den Armen.

»Komm mit, Zoë.«

Zoë wurde bleich.

»Was wollen Sie?«

»Sei vernünftig.«

»Was meinen Sie mit ›sei vernüftig‹? Lassen Sie mich gehen.«

»Komm, du bist verhaftet, keine Widerrede, sei ein braves Mädchen.«

»Ihr verdammten Mistkerle«, schrie Zoë.

»Warum kommst du nicht einfach mit? Ich will damit sagen, dass du mitkommen musst, Zoë. Und das weisst du genau. Also warum begleitest du uns nicht, und zwar unauffällig wie eine Lady? Du bist doch eine Lady, nicht wahr, Zoë?«

»'türlich bin ich eine Lady«, sagte Zoë. »Lassen Sie meine Arme los und ich komme mit.«

Der Detective sagte zu ihr: »Ich hab immer gewusst, dass du ein vernünftiges Mädchen bist.« Höflich bot er ihr seinen Arm an und führte sie zum Polizeirevier. Unterwegs fragte er sie im beiläufigen Ton: »Wie geht's Harry?«

»Ich weiß nicht, wovon Sie reden.«

»Aber, aber, wer wird denn gleich so sein?«

Der andere Detective sagte mit einem Zwinkern: »Ach, weißt du das nicht, sie sieht Harry nicht mehr. Er hat jemand anderen.«

»Das ist eine Lüge«, rief Zoë.

»Liebe macht blind«, sagte der erste Detective. »Ja, so ist das, Zoë, und ich hab gedacht, du wärst klug. Hast du wirklich keine Ahnung, dass Harry sich irgendeine Nutte aus Phil Nosseross' Klub geangelt hat?«

»Das ist eine Lüge«, schrie Zoë, »wie heißt sie?«

»Es ist ein Mädchen namens Helen.«

Bei der Erwähnung dieses Namens fiel Zoë fast in Ohnmacht. Es traf sie wie ein Schlag, sie konnte nichts sagen. Der erste Detective sagte besänftigend: »Arme, alte Zoë. Und das, nachdem du für diesen Mann gesorgt hast.«

»Ich hab ihm tausende gegeben«, sagte Zoë.

Die Detectives zwinkerten sich zu.

»Macht nichts, Zoë, du zahlst es ihm schon heim. Du musst nur eine kleine Aussage machen.«

Zoë nickte. Unter einer blauen Lampe blieben sie stehen.

»Auf geht's, meine Süße.« Zoë ging flankiert von den beiden Detectives die Stufen hoch.

Fabian saß mittlerweile in Anna Siberias Klub und spielte mit zwei Männern Würfelpoker. Er liebte dieses Spiel, das nach den Gangsterfilmen roch, vor deren Hintergrund er all die ausgeklügelten Täuschungsmanöver konstruiert hatte, aus denen sein Leben bestand. In seiner Tasche steckten die fünfzig Pfund, die er gerade von Figler bekommen hatte. Er bestellte Drinks; Anna Siberia sagte zu ihm: »Magst du amerikanische Drinks?«

»Sicher mag ich amerikanische Drinks.«

»Ich hab echten Rye da.«

»Bei Gott!«, schrie Fabian. »Wir nehmen doppelte Rye.«

Die beiden anderen Spieler rückten ihre Stühle heran. Einer von ihnen war ein dicker, schweigsamer Mann, dessen Oberlippe kaum eine dünne Linie bildete, aber dessen Unterlippe so dick war, dass sie länger war als die Nase; der andere war groß, dünn, ebenfalls schweigsam und wirkte vertrocknet.

»Vergesst nicht«, sagte Fabian, »ihr Jungs habt mir Revanche versprochen.«

Der Dicke sagte schleimig: »Sicher.«

»Habt ihr genug Zaster, Jungs?«

»Ich hab fünfundzwanzig Pfund«, sagte der Dünne.

»Und ich hab auch fünfundzwanzig Pfund«, sagte der Dicke.

»Und ich hab zweimal fünfundzwanzig Pfund«, sagte Fabian und schlug auf seine Tasche. »Also, wie hoch ist der Einsatz?«

»Zehn Shilling pro Wurf?«

»Ich bin für's Doppelte«, sagte Fabian, »ein Pfund pro Wurf.«

»In Ordnung.«

Fabian fingerte an seinem Glücksbringer, der Krawattennadel, herum.

»Wenn ich das Ding hier trage, kann ich nicht verlieren. Kommt schon, Jungs, Einsatz, Einsatz, Einsatz.«

Drei Pfundnoten flatterten auf den Tisch.

Fabian schnappte sich die Würfel und flüsterte ihnen etwas zu, während er sie schüttelte, so wie er es bei den Schwarzen und Gangstern in den Filmen gesehen hatte.

»Ich kann sie riechen, ich kann sie riechen, kommt schon, kommt schon, rollt, rollt!«

Er warf. Die Würfel rollten lautlos über den Filz.

»Zwei Zehnen«, rief Fabian. »Zwei Zehnen, zwei Zehnen, zwei Zehnen.« Er warf die anderen drei Würfel. »Und drei Könige. Full House, Gentlemen. Full House mit Königen auf dem Dach.«

Er lehnte sich zurück und ließ den brennenden amerikanischen Whisky die Kehle hinunterrinnen. Der Dicke warf drei Asse.

»Hm«, sagte der Dünne und warf mit einer lässigen Hand vier Asse.

»Das geht in Ordnung«, meinte Fabian, während der Dünne das Geld zusammenraffte. »Das geht völlig in Ordnung, Bruder. Ich hasse es, gleich den ersten Pot zu nehmen. Es bringt todsicher kein Glück, wenn man den ersten Pot nimmt, todsicher nicht. Los, Slim, wirf sie und diesmal zeig ich euch was, diesmal zeig ich euch wirklich was. Euren Einsatz, Jungs, zwei Neunen ... und eine Neun ... ooooh! Und ein Bube und ein König ... drei kleine Neunen für Slim, oh, Jesus, mein Rosenkranz! Zeig's mir, zeig's mir, zeig's mir, wauh!«, schrie Fabian und schüttelte die Würfel hoch über seinem Kopf. »Das Leben ist einfach Kuchenessen. Zisch, bumm! Ich sage, zisch, bumm!«

Er warf die Würfel.

»Vier Asse in einem! Überbiete das mal!«

Der Dicke schaufelte gelassen die Würfel in seine Hand und warf.

»Heiliger Jesus!«, sagte Fabian, ziemlich besorgt, »fünf Könige.«

Mit einer müden Hand zog der Dicke das Geld zu sich heran und ächzte: »Einsatz bitte.«

Fabian blätterte einen weiteren Schein hin. Ganz hinten in seinem Bewusstsein sagte eine kleine ängstliche Stimme: Mein Gott, wenn ich nun mein ganzes Geld verliere, mein hart verdientes Geld. Dann berührte er seine Krawattennadel und dachte: Ein Weg, sein Spiel zu gewinnen, besteht darin, sich zu sagen, dass man nicht verlieren kann ... Ich kann nicht verlieren, ich kann nicht verlieren, ich kann nicht verlieren.

»Was gilt es zu schlagen?«, fragte er. »Was? Nur ’nen Straight? Gib mir die Würfel ... Oh, kommt, kommt, meine Scheinchen, kommt, kommt, kommt den Fluss runter zum guten Onkel! Drei zehnie-wehnies ... widschiwidschiwidschiwidschi und noch eine Zehn, vier Zehnen, ihr kleinen Süßen im Wald, vier Zauberzehnen.«

Er räumte die Scheinchen ab.

»Nun, Gentlemen, bei dem hier brechen Sie garantiert zusammen.«

Er warf drei Asse.

»Drei Asse in einem. Lass ihn springen.«

Der Dicke rief plötzlich: »Zusatzwette um ein Pfund, dass ich den Wurf schlage.«

»Okay.«

Der Dicke warf.

»Full House in einem, die Neunen auf dem Dach.«

Der Dicke strich wieder den Pot ein, zusammen mit Fabians zusätzlichem Einsatz. Das Telefon klingelte und Anna Siberia schrie in den Hörer.

»Wer ist da? Ich kann Sie nicht hören. Können Sie nicht deutlicher sprechen? Ich kann nicht verstehen, was Sie sagen ... Oh, Fabian, eine Minute. Harry, Telefon!«

»Oh, mein Gott, wer ist es?«

»Figler.«

»Was will er?«

Er schnappte sich das Telefon. Figlers röchelnde Stimme drang aus dem Hörer.

»Hier ist ein Mädchen namens Helen.«

»Oh, Jesus Christus!«, sagte Fabian. »Das hab ich ganz vergessen.«

Er hielt die Muschel mit einer Hand zu und wandte sich an die beiden anderen.

»Hört mal zu, Jungs, könnt ihr mich entschuldigen? Da ist eine Dame. Ich hab ihr versprochen, sie heute Abend zu treffen.«

Der Dicke sprach Richtung Decke: »Da trifft er Verabredungen für ein ruhiges Spiel und ich komme extra meilenweit her, und jetzt will er sich herauswinden.«

»Nun, er hat die Nerven verloren«, murmelte der Dünne griesgrämig.

»Hör zu, Figler«, sagte Fabian im Befehlston. »Schick sie her, ja? Bist 'n guter Junge. Okay. Ach so, hast du den Bademantel für den Strangler besorgt?«

»Bin nicht zu gekommen«, sagte Figler.

»Oh, mein Gott! Na egal. Wenn er kommt, sagt ihm, du weißt nicht, wo ich bin, klar? ... Hab jetzt keine Zeit. Wiederhör'n.«

Er schleuderte den Hörer zurück auf die Gabel und fauchte:

»Wer hat die Nerven verloren? Wer versucht sich, wo rauszuwinden? Bei Gott! Ich werd's euch zeigen. Machen wir ein schnelles Spiel. Erhöhen wir den Einsatz auf fünf Pfund pro Wurf.«

»Okay«, sagte der Dicke.

»Von mir aus«, näselte der Dünne.

»Macht eure Einsätze und zwar 'n bisschen flotti, flotti.«

Beim Anblick der fünfzehn Pfund auf dem Tisch fing Fabians Herz an zu hüpfen.

Jetzt, dachte er, hab ich's in der Hand, richtig zu gewinnen.

»Drei Damen mit einem«, sagte der Dicke. »Lass ihn springen.«

Der Dünne warf.

»Zwei lausige Paare«, murmelte er und schob Fabian die Würfel hin. Fabian schaufelte die Würfel in seine linke Hand; ihm war eingefallen, dass es mehr Glück brachte, mit der linken Hand zu würfeln.

»Ich kann nicht verlieren, ich kann nicht verlieren«, sagte er und warf die Würfel mit Schwung. »Straight bis zum Ass!«, schrie er und griff nach dem Geld.

»Der Würfel liegt schief«, sagte der Dicke.

Fabian blickte auf die Würfel. Der Dicke hatte Recht; ein Würfel kippelte am Fuß eines Glases. Fabian rutschte das Herz in die Hose. Er warf noch einmal und stöhnte auf. »Drei miese, stinkende Buben.«

Während der Dicke das Geld einsammelte, erlaubte er sich einen Witz: »Vielleicht solltest du lieber Pingpong spielen, Harry.«

Fabian knirschte mit den Zähnen. »Quatsch nicht so viel, mach lieber deinen Wurf«, sagte er.

»Zusatzwette, Harry?«, fragte der Dicke.

»Klaro.

»Einen Fünfer, Harry?«

Fabian zögerte.

»Nun, sagen wir ein Pfund«, antwortete er.

Der Dicke grinste vielsagend und stieß einen Seufzer aus. »Rein wie ein Löwe und raus wie ein Lamm. Am Anfang ist ein Pfund gar nichts, aber haben sie erst mal ein oder zwei verloren, dann geht ihnen die Muffe!«

»Ach ja?«, krähte Fabian, schob sein Kinn nach vorn und holte sein ganzes Geld hervor. »Was du nicht sagst? Zusatzwette um einen Fünfer also. Nun wirf schon!«

»Glubschauge«, sagte der Dicke.

»Er ist 'n harter Knochen«, sagte der Dünne.

Der Dicke ächzte, während er die Würfel schüttelte: »Er kaut Nägel und macht sich in die Hosen ... Zwei Neunen ... Er ist 'n reicher Mann, das ist er .... Drei Neunen, vier Neunen in drei!«

Fabians Gesicht war hochrot. Er biss die Zähne zusammen und sagte nichts.

»Full House. Scheiße«, murmelte der Dünne und warf die Würfel weg. Fabian sammelte sie ein und schüttelte sie inbrünstig, wobei er tatsächlich betete: Allmächtiger, hilf mir, diesen Mistkerlen das Fell über die Ohren zu ziehen, und ich spende der Heilsarmee zehn Pfund!

Er presste die Lippen aufeinander, als wollte er so das Pech verschrecken, und machte seinen Wurf.

»Drei Asse beim Ersten! Auch ganz schön«, sagte der Dicke.

Lieber Gott, betete Fabian mit aller Kraft, schick mir ein viertes Ass.

»Nach wie vor nur drei Asse«, kommentierte der Dünne.

Fabian schüttelte die Würfel, bis seine Hände kribbelten, und warf zum dritten Mal.

»Pech«, sagte der Dicke und befeuchtete einen Finger, um das Geld aufzuheben.

In Ordnung, sagte Fabian zu Gott, mit dir bin ich fertig!

»Und weiter geht's«, rief er und liebkoste seine Krawattennadel.

»Straße im Dritten«, war der Dicke zu vernehmen.

»Full House mit Assen«, sagte der Dünne.

Fabian war jetzt dran und wandte sich erneut an Gott: Also dann, deine letzte Chance, ansonsten begehe ich eine Verzweiflungstat.

»Zwei Buben«, schnarrte Dicke. »Ich wette ein Pfund, dass du keine vier schaffst.«

»Abgemacht«, sagte Fabian und warf. »Huui! Drei Buben.« Er schüttelte wieder die Würfel. »Würg! Oh, komm, komm, komm! Vier Buben!«

Er sammelte die Einsätze ein. »Los jetzt! Rüber mit den Schmalzstullen! Jetzt fang ich erst richtig an! Wo bleibt der Einsatz!«

»Zusatzwette, Harry?«, fragte der Dünne.

»Okay, einen Fünfer.«

»Geht klar.«

Fabian schnippte mit den Fingern, während die Würfel rollten.

»Drei Könige in einem Wurf und los geht's.«

»Pah!«, sagte der Dicke und warf drei Buben.

Der Dünne warf. »Ich nagel dich fest, Harry, drei Könige. Komm schon, worauf wartest du?«

»Okey-dokey, möchtest du nicht noch was in den Pot tun?«

»Nun, ich leg noch ein Pfund drauf, wenn du willst.«

»Haha!«, lachte Fabian und rollte die Würfel zwischen seinen Fingern. Haha! Denen wird das Lachen bald vergehen, diesen Zampanos. »Haha! Kommt brav die Straße runter, kommt zu Papa! Drei Zehnen.«

Der Dünne warf drei Damen.

»Drei Nutten«, sagte er und sammelte das Geld ein.

Mit unsicherer Hand zündete sich Fabian eine Zigarette an. Der Dicke sagte mitleidig: »Hör zu, Harry, verspiel nicht mehr, als du dir leisten kannst.«

»Lass dir wegen mir keine grauen Haare wachsen«, erwiderte Fabian.

»Vielleicht möchtest du kleinere Einsätze?«

Fabian zögerte und sagte dann: »Nein, ich habe 'ne Menge Zaster dabei.«

»Ein reicher Mann«, murmelte der Dünne in einem Ton aufreizender Ironie, so dass Fabian rief:

»Ja, 'ne Menge, ihr Pfennigfuchser! Und jetzt sage ich, zehn Pfund pro Wurf.«

Der Dicke kicherte.

»Nun will er tatsächlich 'nen Zehner Einsatz pro Wurf.«

»Ich will das Spiel hinter mich bringen. Ich hab noch 'ne Verabredung mit 'ner Lady. Also los, lasst euch häuten«, sagte Fabian. »Einen Zehner pro Wurf.«

»Zehn pro Wurf«, sagte der Dünne und zählte sein Geld. Der Dicke sagte: »Nun, Harry, ich bewundere 'nen Mann, der bei 'n paar Würfen aufs Ganze geht.«

»Tja, so bin ich nun mal«, sagte Fabian, wünschte sich jedoch augenblicklich, er hätte sich auf die Zunge gebissen. Der dicke Mann lachte ihn aus. Fabian kniff die Lippen zusammen und schwieg.

»Harry«, sagte Anna, »da ist 'n Mann am Telefon, der dich sprechen will. Dringend.«

Fabian ging zum Telefon. Es war Figler.

»Harry, um Gottes willen, verdrück dich bloß heute Nacht.«

»Warum?«

»Der Strangler ist hier gewesen. Er schäumt vor Wut und sucht dich. Er hat n' Rasiermesser und will dich umbringen.«

»Das soll er mal versuchen.«

»Du Idiot, ich sag dir, dieser Nigger hat sein Herz an diesen Bademantel gehängt. Warum hast du ihm auch keinen für fünfundzwanzig Shilling gekauft? Er dreht völlig durch und will dich in Stücke zerlegen.«

»Du hast vielleicht Nerven, Joe.«

»Ich versichere dir, ich kenn den Unterschied zwischen einem Mann, der gefährlich ist, und einem, der nicht gefährlich ist, Harry. Hast du die Zeit vergessen, wo ... «

»Egal, Joe, interessiert mich nicht. Ist Helen schon weg?«

»Sie ist auf dem Weg, Harry. Ich warne dich, er hat doppelte Whiskys getrunken.«

»Fahr zur Hölle!«

Fabian kam zurück zum Tisch.

»Ärger, Harry?«

»Nein, mach schon weiter.«

»Ein Ass ... zwei Asse ... drei Asse in drei Würfen«, sagte der Dünne.

Fabian warf. Seine Kehle war trocken wie Sandpapier und er atmete, als wäre er kurz vor dem Ersticken.

»Ass, König, Dame, Bube, neun. Blutender Jesu!«, rief er und warf noch mal. »Zwei Damen ... « Er warf ein letztes Mal. »Und noch zwei. Schlagt diese vier Damen!«

»König«, sagte der Dicke und warf, »und zwei, macht drei Könige, und, bei Gott, ich hab's! Vier Könige!«

»Sack das Geld schon ein!«, sagte Fabian dumpf. »Gott, wenn ich fünf Asse habe, hat irgendjemand sechs. Das ist wie verhext. Einsatz und werfen.«

Der Türsteher kam herein.

»Harry, Bert will dich sprechen«, sagte er.

»Er soll sich zum Teufel scheren«, schrie Fabian.

»Er sagt, es ist dringend.«

»Dann schick ihn rein. Soll er hier sagen, was er zu sagen hat.«

»Zwei Paare, Asse und Könige in einem«, sagte der Dicke. »Lass sehen.«

»Zwei lausige Zehnen«, schnarrte der Dünne.

»Jetzt brecht ihr zusammen!«, kreischte Fabian. »Spring über den Abgrund, Schlangenauge!« Er warf.

»Könige und Damen, Pech gehabt«, sagte der Dicke und strich das Geld ein.

»Nun, neuer Einsatz und werfen«, sagte Fabian.

Bert kam herein.

»'arry, nur eine Sekunde«, sagte er, »wenn du nicht ermordet werden willst, mach 'ne Fliege. Dieser große Nigger ist hinter dir her, mit 'nem Messer, so lang wie mein Arm. Tauch unter, bis er sich abgeregt hat. Er ist auf'm Weg hierher und ist stinksauer.«

»Verzieh dich«, sagte Fabian.

»Ich sag's dir doch nur!«

»Raus.«

»Aber – «

»Verschwinde, ich hab den Kanal voll von dir. Hau ab oder ich schmeiß dich raus.«

»Da ist noch was«, sagte Bert.

Fabian sprang auf und drängte ihn zur Tür.

»In Ordnung, du Narr«, sagte Bert.

»Macht euren Einsatz«, sagte Fabian und setzte sich wieder. Helen kam herein und stellte sich neben Fabians Stuhl.

»Mein Maskottchen«, sagte Fabian. »Bei Gott! Ich wette mit euch, jetzt winkt mir das Glück wieder. Komm und setz dich neben mich, Helen ... «

Er kramte in seinen Taschen und bekam kalte Füße, als er nur dreizehn Pfund fand. Leise und entmutigt sagte er: »Lasst uns mal nur drei Pfund einsetzen, Jungs.«

Der Dicke grinste und warf.

»Full House mit Königen in einem Wurf.«

»Pah«, sagte der Dünne. Der Würfel fiel ihm aus der Hand. »Zwei Zehnen. Los, Harry.«

»Passt auf«, sagte Harry und presste sein Knie an das von Helen. »Hui! Vier Asse. Hab ich's nicht gesagt!« Er räumte das Geld ab.

Helen flüsterte: »Hast du übrigens das Geld beschaffen können?«

»Klar«, sagte Fabian. »Kommt schon, Jungens, zurück zum Zehnpfundeinsatz. Kommt, Kinder, mitgehen oder passen.«

»Zusatzwette, Harry?«

»Klar.«

»Fünfer?«

»Kein Problem.«

Fabian warf. »Zwei Zehnen und drei Asse in zwei Würfen. Kommt schon, Jungs, lasst eure Würfel springen.«

Der Dicke warf.

»Vier Asse in einem«, sagte er.

»Ass, König, Dame, Bube, Neun«, sagte der Dünne angewidert.

Der Dicke baute einen großen Stapel Banknoten vor sich auf.

»Das zieht dir die Schuhe aus, Harry.«

Fabians Gedanken wanderten zurück zu der fieberhaften Jagd nach den hundert Pfund; er durchlebte die Erschöpfung, die Gefahr und die Scham; und Schritt für Schritt sank er tiefer in das gegenwärtige Tal des Niedergangs. Er schluckte und sagte: »Mir die Schuhe ausziehen, meine Fresse, dass ich nicht lache! Ich kann jederzeit zweihundert Pfund auftreiben, wenn ich will.«

Stimmt ja auch, dachte er, schließlich gibt's ja noch Zoë und die Reise nach Cardiff in einer Woche. Er lachte. »Mir die Schuhe ausziehen! Haha! Lasst uns einen trinken. Sherry, Helen? Anna, drei doppelte Whisky und einen Sherry.«

»Was soll der Lärm da draußen?«, fragte der Dicke und steckte hastig die Würfel weg.

Eine Stimme sagte: »Jede Diskussion ist zwecklos.«

Zwei große Männer betraten den Klub.

»Wir sind von der Polizei«, sagte einer der beiden. »Das ist eine Razzia! Wir haben einen Durchsuchungsbefehl. Niemand rührt sich von der Stelle.«

Der andere ging auf Fabian zu und sagte: »Hallo, Harry, wir suchen dich.«

Fabians Gesicht lief dunkelrot an. Er schluckte und sagte: »Was meinen Sie, Sie suchen mich?«

»Hab einen Haftbefehl.«

»Haftbefehl? Weswegen? Was für'n Haftbefehl? Warum einen Haftbefehl? Was haben Sie mir vorzuwerfen?«

»Zuhälterei.«

»Das ist eine Lüge.«

»Komm mit.«

Der Klub schien plötzlich von Polizisten zu wimmeln.

Ein Inspektor sagte zu Helen:

»Keine Sorge. Wir wollen lediglich Ihren Namen und Ihre Adresse, Sie können dann bald gehen.«

Fabian, dem es die Stimme verschlagen hatte, schrie plötzlich, so laut er konnte:»Das ist eine Verschwörung!«

Als spräche er mit einem kleinen Kind, erklärte ihm

der Detective: »Zoë hat eine Aussage gemacht.«

Fabian spürte, wie seine Beine nachgaben. Dann sagte er mit einer Stimme, in der alle Bitterkeit dieser Welt zu liegen schien: »Und manche Idioten sagen, es gebe einen Gott!«

Draußen traf Helen auf Bert, der wartend herumstand. Er sprach sie an: »Sie haben ’arry?«

»Ja.«

Die Stimme des Mannes klang heiser und ging in ein undeutliches Flüstern über, als er sagte: »Ist besser so.«

»Glaub ich auch.«

»Es hätte heute Nacht schlimmer für ihn kommen können.«

»Wirklich?«

»Für ihn, für Zoë und vielleicht auch für Sie. So wie’s kommt, ist es immer am besten.«

Fabian wurde von zwei Polizisten aus dem Klub geführt. Er wandte den Kopf und sagte zu Bert: »Na los, du Laus, wirf mit ein paar verfaulten Orangen.«

Ein Polizist sagte: »Nun kommen Sie schon.«

»Er hätte was aus sich machen können, aber er war zu eingebildet. Er hat Grips, aber er ist faul. Er hat gute Nerven, aber die Hände will er sich nicht schmutzig machen. Es ist eine Schande. Er hat die falschen Leute zu Helden aufgebaut. Wenn er bloß standhaft geblieben wär, Menschenskind, es hätte was aus ihm werden können. Anstatt sich selbst die Ehre abzuschneiden, hätte er ein Dutzend Läden führen können ... «

»Kennen Sie ihn gut?«, fragte Helen.

»Das möcht ich meinen«, erwiderte Bert. »Er ist mein Bruder ... Möchten Sie eine Banane?«

»Nein, danke.«

»Bedien'n Sie sich ruhig. Haben Sie 'n großen, breiten Nigger vorbeikommen seh'n?«

»Ja, warum?«

»Er hat mit 'nem Rasiermesser auf 'arry gewartet; und 'arry glaubt, es gibt keinen Gott.«

»Warum hat Gott dann zugelassen, dass er so tief sinkt?«

Bert packte die Deichsel seines Karrens und antwortete: »Weiß Gott. Gute Nacht.«

»Gute Nacht.«

Helen machte sich auf den Weg. Die Nacht war finster; düster breitete sich die City unter ihren mitleidigen Lampen aus und kämpfte gegen die übermächtige Dunkelheit.

Vielleicht, dachte sie, könnte ich meinen Klub doch noch aufmachen und einen Kredit aufnehmen, um anzufangen. Ist es das überhaupt wert, meine Jugend zu verplempern, nur um Geld zu verdienen?... Hat Adam Recht?... Hungern, frieren und das ganze Elend, früh altern und früh sterben, nur um Statuen zu machen?... Wer Geld hat, kann Statuen kaufen ... Ich will Adam, ja ... aber jeder Mann, jeder starke Mann könnte mich genauso befriedigen ... und es muss Männer geben, die genauso stark und männlich sind, die mir ihr Leben widmen und mich verehren ... Nein, Schluss mit Adam, es gibt andere Männer ...

Helen betrat ein Café und setzte sich und blieb noch eine Weile ...

Hoch oben, unendlich weit weg, schimmern die geheimnisvollen, weißen Sterne mit ihrem klaren, kühlen Licht. Verloren in der Unendlichkeit schwarzer Leere, scheint jeder Einzelne von ihnen auf einer bedeutungslosen Umlaufbahn seine Kreise zu ziehen. Doch sie bilden ein

Muster, das selbst wir, die wir uns an diesen Planeten klammern, mit unseren kleinen schwachen Augen ausmachen können.

Allmählich schwindet die Dunkelheit ...

Bei künstlichem Licht arbeitet Adam noch immer ohne Unterlass und mit aller Kraft; jeder Muskel dabei in Aktion, Spuren von feuchtem Ton überall und der Geruch von Schweiß. Ab und an fährt er sich mit der Hand über das Gesicht und vermischt den feuchten Ton mit seinem Schweiß. Die Masse nimmt Gestalt an. Je mehr Spuren von Ton an ihm haften bleiben, desto klarer wird die Form. Bald, vielleicht, wird sie zur Bedeutung finden. Seine Hände kämpfen an gegen ihre Leblosigkeit und Kälte. Er selbst scheint ein Mensch aus Ton zu sein – auch er ist kämpfende Erdmasse. Form! Form! Gestalt! Gestalt! Ordnung, die aus dem Amorphen entsteht! Leben aus dem toten Schlamm! So befiehlt es sein Wille.

Wie eine Prostituierte ihrem übel zugerichteten Zuhälter so folgt draußen der Mond, ein kleiner, wankelmütiger Satellit, in blindem Gehorsam unverständlichen Befehlen Folge leistend, schwerfällig der voranschreitenden Erde durch die Himmelswüste.

Die Nacht bricht auf und der Himmel erwacht zu neuem Leben. Die Ränder zerfetzt von dunklen Silhouetten spitzer Türme und kalter Schornsteine, verschmutzt und dennoch leuchtend, zerklüftet und dennoch triumphierend – die Morgendämmerung bricht über die Stadt herein.

More about Gerald Kersh on
http://www.harlanellison.com/kersh